Ulrich Ritzel • Die 150 Tage des Markus Morgart

ULRICH RITZEL

DIE 150 TAGE DES MARKUS MORGART

ROMAN

btb

I. LUKAS GSELL

Der Mann auf der Bank
Dienstag, 12. März

Gesichter und Gestalten, überall. Als Kind habe ich sie zuerst im Muster der verblichenen Tapete über meinem Bett entdeckt, später im Wolkenhimmel. Gerne spähen sie aus dem noch kahlen Apfelbaum und tückisch aus den Weiden unten am Fluss. Zuweilen sind es keine Menschengesichter, sondern Tiergestalten. An einem verregneten Spätnachmittag, wenn ich ans Fenster trete und in eine Welt blicke, in der nicht Tag ist und nicht Nacht und in der es keine Farbe mehr gibt, sondern nur graue Bleistiftschraffur – da kann es geschehen, dass die Schraffur mir an einigen Stellen etwas heller zu sein scheint, als seien dort Silhouetten mehr angedeutet als ausgespart. Zum Beispiel die Silhouette eines Mannes, der gebückt auf einer Bank hockt. Oder ich glaube ein Tier zu erkennen, nein, nicht einfach ein Tier …

Es ist Hexe, die Hündin des alten Rektors Haeberlin, und sie will, dass ich mit ihr spazieren gehe. Da ist nichts weiter dabei, es muss nicht immer solche Komplikationen geben wie an jenem Abend Anfang März … muss ich die Jahreszahl angeben? Nein, sie wird sich von selbst erschließen. Ich hatte den ganzen Nachmittag und auch den Abend an einem Text gearbeitet, der von mir handelt und keine Bedeutung hat. Es muss den Tag über geregnet haben, aber als ich endlich aufstand, meinen Mantel anzog und hinüber zu Haeberlin ging, war die Regenfront weitergezogen. Dafür stieg Nebel auf. Kaum hatte ich geklingelt, öffnete der alte Rektor und Hexe drängte sich an ihm vorbei, so dass ich Mühe hatte, sie anzuleinen. Und erst, als wir das Grundstück verlassen hatten, hörte sie auf, mich hinter sich her zu zerren. Außer dem Hund und mir war niemand unterwegs, das Licht der Straßenlampen spiegelte sich auf dem nassen Asphalt, argwöhnisch folgten uns die Bewegungsmelder, bis wir schließlich das letzte Haus hinter uns ließen und auf den Weg einbogen, der zum Galgenbuck führt.

Dort ließ ich Hexe von der Leine. Im Wald gab es Stellen, an denen sie schon einmal eine Maus gefangen haben muss, und für alle Zeit ihres Hundelebens würden das die Plätze bleiben, an denen es Mäuse gibt. Und während sie ihr Revier durchsuchte, konnte ich für mich gehen, ohne von ihr hierhin gerissen zu werden oder dorthin. Das ist auch der Grund, warum ich Hexe so spät ausführte – um diese Zeit waren keine Jogger mehr zu befürchten und auch keine Spaziergänger, die mich zurechtweisen, der Hund gehöre an die Leine! Der Wanderweg verläuft nahe an einem steilen Abhang, der von schnellwachsendem Gehölz überwuchert ist. Nur ein einzelner Aussichtspunkt bietet freien Blick auf die Stadt Bruggfelden, zu der die Siedlung gehört, in der ich seit ein paar Jahren lebe.

Bruggfelden ist – oder war – eine kleine freundliche Stadt, man wollte dort nichts oder fast nichts von mir, außer meiner Steuererklärung. Am Tag konnte man vom Aussichtspunkt das Treiben auf der Hauptstraße beobachten, wer wo einparkte und wie lange er dazu brauchte, wer über die Straße zur Apotheke ging oder in den Laden für Haushaltswaren. Im Nebel, der die Lichter verschwimmen ließ, sah die Stadt mit ihren Türmen und spitzgiebligen Dächern an diesem Abend so weichgezeichnet aus, als wäre man dort geborgen.

Ein Windstoß fuhr durch den Wald und platschte mir Wassertropfen ins Gesicht. Ich holte die Mütze aus meiner Manteltasche und zog sie mir über den Kopf. Einige Meter vor mir schnürte die Hündin aus dem Unterholz und lief mir auf dem Weg voran, ohne sich nach mir umzusehen, ein kleiner gedrungener dunkler Schatten zwischen hohen kahlen Bäumen, deren Stämme sich schwarz gegen graue Nebelschwaden abzeichneten. Ich folgte ihr, wohl in Gedanken versunken, was immer das heißt, vermutlich ging mir der Text nach, an dem ich gearbeitet hatte.

Drohendes Knurren ließ mich aufschrecken. Der Hund? Das Knurren schlug in zorniges Gebell um. Fuß! schrie ich, hierher! Lauter sinnloses Zeug; wenn Hexe am Kläffen war, hielt sie nichts mehr, also rannte ich ihr nach und entdeckte sie vor einer der Sitzbänke, die der Fremdenverkehrsverein aufgestellt hatte, als es dort noch eine Aussicht gab und nicht nur wucherndes Gebüsch.

Auf der Bank saß eine einzelne Gestalt – ein Mann, soviel erkannte ich, dunkler Mantel, dunkler Hut, näher mochte ich ihn gar nicht betrachten, ich packte Hexe am Halsband, zog sie weg, leinte sie wieder an und entschuldigte mich wortreich, ich habe Sie leider nicht gesehen! Der Hund ist eher ängstlich und nicht wirklich gefährlich! Lauter dummes Zeug, das ich nur deshalb notiere, weil es so dumm ist, wie ich mich – auch im Rückblick – selber fühle. Warum zum Teufel ließ ich ein Tier frei laufen, das mir nicht gehorcht?

Der Mann auf der Sitzbank allerdings hob nur die Hand – abwinkend oder beruhigend – und murmelte etwas, das sich nach »Schon gut« anhörte, mir aber in den Ohren klang, als seien meine Entschuldigungsversuche diesem Menschen mindestens ebenso lästig wie das Hundegekläff.

Ich dankte für das Verständnis, das vermutlich keines war, und wünschte einen guten Abend, tatsächlich wünschte ich das, und ging weiter, die Hündin an der Leine, ärgerlich sowohl über den Vorfall als auch über den Stachel, den sich meine Gedanken beim Anblick des Mannes auf der Bank eingefangen hatten. Was hat dieser Mensch zu nachtschlafender Zeit auf einer regennassen Bank zu sitzen? Ein Schwächeanfall? Die Stimme hatte – nun ja, nicht gerade fest oder dröhnend geklungen, gleichgültig eben, man trompetet das ja nicht, dieses: *schon gut.*

Ich ging weiter, kehrte dann aber bald um, wobei ich es vermied, noch einmal an der Bank mit dem Mann im dunklen Mantel vorbeizukommen, und lieferte die Hexe schließlich wieder ab, alles halb in Gedanken, und halb in Gedanken nahm ich für diesmal auch des Rektors Einladung auf ein Glas Wein an. Was tust du da?, fragte ich mich, als ich dem kurzatmigen kugeligen Mann folgte, der barfuß in Filzpantoffeln vor mir her watschelte, aber ich wusste mir keine Antwort. Sein Wohnzimmer war ein von einer Deckenlampe wartesaalmäßig erleuchteter Raum, an dessen Wände bunte Kinderbilder gepinnt waren, fröhlich wie aufgespießte Schmetterlinge. Ich müsse seinen legeren Anzug entschuldigen, sagte Haeberlin und wies auf die gerade knielangen Hosen – seine geschwollenen Beine bräuchten es luftig! Wenn es nur irgendwann wieder besser würde mit den Beinen, dann könnte er auch wieder selbst den Hund ausführen!

Er war in der Küche verschwunden, ich sah mir die Bilder und Zeichnungen an der Wand an, eines in auffällig großem Format war offenbar eine Gemeinschaftsarbeit gewesen und zeigte eine gewaltige Kinderschar, die einem rundlichen Mann nachwinkt, der gerade das Schulgelände verlässt und der Sonne entgegen geht. »Das haben mir die Kinder zu meinem Abschied geschenkt«, sagte der Alte, als er mit Weinflasche, zwei Gläsern und einer Schachtel Chips zurückgekommen war. Vor zwölf Jahren sei das gewesen… Er entkorkte die Flasche und erklärte, es sei ein Rotwein aus der Region, gekeltert von einem seiner Schüler, der mit vierzig Jahren beschlossen habe, das einfache Leben eines Winzers zu wählen. Er schenkte ein, wir stießen an und wünschten uns Gesundheit, der Wein war eher herb und schmeckte – ach, ich bin kein Weinkenner, aber ich stellte mir vor, er komme aus einer kargen, sonnenverbrannten Landschaft.

»Respekt!«, sagte ich. »Aber glauben Sie wirklich, dass das Leben eines Winzers einfach ist? Erst recht, wenn einer das von Grund auf neu lernen muss.«

»Oh!«, meinte Haeberlin, »da hatte ich keine Sorge, nicht für Pascal – der hat sich immer sorgfältig vorbereitet. Das ist einer der unschätzbaren Vorteile, die man von einem gutbürgerlichen Elternhaus mitbringen kann, wenn ich das so sagen darf. Er hat dann auch ein brillantes Abitur hingelegt, auch wenn ich als sein alter Lehrer so etwas« – fast entschuldigend hob er die kleine, etwas wulstige Hand – »nicht gar zu sehr rühmen sollte! Aber brillant war es nun einmal, und alle waren wir gespannt, welche Karriere er einschlagen würde… Und was tut der junge Mann? Er wird Priester!«

»Also ein Arbeiter im Weinberg des Herrn?«, fragte ich und hielt das Weinglas gegen das Licht, als verstünde ich etwas davon. »Das passt doch!«

»Er war noch keine dreißig«, fuhr Haeberlin fort, »als er auf einen Lehrstuhl für dogmatische Theologie berufen wurde, stellen Sie sich das mal vor! Damals dachte ich, es dauert nicht lange, und wir sehen ihn im Vatikan oder als Bischof in Herrenmünster… Was haben Sie?«

»Nichts«, sagte ich. Mir war nur die Frage durch den Kopf gegangen, ob denn bereits die Zeit gekommen sei, in der ein Pascal in der katholischen Hierarchie würde aufsteigen können.

»Nun, nichts davon trat ein, von einem Tag zum anderen

warf dieser junge Mann alles hin, das Ordinariat, seinen Glauben, trat aus der Kirche aus und schrieb atheistische Bücher, Gott sei tot und solches Zeug... Und als ihm auch das zu langweilig wurde, hat er sich auf den Weinbau verlegt... Aber warten Sie!«

Er erhob sich mühsam und ging zu einem altersschwarzen Bücherregal, wo er sich schnaufend zu schaffen machte und schließlich mit einem Stapel Fotoalben zurückkehrte. Die Alben enthielten Fotos ganzer Generationen von Schulkindern, zu Klassenaufnahmen zusammengetrieben oder auf Ausflügen und in Schullandheimen abgelichtet. Unter den Bildern waren in sorgfältiger Handschrift Klasse, Jahrgang und der Anlass vermerkt. Eine bereits leicht ausgebleichte Farbfotografie, auf die der Rektor deutete, stammte aus einer Zeit, in der die Buben lange Haare tragen durften und das auch taten, unter ihnen das blonde wohlfrisierte Oberklassenkind Pascal, das in der letzten Reihe der Gruppenaufnahme zu sehen war und also zu den Größeren der Klasse gehörte. Eine Reihe weiter stand ein helläugiges Mädchen mit einer eigenwilligen hohen Stirn und blickte kühl, das war die Claudia, wie mir Haeberlin erklärte, »sie lebt jetzt wieder hier und unterrichtet Deutsch, am Gymnasium, ich freue mich immer, wenn ich sie sehe!«

Ich warf einen Blick auf die Bildlegende, es handelte sich um eine Klasse im vierten Schuljahr, Pascal und Claudia waren damals also neun oder zehn und mussten jetzt um die 56 Jahre alt sein. Der Rektor a. D. fuhr fort, mir zu erklären, wer von seinen Schülern was geworden war, ein Junge mit herunterhängenden Augenlidern hatte es zum Direktor der Bezirkssparkasse gebracht, und ein rothaariges Mädchen saß seit acht Jahren für die Grünen im Gemeinderat. Mir fiel ein Bub auf, der auf dem Gruppenbild in der vordersten Reihe stand, ein gedrungenes Kerlchen mit offenbar nur mühsam gebändigtem struppigem Haar. Der Bub hatte etwas, das mich an den Clown erinnerte, den es – glaube ich – in jeder Schulklasse gibt. Den Jungen, der so tut, als sei es komisch, dass ausgerechnet er so anders ist als alle anderen.

»Ach!«, sagte Haeberlin, beugte sich über das Bild und setzte die Lesebrille auf, die er an einem Bändel um den Hals trug, »das muss… das ist der Markus… ein sehr lebhaftes Kind, Sohn einer alleinerziehenden Mutter, das ist…« Er schüttelte den Kopf, als verwerfe er einen Gedanken. »Also das soll ja erst einmal gar nichts bedeuten. Manche Kinder sind eben so und sind dabei keineswegs die Dümmsten. Nun ja, damals gab es – Gott Lob! – kein Ritalin oder anderes solches Zeug, als Lehrer musste man so damit zurechtkommen, das ging nur mit geduldiger Konsequenz…«

Was war aus dem Kerlchen geworden?

Über das Gesicht des Rektors zog ein Schatten. »Die Mutter muss woanders eine neue Stelle gefunden haben, und sie sind weggezogen.«

Bevor er Anstalten machen konnte, mir die übrigen Alben zu zeigen, trank ich mein Glas aus und entschuldigte mich mit der Behauptung, ich müsse noch nach meinen Mails schauen und mindestens eine beantworten. Als ich die Straße überquerte, fiel mich der Gedanke an, noch einmal zu der Bank im Wald zu gehen und nachzusehen, ob dieser Mann noch immer dort sitzen würde… Und was dann? Sollte ich ihn vielleicht fragen, ob er Hilfe brauche? Ich würde ihn damit nur ein weiteres Mal belästigen. Wenn er auf Hilfe angewiesen war, hätte er es mir gesagt. Ich schloss die Haustür auf.

Am nächsten Morgen war der Himmel unerwartet blau und keine einzige Wolke mehr zu sehen. Nach dem Frühstück nahm ich nicht den Bus, sondern ging zu Fuß in die Stadt, wo ich für die nächsten Tage einkaufen wollte. Aus einem mir selbst nicht ganz klaren oder eingestandenen Grund schlug ich nicht den kürzesten Weg ein, sondern ging wie am Vorabend durch den neueren Teil der Siedlung, vorbei an den Heimstätten im Landhaus-Stil, und spürte die Sonne im Gesicht. Ich versuchte, an den Text zu denken, an dem ich arbeitete, und verwies es mir wieder. Der Tag war zu schade dafür.

Das rotweiße Plastikband sah ich erst kurz vor der Weggabel, an der es rechts hinab in die Stadt geht. Es versperrte den Wanderweg links, der zum Galgenbuck führt. Noch bevor ich das zusätzlich aufgestellte Verbotsschild der Polizei wahrnahm, ahnte ich, was geschehen sein musste.

Was tun? Nichts. Dass dieses Plastikband da gespannt sein würde, überraschte mich nicht. Nicht wirklich. Brauchte irgendwer mich oder meine Aussage? Kaum, und wenn doch, so würde die Polizei um sachdienliche Mitteilungen bitten. Ich nahm den Weg rechts, der in die Stadt führt, und verscheuchte einen Rechtsbegriff, der hässlich genug in meiner Hirnschale aufgetaucht war.

Unterlassene Hilfeleistung nannte sich dieser Begriff.

In der Stadt und ihren Läden war es nicht voll, und meine Einkäufe waren rasch erledigt. Auf dem Heimweg kehrte ich in das kleine, am Oberen Tor gelegene Café ein, das mit seinem abgestoßenen Mobiliar und den erblindenden Wandspiegeln immer noch der Treffpunkt und die Nachrichtenbörse sein wollte, die es in jeder richtigen Stadt gibt. Ich war dort inzwischen so weit bekannt, dass die Kellnerin mir ungefragt einen Espresso und ein Glas Mineralwasser brachte, während ich die Zeitungen durchblätterte, die das Café bereithält. Ich kann mich an die Schlagzeilen nicht mehr erinnern, aber es muss die Zeit gewesen sein, in der ein neugewählter US-Präsident die bis dahin vereinbarten internationalen Abkommen zum Schutz des Weltklimas aufkündigte, unter dem Beifall der Auto- und der Bergbaulobby. So las ich in einem der Kommentare, endlich bräuchten die Autofahrer kein schlechtes Gewissen mehr zu haben, wenn sie sich einen PS-stärkeren Wagen gönnen. Ich blätterte weiter, auf der Seite »Vermischtes« fand ich etwas über einen riesigen Eisberg, der sich vom Schelfeis der Antarktis gelöst hatte, was immer das zur Folge haben mochte.

Zwei Tische weiter saß Axel Stutz – Herausgeber und Redakteur des Wochenblatts – bei einem Weizenbier und tippte in seinen Laptop das Editorial der nächsten Ausgabe. Wir hatten uns mit einem knappen, sozusagen kollegialen Handzeichen gegrüßt, tatsächlich waren wir sogar auf Du, denn ich schrieb von Zeit zu Zeit einen kleinen Bericht für ihn. Wenn er fertig war, würde ich ihn nach der Absperrung fragen. Soviel Journalist musste er sein, um inzwischen Bescheid zu wissen.

Aber was würde er mir sagen können, was ich nicht selbst schon wusste? Ich erinnerte mich, dass der Mann im dunklen Mantel diese abwehrende oder beruhigende Bewegung mit der linken Hand gemacht hatte, die rechte war dabei in der Manteltasche geblieben. Ich ertappte mich dabei, wie ich mit der linken Hand seine Bewegung nachspielte, die rechte in der fiktiven Manteltasche versenkt, einen ebenso fiktiven Gegenstand im Griff, den Zeigefinger am Abzug… Unwillkürlich schüttelte ich den Kopf. Was wusste ich denn?

Ein mittelgroßer und eher schmächtiger Mann betrat in diesem Augenblick das Café und steuerte zielstrebig den Tisch des Redakteurs Stutz an. Dort angekommen, nickte er ihm zu, wartete, bis dieser eine einladende Handbewegung machte, zog dann den freien Stuhl ihm gegenüber zurück und setzte sich. Obwohl der Neuankömmling Zivil trug und nicht die Statur besaß, die man bei einem Polizisten erwartet, war er unverkennbar ein solcher – ein Kriminalbeamter also. Man kann an einer gewissen Bestimmtheit der Haltung und der Gesten erkennen, dass da jemand nicht einfach einen Espresso trinken geht, sondern eine Amtshandlung vollzieht.

Eine vertrauliche offenbar, wie ich so halb aus den Augenwinkeln mitbekam. Stutz schien nicht begeistert, äußerte wohl auch Einwände, hatte auf Dauer aber den energischen Handbewegungen seines Gegenübers nichts entgegenzusetzen. Der Fall war rasch entschieden, der Kieberer kippte seinen Espresso, nickte dem Redakteur zu und verließ das Café – nicht ohne zuvor einen prüfenden Blick auf mich geworfen zu haben.

Wenig später hatte ich bezahlt und meinen Rucksack mit den Einkäufen geschultert. Beim Hinausgehen hielt ich kurz an Stutz' Tisch. »Seit heute Morgen ist der Weg zum Galgenbuck gesperrt«, sagte ich, »wenn ich das richtig sehe, wird man den Grund dafür in deinem Blatt nicht lesen.«

Stutz sah durch seine rechteckigen Brillengläser zu mir hoch. »Seit wann liest du …«, sagte er und musste sich räuspern, »du liest mein Blatt doch nur, wenn du selber was reingeschrieben hast!«

Zurück nahm ich den Weg entlang der Aesche, die mehr Wasser führte als sonst. Braun vom mitgeschwemmten Erdreich und dann wieder weißschäumend schoss sie unter der Neuen Brücke durch und schwappte bei dem öffentlichen Parkplatz, der unterhalb der Brücke eingerichtet war, bereits über das Ufer. Die Zufahrt war gesperrt und der Parkplatz selbst bereits geräumt, bis auf eine schwarze Limousine, die mir ebenso unauffällig vorkam wie gerade deshalb auffällig teuer und elegant. Marke? Typ? Ich kenne mich damit nicht aus. Das Kennzeichen? Ich glaube, es war eines mit dem Schweizer Kreuz und einem weiß-blau-weißen Kantonswappen. Vor allem aber fiel mir der Mann auf, der sich an der Limousine zu schaffen machte – es war der Kieberer aus dem Café, diesmal von einem uniformierten Ordnungshüter begleitet. Der Kriminalbeamte verfügte offenbar über die Autoschlüssel für den Wagen und öffnete ihn, stieg aber nicht sofort ein, ebenso wenig wie sein uniformierter Gehilfe, sondern sah sich das Innere erst einmal genau an.

Ich ging weiter, an der Fachhochschule vorbei, und das kleine Sträßchen hoch, das zur Siedlung hinauf führt. Kurz, bevor ich oben war, kam mir ein schwarzgelber hochbeiniger Mischlingshund entgegen, der ein paar Meter vor mir verharrte und kurz wedelte, dann aber feststellte, dass ich seine Freundin Hexe – Haeberlins Hündin – nicht bei mir hatte. Desinteressiert wandte er sich von mir ab und begann, ein Grasbüschel am Wegrand zu beschnüffeln. Dann erschien auch bereits der dazugehörige Herr – eine große, leicht nach vorn gebeugte Gestalt mit gepflegter weißer Mähne, der Syndikus Welsheim, der lange Jahre Bruggfelden und die zugehörige Landschaft politisch vertreten hatte (freilich für eine Partei, die mit meiner Stimme nicht hätte rechnen dürfen). Wäre ich nicht vor einigen Monaten darauf verfallen, des alten Rektors Hündin auszuführen, hätte ich kaum seine Bekanntschaft machen können. Inzwischen waren wir soweit miteinander bekannt, dass ich gelegentlich seinen Maxl mitnahm oder er des Rektors Hund. Natürlich wusste er bereits, dass der Weg zum Galgenbuck gesperrt war.

»Ein Kriminalfall?«, fragte ich ins Blaue hinein. Der Hund Maxl setzte sich neben mich hin und sah zu mir hoch, vermutlich um sich in Erinnerung zu bringen, falls ich was von dem feinen Trockenfutter übrig hatte.

»Wie man's nimmt«, kam Welsheims Antwort. »Fremdverschulden wird offenbar ausgeschlossen.« Er hob die rechte Hand und setzte sie mit ausgestrecktem Zeigefinger an seine Schläfe. Dann ließ er die Hand wieder fallen und schüttelte sie ärgerlich, als erscheine ihm die Geste jetzt doch ungehörig. »Es ist etwas Seltsames an dem Fall.« Er blickte mich prüfend an. »Etwas seltsam Anrührendes. Ich überlege, ob das nicht ein Stoff für Sie sein könnte …«

»Dieser Mensch hat sich also eine Kugel durch den Kopf gejagt«, sagte ich. »So was ist gern mit einer ziemlichen Sauerei verbunden. Ich habe Mühe, das anrührend zu finden. War er denn wenigstens gleich tot?«

»Wohl nicht … Man hat ihn noch mit dem Rettungshubschrauber nach Herrenmünster in die Universitätsklinik gebracht, in die Neuro-Chirurgie dort.« Welsheim bewegte abwägend den Kopf. »Der Beamte, der die Ermittlungen leitet … ach, ist ja egal, warum oder woher ich den kenne! Also der behauptet, dieser Morgart habe sozusagen einen Anfängerfehler begangen … also die Waffe nicht so angesetzt, dass er zu hundert Prozent … Was soll's! Bei so etwas sind die meisten ja Anfänger … Markus Morgart, den Namen haben Sie aber bitte nicht von mir!«

»Ein Einheimischer?«

»Da kann ich nur wiederholen: wie man's nimmt«, antwortete Welsheim. »Morgart ist oder war sechsundfünfzig Jahre alt und gebürtig hier aus Bruggfelden … Er muss aber früh weggezogen sein …« Mir war, als hätte er noch etwas zu den Umständen sagen wollen, unter denen dieser Morgart die Stadt verlassen hatte. Offenbar waren dem Syndikus aber Bedenken bekommen, er habe schon zu viel geredet. Und so zog er es vor, seinen Hund zu betrachten. Der hatte die Hoffnung auf eine milde Gabe inzwischen aufgegeben und sich auf dem Trottoir ausgestreckt, den Kopf auf die Vorderläufe gelegt und die braungelben Augen wachsam auf seinen Herrn gerichtet.

»Aber warum hatten Sie gemeint, der Fall habe etwas Anrührendes?«

»Warum kommt er hierher zurück, um das zu tun?« Wieder zeigte er mit einer kurzen Bewegung auf seine rechte Schläfe. Er senkte den Kopf und sah mich über die Gläser seiner Halbbrille hinweg an. »Wenn er's nicht überlebt, kann man ihn nicht mehr fragen. Wenn doch, wird er's nicht erklären wollen. Aber Sie – Sie könnten es vielleicht herausfinden… rein intuitiv, oder wie immer Sie arbeiten.«

»Intuitiv bin ich überhaupt nie«, gab ich zurück. »Ich kann mir höchstens was ausdenken.«

»Na also!«, sagte der Syndikus. »Dann tun Sie das!« Er hob grüßend die Hand, und sein Hund stemmte sich erst mit dem Hinterteil, dann mit den Vorderläufen hoch.

Vor einigen Jahren war mir ein kleines Erbe zugefallen, das es mir erlaubte, ein Haus zu suchen, gerade groß genug für mich, allenfalls mit einem Gästezimmer als besonderem Luxus ausgestattet. Übers Internet geriet ich schließlich an einen grauen, zu Beginn der Sechziger Jahre in strenger Sachlichkeit entworfenen Würfel mit Lichtbändern aus Glasbausteinen und einer Garage, in der ich freilich nur ein Fahrrad unterzustellen hatte. Mir sah das alles danach aus, als sei es als Muster für diesen Teil der Siedlung gedacht gewesen, geradezu als Lebensentwurf für die aufstrebende, bereits zaghaft motorisierte junge Arbeiter- und Angestelltenfamilie jener Jahre, in denen es noch auf jeden Quadratmeter ankam, der eingespart werden konnte. Das störte die jungen Familien auch gar nicht, aber sie wollten lieber ein klein' Häuschen mit spitzem Giebel, und der futuristische Wohnwürfel blieb ein aus vergangener Zukunft gefallener Solitär.

Gekauft habe ich es allerdings nicht darum, sondern weil der Preis gerade noch in dem mir gesetzten Rahmen blieb. So bin ich in das mir bis dahin völlig unbekannte Bruggfelden gekommen, das Wohnzimmer samt integrierter Küche und Essnische ist jetzt zugleich mein Arbeitszimmer, mit Blick auf den handtuchgroßen, von einer Hainbuchenhecke gesäumten Rasen – aber was heißt Arbeitszimmer! Meine Texte dümpeln als Flaschenpost im Ozean der Nichtbeachtung. Trotzdem habe ich keinen Grund zum Jammern: Meine Rente reicht für Strom, Grundsteuer, die Pasta und eine Flasche Wein alle zwei Tage. Ich fügte mich in die Dinge, und auch die Dinge schienen sich zu fügen und nahmen mich hin.

Als ich von meinem Morgenspaziergang zurückgekommen war, fand ich in meiner Post ein Schreiben der Stadtverwaltung. Man muss nicht alles lesen, was einem vorhersehbar kein Vergnügen bereiten wird, und so ließ ich den Brief liegen, setzte mich an meinen Laptop und schaltete das Internet ein. Der Name Morgart ist nicht häufig, und für Markus Morgart fand ich nur zwei Einträge, die ich hier kommentarlos wiedergeben will. In dem einen, datiert vom Januar diesen Jahres, war er vermerkt als Aufsichtsratsvorsitzender der »Real Estate Ararat AG« mit Sitz in Frankfurt am Main, an persönlichen Angaben dazu nur die Mitteilung, dass er 56 Jahre alt sei und in Bruggfelden/Regierungsbezirk Herrenmünster geboren. Eingeblockt in die Meldung war das Porträtfoto eines Mannes mit graumeliertem, im Stil »Großer Junge« verstrubbeltem Haar, das keinen Ansatz einer Stirnglatze erkennen ließ, und einem vollen, runden, gebräunten Gesicht, zu einem knappen Lächeln gezwungen, um eine Reihe tadelloser weißer Zähne freizulegen. Weitere besondere Merkmale? Breite Nasenflügel, schmale Oberlippe, die fleischige Unterlippe herunterhängend, als hätte eine Vorfahrin einst einem der Habsburger Herren gefällig sein müssen. Vor allem aber fiel mir auf, wie dieser Große Junge zur Kamera sah – es war ein abtastender, besorgter Blick, als müsse er vor jedermann, auch vor dem Fotografen, auf der Hut sein.

Der zweite Eintrag stammte von einer linksalternativen Wochenzeitung, die in einer bereits vor Jahren erschienenen Reportage über das Geschäft mit der Sozialhilfe die »legendären Millionengewinne« erwähnte, die ein gewisser Markus Morgart im Berlin der Neunziger Jahre durch die Nutzung abbruchreifer Häuser als Obdachlosenunterkünfte erzielt habe. Ich wollte beide Einträge ausdrucken, musste dazu aber erst neues Papier einlegen. Die Reportage über das Geschäft mit den Obdachlosen kam ohne Probleme aus dem Drucker, als ich aber die Notiz mit Morgarts Foto aufrufen wollte, war weder Notiz noch Foto mehr vorhanden … Ich schüttelte den Kopf, schaltete den Laptop aus und versuchte einen Neustart. Wieder Fehlanzeige. Wenige Minuten, nachdem ich vom Bildschirm den Firmennamen *Real Estate Ararat AG* abgeschrieben hatte, wollte das Internet eine solche Firma nicht mehr kennen, von deren Aufsichtsratsvorsitzendem ganz zu schweigen.

Ich ging in die Küche und schenkte mir ein Glas Rotwein ein (aus der Flasche, die ich am Vorabend dann doch noch geöffnet hatte), und versuchte, meine Gedanken zu ordnen. So etwas gelingt allenfalls, wenn man es sich nicht vornimmt. Also setzte ich das Wasser für die Pasta auf, begann eine halbe Zwiebel zu schneiden, warf zwei Tomaten ins heiße Wasser, damit ich sie danach abschrecken und die Schale abziehen konnte – alles Verrichtungen von beruhigender Banalität, die einen davor bewahren sollten, auf der Suche nach einem Sinn des Lebens oder von sonst Irgendetwas zum Idioten zu werden.

Nach einem Teller Pasta, einem zweiten Glas Rotwein und einem Kaffee rief ich den Rektor an – der Tag sei so schön, ich würde die Hexe deshalb gerne früher ausführen, ob das möglich sei? Natürlich war es das, und ich machte mich – das Fernglas umgehängt – mit dem Hund wieder auf den Weg zum Galgenbuck, der aber noch immer gesperrt war. Also bog ich in nordwestlicher Richtung ab und ging mit Hexe hinab ins felsige Tal der Schlechta, einem kleinen Bach, der sich gleichwohl im Zuge der jüngeren Erdgeschichte tief ins Gelände eingeschnitten hat… einem Bach? Was unterhalb unseres höher gelegenen, manchmal über Stege an einer Felswand vorbeigeführten Wanderwegs talwärts strömte, war ein Fluss, der weiter oberhalb – als sich das Tal weitete – die Wiesen und Weideflächen unter einer in der Sonne schimmernden Wasserfläche hatte verschwinden lassen.

Dort ließ ich die Hündin frei, sie lief die Böschung hinunter zu dem neuen See, verharrte kurz und tatschte erst mit den Vorderpfoten hinein, um dann in einem Anfall von schierer Lebenslust durch das Wasser zu rennen, gerade da, wo es nicht so tief war, dass sie hätte schwimmen müssen, bis sie schließlich nass genug war, um wieder zu mir herzukommen und bei mir ihr Fell auszuschütteln, dass sich ein ganzer Sprühregen über mich ergoss.

Vor uns kam die Abzweigung in Sicht, die nach Graumichelbach hinaufführt. Ohne groß nachzudenken, nahm ich sie, es war endlich einmal wieder ein schöner Tag, oben auf der Anhöhe würde man weit ins Land sehen können, den Kopf lüften und die Lungen dazu! Es gehört zu des Menschen Glück, dachte ich, sich an solchen Dingen erfreuen zu können – und während ich das dachte, verwies ich es mir gleich wieder, denn der Mann auf der Bank fiel mir ein. Manche leben in einem so tiefen Elend, dass sie… Moment! Was weißt du denn von den Leuten, die sich eine Kugel in den Kopf schießen? Meinst du vielleicht, man müsste nur ein wenig Sonnenschein aufziehen, und sie ließen es bleiben? Lass sie doch mal aufleuchten, die triumphierende Sonne und mit ihr die allerblühendste Frühlingspracht, zaubere es her, das Brausen und Sprießen der Natur samt all ihren Vöglein und Bienen und ihren honigsüßen brunzdummen Trieben, lass schimmern den blauen See und die schneebedeckten Berggipfel – und dann schau dich mal um, ob es da nicht den einen oder anderen gibt, der das alles nicht ertragen kann, der sich verkriecht und sich die Augen und Ohren zuhält, um das Tirilieren nicht zu hören und die rosarothimmelblaukanariengelbe Blumenpracht nicht zu sehen, und der sich am liebsten gleich vor den nächsten Zug werfen würde, falls die Bahnlinie noch nicht eingestellt ist!

Wir kamen auf die Anhöhe, auf der das Dorf Graumichelbach liegt, und ich nahm die Hündin wieder an die Leine. Im Westen sah man blaue Hügel- und Bergketten wie eine Verheißung – schnüre die Stiefel, packe den Rucksack und nimm den Weg unter die Füße. Zu welchem Ziel? Zu keinem. Der Weg ist das Ziel, das ist eine der am meisten ausgetretenen Allerweltsweisheiten und peinlicherweise nicht einmal falsch. Mit dem Fernglas holte ich mir die Kammlinie vor das Auge, dabei rutschte ich ein wenig ab und entdeckte zwischen dem Hell- und Dunkelgrün der Bergwälder das braunrot gefleckte Walmdach eines alten Bauernhofes, umgeben von einer Lichtung, an deren oberem Ende ein zweites Gebäude stand, mit hellroten Ziegeln gedeckt, ein Ferien- oder Wochenendhaus. Mir fiel ein, dass der Bauernhof – der wohl längst nicht mehr bewirtschaftet wurde – letztes Überbleibsel einer Siedlung sein musste, die Ende des 19. Jahrhunderts wegen Missernten und allgemeinem Elend aufgegeben worden war; der Syndikus hatte mir davon erzählt.

Ich setzte das Fernglas wieder ab, und wir gingen weiter, bis wir in das Dorf Graumichelbach kamen. Jahrhundertelang hatte sich auch hier kaum Wohlstand blicken lassen, aber als in den Jahren nach dem deutschen Wirtschaftswunder doch mehr Geld hereinkam, hatte das Ortsbild den geringsten Gewinn davon. Vor dem Gasthof zur »Sonne« waren Autos geparkt; ich hätte Lust auf ein Weizenbier gehabt, aber ich wollte es nicht darauf ankommen lassen, dass mich der Wirt wegen des nassen Hundes hinauswies. Außerdem lockte der blaue Horizont. Eine Weile folgten wir der Straße, die nach Westen und bergauf führte, vorbei am letzten Gebäude des Dorfes, einem Raiffeisen-Lagerhaus, dessen ausladendes Dach mit Solarpaneelen vollgepackt war. An einer Kreuzung gingen wir links und nahmen einen gekiesten Weg hinab ins Tal. Einige Zeit blieben wir im Schatten, den der Mischwald warf, vorbei an grau bemoosten Felsen. Weiter unten wandte sich der Weg noch einmal nach rechts, wir kamen aus dem Schatten heraus, vor uns lag einer der alten Steinbrüche, die hier früher betrieben wurden. Halb von der Sonne geblendet, sah ich vor mir eine Gestalt, die mir mit einer Hand abwehrend Zeichen gab, ich solle zurückgehen oder jedenfalls nicht näher kommen. Ich zog die Hündin an der Leine zu mir her, blieb aber nicht stehen, sondern ging an der linken Seite des Wegs – halb im Wald – vorsichtig weiter.

Die Gestalt vor mir – eine schmale grauhaarige Frau in

einem Overall – war es zufrieden, jedenfalls hatte sie aufgehört, mit der Hand zu fuchteln, und sich auch von uns abgewandt. Sie hantierte mit Kamera und Teleobjektiv und nahm offenbar ein Motiv in dem verwitterten, in der Sonne grau und manchmal gelb schimmernden Steinbruch ins Visier. Es kam mir so vor, als sei sie an der Struktur der Steine und ihrer Bruchlinien interessiert, dann sah ich, dass das Objektiv auf ein grau-schwarzes Knäuel gerichtet sein musste, das auf einem Felsblock in der Sonne lag.

Ich gab der Hündin einen Klaps als Zeichen, dass sie *Sitz* machen solle, und nahm mein Fernglas auf. Ich musste es erst auf die Nähe einstellen und brauchte dann eine Weile, das Knäuel ins Blickfeld zu bekommen.

Es war eine Schlange. Zusammengeringelt, wohl nicht größer als eine Ringelnatter, der graubraune Körper von dunklen Querstreifen oder Balken überzogen. Der wie eine altertümliche Speerspitze geformte Kopf mit dem unangenehm aufgestülpten Maul war ein wenig zurückgenommen, so, als wollte das Reptil jeden Augenblick zustoßen. Offenbar hatte es ein Sonnenbad genommen und die Fotografin inzwischen als mögliche Gefahr erkannt. Ich veränderte die Einstellung meines Fernglases, sah nun aber gar nichts mehr außer verschwommenen graubraunen Flecken, drehte weiter an der Einstellung... Unvermittelt starrten mich kalte gelbe Augen an, Augen mit senkrechten Pupillen, die so nahe schienen, so unvermittelt vor meinem Gesicht, dass mir ein Schauder über den Rücken lief. Entsetzt ließ ich das Fernglas sinken – und da war das Knäuel auch schon verschwunden. Der Felsblock lag allein in der nachmittäglichen besonnten Stille, und von der Schlange spürte ich nur noch den Blick dieser gelben Augen, die nun irgendwo zwischen Steinen und Unterholz verborgen sein mussten.

»Jetzt ist sie weg«, sagte die Frau und wandte sich mir zu. »Ich will Ihnen keinen Vorwurf machen, aber Sie hätten nicht näher kommen sollen.«

Ich bat um Entschuldigung und sagte, ich hätte zunächst gar nicht begriffen... Schon wieder redest du dummes Zeug, dachte ich dann, ihr Handzeichen war ja eindeutig genug gewesen. Es tue mir aufrichtig leid, fuhr ich fort und fragte, ob das eine Kreuzotter gewesen sei.

»Eine Aspisviper«, kam die Antwort. »Nicht ganz so... oder vielmehr: anders giftig als die Kreuzotter. Man sollte sie nicht unterschätzen. Ich weiß von einem Fall, da ist jemand an ihrem Biss gestorben, vielleicht nicht am Gift selbst, sondern an einer besonders heftigen Abwehrreaktion oder am Schock, und wie es Ihrem Hund erginge, will ich lieber nicht wissen.«

Wie es Ihrem Hund erginge... Leute in Overalls reden sonst nicht so. Ich sah sie an. Auch ihr Gesicht war schmal, mit einer Habichtnase und lebhaften Augen, die den Hund neben mir und mich musterten, nicht einmal feindselig, sondern aufmerksam, wie das jemand tut, der sich ein Bild machen will.

Ich erkundigte mich, ob diese Viper hier heimisch sei.

»Aber ja«, kam die Antwort. »Sie braucht warmes trockenes steiniges Gelände, gerne in Südlage. Sonst findet man sie vor allem in den Alpen und in den Pyrenäen.«

»Sie sind...« Ich suchte nach dem richtigen Wort. »Zoologin? Wie nennt man das, wenn sich jemand auf Schlangen spezialisiert hat?«

Sie schüttelte den Kopf. »Nein«, sagte sie dann, »keine Herpetologin. Ich bin Malerin.«

Ich machte ein höfliches Gesicht, wollte dann aber doch wissen, ob sie denn also Schlangen male? Um zu merken, wie blöd die Frage ist, muss man sie sich nur einmal laut vorsprechen.

Sie schien aber nicht beleidigt. »Ich habe einen Auftrag, bei dem es um die Darstellung einer Schlange geht... Sie muss so gezeigt werden, dass ihr Abbild etwas bewirkt. Aber eben nicht nur Schauder oder Angst oder Abscheu, oder jedenfalls nicht allein.« Sie begann, ihre Fotoausrüstung in einer Tragetasche zu verstauen. »Vielleicht werde ich... ach, ich weiß noch immer nicht, wie ich das darstellen will oder kann. Aber ich muss als Erstes etwas von dem verstanden haben, was eine Schlange ist.« Sie sah zu mir auf. »Deswegen kann ich auch nicht in die Reptilienabteilung eines Tiergartens gehen. Oder zu jemand, der Schlangen in Terrarien hält... Wenn ich ein Tier in Gefangenschaft beobachte, dann sehe ich nur die Gefangenschaft.«

Ich sagte, dass mir das einleuchte, und weil mir sonst nichts einfiel, stellte ich mich vor. »Und das da« – ich zeigte auf die Hündin, die das Sitzen leid geworden war und sich auf die Seite gelegt hatte – »ist die Hexe, ihr richtiger Herr ist der alte Rektor Haeberlin, aber für den ist das Hunde-Ausführen arg mühsam geworden.«

Die Malerin nickte höflich. Ihr Name sei Abendstern, sagte sie dann, »Vera Abendstern...« Mir fiel ein, dass ich den Namen schon einmal gehört hatte, aber ich konnte mich nicht erinnern, in welchem Zusammenhang das gewesen war. Also sagte ich vorsichtshalber nichts, außerdem wollte sie wissen, ob ich denn ebenfalls Pädagoge sei wie des Hundes richtiger Herr.

»Oh!«, sagte ich, »das hat von mir bisher noch niemand vermutet.« Ich erklärte ihr, dass ich in einem früheren Leben Journalist gewesen sei und jetzt als Rentner meine Tage verbringe.

»Sie waren Journalist?«, echote sie. »Im Feuilleton?« Irgendwie klang das etwas scharf, fast argwöhnisch.

Ich sagte ihr, dass ich Lokalredakteur gewesen sei. »Was man von unsereinem las, war von gestern und morgen Gottseidank schon wieder vergessen. Was will man mehr?« Inzwischen waren wir beide in derselben Richtung weitergegangen, ich überlegte, ob sie wohl ebenfalls nach Bruggfelden wollte.

»Da bin ich beruhigt«, meinte sie, erklärte sich aber nicht weiter. Vor uns kam eine Weggabel in Sicht, und sie blieb stehen. »Ich nehme an, Sie müssen nach Bruggfelden … Ich biege hier ab, zum Weiler Schwarzhalden, man hat mir dort ein Atelier überlassen …« Beim Abschied versprach ich noch, in den nächsten Tagen alle sonnenbeschienenen Steinbrüche und Geröllhalden zu meiden, um ihr nicht noch einmal die Studienobjekte zu vertreiben.

Als ich weiterging, fiel mir ein, dass Schwarzhalden der Name des aufgegebenen Dorfes war, von dem mir der Syndikus erzählt hatte.

Eine Dreiviertelstunde später klingelte ich an der Tür des Rektors. Als er öffnete, schien er verärgert, ja geradezu aufgebracht. Im ersten Augenblick dachte ich, er nehme es mir übel, weil ich länger unterwegs gewesen war als üblich, und wollte ihm erklären, dass der Weg zum Galgenbuck gesperrt sei, aber er ließ mich gar nicht zu Wort kommen. »Haben Sie das auch bekommen?«, fragte er und zeigte mir anklagend ein irgendwie amtliches Schreiben. »Die wollen Flüchtlinge bei mir einquartieren, hier bei mir, was denken die sich denn – vielleicht in meinem Schlafzimmer?«

»Flüchtlinge?«, fragte ich.

»Ja doch!«, stieß er hervor. »Dieses Hochwasser im Norden – schauen Sie denn kein Fernsehen? Auf allen Kanälen kommt das … ganze Wohnviertel – ach was! Ganze Städte müssen jetzt geräumt werden, aber es müsste doch genug Notunterkünfte geben, Turnhallen, Kirchen, Kasernen, was weiß ich! Aber doch nicht bei einem alten kranken Mann ...«

Beruhigend sagte ich etwas in der Art, dass er der Stadt einfach mitteilen solle, er könne wegen seiner Erkrankung leider niemand aufnehmen. Auf das Wort »Erkrankung« hin würden bei den Beamten im Rathaus sofort die Warnlampen aufleuchten – und sei es nur darum, dass irgendjemand behaupten könnte, in Bruggfelden würden Obdachlose zur Betreuung von Schwerkranken eingesetzt. Aber das sagte ich nicht, sondern dachte es nur.

Immerhin war es mir gelungen, ihn zu beruhigen, und so konnte ich ihn bitten, ob ich das Fotoalbum seiner Schüler aus den späten Sechziger Jahren noch einmal sehen könne. Er blickte mich verwundert an, wies dann aber widerstrebend in Richtung seines Wohnzimmers. Dort ließ er mich am Tisch stehen, wollte dann aber genau wissen, welches Album ich meine, und ich sagte ihm, dass es das mit Pascal und Claudia sei.

»Ach so!« Er schlug sich vor die Stirn. »Ich hatte Ihnen ja von den beiden erzählt!« Er brachte das Album und schlug es an der Stelle auf, die er mir gestern gezeigt hatte, und ich deutete nicht auf Pascal und auch nicht auf Claudia, sondern auf das struppige Kerlchen – das sei doch Markus? Ob er mir den Nachnamen sagen könne?

Das Befremden in seinem Gesicht verstärkte sich. So ganz sicher sei er sich da nicht mehr, behauptete er plötzlich, nach so vielen Jahren!

»Außerdem sollte ich schon wissen, warum ich Ihnen eine solche Auskunft ...«

Er sprach den Satz nicht zu Ende, sondern sah mich nur halb hilflos, halb entrüstet an. Haeberlin war zuckerkrank, irgendwoher glaube ich zu wissen, dass manche Diabetiker zu

Wutausbrüchen neigen. Vom Selbstmordversuch eines seiner ehemaligen Schüler erzählte ich ihm besser nichts. Also murmelte ich etwas von einem Artikel über den CEO eines international operierenden Unternehmens, »einem gewissen Markus Morgart, er müsste so um die sechsundfünfzig Jahre alt sein und ist in Bruggfelden geboren, und weil Sie mir gestern dieses Foto...«

Er blickte noch immer misstrauisch, schien sich aber allmählich zu beruhigen. »Morgart? Markus Morgart? Hier geboren? Und sechsundfünfzig? Ja doch, das kommt hin...«

Ja, bitte?« Die Stimme der Frau klang höflich, aber kühl. Sie hieß Claudia Wronski, war Gymnasiallehrerin, und ihr Anschluss war nicht im Telefonbuch eingetragen. Haeberlin hatte mir die Nummer in einem Anfall von Hilfsbereitschaft gegeben, als wolle er sein anfängliches Misstrauen gutmachen. Ich nannte meinen Namen, und sofort unterbrach sie mich.

»Ich weiß, wer Sie sind.« Die Stimme klang nicht mehr ganz so kühl. »Sie führen die Hexe aus.«

Das war nicht zu bestreiten. Bruggfelden ist eben eine kleine Stadt. Warum aber rief ich sie an? »Mich beschäftigt...« – Ja was? Der Fall? Das Schicksal? – »mich beschäftigt das Schicksal eines gewissen Markus Morgart. Kann es sein, dass er ein Mitschüler...«

»Allerdings erinnere ich mich an einen Jungen, der so heißt«, kam es durch das Telefon. »Ihr Anruf überrascht mich auch keineswegs, denn Haeberlin hat mich vorgewarnt. Übrigens hatte er kein Recht, Ihnen meine Telefonnummer zu geben. Was mich aber mehr stört... nein, nicht stört, sondern beunruhigt, ist Ihre Formulierung – *das Schicksal von*... Das klingt nicht gut. Gestern Nacht soll sich jemand eine Kugel in den Kopf geschossen haben, auf der Promenade über der Stadt – so habe ich es jedenfalls heute Morgen gehört. Sie werden mir jetzt nicht sagen, dass …« Sie sprach den Satz nicht zu Ende, aber es war auch so klar, was sie wissen wollte. Ich sagte ihr, dass ich nur über Informationen aus zweiter Hand verfüge. Danach aber handle es sich bei dem 56jährigen Mann, der in der Nacht mit einer schweren Kopfverletzung in das Universitätsklinikum geflogen worden sei, tatsächlich um einen Markus Morgart, gebürtig aus Bruggfelden.

»Von wem haben Sie das?«

Der Syndikus Welsheim hatte mir das vertraulich gesagt. Das hatte ich nicht vergessen. Aber ich bin ein schwacher Mensch und sagte es ihr.

»Welsheim?«, fragte sie zurück. »Der hat doch immer noch überall seine Drähte … Haeberlin schien davon aber nichts zu wissen.«

»Das konnte er nicht. Ich habe es ihm nicht erzählt.«

»Warum nicht?«

»Er war mir zu rot im Gesicht.«

»Ah ja?«, kam es zurück. »Dann war das wohl richtig … Und nun wollen Sie mit mir über Markus reden … aber warum? Und was genau wollen Sie eigentlich von mir wissen?«

Ich erklärte ihr, dass ich Morgart gestern Abend noch getroffen habe, möglicherweise kurz vor seinem Suizidversuch, und deshalb gerne wüsste, ob er Angehörige hat, denen ich das mitteilen sollte. »Obwohl wir nur ein paar Worte gewechselt haben …«

»Angehörige?«, fragte sie zurück. »Hat er wohl nicht, soviel ich weiß … Im Übrigen sollten Sie sich besser an die Polizei wenden. Natürlich kann ich Ihnen ein paar Dinge über ihn sagen, aber am Telefon würde ich das ungern tun. Wissen Sie, wo ich wohne?«

Eine halbe Stunde später fuhr ich mit dem Lift in das oberste Stockwerk einer Wohnanlage im Westen der Stadt. Oben nahm mich eine große dunkelhaarige Frau in Empfang, einen Augenblick lag eine kräftige kompakte Hand in der meinen, dann ging sie mir voran in die Wohnung, ich registrierte ausgebleichte Jeans, einen grobmaschigen grauen Wollpullover sowie ruhige geschmeidige Bewegungen. Sie führte mich in einen sparsam möblierten Wohnraum, dessen Fensterfront den Blick auf die Stadt freigab. Die Dämmerung hatte eingesetzt, eine Stehlampe beleuchtete links eine Bücherwand, rechts zog ein großformatiges, etwas beunruhigendes Bild in Schwarz und Weiß und Rot den Blick auf sich, darunter stand ein Teetisch, bereits gedeckt, im Rechaud brannte das Teelicht, auch waren zwei Kerzen angezündet.

II. CLAUDIA WRONSKI

Warum ich keine Helga leiden kann
Mittwoch, 13. März

Lukas Gsell ist ein mittelgroßer, grauhaariger Mann, mit hagerem Gesicht und Dreitagebart. Bei der einen oder anderen Veranstaltung hatte ich ihn wohl schon gesehen. Auch in einer Stadt wie der unseren hat ein fremdes Gesicht zunächst keine Bedeutung, nur wenn man es das zweite oder dritte Mal sieht, wird es registriert: Wer ist das, was will der hier, zu wem gehört er? Vermutlich hat es damit zu tun, dass sich niemand vorstellen kann, es würde sich jemand ohne einen besonders zwingenden Grund gerade hier niederlassen.

Ich nahm ihn am Aufzug in Empfang, wir tauschten einen Händedruck, ich brachte ihn ins Wohnzimmer und bat ihn an den Teetisch. Dabei bemerkte ich, dass er die beiden brennenden Kerzen bemerkte, sie waren wirklich *too much*, was hatte ich mir nur dabei gedacht!

Ich wies ihm den Platz mit Blick zum Fenster an und schenkte ein und bot das Gebäck aus der Konditorei am Unteren Torturm an, war umsichtig und freundlich und ließ es zu, dass er mir zusah und mit den Augen den Bewegungen meines Körpers folgte. Er fand einige lobende Worte über den Tee, zu dem er keinen Zucker nahm, und knabberte anstandshalber an einer Madeleine, aber dann wollte ich doch lieber zur Sache kommen.

Es sei also Markus Morgart gewesen, der *das* getan habe, sagte ich dümmlich, und weil mir sonst nichts einfiel, schob ich die Frage nach, was ihn – Gsell – eigentlich mit Markus verbinde?

Nichts, kam die Antwort, nichts verbinde ihn mit Morgart, höchstens des Rektors Hund. Und er erzählte mir von dem nächtlichen Spaziergang, von dem Mann im dunklen Mantel und Hexes Bellerei, von seiner hastigen Entschuldigung und der resignierten, abwehrenden Handbewegung…

Ich unterbrach ihn und fragte, ob er sich jetzt Vorwürfe mache? Das könne er vergessen. Markus hätte sich von einem Fremden nichts sagen lassen. Und helfen schon gar nicht. Er schien es zu hören, aber ich hatte das Gefühl, dass er überhaupt nicht darauf achtete, was ich sagte. Haeberlin hatte behauptet, Gsell sei Schriftsteller. Wollte er über den Fall Morgart schreiben? Ich fragte nach, aber er schüttelte den Kopf. Er sei kein Schriftsteller. Oder keiner mehr. Und über den Mann auf der Bank am Waldweg würde er auf keinen Fall schreiben wollen.

Es folgte eine längere Erklärung. Er sei Morgart begegnet, als dieser sich in einer existenziellen Lebenskrise befunden habe, und was habe er – Gsell – da getan? Er sei blind und stumpf weitergelaufen, als ob ihn dieser andere Mensch nichts anginge. Zwar glaube er sofort, dass er ihm nicht hätte helfen können – er sei nicht gut im Helfen. Aber er habe ihn gestört. In einem Augenblick, in dem dieser Mensch vielleicht nichts so sehr gebraucht habe wie Ruhe, Besinnung oder einfach nur Schweigen – ausgerechnet in diesem Augenblick sei er, Gsell, erschienen und mit ihm dieser kläffende Hund, den er nicht unter Kontrolle gehabt hatte. Wie solle man damit umgehen?

Statt einer Antwort fragte ich, ob er diese Geschichte nicht auch eine Nummer kleiner habe, weniger melodramatisch? Ich betrachtete ihn und sah in seinem Gesicht, wie er die seelischen Rollläden herunterließ. Ich hätte völlig Recht, sagte er, er dürfe sich das Elend eines Anderen nicht ans Revers heften wie einen Trauerflor, so etwas sei ungehörig. Aber bevor ein

Mensch so etwas tue... – er hob die rechte Hand und deutete mit dem Mittelfinger auf seine Schläfe –... bevor jemand so etwas tue, da müssten sich in seinem Kopf doch die Gedanken jagen, selbst dann, wenn er sich absolut sicher sei, dass es geschehen müsse, gerade dann... Solle er es jetzt gleich tun, sofort, auf der Stelle? Oder noch den nächsten Schlag der Kirchenglocke unten im Tal abwarten? Vielleicht wolle sich so jemand an etwas erinnern, das ihn fröhlich gemacht habe, an einen Augenblick des Glücks, und...

»Und da kommt dieser Hund und kläfft!«

Ich sagte ihm, er solle es jetzt mit diesem armen Hund gut sein lassen. Irgendetwas ritt mich, ihm ein wenig einzuheizen, und ich fragte ihn, welche Erinnerung denn er aufrufen würde?

Wie von selbst zogen sich die Rollläden wieder hoch und ließen taghelle Verlegenheit aufleuchten. Er hob den Kopf, sah mich an und versuchte ein schiefes Lächeln. Offenbar rede er von Dingen, sagte er, von denen er keine Ahnung habe. Er habe so etwas noch nie tun wollen.

Wirklich nicht?, ging es mir da durch den Kopf. Aber warum ich ihm nicht glauben wollte, weiß ich nicht. Tröstend sagte ich, er solle sich nichts daraus machen. Allerdings gehe das Bild, das er sich von dem Mann auf der Bank mache, mit meiner Erinnerung an Markus Morgart nicht zusammen... Ich schwieg einen Augenblick, und er setzte sofort nach: Ob ich etwas von ihm erzählen wolle?

Wollte ich das? Ich wusste es nicht. Er, der Besucher Gsell, sei mir sehr fremd, sagte ich zögernd, und er meinte, dass ich dem *sehr Fremden* gegenüber ja ganz unbefangen sein könne, und aus irgendeinem Grund oder weil ich nichts zu antworten wusste, hob ich beide Hände und griff hinter meinen Kopf und löste den Knoten, mit dem meine Haare zusammengebunden waren. Dann schüttelte ich den Kopf, dass die Haare frei fallen konnten, und hörte ihn sagen, dass ich das Haar immer so tragen solle.

Sie verstehen sich auf so etwas?, wollte ich wissen, aber bevor er antworten konnte, schob ich nach, ob sich der *sehr Fremde* nicht sehr wundern würde, wenn ich plötzlich ganz unbefangen wäre? Dann hielt ich endlich den Mund, es war diese gefährliche Stunde der Dämmerung, die Kerzen brannten, und wir sahen uns an.

Ein Klingeln brach in das Schweigen.

Ich hob die Hände und ließ sie wieder fallen, stand auf und ging zu dem Regal, auf dem das Telefon stand, und meldete mich. Durch die Leitung drang ein Wortschwall, aufgeregt und wichtigtuerisch zugleich teilte mir der Direktor unseres Gymnasiums mit, dass die Turnhalle für die Aufnahme von Obdachlosen aus den Hochwassergebieten hergerichtet werden müsse! Umgehend! Unverzüglich! Und so war die Teestunde bereits wieder beendet, denn ich bin in der Schulleitung für den Sportunterricht und damit auch für Turnhalle und Sportgerät zuständig.

Gsell war zu Fuß gekommen, so nahm ich ihn in meinem Auto mit in die Stadt, wo er abgesetzt werden wollte. Unterwegs sagte ich ihm, es sei offenbar die größte Sorge des Rektors, dass die Obdachlosen nur ja nicht mit schuleigenen Bällen herumkickten! So ein Mensch sei das, ob man sich so etwas vorstellen könne?

Von den Menschen könne er sich sehr viel, fast alles vorstellen, antwortete er, im Bösen mehr als im Guten, aber manchmal geschehe ganz Unerwartetes.

Und manchmal ist es, wie es ist, hörte ich mich sagen, als wir in die Hauptstraße einbogen. Ich steuerte einen freien Parkplatz an, legte ihm aber kurz die Hand auf den Arm, als er die Wagentür öffnen wollte. Nun hätte ich ihm gar nichts über Markus erzählt, sagte ich, deswegen sei er doch gekommen, und er schlug mir vor, dass wir uns an einem der nächsten Tage noch einmal treffen könnten. Wann immer es mir günstig sei, er richte sich nach mir. Solches Gesumms eben, aber aus irgendeinem Grund ging ich nicht darauf ein.

In der vierten Klasse, sagte ich und schaltete den Motor aus, in der vierten Klasse sei Markus in der zweiten Reihe gesessen, ein paar Plätze von mir entfernt. In der zweiten Reihe, damit ihn der Lehrer immer im Blick hatte. Es gebe Kinder, fuhr ich fort, die seien wie Quecksilber. Die platzen vor Energie. Vor Einfällen. Manchmal wäre es das Beste, man würde sie selbst den Unterricht halten lassen.

Er wollte wissen, was später war. Ob Markus mit auf das Gymnasium kam?

Ich schüttelte den Kopf. Nein, sagte ich, er kam nicht mit.

Und dann erzählte ich, wie es war. Wie es Markus auf einmal, mitten im Schuljahr, nicht mehr gab. Er war weg. Einfach so. Ich hatte nicht verstanden, wie das sein kann. Markus sei weggezogen, hatte der Lehrer nur gesagt und einem anderen Jungen seinen Platz gegeben.

Kinder nehmen so was doch hin, sagte er. Ich hätte das aber offenbar nicht getan. Warum nicht?

Richtig, antwortete ich, ich wollte es nicht hinnehmen. Und dann erklärte ich ihm, warum ich bis auf den heutigen Tag keine leiden kann, die Helga heißt. Denn die erste Helga war so eine, die immer was wusste, was die anderen nicht wissen.

Gehorsam fragte er nach, was das gewesen sei, das die anderen nicht gewusst hätten? Ich hob ein wenig die Stimme: dass dem Markus seine Mutter gestohlen hat. Deswegen haben sie weg müssen, der Markus und seine Mutter.

Gestohlen?, fragte er nach. Im Laden?

Nein, sagte ich, wieder mit normaler Stimme. Markus' Mutter habe nicht im Laden gestohlen. Sie sei Kirchenpflegerin gewesen, in der Johannes-Gemeinde hier, habe also die Kasse verwaltet, und in der hätte irgendwann ein Tausender gefehlt, oder vielleicht auch ein paar mehr.

Gsell wollte wissen, ob die Frau vor Gericht gekommen sei, aber davon weiß ich ja nun wirklich nichts, das neunjährige Mädchen, das ich damals war, hatte ja nicht einmal verstanden, wieso in der Kirche Geld wegkommen kann. Es heißt doch: Jemand sei arm wie eine Kirchenmaus.

Als wir uns verabschiedeten, war über ein Wiedersehen nicht weiter gesprochen worden; ich versprach ihm nur, ich würde ihn anrufen, wenn ich noch etwas über Markus Morgart erfahren sollte. Die nächsten Stunden waren damit ausgefüllt, dass wir – also ich und die murrenden Kollegen, die sich von unserem Direktor hatten erreichen lassen – Matten, Turn- und anderes Sportgerät im Magazin verstauten. Ich kam sehr spät nach Hause zurück, und erst da fiel mir endlich ein, was ich noch vor dem Besuch dieses Lukas Gsell hätte tun sollen. Ich versuchte, Pascal anzurufen, denn es gehört zu dem Rest unserer Vertrautheit, dass ich dies auch zu später Stunde tun kann.

Tatsächlich erreichte ich ihn in seiner Penthouse-Wohnung in Herrenmünster. Wie immer klang er sehr herzlich, aber von dem, was Markus zugestoßen war, wusste er nichts. Das sei sehr seltsam, meinte er, und es klang fast aufgebracht, als dürfe sich niemand eine Kugel in den Kopf schießen, ohne vorher Pascal Helffenstein in Kenntnis zu setzen. Weiter behauptete er, Markus sei in den letzten Jahren nur mehr geschäftlich nach Herrenmünster gekommen, habe eine Zeitlang in New York gelebt und dann in Paris, und dass er in irgendeine finanzielle oder unternehmerische Schieflage geraten sei, daran glaube er nicht, außerdem habe es jetzt keine Bedeutung. Eine Kugel im Kopf könne einer auch überleben, glücklicherweise kenne er einen der Chefärzte in der Neuro-Chirurgie des Uni-Klinikums, den wolle er unverzüglich kontaktieren, er werde mich sofort zurückrufen, sobald er etwas erfahren habe.

Ich legte auf und ging ans Fenster und sah in die Dunkelheit hinaus. Es ist das Wesen der Bourgeoisie, dachte ich, dass ihre Angehörigen glücklicherweise immer jemanden kennen, der nützlich ist oder Nützliches weiß, aber warum nur hatte mich das Telefonat mit Pascal plötzlich so aufgebracht? Nein, nicht aufgebracht, er war mir nur auf die Nerven gegangen. Gewiss, wir waren noch immer befreundet, oder taten jedenfalls so, aber mit dem Jungen von damals hatte dieser Mensch nichts mehr gemein, absolut nichts, *das Land, das lange zögert, eh es untergeht*, hatte den Jungen Pascal mitgenommen, und mit Markus würde es mir wohl ebenso ergehen, wenn Markus überhaupt noch …

Eine Kugel im Kopf kann einer auch überleben.

Pascal rief an diesem Abend nicht mehr an und auch nicht am nächsten Tag, der außerdem damit ausgefüllt war, dass wir das Sportgerät, das wir am Vorabend weggeräumt hatten, wieder in die Turnhalle zurückbringen mussten, denn der Direktor hatte in seinem vorauseilenden Gehorsam wieder einmal alles falsch verstanden. Tatsächlich sollte nur in Abstimmung mit der Stadtverwaltung ermittelt werden, wie viele Flüchtlinge nach Maßgabe von Stellfläche, Toiletten und Waschgelegenheiten *notfalls* untergebracht werden könnten. Das sei alles aber kein Schaden, erklärte der Direktor in der Morgenkonferenz selbstgefällig und mit feuchter Aussprache, denn nun habe man eine Generalprobe absolviert und könne gefasst den Herausforderungen etc. …

Es sei doch schön, flüsterte Pfarrer Rübsam mir hinter vorgehaltener Hand zu, dass der Staat diese Direktorenposten geschaffen habe, für all diese armen Menschen, die sonst zu nichts zu gebrauchen seien. Ich gab zurück, dass ich ganz im Gegenteil auf den Unsinn, den diese Leute dann als Direktoren anrichten, gerne verzichten würde. – Rübsam ist Pfarrer der evangelischen Kirche und hält bei uns vier oder acht Stunden Religionsunterricht, aber ich schweife ab.

Es kam das Wochenende, und ich fuhr hinauf nach Schwarzhalden, wo mir noch immer das Ferienhaus meines verstorbenen Großvaters gehört. Der Wohnkomfort ist äußerst bescheiden, elektrisches Licht ebenso wie warmes Wasser gibt es erst seit letztem Jahr, als ich auf dem Dach Windrad und Solaranlage installieren ließ – der Alte hatte sich noch mit Petroleumlampen begnügt. Was würde er erst sagen, wenn er wüsste, dass wir inzwischen via Mobilfunk und also auch übers Internet erreichbar sind!

Das Haus ist mir ... ach, ich wollte Zuflucht schreiben, aber das ist schon wieder zu hoch gehängt. Ich bin gern dort oben, und als ich den Kachelofen eingeheizt und sich auch noch Vera – eine Flasche Rotwein unterm Arm – eingefunden hatte, wurde es ein netter Abend. Vera ist Malerin, und ich war ihr behilflich gewesen, den alten Glotterhof zu mieten – irgendwer aus dem Kollegium hatte mir von ihr erzählt und dass sie gerne ein Anwesen auf dem Land mieten oder pachten würde. Das war gerade in der Zeit, in der die Erben des Glotterhofes händeringend jemanden suchten, der mit dem alten Gemäuer etwas anfangen konnte. Ich brachte die beiden Parteien zusammen, um auch einmal von einer guten Tat zu berichten. – Vera selbst malt mir zu gegenständlich, sie kommt mir vor wie eine späte Nachfahrin von Werner Tübke oder einem anderen der DDR-Maler – will sagen, ich respektiere sie, aber ihre Arbeiten treffen nicht meinen Geschmack.

Als ich spät am Sonntagabend zurück nach Bruggfelden und in meine Wohnung kam, blinkte der Anrufbeantworter meines Telefons, Pascal hatte die Nachricht hinterlassen, dass Markus Morgart außer Lebensgefahr sei und voraussichtlich in der kommenden Woche in die Neurologische Rehabilitationsklinik Niederzell verlegt werde.

Das war mir etwas zu dürftig, und so nahm ich das Telefon und wählte die Nummer der Penthouse-Wohnung in Herrenmünster. Es klingelte ein paar Mal, dann meldete sich eine... ach, eine junge Stimme eben, wie einem das so passieren kann, wenn man bei Pascal anruft. Aber ich wollte nicht stören und bat um Entschuldigung, aber da hatte dieses... dieses Geschöpf den Hörer bereits weitergegeben, Pascal meldete sich und versicherte eilends, nein! ich störe jetzt nicht, jetzt gerade nicht, aber mehr, als er auf den Anrufbeantworter gesprochen habe, wisse er wirklich nicht.

Das heißt, fügte er hinzu, was Markus mit sich angestellt habe, sei nicht ganz folgenlos geblieben. Er habe Bewusstseinsstörungen, oder jedenfalls eine Amnesie, ich dürfe mich also nicht wundern, wenn er mich nicht erkennen sollte – falls ich ihn denn besuchen werde. Ich sagte, dass ich das davon abhängig machen wolle, was Markus' Ärzte meinten, und erzählte ihm kurz von diesem Lukas Gsell und dessen Begegnung mit dem Mann auf der Bank. Ob dieser Mensch nicht vielleicht ein interessanter Ansprechpartner sei, sei es für Morgart, sei es für die Ärzte?

Am nächsten, schon wieder unfreundlichen und grau verhangenen Tag rief ich Gsell an. Ob er noch immer an Markus Morgart interessiert sei und – wenn ja – heute Abend Zeit hätte? Beides traf zu, und so holte ich ihn am Abend in seiner Junggesellen-Klause ab. An dem Haus oder Häuschen war ich das eine oder andere Mal vorbeigefahren, der Anblick war mir nicht ganz fremd; innen war es mit einer Mischung aus Sperrmüll und schwedischem Allerweltsdesign eingerichtet; in den Regalen aus unbehandeltem Fichtenholz stapelten sich vor allem Taschenbücher. Gsell selbst trug zu einem ausgebeulten Tweed-Sakko ein schwarzes Hemd und hatte sich sogar eine rote Krawatte um den Hals gezurrt – eine andere besitze er nicht, erklärte er mir.

Ich sagte ihm, dass ich ihn mit Pascal Helffenstein bekannt machen wolle. Er sei mit mir zur Schule gegangen, mit mir und also auch mit Markus.

Pascal?, fragte er. Ob das der Atheist im Weinberg des Herrn sei?

Das werde ihm Haeberlin kaum so gesagt haben, gab ich zurück und erklärte ihm, Pascal Helffenstein sei meines Wissens der einzige Mensch, der über die Jahre hinweg Kontakt zu Markus Morgart gehalten habe, auch wenn dieser nicht sehr eng gewesen sein könne.

Die Fahrt nach Herrenmünster dauert keine halbe Stunde, aber es regnete, und die Scheibenwischer meines kleinen blauen Autos hatten Mühe, das Wasser von der Frontscheibe zu schaffen. Aus Regen und Gischt tauchte schließlich doch noch der Vorwegweiser für die Stadtautobahn Herrenmünster auf, und zehn Minuten später konnte ich den Wagen in einem Parkhaus am Stadtrand von Herrenmünster abstellen, von wo aus wir mit der Stadtbahn bis zum Domplatz fuhren. Mit Pascal waren wir bei einem Italiener verabredet, halbwegs zwischen dem Dom und der wegen ihrer Sammlung klassischer Moderne gelegentlich in den Feuilletons erwähnten Staatsgalerie gelegen. Das Restaurant war eines dieser nicht mehr ganz modernen, aber in blütenreinem Weiß und blitzendem Chromstahl gehaltenen Lichttempel, in denen selbst eine Minestrone serviert wird wie das Heilige Abendmahl.

Pascal Helffenstein erwartete uns in der Bar, wo er die Nachrichten verfolgt hatte, auf CNN oder BBC. Er trug das bereits weiße, aber volle Haar kurz geschnitten, so dass die hohe Stirn noch etwas stärker zur Geltung kam und ebenso die vorspringende Nase, die von rechts gesehen sich noch etwas kühner krümmte als von links. Übrigens zeigen ihn fast alle Porträtaufnahmen, die ich kenne, von rechts.

Wir begrüßten uns mit Küsschen links und Küsschen rechts, ich gratulierte ihm zu der lässigen Eleganz, mit der er Jeans, Sakko und grauen Rollkragenpullover kombiniert hatte, er wiederum lobte das Tiefgrün meiner Seidenbluse, die ich unter der ganz alten, ganz abgeschabten Lederjacke trug. Gsell gegenüber trat er mit angenehm unangestrengter Freundlichkeit auf und wusste nicht nur, dass dieser einige Kriminalromane geschrieben hatte, sondern auch, dass sie von Themen der Zeitgeschichte handelten. Vermutlich hatte er ihn gegoogelt. Jedenfalls wirkte er so wenig arrogant, wie dies nur perfekt arrogante Leute fertigbringen.

Einen Augenblick blieben wir noch stehen, den Blick auf den Großbildschirm über der Bar gerichtet, verwackelte und durch den Regen unscharfe Videoaufnahmen zeigten Menschen, die auf einem überfluteten, von Barock-Fassaden gesäumten Platz Stege verlegten, und andere, die aus einem Kirchenportal seltsames, in Plastik verpacktes Gerät schleppten.

Das seien Pioniere der italienischen Armee, erklärte Helffenstein, denn es beginne jetzt der Untergang von Venedig!

Auf dem Bildschirm sah man einen langen dürren Mensch in flatternder Mönchskutte, ein Kruzifix in den Armen haltend, der vom Portal auf einen Steg überzusetzen versuchte, einer der Pioniere streckte die Hand aus, um ihm zu helfen, aber der Mönch ließ das Kruzifix nicht los und stolperte und stürzte ins Wasser …

Ich fand, dass man solche Bilder nicht zeigen müsse, aber Pascal meinte, das sei allenfalls ein Anflug von ausgleichender Gerechtigkeit. Seinerzeit nämlich habe sich die Kirche keineswegs gescheut, Abertausende von Menschen mit der Verbrennung von Ketzern zu unterhalten, und wäre es ihr damals technisch möglich gewesen, so hätte sie diese grausamen Spektakel hemmungslos *live* übertragen. Im Vergleich dazu sei das Filmchen über den ins Wasser plumpsenden Kleriker nichts weiter als ein kleiner Scherz! Damit wies er einladend ins Restaurant. Die meisten Tische waren bereits besetzt, aber der Ober geleitete uns an den für uns reservierten Tisch, der in einer Nische stand und offenbar für Gäste bestimmt war, die ein vertrauliches Gespräch führen wollten. Als Aperitif wurden zwei Prosecco und für die Autofahrerin ein Mineralwasser bestellt. Wenig später kamen die Getränke, und Pascal hob sein Glas: Auf den Untergang!

Nein, sagte ich. Darauf trinke ich nicht.

Dann trinken wir eben auf die Überlebenden, meinte er. Auf die, die es hoffentlich geben wird. Wieder hob er das Glas, wir folgten etwas zögernd, dann vertieften wir uns in die Speisekarte oder taten wenigstens so. Irgendwann fragte ich Pascal, wie er wohl damit umgehe, einen so berühmten Dom wie San Marco womöglich verderben zu sehen.

Verdorben sei der schon lange gewesen, kam die Antwort, und übervoll von gestohlenem Gold! Falls diese venezianischen Domherren überhaupt an Gott geglaubt haben, hätten sie ihn mit diesem Dom himmelschreiender gar nicht lästern können.

Moment, sagte ich. Wie man Gott lästern könne, wenn es ihn gar nicht gebe? Er, Pascal, habe das doch bewiesen.

Er sah mich stirnrunzelnd an. Offenbar hätte ich keines seiner Bücher wirklich gelesen, nicht ein einziges! Die Aussage, Gott gebe es nicht, sei so unsinnig wie die, es gebe ihn. Die einzige Definition, die dem menschlichen Verstand möglich sei, beschreibe ihn als den schlechthin nicht zu Beschreibenden. Wenn es mir danach sei, könne ich Gott als Kürzel für eine der uns unsichtbaren Dimensionen des Universums nehmen, für eine, die sich von uns nicht einmal berechnen lasse. Oder als Namen für das Schwarze Loch, das unser derzeitiges Universum ausgespien habe, oder für jenes, in dem wir eines Tages verschwinden würden ... Gerne dürfe ich auch zu ihm beten oder mit ihm streiten – wollte er, Pascal, mir das ausreden, dann wäre er mindestens so übel wie der Papst zu Rom, wenn nicht gar wie die evangelikalen Erweckungsprediger, die den Menschen einreden wollen, nur der Glaube rette sie vor Fegefeuer und Höllenpein ...

Ich warf einen Blick auf Gsell. Er hatte seinen Stuhl ein wenig zurückgeschoben, so, als ob er deutlich machen wolle, dass er nicht zu uns gehöre. Als wäre er am liebsten aufgestanden und hätte uns alleingelassen. Offenbar war das auch Pascal aufgefallen, er wandte sich ihm zu und meinte entschuldigend, er habe sich leider eine Idiosynkrasie gegen alle Religion zugezogen, vor allem wegen deren lügnerischem Versprechen, den Menschen von seiner Furcht vor dem Tod zu erlösen. Fauler Zauber sei das, rief er aus, wer der Religion auf den Leim gehe, verliere nicht die Furcht vor dem Tod, sondern die Freude am Leben! Gerade heute habe er eine Arbeit über das kirchlich reglementierte Bestattungswesen abgeschlossen, das nichts anderes als ein fein ausgetüfteltes System sei, um den Menschen auch noch mit dem Kadaver zu erpressen, der er einmal sein wird.

Als er kurz Atem holte, warf ich ein, ich sei sehr interessiert, das zu lesen, wann und wo die Arbeit denn erscheinen werde? Und Gsell fügte hinzu, was Helffenstein über die Kirche gesagt habe, unterschreibe er zu weiten Teilen, aber am besten habe ihm gefallen, dass sie gerade eben das Glas auf Markus Morgart erhoben hätten.

Sie kommen aber rasch zur Sache, antwortete Pascal. Es klang ein wenig pikiert. Dann wiederholte er, was er auch zu mir gesagt hatte. Markus Morgart sei nach Auskunft der Ärzte außer Lebensgefahr, zudem ansprechbar und geistig präsent, nur eben – er hob beide Hände, um mit gekrümmten Fingern Anführungszeichen anzudeuten – von einer »partiellen Amnesie« betroffen. Das sei auch der einzige Grund, warum er – Pascal Helffenstein – ihn noch nicht besucht habe. Markus habe nicht einmal seinen Anwalt erkannt, da müsse er sich nicht als Nächster vor ihn hinstellen und ihm ein Wiedererkennen abfordern. In den kommenden Tagen wolle er den Besuch aber nachholen. Auch habe er Morgarts geschiedene Ehefrau in Florida zu erreichen versucht, was ihm aber nicht gelungen sei, weil dort offenbar ebenfalls venezianische Zustände herrschten. Er sei darüber aber nicht traurig gewesen, denn mit der Dame verbinde ihn eine von Herzen kommende gegenseitige Abneigung.

Der Kellner erschien am Tisch, wir bestellten – Helffenstein ein Roastbeef, Gsell Tagliatelle *al pesto*, vermutlich, weil es eines der billigeren Gerichte war (und dies gerade darum, weil Pascal uns eingeladen hatte). Ich habe diese kleinbürgerlichen Ressentiments nicht und hatte mich für einen Heilbutt entschieden. Als der Kellner die Bestellungen notiert und die

Speisekarten eingesammelt hatte, wandte sich Helffenstein wieder an Gsell und bat ihn, dessen Begegnung mit Markus Morgart zu schildern, gerne mit allen Details, die ihm noch gegenwärtig seien.

Gsell erzählte, so gut oder so schlecht, wie es in seinen Aufzeichnungen bereits wiedergegeben ist. Beim Namen Haeberlin nickte Helffenstein kurz, und als Gsell den Mann im dunklen Mantel beschrieb, sollte er ihm zeigen, in welcher Haltung dieser auf der Bank saß. Gehorsam zog Gsell den Stuhl zurück und nahm eine breitbeinig-hockende Haltung ein, den Oberkörper nach vorne gebeugt, und ahmte die gleichgültige Handbewegung nach, mit der Markus seine Entschuldigung quittiert hatte. Ein guter Schauspieler ist Gsell nicht, ging es mir durch den Kopf, oder es fehlte ihm einfach die in sich versammelte, geduckte Kraft, die ich in meiner Vorstellung noch immer mit Markus verband.

Gsell sei Markus also begegnet, ohne ihm begegnet zu sein, fasste Pascal schließlich zusammen. Was aber werde jetzt von ihm, von Pascal Helffenstein erwartet? Solle er dem Herrn Gsell Absolution erteilen? Oder dem Hund des alten Haeberlin? Leider habe das kirchenrechtlich alles keine Bedeutung.

Gsell fühlte sich auf den Arm genommen, nach dem höflich-kühlen Gesichtsausdruck zu schließen, mit dem er uns gegenübersaß. In seinem Kopf habe sich ein verschwommenes Bild von diesem Menschen Morgart eingenistet, sagte er in beinahe gleichgültigem Ton, und er wüsste deshalb gern, wen es wirklich zeige. Vielleicht werde er dieses Bild dann wieder los.

Pascal hob die Schultern und ließ sie wieder fallen. Er kenne Markus von Kindheit an, sagte er, trotzdem gehöre dieser zu den Menschen, die für ihn, Helffenstein, nicht erreichbar seien, als wären sie beide durch eine Glasscheibe voneinander getrennt. Aber auch das sage nichts über Morgart aus, denn ebenso gut könne die Glasscheibe ja das Problem jenes Menschen sein, der auf der anderen Seite der Scheibe stehe.

Das ist wohl so, dachte ich und verbuchte es als einen Anflug von Selbstkritik, während ich zuhörte, wie Pascal das Wiedersehen der beiden Jungen beschrieb, zwei oder drei Jahre nach dem Wegzug der Morgarts aus Bruggfelden. Sie hatten sich in Herrenmünster getroffen, auf der Straße, ganz zufällig, als Pascal seinen Onkel besuchte, den Banker Serenus Helffenstein, einen unverheirateten älteren Herrn, der sehr darum besorgt gewesen sein muss, den Neffen nicht in gar zu kleinstädtischen Verhältnissen aufwachsen zu lassen. Bei diesem ersten Wiedersehen sei Markus zunächst grußlos an ihm vorbeigelaufen, als hätte er ihn nicht erkannt, und habe selbst dann noch recht fremd getan, als er – Pascal – ihn angesprochen habe.

Dann unterbrach er seinen Bericht und wandte sich an mich – ob ich mich erinnere, dass er und Markus bereits in Bruggfelden mit dem Schachspiel begonnen hätten? Ich verneinte. Wie sollte ich mich auch erinnern? Ich war nicht beteiligt gewesen.

Doch, das sei so gewesen, beharrte er, und das Schachspiel hätten sie dann wieder aufgenommen. Mindestens einmal in der Woche sei er nach Herrenmünster gefahren, wo ihn Markus am Bahnhof erwartet habe und mit ihm in die Wohnung des alten Serenus gegangen sei, in der die beiden Jungen anschließend den ganzen Nachmittag vor dem Schachbrett verbracht hätten. Pascal, dem vom alten Serenus ein wenig Eröffnungstheorie beigebracht worden war, hatte zu Beginn wohl einen Vorteil, den Markus aber in kurzer Zeit wettmachte. Sehr bald sei er als Gegner für ihn, meinte Pascal, sogar zu stark geworden. So versandeten diese Nachmittage allmählich und hörten ganz auf, als Markus nach der Mittleren Reife eine Banklehre begann. Übrigens hatten die Treffen immer nur in der Wohnung des alten Serenus stattgefunden – dass sie sich bei Markus getroffen hätten, also in der Wohnung der Morgarts, stand offenbar nie zur Diskussion.

Hatten die beiden jungen Männer wirklich nur Schach gespielt? Gsell wollte das wissen. Wie sei das mit dem ersten Bier gewesen? Und den Diskussionen, die man dabei führen könne? Vielleicht über Politik?

Kein Bier, kein Alkohol, kam die Antwort, als junger Mann habe Markus so etwas wie einen Kult der Nüchternheit betrieben. Gespräche über Politik? Gewiss doch, aber sie seien schwierig gewesen. Selbstverständlich sei er – Pascal – damals ein entschiedener Anhänger der Befreiungstheologie gewesen, also links, während Markus behauptet habe, der befreite Mensch werde sich als ein noch bösartigeres Wesen herausstellen, als er es jetzt schon sei. Ganz allerdings, fügte Pascal hinzu, habe er das Morgartsche Weltbild nicht verstanden oder verstehen wollen und es deshalb als einen Börsenzocker-Nihilismus abgetan.

Gsell hakte nach, ob er dies inzwischen anders sehe, und Pascal hob die Hand, als müsse er etwas abwiegen. Vielleicht werden wir es jetzt ja erleben, sagte er schließlich, dass wir Menschen als zu leicht befunden werden. Dass der 17- oder 18jährige Markus Morgart Recht behalten werde. Dann schüttelte er kurz den Kopf – wir säßen jetzt doch zusammen, um uns über den jungen Mann von damals zu unterhalten! In der Tat habe es noch anderes als Schach gegeben, Markus habe ihn zu dem einen oder anderen Heimspiel von Viktoria Herrenmünster ins Stadion geschleppt, und er umgekehrt den Markus ins Kino, da falle ihm sogar etwas ein! Seine Augen begannen plötzlich zu funkeln, als sei eine Flamme in ihnen hochgedreht worden, und er begann von dem Film »Les Jeux sont faits« von Jean Delannoy zu erzählen, gedreht nach Sartres Drehbuch und 1947 in die Kinos gekommen, in Deutschland allerdings unter dem – wie er sagte – brunzdummen Titel »Das Spiel ist aus«, denn das Spiel beginne in diesem Film gerade dann, wenn schon alles aus sei und Held samt Heldin beide tot! Sie hätten sich den Film in einem kleinen Filmkunst-Studio angesehen und über die Idee, dass die Toten unsichtbar und unhörbar unter den Lebenden sind und sie beobachten und ihnen nicht helfen können und nicht vor den Dummheiten bewahren, denen sie selbst zum Opfer gefallen sind – darüber hätten sie, also er und Markus, noch lange gesprochen...

Seltsam – ganz gewiss hätte ich den beiden Burschen nicht beim Schachspielen zusehen wollen und wäre mit ihnen auch kaum ins Fußballstadion oder ins Kino gegangen. Trotzdem versetzte mir Pascals Bericht einen kleinen Stich, als wäre ich nachträglich eifersüchtig geworden! Zum Glück brachten die Kellner das Hauptgericht, und wenn ich mich recht erinnere, war nichts daran zu beanstanden. Noch während des Essens ging Helffenstein dazu über, uns in groben Zügen den weiteren Werdegang des Markus Morgart zu schildern, der nach der Mittleren Reife eine Banklehre bei der ehrwürdigen Sparkasse von 1864 begonnen hatte, wo man den freundlichen, hilfsbereiten und kompetenten jungen Mann alsbald hinter dem Banktresen einsetzte, besonders geschätzt von älteren Herrschaften, denen er gerne und bereitwillig bei Überweisungen und Geldanlagen zur Hand gegangen sei.

Und nicht nur den älteren Herrschaften! Zu seinem Abitur habe er, Pascal, vom wohlhabenden Onkel Serenus ein paar Tausender überwiesen bekommen, mit der Auflage, er solle was draus machen. Also sei er zu Markus gegangen, der ihm von dem Geld Aktien eines finnischen Holzverarbeitungsbetriebs besorgte, vielleicht waren es auch keine Aktien, sondern Optionen auf solche, und ein halbes Jahr später waren aus den Zehntausend immerhin Achtzehntausend geworden.

Nett, sagte ich. Da habe sich der Onkel aber gefreut!

Keineswegs, kam die Antwort. Im Gegenteil! Wer immer ihm diesen Tipp gegeben habe, dem solle er künftig aus dem Weg gehen, habe ihn der Alte fast auf Knien beschworen, und auf keinen Fall mit ihm weitere Börsengeschäfte machen. Offenbar befürchtete der Onkel, er – der Neffe – sei an einen Betrüger geraten, der ihn anfüttern wollte.

Er sei dem Rat aber – »gottlob!« – nicht gefolgt, fuhr Pascal fort. Als Serenus starb und ihm ein kleines Aktienpaket hinterlassen habe, sei das von Markus ganz unspektakulär und behutsam umstrukturiert worden. Seither sei er finanziell unabhängig. Er hob das Glas mit dem trockenen italienischen Rotwein, runzelte die Stirn, als habe er etwas vergessen. Er sei in Markus' Schuld, ja doch, fügte er hinzu, hob das Glas wie eine Ehrenbezeigung und nahm einen vorsichtigen Schluck.

Morgart sei also, meldete sich Gsell zu Wort, ein offenbar seriöser und kompetenter Angestellter einer vermutlich höchst seriösen Regionalbank gewesen. Welche Karriere stehe so jemandem offen?

Normalerweise keine, antwortete Pascal. Schon gar nicht bei der Sparkasse von 1864, die keineswegs höchst seriös, sondern höchst verschnarcht sei. Aber Morgart sei nicht lange dort geblieben, das sei – er zuckte mit den Schultern – nach der Geschichte mit den alten Leuten und den Optionsgeschäften ja auch nicht möglich gewesen. Er sagte es so, als müsste man wissen, was damit gemeint war, aber jedenfalls ich wusste es nicht. Schließlich rückte er damit heraus.

Danach muss es – lange vor *Ground Zero New York* – an der Börse einen vorübergehenden Kurssturz gegeben haben, den der junge Bankkaufmann Morgart als günstige Gelegenheit für eine richtige, eine groß angelegte Aktienspekulation ansah. Da er selbst nicht über das erforderliche Einstiegskapital verfügte, oder jedenfalls nicht in dem Rahmen, den er sich vorstellte, lieh er es sich von den vielen netten alten Leuten, die sich so gerne von ihm betreuen ließen …

So etwas könne doch nur mit einem fürchterlichen Debakel enden, warf ich ein, aber Pascal behauptete, Morgarts Rechnung sei glänzend aufgegangen, so dass er alles zurückzahlen konnte, und zwar mit Zinsen, wie sie die netten Alten in ihrem Leben nie wieder bekommen sollten und ihre Erben auch nicht. Natürlich sei unterm Strich auch ein satter Gewinn für Markus selbst geblieben.

Hier unterbrach ihn Gsell und wollte wissen, wie Morgart es denn fertiggebracht habe, misstrauische alte Sparkassenkunden zum Spekulieren zu verleiten?

Er habe sie nicht überreden müssen, antwortete Pascal. Überhaupt werde viel zu viel geredet. Zum Beispiel Markus – was hätte er die armen alten Menschen mit unnützen Informationen belästigen sollen? Sie womöglich beunruhigen?

Ich tauschte einen Blick mit Gsell. Beide hatten wir begriffen. Morgart hatte über das Geld verfügt, ohne die Bankkunden zu fragen. Aber Pascal sah kein Problem darin. Überhaupt nicht. Alte Leute, sagte er, hätten sowieso ein Problem mit dem Nachtschlaf. Er erzähle das übrigens nur deshalb, weil Markus ihn zuvor nach seiner Meinung gefragt habe.

Ich wollte wissen, was Pascal ihm damals gesagt oder geraten hat. Aber der sagte nur, er habe sich nicht in der Lage gesehen, einen Rat zu geben. Morgart habe längst Ahnung vom Geld gehabt und er – Pascal – eben nicht. Außerdem sei er damals vermutlich der Ansicht gewesen, dass Geld nichts bedeutet. Mit Religiosität habe das übrigens nichts zu tun ...

Das war mir nun doch zu viel Geschwätz, ich fiel ihm ins Wort und fuhr ihn an, dass solche Ansichten eher mit seiner großbürgerlichen Herkunft zu tun hätten. Aber geschenkt! In diesem Fall sei es doch nicht nur ums Geld gegangen. Auch wenn diese alten Leute keinen finanziellen Verlust erlitten und vielleicht sogar einen kleinen Anteil am Gewinn bekommen hätten, so habe Morgart gleichwohl ihr Vertrauen missbraucht. Dass man so etwas nicht tue, sei doch eine Frage des Anstands, der Moral ... Noch während ich es sagte, kam ich mir komisch vor. Anstand! Moral! In welcher Welt leben wir denn?

Wieder warf ich einen Blick zu Gsell, aber der fand die Geschichte nur insofern ungewöhnlich, als die braven alten Sparkassenkunden ausnahmsweise nicht abkassiert, sondern am Gewinn beteiligt worden seien. Pascal nickte und trank – die Augenbrauen leicht hochgezogen – einen Schluck Wein, und während ich ihm zusah, hörte ich eine scheinbar fremde Stimme den Satz sagen:

»Du gehst deinen Weg.«

Es war meine Stimme. Das sei es gewesen, fügte ich hinzu, was Pascal gesagt habe. Er nickte.

Zum zweiten oder dritten Mal an diesem Abend hatte ich vergessen, dass wir zu dritt am Tisch saßen. Pascal muss es ähnlich gegangen sein, denn er wandte sich an Gsell und bat um Entschuldigung, er und ich seien in eine alte Unart verfallen, sozusagen in den Geheimcode unserer Kinderjahre, dabei wolle er doch nur von Morgarts beruflichem Weg erzählen!

Gsell hob die Hand und meinte, es gebe nichts zu entschuldigen, das mit dem Geheimcode habe ihm sofort eingeleuchtet. Und dann überließ er wieder Pascal das Wort zu Morgarts weiterem Werdegang. Der war nach Berlin gegangen, kaum, dass er mit der nicht ganz freiwilligen Hilfe der netten Sparkassenkunden seine erste Million gemacht hatte, und hatte dort vier oder fünf abbruchreife Berliner Hinterhöfe erworben, eine Social-Profit-Firma gegründet und sich darangemacht, im Auftrag des Senats Sozialhilfeempfänger und Obdachlose unterzubringen und irgendwie ins Erwerbsleben einzugliedern ...

Er habe davon gelesen, bemerkte Gsell und fügte mit einem boshaften Unterton hinzu, es habe sich wohl um eine Firma wie *Bettlers Freund* aus der Dreigroschenoper gehandelt.

Pascal machte eine anerkennende oder vielleicht doch eher genervte Handbewegung, okay, sagte er dann, da könne er also abkürzen. Ihm gegenüber habe Morgart das ganz geschickt verkauft – nichts sei schwieriger, so habe er erklärt, als die Rückbegleitung von Obdachlosen ins bürgerliche Leben. Warum zum Teufel überlasse man ausgerechnet so etwas der Sozialbürokratie? Dort säßen doch nur Leute, die Anträge bearbeiten könnten und Berechtigungsscheine ausstellen, und sonst gar nichts ... So ungefähr habe er es gesagt, fügte Pascal hinzu und wandte sich an mich. Ich wüsste ja, mit welchem Furor Markus schon als Junge habe argumentieren können.

Ich wollte wissen, wann er mit ihm darüber gesprochen habe, und er sagte, das müsse wohl in Berlin gewesen sein – er habe dort einen Vortrag zu halten gehabt und sich danach zu einem späten Abendessen mit Markus getroffen. An dieses Abendessen erinnere er sich aber vor allem deshalb, weil Markus damals ein Trauerband am Revers getragen habe, was ihm bei einem solchen Finanzmenschen seltsam deplatziert erschienen sei. Hatte man soeben den freien Börsenhandel abgestellt? Zum Glück habe er sich die Frage verkniffen, denn Markus' Mutter war kurz zuvor verstorben, und so habe er – Pascal – versucht zu sagen, was man in solchen Fällen sagt. Markus habe jedoch nicht weiter darüber reden wollen, vielleicht später einmal, habe er nur gemeint, und so habe sich das Gespräch dann rasch anderen Themen zugewandt.

Hat es dieses *später* denn je gegeben? Pascal schüttelte den Kopf. In den Jahren danach hätten sie sich nur noch selten gesehen, das Unternehmen *Zuflucht & Arbeit* sei rechtzeitig kurz vor Wende und Wiedervereinigung verkauft worden, so dass Morgart die erwirtschafteten oder erbeuteten Millionen in das Geschäft mit den *blühenden Landschaften* habe investieren können, konkret in die Abwicklung der Rostocker DDR-Werften und Schiffsbetriebe. Vermutlich wisse Gsell, dass in deren Verlauf Hunderte von Millionen Deutschmark an Fördermitteln der Europäischen Union in dunkle Kanäle abgezweigt worden seien.

Der nickte nur, aber ich wollte doch wissen, ob Pascals Sittengesetz denn auch dazu schweige. Er griff nach dem Weinglas, ließ es aber stehen und begann zu dozieren. Staatliche Fördermittel seien dazu da, Geld in Umlauf zu bringen. Zu nichts sonst – jedenfalls habe ihm Morgart das so erklärt. Das sei unendlich wichtiger als die Subvention von Schiffen, die von den Koreanern sowieso billiger und besser gebaut würden.

Wie zur Bekräftigung nahm er einen behutsamen Schluck und kam dann wieder auf Markus zu sprechen. Der habe sehr bald von Meckpomm genug gehabt, genug auch von Europa, das sei für ihn alles Regionalliga, wie er sich ihm gegenüber einmal ausgedrückt habe. Für einen Markus Morgart sei eben nur die Champions League in Frage gekommen.

Ist er dort angekommen? Gsell wollte es wissen. Aber Pascal

meinte nur, es würde ihn wundern, wenn es nicht so wäre. Er brach ab und blickte hoch.

Neben ihm stand eine junge Frau, den Kragen des Regenmantels hochgeschlagen, den Gürtel um eine schlanke Taille verknotet, das schmale blasse Gesicht von dunklen Haaren eingerahmt, darüber eine Baskenmütze, leuchtend wie eine Klatschmohnblüte. Rotkäppchen also. Wer immer der Wolf war, er würde nichts zu lachen haben.

Oh!, rief Pascal mit plötzlich veränderter Stimme, die auf einmal jeden Anstrich von Herablassung und latentem Zynismus verloren hatte, er dürfe uns Ulrike vorstellen! Er kam aber nicht dazu, irgendetwas über sie zu sagen, denn Rotkäppchen Ulrike fiel ihm ins Wort und erklärte, sie sei die, die sie sei, und sonst sei nichts zu sagen. Mir schenkte sie ein kurzes aufstrahlendes Lächeln und einen festen Händedruck. An den Augen waren schwarze Lidschatten aufgetragen. Die Stimme war hell und wohlakzentuiert und eben jene, die ich bei meinem Anruf in der Penthouse-Wohnung bereits gehört hatte.

Pascal durfte ihr aus dem Mantel helfen, dann setzte sie sich zu uns und sah kurz von mir zu Gsell und dann wieder zu mir, offenbar schätzte sie die Rangordnung am Tisch ab. Schließlich wandte sie sich an mich und meinte, wenn sie es richtig verstanden habe, seien wir Freunde eines Freundes von Pascal. Ich stellte das klar, jedenfalls soweit, wie es mir nötig erschien, worauf Rotkäppchen sich an Gsell wandte und wissen wollte, wo denn dieser Hund jetzt sei? Doch hoffentlich nicht allein?

Als auch das erklärt war, schaltete sich Pascal wieder in das Gespräch ein und erkundigte sich, wie denn die Probe verlaufen sei. So erfuhren wir, dass Ulrike in einer studentischen Theatergruppe mitwirkte, die auf den Einfall gekommen war, in einer leerstehenden, aber denkmalgeschützten Barockkirche Salomos *Hohes Lied* aufzuführen. Seine Idee wäre das nicht gewesen, fügte Pascal sogleich ungefragt hinzu, abgesehen davon, dass dieses angeblich hohe Lied keineswegs von Salomo sei, sondern ein Konvolut altägyptischer, persischer und griechischer Liebeslyrik! Zwar wolle er den jungen Leuten nicht dreinreden, gewiss nicht, aber er müsse doch anmerken, dass niemand in Deutschland das *Hohe Lied* inszenieren oder vortragen könne, der zuvor nicht wenigstens einen Blick in Celans *Todesfuge* geworfen habe...

Das Mädchen – das mit leicht geducktem Kopf zugehört hatte – hob die Hand zu einer Geste, als werfe es ein zusammengeknülltes Stück Papier hinter sich. Ich fand diese Geste ein wenig ungezogen, außerdem brachte sie Pascal dazu, sofort auf den besorgten Eislauf-Papa umzuschalten und nach irgendwelchen Besetzungsproblemen zu fragen, die sich bei der Inszenierung aufgetan hätten. Rotkäppchen zeigte kurz die Zähne, gab dann aber unwillig Auskunft; wenn ich es recht verstanden habe, war unter den weiblichen Mitgliedern des Ensembles ein Streit ausgebrochen, weil eines von ihnen von der Regie angeblich zu sehr in den Mittelpunkt gerückt werde.

Ich habe vom *Hohen Lied* nur eine sehr ungefähre Ahnung und weiß auch gar nicht, wie und warum es zu einem Theaterstück taugen soll. Vor allem aber hatte ich keine Lust, von Pascals kleiner Freundin eine Auseinandersetzung unter studentischen Laienschauspielerinnen geschildert zu bekommen. Also suchte ich den Blick von Gsell und holte sein wortloses Verständnis ein, dass es Zeit für die Heimfahrt sei.

Die erleuchteten Schaufenster spiegelten sich auf dem nassen Asphalt. Von ferne jaulten Martinshörner. Außer uns war kaum jemand unterwegs. Lukas Gsell und ich gingen Arm in Arm (es hatte sich so ergeben), mit der freien Hand hielt er den Regenschirm. Wir hatten den Domplatz überquert und waren auf dem Weg durch die Fußgängerzone – die hier Schirngasse hieß – zum Hauptmarkt, der nächsten Haltestelle der S-Bahn. Meine Gedanken hatten sich noch nicht ganz von dieser Ulrike gelöst, das war ja ein hübscher Käfer, nicht zu leugnen. Und es gehörte sich nicht, so missgelaunt darauf zu reagieren.

Wir seien also drei Freunde gewesen, hörte ich Gsell sagen (oder fragen). Zwei Jungs, ein Mädchen. Eine richtige kleine Gang mit eigenem Code. Und dann sei Markus weggezogen oder habe wegziehen müssen… Ich begriff, worauf er hinauswollte, und erklärte ihm, dass Kinder in dem Alter, in dem ich damals war, gar nicht in der Lage seien, sich emotional so zu binden, dass es eine räumliche Trennung überdauern könne. Er fragte nach, wie das dann mit Pascal Helffenstein gelaufen sei, und ich sagte ihm, ja doch, wir seien befreundet geblieben und einige Jahre lang fast vertraut miteinander gewesen.

Vertraut?, wiederholte Gsell. Und wodurch sei das beendet worden? Ach, meinte ich, irgendwann sei mir Pascals Hang zu Rotkäppchen- und anderen Lidschatten-Gewächsen auf die Nerven gegangen. – So ungefähr war es ja auch gewesen.

Gsell sagte nichts weiter, und ich war ihm dankbar dafür. Plötzlich blieb er stehen, wir waren vor einem Modehaus angekommen, hinter der Fensterfront waren großäugige, lang bewimperte Puppen in allerhand Schwarz zur Schau gestellt, eines der Puppenjungenmädchen – die Beine auf hohen Plateausohlen leicht auseinandergestellt – beugte sich über einen Tisch, das kleine Schwarze hochgerafft, nichts darunter. Ein anderes war im Wesentlichen mit einem Pelzmantel bekleidet, lag aber auf dem Rücken, das Köpfchen mit den großen Augen und leicht geöffnetem Mündchen dem Betrachter zugekehrt, die netzbestrumpften Beine leicht angehoben und gespreizt, der Mantel geöffnet; ein drittes Plastikgeschöpf trug zum durchbrochenen Top immerhin Jeans, die aber bereits von den Hüften gestreift waren. Was zum Teufel war daran so faszinierend, dass man davor stehen bleiben musste?

Noch immer jaulten in der Ferne die Martinshörner, das heißt, so fern waren sie gar nicht mehr, dazu dröhnte vom Hauptmarkt noch anderer Lärm, zunächst einfach nur Krach und Geschrei, aber in einen Rhythmus gezwungen, und ich begriff, dass hier Sprechchöre gegen die Häuserfronten hämmerten. Es folgte Getrappel, eine Gruppe Menschen rannte die Schirngasse hoch, angeführt von einem grotesken Ungetüm, einem stählernen Dinosaurier mit aufgerissenem ausgestrecktem Maul und zwei blendenden Scheinwerfern als Augen – es war ein Bagger mit hochgestellter Schaufel, mit rasselnden Raupenketten rollte er durch die Einkaufsmeile wie ein Sowjetpanzer durch das zerstörte Berlin des Jahres 1945, daneben liefen schwarzgekleidete Gestalten, vermummt unter den Sturzhelmen, Steinbrocken flogen gegen Schaufenster, Glas brach klirrend, Sirenen jaulten auf…

Weg hier!, sagte Gsell, drehte sich um, griff nach meiner Hand und zog mich mit. Hinter uns war eine Seitengasse, wir liefen darauf zu, vom anderen Ende der Schirngasse näherte sich bereits ein gepanzerter Wasserwerfer der Polizei, schwarzuniformierte Polizisten mit Plastikschildern schwärmten neben dem Wasserwerfer aus und rannten die Straße hinab, die Schlagstöcke erhoben. Ich erreichte den Eingang der Seitengasse und blickte zurück, aus dem Schutz des Baggers sprangen die Vermummten hervor und warfen Steine auf die Polizisten, krachend schlug die Baggerschaufel gegen die Fensterfront mit den androgynen Modepuppen, wieder splitterte Glas, mit langen Panthersprüngen rannte eine kleine schwarze Gestalt am Bagger vorbei auf die vorrückenden Polizisten zu und schleuderte aus der Bewegung heraus – nein, keinen Stein, sondern einen Molotow-Cocktail, und als sie wieder abdrehte, lief auch bereits flüssiges Feuer an der hässlichen grauen Panzerschnauze des Einsatzwagens herab und über den Asphalt… Gsell riss mich zurück, in den Eingang eines kleinen schäbigen Hotels, dessen Portier gerade dabei war, das Eisengitter vor dem Eingang herunterzukurbeln.

Wie es sich fügte, hatte der Portier noch ein Zimmer frei, ein Doppelzimmer, übrigens hatte ich schon einmal in diesem Hotel übernachtet, vor über zwanzig Jahren, mit X, aber das geht niemanden etwas an. – Für den Fall, dass ich irgendetwas vergessen habe, hänge ich hier einen Ausriss aus dem *Tagblatt Herrenmünster* an.

Vandalenzug durch die Schirngasse

Herrenmünster. Eine Schneise der Verwüstung haben vermummte Gewalttäter in der Nacht zum Dienstag durch Herrenmünsters Einkaufsmeile geschlagen. Im Anschluss an die Montagsdemonstration gegen Sexismus zogen Angehörige des Schwarzen Blocks in die Schirngasse, warfen Schaufensterscheiben ein, plünderten Läden und griffen schließlich das Kaufhaus »prix femina« an. Mit Hilfe eines Schaufelbaggers, den sie von einer Baustelle des Rathaus-Neubaus entwendet hatten, zertrümmerten sie den Eingangsbereich des Kaufhauses, zerstörten die Auslagen und setzten das Haus schließlich mit Benzinbomben in Brand. Bei den Auseinandersetzungen mit der Polizei, die der Feuerwehr nur mit Mühe den Weg zum Brandort bahnen konnte, wurden mehrere Beamte verletzt. Die Feuerwehr konnte schließlich den Brand löschen, bevor er auf Nachbarhäuser übergriff. Die genaue Schadenshöhe lässt sich derzeit nicht überblicken, dürfte aber im Bereich mehrerer Millionen Euro liegen (ausführliche Berichte und Kommentar: »Zurücktreten, Herr Polizeipräsident!« im Innern des Blattes).

III. GSELL

Was der Syndikus weiß
Dienstag, 19. März

Am Dienstagvormittag kam ich aus Herrenmünster zurück, ein wenig müde, aber mir war, als sei es Frühling geworden. Ich holte des alten Rektors Hündin, sie schien mir ebenso vergnügt, wie ich es war. Der Weg zum Galgenbuck war nicht mehr abgesperrt, nur vor und unter der Bank, auf der Markus Morgart gesessen hatte, sah man noch immer das Sägemehl. Kurz danach begegneten wir dem Hund Maxl samt seinem Syndikus; ich wollte zwar nicht als Wichtigtuer erscheinen, aber dass Markus Morgart seinen Suizid-Versuch offenbar überlebt hatte, musste ich ihm doch mitteilen.

Doch Welsheim wusste es bereits – einer seiner Rotarier-Freunde habe ihn davon in Kenntnis gesetzt, sagte er, in einem Ton, der mir fast zurechtweisend erschien, als sollte solches Wissen den Eingeweihten vorbehalten bleiben. Woher ich es denn erfahren habe? Ich sagte es ihm, und er wiegte anerkennend den Kopf.

»Ja so! Dass Pascal und dieser Morgart Schulfreunde gewesen sind, das ist mir allerdings neu …« Wie es Helffenstein denn so gehe? Wolle er noch immer die Welt einreißen, und die Kirche als Allererstes? Ich gab eine ausweichende Antwort – dass er eine beeindruckende Persönlichkeit sei, oder irgendetwas in dieser Art. Vor allem behielt ich meinen Eindruck für mich, dass es Pascal Helffenstein weniger um das Ein-, sondern vielmehr um das Aufreißen zu tun sei, nämlich das von niedlichen Geschöpfen mit roten Baskenmützen.

Der Syndikus wollte dann wissen, ob ich versuchen würde, mit Morgart Kontakt aufzunehmen oder ihn zu besuchen?

»Vielleicht schreibe ich ihm«, antwortete ich, »aber wie entschuldigt man sich bei jemandem, den man beim Sich-Umbringen gestört hat?«

»Ach«, meinte der Syndikus, »das kriegen Sie schon hin. Außerdem – so besonders zartfühlend ist dieser Morgart gar nicht… Hat Ihnen Pascal die Geschichte von der Todeswette erzählt? Nein? Googeln Sie das mal! Der Fonds, um den es da geht, ist von Morgart aufgelegt worden. Auch wenn sein Name eigentlich nie erscheint, ist dieser Sohn dieser unserer Stadt ein richtig hochkarätiger *global player* geworden, wie mein Rotarier-Freund sagt…«

Zu Hause brachte ich es endlich über mich, das amtliche Schreiben zu lesen, das vor ein paar Tagen mit der Post gekommen war. In der Tat musste es das gleiche gewesen sein, das auch der Rektor erhalten hatte. Allerdings las es sich auf den ersten Blick ganz manierlich – die Stadt bat um Auskunft, ob ich Wohnraum für die vorübergehende Unterbringung von Hochwassergeschädigten erübrigen könne. Nun gut, ich hatte ein Gästezimmer, ein Ehepaar mit nicht zu hohen Ansprüchen würde es darin ein paar Tage aushalten können… Ich füllte das beigefügte Formular aus und wollte es in den dafür vorgesehenen Umschlag stecken, als mir auffiel, dass dieser Umschlag nicht frankiert war. Daraufhin sah ich das Schreiben noch einmal durch und bemerkte, dass so etwas wie Miete oder eine Kostenerstattung für Strom und Wasser offenbar nicht vorgesehen war. Da warf ich das Schreiben samt unfrankiertem Umschlag in den Papierkorb.

War das kleinlich? Egoistisch? Egal. Ich setzte mich an den Schreibtisch, schaltete meinen Laptop ein und rief im Internet den Begriff »Todeswette« auf. Zwar fand ich tatsächlich eine

Reihe von Berichten, ohne dass darin der Name Markus Morgart aufgetaucht wäre. Außerdem verstand ich die Berichte nicht. Also rief ich den Bilch an … Das ist ein Mensch, über den ich einmal einen Gerichtsbericht geschrieben habe, der ihm nicht ganz missfallen hat. Seither ist er mein Gewährsmann für all die Dinge, die unter dem Tisch des ehrsamen Geschäftsgebarens abgewickelt werden. – Es war noch Vormittag, und ich erreichte ihn in einer Kaschemme in der Nähe der Frankfurter Börse. Mit seinem Einverständnis nahm ich das Gespräch auf; hier also der – gekürzte – Mitschnitt:

Bilch: Der Geier und die Todeswette

Du weißt, wie Lebensversicherungen kalkuliert werden? Früher mit Hilfe von Sterbetafeln, heute vor allem nach Maßgabe ärztlicher Untersuchungen, so dass man einen Anhaltspunkt hat, wie lange der Kunde da wohl noch zu leben hat. Je länger er das hinkriegt, desto länger zahlt er Beiträge, und desto prächtiger ist das Geschäft der Versicherer. Aber selbst über Miami ziehen Wolken auf, in den Achtziger Jahren zum Beispiel fingen all die schwulen jungen Männer an zu krepieren, viel zu früh, weil sie den Virus erwischt hatten, und die armen Lebensversicherer hatten das Nachsehen … Chef, lass mal die Luft aus meinem Glas raus!

Aber wenn einer das Nachsehen hat, ist ein anderer der Gewinner, irgendwann tauchte ein verrückter Vogel auf und begann damit, den HIV-Infizierten ihre Policen abzukaufen, und zwar deutlich unter Wert, was weiter kein Problem war, denn die armen Teufel brauchten dringend jeden Greenbuck für Medikamente … Nein, wie der verrückte Vogel hieß, wusste ich lange nicht, der hielt sich schön im Hintergrund, außerdem war er gar nicht verrückt. Lange hielten die Medikamente damals nicht vor, und die Versicherungssummen wurden fällig. Es kassierte wer?

Der verrückte Vogel. Und weißt du, was er mit dem Gewinn machte? Du glaubst es nicht: Er wechselte die Seiten und legte nun selbst Lebensversicherungen für Risiko-Patienten auf, mit dementsprechend hohen Versicherungsbeiträgen… Warum tat er das? Dieser Geier hatte früher als andere mitbekommen, dass neue Aids-Medikamente auf den Markt kommen würden, die den Virus zwar nicht ausschalten, ihn aber eindämmen würden, egal wie… Jedenfalls lebten die HIV-Infizierten plötzlich wieder länger, wenn sie nur brav ihre Tabletten schluckten. Das war doch schön, vor allem für diesen einen Vogel, denn sie bezahlten ihm brav ihre extra teuren Beiträge, Jahr für Jahr…

Nein, wieso sollst du das übel finden? Es ist ein Geschäft wie jedes andere auch, *so what*? Mit der Zeit wurde dem Kerl der Verwaltungsaufwand für seine rosa Sterbekasse aber zu teuer, er verkaufte sie höchst gewinnbringend und legte einen neuen Fonds auf, der diesmal gar keine konkreten Versicherungsverträge mehr zum Gegenstand hatte…

Er brauchte das auch gar nicht, denn er konnte sich ziemlich mühelos die medizinischen Daten einer Referenzgruppe von einem halben Tausend Amerikanern beschaffen, und zwar deshalb, weil das eine mit dem anderen zusammenhängt. Die Sache lief lange vor *Obamacare*, und die Daten wurden von Amerikanern erhoben, die sich freiwillig zu einer Untersuchung gemeldet hatten. Das taten sie, weil sie sich selber eine ärztliche Untersuchung nicht leisten konnten… Ein wohltätiges Werk also, aber du wirst mich fragen, wie man damit Geld macht.

Ganz einfach, mit einem Fonds. Du erklärst den Kunden,

dass sie ihr Geld in deinem Fonds wie in einer Lebensversicherung anlegen können, mit dem Vorzug, dass die Versicherungssumme nicht erst zum Zeitpunkt ihres Todes ausbezahlt wird, sondern zum Tod von jemand anderem. Verstehst du – die Leute hören Lebensversicherung und fühlen sich ganz auf der sicheren Seite, und dass ihre Rendite in Wahrheit eine Wette auf den Tod von einem dieser fünfhundert armen amerikanischen Teufel ist, das begreifen sie nicht, dafür sind sie ja Kunden, die in einen Fonds einzahlen, das tut niemand, der weiß, wie ein Fonds wirklich funktioniert…

Ach so, du hast den Witz an der Sache nicht verstanden! Also nochmal von vorne – der Fonds war so aufgebaut, als wären tatsächlich Lebensversicherungen auf die fünfhundert Referenzpersonen abgeschlossen und diese Verträge dann von den Investoren erworben worden. Wenn die Referenzpersonen das Zeitliche so pünktlich segneten, wie es nach dem ärztlichen Gutachten zu erwarten war, dann bekamen die Investoren ihr Geld planmäßig und mit einer bescheidenen Rendite zurück. Krepierten sie früher, war die Rendite sogar deutlich höher – die Investoren hätten sich die Hände reiben dürfen. Unglücklicherweise aber dachten diese fünfhundert armen amerikanischen Teufel gar nicht daran, pünktlich zu sterben, schluckten stattdessen ihre Pillen oder hatten das Rauchen oder Saufen sein lassen, was weiß ich! Also mussten die Dummköpfe, die für den Fond gezeichnet hatten, brav weiter Beiträge für die fiktiven Versicherungsverträge nachzahlen. Kurz – der Fonds-Gründer hatte die Wette gewonnen, was auch kein Wunder ist, denn er hatte wieder mal früh von ein paar medizinischen Fortschritten gehört und den damit verbundenen Anstieg der Lebenserwartung vorab einkalkuliert…

Nein, ich hatte lange Zeit wirklich keine Ahnung, wer der

schlaue Geier war, es kam aber raus, als der Fonds dann ziemlich schnell verkauft wurde. Wieder einmal war es Markus Morgart gewesen, der hinter der Sache steckte, der Name wird dir nichts sagen, aber ich hätte es mir eigentlich denken können... Der Fonds wurde übrigens nur wenige Monate nach dem Verkauf geschlossen, und die Trottel, denen Morgart den Laden angedreht hatte, zahlten eilends die Beiträge wieder zurück und kündigten die Verträge, wegen *ethischer Bedenken,* da lachen sich die Hühner tot! Aber du kannst das alles nachlesen, und wenn du das getan hast, dann kannst du auch noch die Kurve der Lebenserwartung in den USA aufrufen, und du wirst was entdecken?... Dass Morgart den Fonds just in dem Moment verkauft hatte, als die Kurve der Lebenserwartung in den USA wieder nach unten zu kippen begann und in Folge von *Coke, Burger and Drugs,* von Stress und Wohnungslosigkeit, von Schusswaffengebrauch und anderen Begleiterscheinungen des *American Way of Life* die Lebensversicherungen plötzlich wieder ganz schnell fällig wurden...

Gsell: S-törungen

Als ich der Ansicht war, ich hätte die Geschichte verstanden, dankte ich ihm und versprach, beim Wirt der Kaschemme eine Flasche Schampus für ihn zu ordern. Anschließend hörte ich das Gespräch ab, änderte meine Ansicht und begriff, dass ich das Band abtippen musste.

Dann klingelte es.

Ich öffnete, vor mir stand eine nicht mehr junge Frau mit schwarzblau gefärbtem Haar und schenkte mir ein spitzzähniges Lächeln. Ihre Augen waren eisblau, Jeans und Top saßen sehr knapp. Hinter ihr sah ich die Umrisse eines großen, neu und teuer aussehenden Wohnwagens, mit einem dieser hochmotorisierten SUV als Zugmaschine.

»Entschuldigen Sie bitte die S-törung«, überfiel mich eine norddeutsche Stimme, »ich bin die Elke, guten Tag auch!« Sie streckte mir die Hand entgegen, die ich notgedrungen ergreifen musste. Sie ließ die Hand in der meinen, bis ich mich freimachte. »Elke Pfurth ist der Name, wir kommen aus Hamburg…«

Ich hatte keine Lust, meinen Namen zu nennen, außerdem stand er auf dem Türschild. Vor allem aber brauchte ich gar nicht den Mund aufzumachen, denn die Frau überschüttete mich mit einem Redeschwall… Ihr Mann sei der bekannte Motorsportjournalist Friedhelm Pfurth – »vielleicht haben Sie schon von ihm gelesen, er publiziert nur in den auflagenstärksten Zeitschriften!« –, und auf der Testfahrt für einen neuen Wohnwagen seien sie jetzt von diesem schrecklichen Unwetter überrascht worden und die Heimfahrt ganz und gar unmöglich… Und jetzt suchten ihr Mann und sie einen Platz, wo sie den Wohnwagen abstellen könnten, für sich und ihren 17jährigen Sohn – »Sie machen sich ja keine Vorstellung, wie dem armen Jungen das zusetzt, so ganz von zu Hause abgeschnitten!« –, und da seien sie hier vorbeigekommen und hätten den Platz vor der Garage gesehen, und da habe sie doch fragen wollen, es sei ja nur für zwei oder drei Tage, »dann müssen die Autobahnen ja doch wieder frei sein, oder was meinen Sie?«

Mir ging durch den Kopf, dass der Platz vor meiner Garage zwar zur Not für den Wohnwagen ausreichte, aber nicht für den SUV, und für den Wohnwagen auch nur dann, wenn die Zufahrt zu meiner Garage nicht freigehalten werden muss. Nun steht in meiner Garage das Fahrrad und sonst nichts, was man dieser – der Garage – von außen aber nicht ansieht. Folglich mussten die guten Leute aus Hamburg von irgendjemandem in der Nachbarschaft auf den freundlichen oder vielleicht doch eher komischen Herrn Gsell hingewiesen worden sein, der meistens nur zu Fuß oder mit dem Fahrrad unterwegs ist, so dass man sich fragt, warum so jemand überhaupt eine Garage braucht…

Das also ging mir durch den Kopf und daneben noch anderes.

Zum Beispiel aus der fernen Zeit kurz nach dem Krieg, als es noch die Reichsmark gab, die freilich nichts mehr wert war. Die Mutter hatte mich für einen oder zwei Tage bei Bauern untergebracht, und noch heute sehe ich den Esstisch in der Küche, die dunkle Balkendecke darüber, die Bauernfamilie, die um den Tisch saß, und ich dazwischen. Zwei Leute aus der Stadt waren hereingekommen und standen fragend an der Tür, vielleicht zeigten sie auch einen kleinen Teppich oder einen Mantel vor: Ob sie dafür etwas Mehl bekommen könnten oder Eier? Aber der Bauer schüttelte nur den Kopf, er habe genug von dem Zeug, ob er vielleicht den Saustall damit auslegen solle? Und die beiden grobschlächtigen Söhne hörten zu fressen auf und lachten…

Ja, und weil ich solches Zeug noch immer im Kopf habe, hockte eine halbe Stunde später ein dicklicher blonder junger Mann in meinem Lesesessel, Stöpsel im Ohr und eines dieser elektronischen Spielzeuge vor sich, und vor der Bücherwand stand der bekannte Motorsportjournalist Friedhelm Pfurth und sah sich an, was es dort so gab, er trug einen adrett gestutzten Spitzbart und eine goldgeränderte Brille und eine dieser mit allerhand Taschen und sonstigen Vorrichtungen versehenen Autofahrerwesten…

»Alle Achtung, Meister«, sagte er, »Sie müssen belesen sein, oder steht das bloß so da? Vom Studium her kenne ich einen, der richtet den Leuten Bibliotheken nach Wunsch ein, gerne

klassisch gebüldet, oder auch Avantgarde, manchmal ange-
sagte Poesie zwischenrein, vielleicht auch 'n paar Filosofen,
heutzutage muss man das Zeug gottlob nicht mehr gelesen
haben, notfalls holt man aus dem Internet 'ne Kurzfassung…
Ja, aber Sie, verehrter Meister…« – er fasste mich über seine
Brille hinweg ins Auge – »…Sie kommen mir 'n büßchen
linksgestrickt vor nach den Büchern da, vielleicht alternativ
gar, hätt ich nich gedacht in so 'nem properen Städtchen!«

Ich bot ihm an, sich aus meinen Beständen etwas zur Lek-
türe heraussuchen, »vielleicht ist es für Sie sogar reizvoll, einmal eine andere Meinung kennenzulernen…«

»Oh«, fiel er mir ins Wort, »diese anderen Meinungen, die
stehen mir bis obenhin, jetzt erst recht!« Er hielt sich die Hand
vor den Mund, als müsse er sich gleich erbrechen. »Auswendig und rückwärts kann ich Ihnen die Sprüche von der globa-
len Erderwärmung und vom Klimawandel hersagen und dass
die Autofahrer daran schuld sind, immer sind die Autofahrer
schuld, immer ist es unsereins, der blechen muss, aber davon,
dass man längst die Deiche hätte höher machen müssen und
Rückhaltebecken bauen – davon redet kein Schwein…«

Das ging noch eine Weile so weiter, dann erschien seine
Frau Elke und fragte, ob ich denn irgendwo etwas Palmöl
habe, sie wolle Steaks braten. Ohne auf eine Antwort zu warten, machte sie sich in meiner Küche zu schaffen, deren Zustand ihr aber offenbar missfiel. Da müsse mal gründlich aufgeräumt werden, teilte sie mit, »und alles ausgeputzt!« Und
dass nur Olivenöl da sei, das gehe ja nun überhaupt nicht…

IV. CLAUDIA

Wiedersehen in Niederzell
Freitag, 22. März

In Liebesdingen bin ich vorsichtig. Die Nacht in Herrenmünster war die von Montag auf Dienstag gewesen, danach
brauchte ich ein wenig Ruhe und Abstand – auch und gerade
für den Fall, dass mehr daraus werden sollte. Lukas und ich
telefonierten das eine oder andere Mal, sahen uns aber erst am
Freitag wieder, nachdem ich in der Neurologischen Rehabilitationsklinik Niederzell angerufen und die Auskunft bekommen hatte, ja, ein Herr Markus Morgart sei Patient und ein
Besuch unter Umständen möglich, allerdings erst nach Rück-
sprache mit der zuständigen Ärztin. Es war ausgemacht, dass
Lukas mich begleiten würde, und so holte ich ihn an seinem
Häuschen ab, das allerdings kaum mehr zu sehen war, weil
dieses gigantische Wohnwagengespann mit Hamburger Kennzeichen davor stand. Auf der Fahrt erzählte er mir, was ihm
der Syndikus Welsheim und danach dieser Frankfurter Gewährsmann berichtet hatte.

Was sollte ich davon halten? Markus hatte also die Leute darauf wetten lassen, wann ein anderer Mensch stirbt. Lukas behauptete, insgeheim täten wir alle so etwas. Der Mensch wolle
den Menschen überleben, das stecke ganz tief in einem drin.

Ich weiß nicht, ob das bei mir so ist. Ich weiß nur, dass es
mir nicht gefällt, wenn jemand unter meinem Niveau zynisch
sein will. Irgendwann fiel mir ein, dass Markus genau das
nicht gewollt hatte: die anderen überleben. Ich sagte es Lukas.
Er hob die Hände und ließ sie wieder fallen. Die ganze Ge-

schichte verstehe er nicht, sagte er. Ebenso wenig könne er die Person Morgart einordnen. Zwar empfinde er eine gewisse Sympathie für ihn, vielleicht auch Mitgefühl, aber nichts von dem, was er von ihm höre, gebe dieser Sympathie Rückhalt.

Vielleicht wollte Markus einfach sehen, warf ich ein, wie brave rechtschaffene wohlhabende Gutbürger sich empören und betrogen fühlen, weil ein paar arme Teufel in den USA die Frechheit aufbringen, auf ihre Kosten länger als erwartet zu leben? – Sagte ich es so? Jedenfalls sollte das der Sinn sein.

Immerhin fand mein Erklärungsversuch bei Lukas Gefallen. Aber dann wollte er wissen, wann sich Markus das Menschenbild zugelegt habe, das solchen Spielchen doch wohl zugrunde liegen müsse? Schon als Junge?

Ich hielt ihm entgegen, dass der Ausdruck *zugelegt* falsch sei. Wenn Markus denn wirklich ein solches Menschenbild habe, sei es ihm von den Gutbürgern förmlich aufgedrängt worden. Damals, als man seine Mutter aus der Stadt gejagt habe!

Okay, hörte ich ihn sagen. Dass Morgart die Geschichte mit seiner Mutter nicht vergessen hat, das verstehe er gut. Aber warum kehre er dann an diesen Ort zurück, in dieses für ihn verfluchte Städtchen, um sich eine Kugel in den Kopf zu jagen? Jemand wie Morgart werde doch ganz genau gewusst haben, dass sich die feinen und braven Bürger dadurch nur bestätigt fühlen würden. Dass er ihnen womöglich einen Gefallen tue.

Das war nicht logisch, und ich sagte es ihm. Wenn Markus geglaubt haben sollte, es gefiele den braven Leuten, wenn er sich bei ihnen umbringt, sozusagen vor der Haustür – dann hätte er es gerade darum hier getan. Besser hätte er sie gar nicht vorführen können.

Wir waren inzwischen auf der Westumgehung von Herrenmünster, und ich musste auf die Abfahrt nach Niederzell achten.

Der Himmel war bedeckt, von Zeit zu Zeit fuhr ein Windstoß durch die Bäume, die die Wege im Park des Klinikums säumten. Mit raumgreifenden Schritten ging uns die Stationsärztin voran, wehend der weiße Kittel, wippend der Pferdeschwanz, zu dem die langen flachsblonden Haare zusammengebunden waren. Sie war eine Dr. med. Gudrun Schauffelhoeve und hatte sich zunächst recht zurückhaltend gegeben, als wir unser Anliegen vortrugen. Schließlich aber gab sie uns grünes Licht; nur wollte sie bei dem Gespräch dabei sein, falls eines zustande kam. Allerdings war der Patient Markus Morgart an diesem Sonntagvormittag nicht in seinem Zimmer, auch nicht in der Cafeteria, aber die Ärztin schien eine Vorstellung zu haben, wo sie ihn finden könnte, und führte uns zu einem kleinen Teich mit einem Springbrunnen. Dort sahen wir einen Menschen in einem Rollstuhl, in einen dunklen Bademantel gehüllt und mit einem Verband um den Kopf; er schien den Rollstuhl so platziert zu haben, dass er den Wind im Rücken hatte und von der Fontäne nicht nassgespritzt werden konnte. War das Markus?

Die Ärztin sprach ihn an, erklärte, dass sie Besuch für ihn mitgebracht habe, er antwortete höflich, es klang aufmerksam und interessiert, dann stemmte er sich aus dem Rollstuhl – ein mittelgroßer stämmiger Mann, in dem Alter, in dem dieser Typus allenfalls ein wenig Übergewicht hat, allenfalls einen geringen Bluthochdruck, und sein Gesicht voll ist und gut durchblutet und noch nicht aufgeschwemmt. Aber war das Markus? Ja doch, ich konnte in den runden, flächigen Konturen dieses Gesichts etwas erkennen, was mit meiner Erinnerung an den Buben Markus übereinstimmte, etwas von der wachen Widerspenstigkeit des Zehnjährigen war noch immer da, auch dieser Blick, der unter dem Schutz der vorspringenden Augenbrauen hervorkam.

Er begrüßte mich mit einem angedeuteten Handkuss und anschließend Lukas mit einem – wie mir schien – festen Händedruck (er sei wie der eines Gebrauchtwagenhändlers gewesen, behauptete Lukas später).

Ich sagte ihm, dass wir *du* zueinander sagen sollten.

Seine Augenbrauen hoben sich leicht, ein achtsamer, vielleicht sogar misstrauischer Blick tastete über mein Gesicht. Das tue er gerne, antwortete er, wir seien aber nicht zufällig verheiratet? Oder es gewesen?

Ich stellte den Sachverhalt richtig.

Das Mädchen in der zweiten Bank links? Er hob die rechte Hand zum Ohr und machte eine ungefähre Bewegung, als erreiche ihn eine Stimme aus der Vergangenheit. Er versuchte das vorhersehbare alberne Kompliment, ich müsse schon damals eine Hübsche gewesen sein, und wandte sich zu Lukas – ob er mit ihm auch auf *du* sei?

Nein, antwortete Lukas, er sei bloß der dumme Mensch mit dem Hund. Dem Hund, der ihn verbellt habe. Morgart hob entschuldigend beide Hände – an einen Hund erinnere er sich leider gar nicht, auch nicht an irgendwelches Gebell. Dabei geriet er in ein leichtes kaum merkliches Schwanken, und die Ärztin schaltete sich ein und schlug vor, dass wir ein paar Schritte weiter zu einer Bank gehen sollten, wo wir uns alle setzen könnten. Morgart nickte, schob aber seinen Rollstuhl und setzte sich erst wieder in ihn, als wir anderen auf der Bank Platz genommen hatten.

Dann musste Lukas wieder einmal die Geschichte von des Rektors Hund erzählen, den er frei laufen ließ, weil sonst um diese Zeit niemand auf der Promenade unterwegs sei, dass aber an diesem einen Abend eben jemand auf dieser einen Bank gesessen habe …

Markus unterbrach ihn. Wenn er das richtig verstehe, rede

Gsell von dem Weg zum Galgenbuck, und der Mann auf der Bank sei er selbst gewesen? Und das sei an dem Abend gewesen, bevor man ihn – Markus – dann gefunden habe, auf eben dieser Bank? Als Gsell das alles bestätigte, wollte er wissen, ob man von der Bank aus Aussicht auf die Stadt habe, und ich schaltete mich ein und sagte, dass es zwar früher so gewesen war, jetzt aber alles zugewachsen sei.

Er sei also da gesessen, fuhr Markus fort, nun ja! Im Stehen mache man das ja eher nicht, sagte er dann, hob die Hand und tippte kurz auf den Verband, den er um den Kopf trug. Und der Hund, von dem er angekläfft worden sei, der habe einem Rektor gehört? Er erinnere sich an einen Rektor, einen großen zornigen Mann, der vor ihm gestanden sei, der gebrüllt und auf ihn eingeschlagen habe.

Mir war zuvor schon aufgefallen, dass er nicht von der *Promenade* gesprochen hatte, sondern vom *Weg zum Galgenbuck*, dem unter Einheimischen üblichen Ausdruck. Was aber war mit dem Rektor? So groß sei der gar nicht, sagte ich, damals nicht und heute erst recht nicht, das sei uns damals nur so vorgekommen, aber sonst habe Markus Recht, denn Haeberlin sei jähzornig gewesen, und geschlagen habe er auch.

An ein paar Dinge erinnere er sich also doch, sagte Morgart und warf einen Blick zur Ärztin. Von dem Abend selbst wisse er allerdings absolut nichts mehr, auch nichts von diesem Lehrershund. Er wandte sich an Lukas. Ob sie miteinander gesprochen hätten? Ob er, Markus, sich womöglich beschwert habe?

Lukas schilderte seinen Versuch, sich zu entschuldigen, und wie Markus dann diese abwehrende oder beruhigende Handbewegung gemacht habe. Etwa so?, fiel ihm der ins Wort und machte mit der Hand diese Geste, mit der man ausdrückt, dass von Irgendetwas weiter keine Rede sein soll, und Lukas bestätigte, genau so sei es gewesen. Dann wollte Markus wissen, um welche Uhrzeit das gewesen sei, und Lukas meinte, dass es kurz nach 22 Uhr gewesen sein müsse.

Laut Polizeibericht, sagte Morgart da, sei er gegen ein Uhr morgens von einem Jäger gefunden worden und Gsell also vermutlich der Letzte, mit dem er gesprochen habe, bevor… Er führte den Satz nicht zu Ende, sondern lehnte sich zurück und musterte Lukas. Er wolle niemandem zu nahe treten, sagte er dann, aber von sich aus hätte er Gsell nicht ausgesucht. Nicht dafür. Freilich, es sei der Hund gewesen, der das besorgt oder vermittelt habe. Aber warum eigentlich – wenn er das fragen dürfe – habe Gsell ihn jetzt noch einmal aufgesucht?

Lukas' Gesicht versteinerte. Er setzte zu einer Erklärung an, aber die Ärztin kam ihm zuvor und behauptete, Herr Gsell habe sich entschuldigen und für allfällige Fragen zur Verfügung stehen wollen, wofür man sich aber Zeit lassen solle, zumal es gleich wieder zu regnen beginnen werde und wir deshalb ins Klinikgebäude zurückgehen sollten.

Morgart wuchtete sich wieder aus dem Rollstuhl und bestand darauf, ihn zu schieben; da ich neben ihm ging, begann er mich auszufragen, und so erklärte ich ihm das Übliche – dass ich geschieden sei und einen Sohn habe, der irgendwo irgendwas studiert, dass ich ferner am Gymnasium unterrichte und, nein, keinen Hund habe.

Morgart wiederum erzählte, dass er von Pascal Helffenstein besucht worden sei. Sie hätten aber kein Schach gespielt wie früher, er wisse einfach nicht, ob er es noch könne. Und falls er es nicht mehr kann oder nicht mehr richtig, dann wolle er das auch nicht gezeigt bekommen. Ich überlegte mir, ob er Pascal sofort erkannt hatte und ob er von sich aus wusste, dass sie früher ganze Nachmittage am Schachbrett verbracht hatten. Aber ich fragte nicht nach.

Als wir das Klinikgebäude erreicht hatten, fand die Ärztin, es sei Zeit für Morgart, sich wieder hinzulegen. Er solle sich nicht überanstrengen, erklärte sie uns, auch sei er noch nicht wirklich sicher zu Fuß und dürfe keinesfalls stürzen, denn eine weitere Kopfverletzung könne für ihn tödlich sein. Morgart hatte so etwas offenbar schon öfters zu hören bekommen, jedenfalls tat er so, als müsse er sich die Ohren zuhalten. Wir verabschiedeten uns, und Lukas konnte noch eine Entschuldigung anbringen für den Fall, dass sein Besuch unwillkommen gewesen sei, wobei Markus sofort widersprach – keineswegs sei er das gewesen! Er nahm sogar Lukas' Visitenkarte an mit dem Bemerken, er werde ihn vielleicht in den nächsten Tagen anrufen.

Tatsächlich regnete es, als wir zurückfuhren, es war ein Landregen, so gleichmäßig wie der Takt der Scheibenwischer. Die Fahrt strengte mich an, und mein schweigender Beifahrer ging mir auf die Nerven. Schließlich fiel mir ein, der Ärztin die Schuld zu geben. Es sei nun mal ihr Fall, sagte ich zu Lukas, und ein interessanter dazu, also werde sie eisern die Kontrolle darüber behalten wollen. Markus wiederum sei zu einem ernsthaften Gespräch nur bereit, wenn ihn niemand dabei beaufsichtige.

Lukas hat das dann, glaube ich, auch brav geschluckt.

V. GSELL

Morbus Turicum
Samstag, 23. März

Den Samstagmorgen verbrachte ich damit, mein kleines Schlafzimmer als Arbeits- und Aufenthaltsraum bewohnbar zu machen, denn die anderen Räume in meinem Haus waren von der Familie des Hamburger Motorsportjournalisten in Besitz genommen worden. Mein Verhältnis zu meinen Gästen war inzwischen etwas angespannt, oder umgekehrt: ihres zu mir. So hatten sie es mir untersagt, nach 22 Uhr ein Bad zu nehmen. Auch fanden sie es unpassend, dass ich mir während ihres Frühstücks in der Küche meinen Tee aufgießen wollte. Friedhelm Pfurth schlug mir deshalb feste Zeiten vor, innerhalb derer die Küche von mir zu benützen sei. Leider war mir nichts eingefallen, was ich darauf hätte antworten können – nicht einmal, dass es sich immerhin um *meine* Küche handle. Zum Glück hatte ich in meinem Schlafzimmer einen Zweitanschluss für mein Telefon, so dass ich am späteren Vormittag wenigstens den Anruf entgegennehmen konnte, der für mich bestimmt war.

»Morgart hier«, sagte eine geschäftsmäßige, klare Stimme, »Sie hatten mich besucht, aber wegen dieser Gehirnklempnerin konnten wir nicht reden, jedenfalls nicht richtig…«

Ich sagte irgendetwas in der Art, dass mir das auch so vorgekommen sei, und er meinte, wenn ich Interesse hätte, könnten wir das Gespräch fortsetzen – »aber ungestört… vielleicht heute Nachmittag?«

Mir war das recht, schon deshalb, weil ich mich in meinem

Haus nicht mehr zu Hause fühlte. Claudia erwartete mich erst am Abend, also nahm ich den Zug nach Herrenmünster und fuhr von dort nach Niederzell, wo für die Rehabilitationsklinik ein eigener S-Bahn-Anschluss besteht. Der Himmel war bedeckt, aber es regnete nicht; Markus Morgart fand ich in der Cafeteria, an einem Fensterplatz mit Blick auf den Park. Er trug keinen Morgenmantel mehr, sondern steckte in einem Trainingsanzug; der Rollstuhl war zusammengeklappt und zur Seite geschoben. Statt des an einen Turban erinnernden Verbandes um den Kopf trug er nur noch Pflaster an den Schläfen, und wieder begrüßte er mich mit diesem demonstrativ festen Händedruck. Er lud mich ein, ihm gegenüber Platz zu nehmen, und legte die Zeitung zusammen, in der er gelesen hatte. Vor ihm standen ein Tässchen Espresso und ein Glas Wasser, und er fragte, was er mir bringen dürfe. Ich wollte darauf bestehen, mir mein Glas Grünen Tee selbst zu holen, aber er ließ sich nicht umstimmen: Er habe deutliche Fortschritte beim Gehen gemacht und kaum mehr Schwindelanfälle. Tatsächlich bemerkte ich keinerlei Unsicherheit an ihm, als er zur Theke ging.

Er müsse um Entschuldigung bitten, begann er, als er – ohne zu zittern – das Tablett mit dem Tee vor mir abgestellt und sich wieder gesetzt hatte. »Ich habe Sie ja gewissermaßen hergebeten, aber Sie haben nicht Nein gesagt.« Ich antwortete, dass ich erstens Zeit hätte und es mir zweitens wichtig sei, endlich meine Bitte um Entschuldigung selbst vorzutragen.

»Wenn es stimmt, was Sie mir erzählt haben, dann haben Sie das doch bereits getan? Und ich hab Ihnen gesagt, dass es nichts zu entschuldigen gibt.« Wieder hob er die Hand, mit der gleichen beschwichtigenden Geste, die ich an jenem Abend gesehen hatte.

»Im Nachhinein sieht das noch etwas anders aus«, wandte ich ein. »Ich will Ihnen nicht zu nahe treten – aber womöglich hat dieser Hund Sie genau in dem Augenblick belästigt, als alles auf der Kippe stand. Ob Sie das tun würden, was Sie vorhatten, oder ob Sie es bleiben lassen. Vielleicht war die Kläfferei das, was Ihnen gerade noch gefehlt hat. Vielleicht auch hat der Hund Sie so genervt, dass …«

»Dass ich den Einschusswinkel verzogen hab – meinen Sie das? Aber sind Sie sicher, dass Ihnen das leidtun muss?«

»Nein«, erwiderte ich hilflos.

»Sie sind ein komplizierter Charakter. Einer, der sich aus allem ein Gewissen machen kann… Was ein Glück, dass Sie mich nicht beim Scheißen gestört haben!«

Ich fischte den Teebeutel aus dem Glas. Man muss nicht auf alles antworten.

»Ich treffe gerade nicht den richtigen Ton, wie?«, fragte er. »Sie müssen entschuldigen, aber ich bin ein wenig überfordert. Ich glaube, ich war noch nie in einer solchen Situation …«

»Sind Sie sicher?«

»Sie meinen, ob ich *so etwas* schon einmal gemacht habe?« Er tippte sich an die Stirn. »Keine Ahnung. Ich weiß ja nicht einmal, warum ich es überhaupt versucht habe. Nicht einmal der Mensch, der behauptet, mein Anwalt zu sein, nicht einmal der hat eine Idee. Er behauptet sogar, ich sei der Letzte gewesen, dem er so etwas zugetraut hätte… Man müsste nachsehen, ob ich womöglich einen Psychotherapeuten konsultiert habe, aber ich kann mir das von mir nicht so recht vorstellen …«

»Das Bild, das Sie von sich haben, ist also nicht verloren gegangen?«

»Das weiß ich auch nicht.« Er sah mich stirnrunzelnd an. »Welches Bild von mir soll ich denn gehabt haben?«

»Ein Bild von jemandem, der nicht zum Psychotherapeuten gegangen wäre.«

»Drehen wir uns im Kreis?« Er sah sich um, aber niemand schien uns zuzuhören. »Aber es stimmt schon – über mich weiß ich eigentlich gar nichts. Und das ist vielleicht sogar gut so. Was tu ich denn, wenn ich mehr weiß? Wenn ich womöglich dem Grund begegne, warum ich das überhaupt gemacht habe?« Wieder tippte er sich an die Schläfe. »Es ist mir, als wär da drin ein …« Er schien ein Wort zu suchen.

»Ein Blindgänger?«, schlug ich vor.

»Genau!« Er hob die Hand und deutete auf mich. »Nur, dass bei mir deshalb nicht ein ganzes Wohnviertel geräumt werden muss.«

Das macht es nicht einfacher, dachte ich. Wie entschärft man den Blindgänger in einem menschlichen Kopf? »Ich glaube, Sie brauchen einen Gesprächspartner für das Jetzt«, sagte ich, »nicht für das, was an jenem Abend gewesen ist. Oder davor.«

Aber er hörte mir nicht zu, sondern starrte zum Fenster hinaus. Schließlich wandte er den Kopf wieder zu mir. »Die Sonne kommt heraus … Gehen wir ein paar Schritte?«

Auf dem Weg durch den Park hatte er mich nach meinen Lebensumständen gefragt, vor allem, warum und wie ich nach Bruggfelden gekommen sei. Ich erzählte ein wenig, berichtete auch von den Gästen, die sich bei mir eingenistet hatten …

»Wenn Sie wollen, geb ich meinem Anwalt den Auftrag, Ihnen das Haus zu räumen«, sagte er und stellte den Rollstuhl – den er die ganze Zeit geschoben hatte – neben der Bank vor dem Wasserbecken mit der Fontäne ab. »Mein Anwalt in Herrenmünster ist offenbar ein Jonathan Lemaître, Kanzlei Rodensteig & Grünbaum, Sie tun mir einen Gefallen, wenn Sie ihm einen Auftrag geben – dann erfahre ich nämlich, ob er was taugt. Ich werd das mal gewusst haben, aber es ist alles weg … Deshalb müsste ich auch darauf bestehen, dass das Honorar von mir übernommen wird.«

Ich bedankte mich für das Angebot, meinte aber, die Angelegenheit werde auch so zu einem Ende kommen. Ewig werde das Hochwasser im Norden wohl nicht anhalten.

»Vielleicht nicht ewig«, antwortete er. »Aber vielleicht länger, als Sie es sich vorstellen. Egal, mein Angebot steht.«

Vielleicht käme ich darauf zurück, sagte ich und schob die Frage nach, ob er mit diesem Anwalt schon einmal gesprochen habe – »danach, meine ich …«

»Hatte ich das nicht schon erzählt? Die Bullerei hatte seinen Namen in meinem Adressbuch gefunden, und schon stand er an meinem Bett.«

»Und? Haben Sie ihn sofort erkannt?«

»Nein. Da stand eine halbe Portion, das Gesicht in besorgt anteilnehmende Falten gelegt, und musterte mich mit freundlichem Gesicht und berechnenden Augen … und ich dachte mir, was hab ich mit diesem Schlattenschammes zu tun?«

»Aber das Adressbuch – das war das Ihre?«

Er hob kurz die Augenbrauen und warf mir einen wachsamen Blick zu. »Gute Frage! Aber woher soll ich das wissen? An den einen oder anderen Namen, die da drin standen, konnte ich mich erinnern, an den von Pascal Helffenstein zum Beispiel, den Sie nun ja auch kennengelernt haben … Aber die anderen Namen?« Er wandte sich mir zu und fuhr mit der linken Hand an seinem Gesicht vorbei. »Alles weg!«

»Ist das ein elektronisches Adressbuch«, wollte ich wissen, »oder ein ganz altmodisches, von Hand geführt?«

»Handschriftlich«, kam die Antwort. Er griff in die Brusttasche seines Trainingsanzugs, zog ein in rotes Leder gebundenes Bändchen hervor und zeigte es mir. Die Schrift darin war sorgfältig, akkurat, geübt – sie gehörte jemandem, der früh gelernt haben musste, Buch zu führen. Ich hielt mein eigenes Notizbuch dagegen, schäbig und schludrig vollgekritzelt, in dem immerhin ein Schreibstift steckte. »Machen wir doch einen Test«, schlug ich vor, »Sie schreiben mir Namen und Adresse des Anwalts auf, vielleicht auch die von Helffenstein. Aber ich diktiere sie Ihnen so, wie es in Ihrem Adressbuch steht.«

Wieder hob er die Augenbrauen. »Dass man mir diktiert, bin ich eher nicht gewöhnt«, sagte er zögernd, »so viel weiß ich immerhin von mir … aber bitte!« Er reichte mir sein Notizbuch und nahm dafür das meine und trug dort die beiden Adressen ein, so, wie ich sie ihm vorsagte. Dann verglichen wir, was er geschrieben hatte, mit den Einträgen in dem Band, der in rotes Leder gebunden war: Sie wiesen dieselbe Handschrift auf. Er warf mir einen Blick zu und nickte.

Damit war das geklärt, und erst einmal musste nichts weiter beredet werden. So sahen wir beide, auf der Bank hockend, ein wenig nach vorne gebeugt, dem Aufsteigen und Niederfallen der Fontäne zu, die manchmal von einer Bö ein wenig verweht wurde, so dass wir den einen oder anderen Wassertropfen im Gesicht spürten. Die Fontäne war nicht sehr hoch, und das Wasser plauderte für uns. Ich überlegte, ob ich ihn nach seiner Kindheit in Bruggfelden fragen sollte, und ließ es bleiben, als ich an seine Mutter dachte, an die Kirchenpflegerin, die man davongejagt hatte.

»Claudia sagt, Sie seien Schriftsteller«, hörte ich ihn plötzlich fragen. »Es kann mir ja wurscht sein, aber haben Sie die Absicht, mich – wie sagt man da – abzulichten? Aufs Papier zu bannen?«

»Nein.« Ich sagte es so barsch, wie es hier stehen soll. »Dass ich mal ein paar Bücher geschrieben habe, ist richtig, aber das war in einem früheren Leben. Und über Sie – also über den Unternehmer und Investor Markus Morgart – könnte ich sowieso nicht schreiben. Absolut unmöglich. Es fehlt das Grundwissen.«

»Das Grundwissen worüber?«

»Was Geld ist. Wie es funktioniert.«

Zum ersten Mal hörte ich ihn lachen. Es klang hell, fast kindlich. »Was glauben Sie, wer von den Leuten, von denen Sie im Wirtschaftsteil der Zeitung lesen – wer von diesen aufgeblasenen Wichtigtuern auch nur eine blasse Ahnung von dem hat, was Geld wirklich ist … Aber wie haben Sie mich gerade genannt? Unternehmer und Investor? Machen Sie das immer so, dass Sie ein Etikett nehmen und was draufschreiben und es dann den Leuten ans Revers kleben?«

Ich zuckte mit den Schultern. »Ich sagte Ihnen doch, ich hab das Bücherschreiben aufgegeben. Auch das Beschriften von Etiketten. Sie können also beruhigt sein …«

»Wer sagt denn, dass ich beunruhigt war? Und wie wir hier sitzen und dem Springbrunnen zugucken, oder wie ich da oben auf der Bank gehockt bin und Sie kommen mit dem Hund vorbei, wie ich mir gerade … also das könnten Sie doch beschreiben, egal ob Sie wissen, was Finanzderivate sind!«

War das ein Vorschlag? Ein Angebot womöglich? »Wenn ich etwas in dieser Art versuchen würde, wäre ich morgen dabei, die Leute nach Ihnen auszufragen. Also Etiketten zu sammeln.« Während ich das sagte, fiel mir ein, dass ich genau damit bereits begonnen hatte. Und dass Morgart das zu wissen schien, oder zumindest zu ahnen.

»Claudia kennen Sie schon länger?« Ein belustigter Blick streifte mich von der Seite.

Ich kapitulierte und gab zu, dass ich mir Claudias Adresse vom alten Rektor beschafft hatte.

»In der Geschichte, die Sie angeblich nicht schreiben können, sind Sie also längst drin«, stellte er fest. »Übrigens hab ich kein Problem damit... nur – es geht um meinen Fall, und über den weiß ich selbst am allerwenigsten.«

»Ein Problem sollten Sie vielleicht doch beachten«, wandte ich ein. Zwar könnte ich unser Gespräch – oder unsere Gespräche, falls es weitere geben sollte – aufschreiben oder protokollieren. »Vielleicht würde sich so ein Bild ergeben, was Sie erinnern und was Ihre Erinnerung ausspart. Aber...«

»So was wie bei einer Psychoanalyse?«, unterbrach er mich. »Ich sagte Ihnen wohl schon, dass ich in meinem früheren Leben derlei für Humbug gehalten hätte. Aber welches Problem sehen Sie?«

»Den Blindgänger«, antwortete ich.

Er senkte den Kopf, verharrte eine Weile so und sah mich dann von der Seite an. »Das Risiko muss ich vielleicht eingehen... Nur will ich das jetzt nicht entscheiden.«

Ich fand das vernünftig, und so saßen wir eine weitere Weile nebeneinander und sahen der Fontäne zu. Als ich bereits darauf wartete, dass wir wieder aufbrechen würden, hörte ich ihn plötzlich mit einer seltsam gepressten Stimme fragen, ob ich mich schon einmal mit dem Thema Selbstmord beschäftigt habe.

»Sie meinen, ob ich es für mich selbst schon einmal überlegt habe?«

»Zum Beispiel.«

»Ja.« Einmal? Nein. Zweimal. Die Sache mit... die Sache, die so wenig ausgestanden ist, dass ich ihren Namen noch immer nicht schreiben und nicht nennen will.

Ich spürte, dass er mich beobachtete. »Da war also etwas, und Sie wollen nicht davon reden?«

»Richtig.«

»Und es war nur ein einziges Mal?«

»Nein.« Das andere Mal war läppisch. Läppisches kann man preisgeben. »Einmal wollte ich mich ersäufen. Ich hatte betrunken einen Unfall gebaut.«

»Jemanden totgefahren?«

»Nein. Größerer Blechschaden.«

»Und?«

»Nichts *und*. Im Wasser wurde ich halbwegs nüchtern, und mir fiel wieder ein, dass ich ziemlich gut schwimmen kann. Naja, einigermaßen. Da hab' ich es eben bleiben lassen.«

»Und den Lappen, haben Sie den wieder bekommen? Nicht, dass es wichtig wäre.«

Ja, sagte ich und dachte bei mir, jetzt ist es aber genug. Für eine Weile war auch Ruhe. »Aber als Schriftsteller«, setzte Morgarts Stimme plötzlich wieder ein, »oder vielleicht auch als Journalist, das waren Sie doch auch – haben Sie da nie über Selbstmörder geschrieben, warum sie es gemacht haben oder was den letzten Anstoß gegeben hat?«

Oh Gott! »Nein. Einmal hab ich's versucht, da hatte sich ein Vierzehnjähriger aufgehängt, nachdem sie ihn in der Klasse zwei oder drei Jahre lang gemobbt hatten. Aber was glauben Sie, was ich da auf die Finger bekommen habe! Strafunmündige Scheusale zu fragen, warum sie einen kleinen hilflosen Jungen in den Tod gehetzt haben – das geht doch nicht, das ist seelischer Missbrauch, ein Verbrechen an der Seele dieser minderjährigen Scheusale ... Normalerweise ist Selbstmord tabu, soll nicht stattfinden, soll nicht erwähnt werden, angeblich, damit niemand auf Gedanken kommt, ob das nicht auch was für ihn wäre, aber in Wahrheit, um die Scheusale zu schützen ... Moment!«

Mir war der *Morbus Turicum* eingefallen, etwas, von dem ich nur gelesen, aber nicht darüber geschrieben hatte. Vor ein paar Jahren war ein paar Topleuten in den Teppichetagen helvetischer Großkonzerne alles zuwider geworden, der Blick auf den Zürichsee und die schneebedeckten Gipfel des Berner Oberlands, oder sie ertrugen vielleicht auch nur die Intrigen im eigenen Haus nicht länger, unabhängig voneinander war ihnen das passiert, und weil sie Schweizer waren, hatten sie ihre Ordonnanzpistolen im Schreibtisch aus edlem Tropenholz, und so nahmen sie die SIG P220 und erschossen sich geschwind, nicht gleichzeitig, einer nach dem anderen, in schönen Abständen ...

»Aber es hat keiner überlebt?«, fragte Morgart. Es klang, als wollte er wenigstens dieses eine Detail – überlebt zu haben – für sich reservieren.

»Soviel ich weiß, nicht.«

»Nun ja!« Er machte ein Geräusch, halb zwischen Räuspern und Grunzen. »So wie Sie das beschreiben, waren das ja feine Pinkel, mit akademischem Grad und Schweizer Offiziersrang ... Klar, dass die wussten, wie sie das Ding halten müssen.«

Den Abend verbrachte ich mit Claudia. Es gab einen Rehbraten, dazu einen Walliser Rotwein, und sie selbst war in etwas langes, enganliegendes Schwarzes mit tiefem Ausschnitt verpackt, sehr kurvenbetont – wehe, wenn ich zu spät gekommen wäre! Wir kamen sehr bald auf meinen zweiten Besuch in der Klinik zu sprechen, Claudia hörte mir zu, und wenn mich das Kerzenlicht nicht täuschte, hatte sich ein Schatten von Eifersucht über ihr Gesicht gelegt. Eifersucht? Auf wen?

»Ihr habt also bereits einen Deal gemacht«, stellte sie abschließend fest. »Er hat dich engagiert, dass du seine Geschichte schreibst.«

»Obwohl ich als Gesprächspartner nicht die erste Wahl gewesen wäre«, warf ich ein.

»Erst mal musste er dich ein bisschen klein machen«, erklärte sie. »Das passt zu dem, was mir von ihm in Erinnerung ist.«

»Hat er dich in der Klinik wirklich nicht erkannt oder nur so getan?«

Sie beugte sich vor, zu einer der Kerzen, die ein wenig schief in ihrem Halter stand. »Hätte ich nicht gewusst, wer das ist…«, sagte sie, nahm die Kerze heraus und ließ etwas vom flüssigen Wachs in die Halterung tropfen, »wäre er mir zuerst auch fremd gewesen.« Sie wartete einen Augenblick, dann steckte sie die Kerze in die Halterung zurück, diesmal aufrecht, und wartete, bis das Wachs sich wieder verfestigte.

Ich sah ihr zu, bis ich ihren Blick bemerkte und den meinen von ihrem Ausschnitt löste. Zur Ablenkung fragte ich, wie diese beiden Buben und das eine Mädchen eigentlich darauf gekommen seien, ihre eigene Gang oder Clique zu bilden? Zu meiner Zeit habe es zwischen Jungen und Mädchen eigentlich keine Freundschaft gegeben, die einen fanden die andern nur doof oder behaupteten es, das war's dann schon.

»Es war auf einem Wandertag zur Ruine Girendsburg«, sagte sie und lehnte sich zurück. »Mit Haeberlin als Klassenlehrer, wir standen vor dem Bergfried, und er erzählte uns irgendetwas aus der Heimatgeschichte, Bauernkrieg und solches Zeug. Und während er redet und redet, sehe ich, wie Markus zu Pascal schaut und mit dem Kopf zur Seite weist, zu einem finsteren Durchlass in der Burgmauer, und die beiden zögern keine Sekunde und verdrücken sich zu dem Mauerloch, und ich bin mit ihnen mit… Wir müssten nur durch den Durchlass, behauptete Markus, dann kämen wir auf einen Pfad und auf dem Pfad hinunter ins Tal, das sei eine Abkürzung, und wenn wir die nähmen, könnten wir alle überholen, auch den Haeberlin, und gucken, was für ein blödes Gesicht er macht.«

»Und du hast dich mit den beiden Knaben in den finsteren Durchgang getraut?«

»Natürlich hab ich das«, kam die Antwort. »Und der Pfad war wirklich eine Abkürzung, weil er an der Felswand hinunterführt, auf der die Girendsburg liegt, das heißt, es war gar kein Pfad, sondern irgendwas für Katzen oder Gämsen. Als ich fast unten war, bin ich noch ausgerutscht und hab mir die Beine aufgeschrammt, mir ist sogar eine Narbe davon geblieben… Willst du sehen?«

Die Narbe befand sich an der Innenseite ihres rechten Oberschenkels, etwas oberhalb vom Knie.

»Und?«, fragte ich, als ich die Narbe gewürdigt hatte. »Habt Ihr dann den Haeberlin auch überholt?«

»Wir waren gut eine halbe Stunde vor ihm an der Bushaltestelle, und als er uns sah, war er bereits schier wahnsinnig. Er dachte, er hätte uns verloren und müsse jetzt die Polizei und die Feuerwehr und weiß Gott wen losschicken…«

»Und die Prügel steckte Markus ein?«

»Ich glaube, damals ging es mit einem Arrest für uns drei ab. Haeberlin konnte schlecht nur den Markus verprügeln, und bei Pascal und mir traute er sich nicht. Die Mädchen schlug er nicht, da hatte er wohl schon mal Ärger bekommen, und bei Pascal war es der Eltern wegen.«

»Du gehst deinen Weg«, sagte ich, und so, dass sie es als Zitat hören sollte.

»Ja«, sagte sie. »Das war von da an unser Erkennungszeichen. Wir waren oder wollten eine Bande für uns ein. Wir haben zusammen die erste Zigarette geraucht… viel mehr war aber nicht. Und dann wurde Markus von der Schule genommen.«

»Pascal hat ihn dann ja in Herrenmünster getroffen... du nicht?«

»Ein- oder zweimal. Aber ich glaube, wir waren beide zu befangen.«

Das Gespräch wandte sich dann anderen Themen zu, und wir hatten ja nicht nur zu reden. In mein Haus kehrte ich erst am frühen Montagmorgen zurück, oder vielmehr in das Kämmerchen, das mir meine Mitbewohner gelassen hatten. Auf dem Heimweg hatte ich mich seltsam gefühlt... Ist *angeregt* das richtige Wort? Eigentlich weiß ich nur noch, dass ich mein Gesicht in den Regen hielt, der erneut eingesetzt hatte, und dass ich mich an ihm freute. Zu Hause machte ich mir Frühstück – die Familie Pfurth hatte die Küche noch nicht in Beschlag genommen –, dann nahm ich mein Tagebuch vor und schrieb auf, was mir zu den vergangenen Tagen noch einfiel, also zu den Besuchen in der Klinik Niederzell und zu dem Abendessen bei Kerzenlicht.

Irgendwann wurde mir klar, dass ich über den Schuljungen Markus Morgart und seinen Weggang aus Bruggfelden mehr wissen wollte, und mit der Hellsicht dessen, der in der Nacht zuvor zu wenig Schlaf abbekommen hat, kam mir auch ein Einfall. Ich holte des Rektors Hund und nahm mit ihm meinen Weg in die Stadt, der uns diesmal über den Viehmarkt zu einem von Kastanien bestandenen Platz führte. Beherrscht wird dieser Platz vom Barockgiebel eines Bürgerhauses aus dem 18. Jahrhundert, eine Bronzetafel zeigt an, dass dort Bruggfeldens Heimatmuseum und Stadtarchiv untergebracht sind.

Zwar hat das Museum nur an den Wochenenden geöffnet, doch kann man den halb- oder nebenamtlichen Stadtarchivar und Museumsleiter Karlheinz Kusterer auch montags in seinem Büro antreffen, wo er an einem der heimatgeschichtlichen Vorträge arbeitet, die er von Zeit zu Zeit vor der Volkshochschule oder im Kulturstadel hält. Er ist ein struppig grauer, großer dürrer Mensch, der an einer um seinen Hals gelegten Goldkette keine Brille, sondern eine Lupe trägt; durch einen mehr oder weniger dummen Zufall war ich dazu gekommen, über einen seiner Vorträge einen Bericht für das Wochenblatt zu schreiben. Seither sind wir miteinander bekannt. Das hinderte ihn aber nicht, sich misstrauisch danach zu erkundigen, warum ich um Gottes willen einen oder zwei Jahrgänge des *Bruggfeldner Volksboten* durchsehen wollte, der einstigen lokalen Tageszeitung, die bis in die Achtziger Jahre des vorigen Jahrhunderts erschienen war. Ich erklärte ihm, es gehe mir nur um eine armselige kleine Geschichte einer armseligen Frau, die wegen Unterschlagung ihre Stelle verloren habe, Morgart hieß das Unglückshuhn…

»Und so was interessiert Sie?« Er starrte mich verwundert an, den Kopf vorgeschoben, baumelnd die Lupe. Auf den Namen Morgart war er nicht angesprungen, also wusste er nichts von dem Toten auf der Aussichtsbank oder kannte jedenfalls seinen Namen nicht.

»Es gibt keine großen Geschichten mehr«, sagte ich. Nicht für mich, fügte ich hinzu, aber nur in Gedanken. »Auch keine Helden. Nichts, was bedeutend wäre. Kleine unbedeutende Leute, die sind das Einzige, das noch zählt. Manchmal sind sie bloß unglücklich, manchmal auch ein bisschen mies, meistens beides, irgendwie hübsch gemischt.«

Kusterer hob die Schultern und ließ sie wieder fallen. Dann stand er auf und geleitete mich samt des Rektors Hund in ein Zimmerchen mit einem kleinen Arbeitstisch und Wänden, von vollgepackten Blechregalen zugestellt. In den Regalen standen Lexika, Sammelbände heimatkundlicher Schriften und schließlich auch die in Pappendeckel gebundenen Jahrgänge des *Volksboten*. Es roch nach Papier, Klebstoff und dem staubigen Radiator der Zentralheizung.

»Diese angebliche Veruntreuung«, hörte ich Kusterer fragen, als er mir den Jahrgangsband von 1969 heraussuchte, »wen hat die betroffen? Eine der Firmen hier?«

Natürlich ist das deine erste Sorge, dachte ich. Bruggfelden ist eine dieser kleinen Städte, in denen seit Jahrzehnten alles Wohl und Wehe von einem oder zwei großen Arbeitgebern abhängt. In Bruggfelden war dies lange Zeit vor allem die Papierfabrik gewesen, die aber vor zehn Jahren stillgelegt wurde (seither soll es wieder Forellen in der Aesche geben), während der zweite Betrieb, ein Maschinenbauer, sich auf Antriebstechnik spezialisiert hat und wohl noch immer floriert. Floriert? Ich kenne die Bilanz nicht.

»Nein, keine der Firmen. Das arme Huhn war für die Kasse der Johannes-Gemeinde hier zuständig.«

Kusterer runzelte die Stirn. »Da weiß ich nicht, ob Sie in diesen Bänden was dazu finden. Was lokale Skandälchen betraf, war der Volksbote sehr diskret... Aber versuchen Sie ruhig Ihr Glück!« Er legte den Band auf den Arbeitstisch. »Es geht um die Johannes-Gemeinde, sagen Sie?« Ich nickte, und er ging.

Der Arbeitstisch stand am Fenster, das halb von Efeu zugewachsen war. So schaltete ich die Schreibtischlampe ein und ließ mich in eine Zeit versetzen, die nahezu ein halbes Jahrhundert zurückliegt. Nachzulesen, wie der Wellenschlag der großen politischen und gesellschaftlichen Veränderungen auch in das Leben einer kleinen Stadt plätschert, mag ja ganz lustig sein. Nur über die Kirchenpflege der Johannes-Gemeinde fand ich nichts, auch nichts über eine Gerichtsver-

handlung wegen einer Veruntreuung kirchlicher Gelder...
Zeit verging, und zu meinen Füßen schlief der Hund.

»Sind Sie fündig geworden?«, hörte ich in meinem Rücken
den Archivar fragen. Ich schüttelte den Kopf, was Kusterer zu
der Bemerkung veranlasste, er habe es mir ja gleich gesagt.
»Ich glaube nicht einmal«, fügte er hinzu, »dass es da überhaupt ein Gerichtsverfahren gegeben hat. Eine solche Geschichte wirft kein gutes Licht auf die Kassenprüfer, auch nicht
auf den Pfarrer, und wie sie sich auf die Spendenbereitschaft
auswirkt, davon will ich gar nicht reden... Aber hier!« Er legte
einen aufgeschlagenen Ordner neben den Zeitungsband und
zeigte auf eine Notiz in einem darin abgehefteten, brüchig ver-
gilbten Mitteilungsblatt des Kirchenbezirks, und zwar einer
Ausgabe mit dem Datum 1. Dezember 1970. Ich beugte mich
über die Notiz und las:

Johannes-Gemeinde verpflichtet
neuen Kirchenpfleger

Bruggfelden. In der jüngsten Sitzung des Kirchengemeinderats der Johannes-Gemeinde konnte Pfarrer Irenäus Träutlein mit großer Freude Herrn Verwaltungsangestellten Gottlieb Oberrieder als neuen Kirchenpfleger vorstellen. Damit
sei sichergestellt, betonte Träutlein, dass die Finanzen der
Kirchengemeinde nach der bedauerlich langen Vakanz nun
von den sachkundigen Händen eines bewährten Gemeinde-
glieds wieder in ordnungsgemäßen Stand gebracht würden.

Na gut, dachte ich, schrieb die Notiz ab und dankte Kusterer pflichtschuldigst. Ich solle mir den Ordner nur weiter durchsehen, sagte der, »vielleicht finden Sie in den früheren Ausgaben doch noch einen direkten Hinweis auf diese Frau.« Damit ließ er mich wieder allein.

Über den Unterhaltungswert der Mitteilungsblätter eines Kirchenbezirks mag man unterschiedlicher Meinung sein. Immerhin habe ich aus dem Ordner zwei Dinge erfahren. Das eine: Die Einzelhandelskauffrau Erna Morgart war einige Jahre vor der Berufung des Gottlieb Oberrieder als Kirchenpflegerin der Johannes-Gemeinde Bruggfelden verpflichtet worden. Sie sei verheiratet und Mutter eines zwei Jahre alten Buben, hieß es in der entsprechenden Notiz.

Zuvor schon war mir beim Zurückblättern ein etwas längerer Artikel aufgefallen, den mir Kusterer dann freundlicherweise kopierte. Unter dem Datum vom April 1968 und der Überschrift »Letztes Kirchenfenster soll gestaltet werden« ist da zu lesen:

Bruggfelden. Auch heute noch wartet die schmucke, 1908 erbaute Johannes-Kirche auf ihre Vollendung. Gewiss, Dach und Turm sind längst gedeckt, der Außenanstrich wurde gar schon erneuert und die Orgel vor fünf Jahren sachkundig restauriert. Doch noch immer blickt eines der vier Seitenfenster kalt und stumm in das Kirchenschiff. Wie kommt es?

Beim Bau des Gotteshauses, dessen Finanzierung für die damals kleine Gemeinde nicht einfach zu stemmen war, hatte man beschlossen, die Fenster zunächst nur zu verglasen. Eine künstlerische Ausgestaltung mit Motiven aus dem Johannes-Evangelium sollte allfälligen Spendern überlassen werden. Bereits in den Jahren vor dem Ersten Weltkrieg konnten so dank der Spendenbereitschaft unserer Gemeindeglieder die beiden vorderen Fenster in ansprechender und künstlerisch hochstehender Weise als leuchtende Glaubenszeugnisse geschaffen werden. Sie zeigen die Speisung der Fünftausend nach Joh. 6 auf der Westseite und die Heilung des Blinden nach Joh. 9.

In den schweren Jahrzehnten, die folgen sollten, war an eine Fortsetzung dieser Arbeiten nicht zu denken. Erst 1952 konnte dank einer großherzigen Stiftung des Kommerzienrats Eberhard Zellwisser sen. das hintere Westfenster mit dem Motiv der Auferweckung des Lazarus nach Joh. 11 geschaffen werden. Es sollte dies eine der letzten Arbeiten des berühmten Kirchenmalers Sebastian Oehlmayer sein.

Doch ein Wesentliches fehlt. Wenn wir wissen wollen, wohin uns unser Weg führt, müssen wir auch wissen, woher wir kommen. Nach dem Willen der Erbauer unserer Kirche soll mit dem vierten Fenster der Blick vom Neuen zum Alten Testament geöffnet werden, und zwar durch die Darstellung der Ehernen Schlange (4. Mose 21, 6-9), auf die Jesus selbst Bezug genommen hat, mit seinen Worten nach Joh. 3, 14-15:

»*Und wie Mose in der Wüste die Schlange erhöht hat, so muss der Menschensohn erhöht werden, damit alle, die an ihn glauben, das ewige Leben haben.*«

Dieses Glaubensgeschenk wollen die Gemeindeglieder der Johannes-Gemeinde aus ganzem Herzen annehmen und werden in den kommenden Jahren deshalb alles daransetzen, um mit Spenden und eigenen Projekten einen finanziellen Grundstock für die abschließende und krönende Gestaltung des letzten Kirchenfensters zu legen. Erstmals wird am kommenden Sonntag (Hauptgottesdienst 10 Uhr!) gesammelt.

Als ich wieder in der Siedlung war und den Hund abgeliefert hatte, ging ich als Erstes in den Raum, der einmal mein Arbeitszimmer gewesen war, und störte den Motorsportjournalisten Friedhelm Pfurth an meinem Laptop auf.

»Ich habe mir erlaubt, Meister«, sagte er, »auf Ihr ehrwürdiges Gerät da zuzugreifen ... Aber sollten Sie das nicht besser im örtlichen Heimatmuseum abgeben?«

»Dass Sie es sich erlaubt haben, sehe ich«, gab ich zurück und suchte nach der Bibel, die irgendwo in meinen Beständen sein musste.

»Oh, der Herr sind pikiert! Aber Sie müssen entschuldigen, das ist schon sehr einladend, wie der Zettel mit dem Passwort da am Rahmen hängt!«

Ich schüttelte nur den Kopf, denn ich hatte das schwarzgebundene und in seiner Dickleibigkeit eigentlich unübersehbare Buch gefunden und ging in mein Zimmer, um die Geschichte der Ehernen Schlange im Wortlaut nachzulesen. Es wird darin beschrieben, wie die Israeliten auf ihrer Wanderung durch die Wüste neben allem anderen Elend auch noch von Schlangen heimgesucht werden, deren Biss tödlich ist, und was dagegen angeblich geholfen hat:

»*Da sprach der Herr zu Mose: Mache dir eine eherne Schlange und richte sie an einer Stange hoch auf. Wer gebissen ist und sieht sie an, der soll leben ...*«

Ich legte den Band zurück und versuchte nachzudenken, aber dann wurde ich auch schon wieder angerufen. Es war Claudia, die wissen wollte, ob ich Lust hätte, mit ihr nach Niederzell zu fahren und Morgart zu besuchen, mit dem sie gerade telefoniert hatte.

»Er würde sich auf einen Spaziergang mit uns freuen, offenbar lassen sie ihn in diesem Sanatorium – oder was es ist – so allmählich von der Leine.«

Wenig später holte sie mich ab, nachdem ich draußen auf sie gewartet hatte. Der Himmel war bedeckt, die Fahrbahn nass, aber der Landregen hatte eine Pause eingelegt. Dass sie länger dauern würde, war laut Wetterbericht nicht zu erwarten. Übrigens hatte auch Claudia einen Brief von der Stadtverwaltung erhalten, ob sie Hochwassergeschädigte aufnehmen würde.

»Und?«, wollte ich wissen.

»Deine Erfahrungen sind ja nicht sehr ermutigend«, sagte sie und musste plötzlich kichern. »Sie haben sogar bei der Kirche angefragt, Rübsam hat es heute in der Großen Pause erzählt... Er ist der Pfarrer dort, musst du wissen, gibt aber ein paar Stunden Religionsunterricht bei uns und hat sich diebisch gefreut, wie sein braver Kirchengemeinderat jetzt ins Schleudern kommt.«

Das ist, dachte ich, eigentlich keine gute Nachricht. Nicht für mich. Wenn jetzt bereits Kirchen beschlagnahmt werden sollen!

»Wenn du gerade von der evangelischen Kirche hier redest«, sagte ich, »sag mal – wie viele bunte Fenster hat die eigentlich? Drei oder vier? Ich bin – vorsichtig gesagt – kein ausgesprochener Kirchgänger.«

»Bunte Fenster? In der Johannes-Kirche? Was hat das mit den Flüchtlingen zu tun?«

»Nichts«, sagte ich. »Drei oder vier?«

»Drei«, antwortete sie, »wenn du Bleiglasfenster mit biblischen Motiven meinst. Das vierte im Kirchenschiff ist einfach aus Glas. Ein Fenster mit nix.«

»Danke«, sagte ich und begann, ihr von meinem Besuch im Stadtarchiv und von dem Spendenaufruf aus dem Jahre 1966 zu erzählen. Ich schloss mit der Bemerkung, man könne sich immerhin vorstellen, wo die arme Kirchenmaus Morgart ihr bisschen Speck erwischt habe.

Inzwischen befanden wir uns auf der Schnellstraße, Claudia schaltete herunter und beschleunigte, um einen Lastwagen zu überholen. »Eine Spendenaktion für ein Kirchenfenster mit der Ehernen Schlange als Motiv?«, fragte sie ungläubig, als sie sich mit dem Wagen wieder eingeordnet hatte. »Ich hab die Geschichte schon als Kind nicht verstanden … So ein Reptil, an einer Stange aufgehängt – das ist doch nur gruselig und scheußlich, und ich weiß nicht was! Wer will denn für so was Geld geben!« Wieder beschleunigte sie, um einen Wohnwagen zu überholen.

»Vielleicht sollte es ja gruselig und scheußlich sein«, sagte ich vorsichtig, die linke Hand aufs Armaturenbrett abgestützt, die rechte oben in den Griff über der Wagentür eingehängt, »der Anblick sollte ja wohl irgendwie immunisieren …«

»Similia similibus curantur, ha!«, rezitierte Claudia und steuerte den Wagen durch eine links und rechts aufgischtende Wasserlache, »von mir aus gerne, vielleicht hat man so etwas wirklich schon zu Moses Zeiten gewusst. Nur – was hat das mit Markus zu tun? Dass du ihn auf die Geschichte mit seiner unglücklichen Mutter ansprichst, das will ich nicht … auf gar keinen Fall! Verstehst du das?«

»Ja«, sagte ich. »Natürlich versteh ich das. Keinen Augenblick hab ich daran gedacht, das zur Sprache zu bringen. Und trotzdem …«

»Trotzdem was?«

»Der Schlangenbiss«, antwortete ich. »Das Gift im Blutkreislauf. Der Tod in der Seele … Ach, Unsinn! Ich weiß nichts, und ich erwarte nichts.«

VI. CLAUDIA

Ausflug zu dritt
Montag, 25. März

Markus erwartete uns im Foyer, auf die Griffe des Rollstuhls gestützt, aber angezogen wie ein Wanderer – Stiefel, Trekkinghose, Anorak, die Pflaster an den Schläfen von den Seitenklappen einer Sportmütze verdeckt. Diesmal wurde ich nicht mit angedeutetem Handkuss, sondern mit Küsschen auf die Wange begrüßt, und Lukas bekam wieder den Autohändler-Handschlag. Dann entschuldigte sich Markus für den Rollstuhl – die Ärztin bestehe darauf, dass er den mitnehme.

Wir wandten uns zum Ausgang, aber unvermittelt blieb Lukas vor der Stellwand mit den Aushängen stehen und studierte ein Plakat, ich trat dazu und entdeckte die Ankündigung eines Theaterabends in der St. Barbara-Kirche in Herrenmünster, aufgeführt werden sollte das *Hohe Lied*, in der Liste der Mitwirkenden entzifferte ich den Namen Ulrike Wittkowski. Nun war auch Markus dazu getreten, und ich erklärte ihm, dass es bei dieser Wittkowski um Pascals… – nein, ich sagte nicht: Beischläferin – dass es sich also um Pascals Freundin handle. Es schien ihn nicht weiter zu interessieren, und wir verließen das Foyer.

Markus hatte einen Weg ausgesucht, der vom Park des Sanatoriums auf ein asphaltiertes Sträßlein führte und mit ihm auf eine weite, von kleinen Baumgruppen unterbrochene und leicht ansteigende Ebene voller Wiesen und kahler Äcker. Dem Kalender zufolge sollte es allmählich Frühling werden, aber von einem blauen Band war nichts zu spüren. Irgendwann bemerkte ich, dass nicht Morgart, sondern Lukas den Rollstuhl schob. Ich war gerade dabei, Markus die Geschichte der Wanderung zur Girendsburg und der von ihm gefundenen Abkürzung – nein, nicht zu erzählen, sondern in Erinnerung zu rufen. Die Narbe konnte ich diesmal nicht vorzeigen, weil ich Jeans trug. Trotzdem erinnerte er sich sofort und behauptete, ich hätte mich an einer Brombeerranke geritzt, aber so schlimm könne es gar nicht gewesen sein, denn als Pascal ein Papiertaschentuch draufgehalten habe, sei die Blutung auch gleich gestillt gewesen ... Ja doch, versicherte er mir, als ich ungläubig schaute, das sei auf dem letzten steilen Stück unterhalb der kleinen Aussichtsplattform passiert, er sehe es vor sich, als sei es gestern gewesen! Es gebe nämlich viele Dinge, die ihm gegenwärtig seien, oft überflüssiges Zeug, von dem niemand verstehen würde, warum einer das in Erinnerung behält. Nur warum er dieses eine gemacht habe – mit beiden Zeigefingern tippte er gegen seine Schläfen – das wisse er noch immer nicht, ums Verrecken nicht, falls man das in diesem Zusammenhang so sagen dürfe. Dann sagte eine Weile niemand etwas, wir gingen so für uns hin, unter wolkenverhangenem Himmel, vorbei an frisch gepflügten Feldern und Wiesen, die immerhin nicht mehr graubraun aussahen, sondern sattgrün.

Irgendwann nahm Markus das Gespräch wieder auf und lenkte es aufs Schreiben – ich vermute, um Lukas einzubeziehen, der den Rollstuhl schiebend hinter uns her trottete. Er behauptete, Lukas wolle seine – Morgarts – Geschichte nur deshalb nicht schreiben, weil er nichts vom Geld verstehe.

Das allein sei nicht der Grund, sagte Lukas und schloss zu uns auf. Man schreibe immer über Geschichten, die man selber nicht verstehe. Sonst gäbe es ja keinen Grund, sie zu schreiben. Nur verstehe er nicht nur vom Geld nichts, sondern vor allem von den Leuten, die damit umgingen.

Das laufe doch auf das Gleiche hinaus, rief da Markus, hier gehe es doch weder um das Geld noch um die Geldleute, für die ein Mensch mit Verstand sich ernsthaft sowieso nicht interessieren könne. Viel spannender – jedenfalls für ihn, Morgart – sei doch die Frage, wie läuft das ab, wenn einer sich umbringen will? Wann weiß so einer, dass es jetzt für ihn nur noch darum geht, wie er es machen wird? Und wann und warum komme der Moment, an dem er es auch tut? Er habe sich gedacht, fügte er hinzu, jemand wie Lukas Gsell könnte damit etwas anfangen.

Den Augenblick, an dem sich etwas entscheidet, den würde er als Autor wohl gerne beschreiben, antwortete Gsell – wenn er es denn könnte, und zwar so, dass man das Vibrieren spüre ... Etwas unvorsichtig fragte ich nach, was er denn nun damit meine, worauf er mir vorschlug, ich solle mir ein Liebespaar vorstellen – eben seien sich die beiden vielleicht nicht mehr ganz fremd, aber noch unsicher, tastend, zaghaft. Eine falsche Bewegung, ein dummes Wort – und alles sei vorbei. Aber wenn es anders komme, dann geschehe es im Bruchteil einer Sekunde, und die beiden wüssten Bescheid, wie vom Blitz getroffen ...

Wow!, sagte Morgart, wie unverbesserlich romantisch müsse einer sein, um vom Sich-Abknallen aufs Sich-Verknallen überzuleiten. Ich wiederum hatte Lukas' Bemerkung etwas – nun ja, übergriffig gefunden, wollte es mir aber nicht anmerken lassen und sagte zu Markus, der Tod und die Liebe hätten wirklich ein paar Dinge gemeinsam, aber das müsse jetzt nicht vertieft werden.

Vor uns kam ein Dorf in Sicht, ein richtiges Dorf mit Kirche und einem Gasthof, in dem ein paar Männer vor ihrem Bier saßen und ein Vertreter bei einem Kaffee über seinen Bestellscheinen brütete. Ein Radio dudelte Volksmusik. Wir fanden einen Ecktisch, für mich gab es einen Tee und einen Apfelkuchen, für Morgart und Lukas je einen Schoppen Roten. Als die Männer anstoßen wollten, schlug ich ihnen vor, sie sollten der Einfachheit halber gleich auch das Du ausmachen. Folgsam gehorchten die beiden, so dass dieses Thema vom Tisch war und damit auch die Frage, seit wann ich mich denn mit Lukas duze.

Das Gespräch war bei der Frage angelangt, wie lange Morgart wohl noch in der Rehabilitationsklinik bleiben werde, aber er zuckte nur mit den Achseln und meinte, er sei Privatpatient, würde also kaum rausgeschmissen werden. Als ich wissen wollte, was er denn selbst meine und welche Pläne er habe, kam das schiefe Grinsen, mit dem er schon den alten Rektor hatte in Raserei versetzen können. Um meine Frage beantworten zu können, müsste er erst einmal wissen, wer er überhaupt sei. Außerdem... Er sprach den Satz nicht zu Ende, und ich hakte nach – was außerdem?

Er erklärte es mir. In Deutschland gebe es das *Psych Ka-Ge*, wie es amtlich abgekürzt wird. Es erlaube dem Staat, neben anderen angeblich *Psychisch-Kranken* auch die Überlebenden eines Suizid-Versuchs wegen Selbstgefährdung in die Klapse zu stecken. Markus hatte bereits in den ersten Tagen in der Neurochirurgie einen solchen *Doktor Psycho Seltsam* am Bett stehen gehabt und wird – so, wie er den Gesprächsverlauf beschrieb – von diesem mit Sicherheit ein besonders aggressives Krankheitsbild attestiert bekommen haben. Allerdings hat sein Anwalt Lemaître offenbar einen eigenen, mit ausreichend Titeln geschmückten Gutachter aufgetan, der Markus wie gewünscht eine einmalige Kurzschlusshandlung auf Grund außergewöhnlicher körperlicher Erschöpfung bescheinigte.

Er werde also nicht länger in der Klinik bleiben müssen, als er lustig sei, fügte Markus hinzu und griff nach dem Weinglas, nahm es in die Hand und betrachtete es, ohne zu trinken. Dabei wisse er gar nicht, ob die Klapse nicht doch genau das Richtige für ihn sei, denn dort sei er für nichts verantwortlich und dürfe das Denken den anderen, den angestellten Idioten überlassen ... Er brach ab, offenbar war ihm der Gesichtsausdruck aufgefallen, mit dem ich ihm zugehört hatte. Entschuldige!, sagte er dann und versuchte sich an einem Lächeln, vielleicht sei er wirklich ein bisschen närrisch geworden oder schon immer gewesen.

Wenn es so war, hätte ich ihn vielleicht grade darum leiden können, sagte ich, und wenn er es jetzt noch immer sei, dann solle es so bleiben. Solange, bis es ihm langweilig werde. Doch die Antwort genügte ihm nicht. Ich solle ihm lieber sagen, was er tun könne, am besten irgendetwas Lustiges, denn so bescheuert, seine Zeit weiter mit Geldspielerei zu vertun, sei er nun auch wieder nicht! Natürlich fiel mir nichts ein, Lustiges schon gar nicht, und so behalf ich mich mit dem Vorschlag, er solle versuchen, neugierig zu sein und die Dinge auf sich zukommen zu lassen. Wenn man nur ein wenig Geduld habe, sagte ich, kämen die ganz von selbst zu einem und wollten, dass man etwas mit ihnen macht.

Diese Dinge, antwortete er, die würden doch jetzt schon nach ihm krallen, aber besonders lustig finde er das nicht. Er griff in seinen Anorak, holte ein rotes Adressbuch heraus und reichte es mir – dieses Ding da gehöre offenkundig ihm, oder dem, der er einmal war. Lukas – mit einer Kopfbewegung wies er auf ihn – habe es mit einer Schriftprobe herausgefunden. Ich solle es mir ruhig anschauen, diese ganze Latte von Telefonnummern, die alle schon wieder ganz genau wüssten, was er ihrer Meinung nach tun solle, nämlich sie anzurufen. Dabei habe er weder eine Ahnung, wer sich da melden würde, noch die Lust, es herauszufinden.

Ich blätterte das Adressbuch durch, scheinbar achtlos, registrierte aber doch, dass ich nicht vorkam, weder als Claudia noch als C. Wronski… Aber welchen Grund sollte er gehabt haben, meine Adresse (die er immerhin von Pascal hätte erfahren können) zu notieren? Irgendetwas brachte mich dazu, die Einträge mit dem Buchstaben P aufzuschlagen, aber Pascal war dort nicht notiert, sondern unter H wie Helffenstein, samt der Adresse der Penthouse-Wohnung. Ich blätterte noch einmal zum Buchstaben P zurück, wo ganz oben kein Name, sondern nichts weiter als eine *Rue Lamarck* samt Hausnummer und zwei Zahlenreihen eingetragen waren, die eine vermutlich die Telefonnummer, die kürzere wohl der in Frankreich übliche Code für die Haustür… Ich gab Markus das Büchlein mit dem Ratschlag zurück, er solle es doch wegschließen, wenn es ihm auf die Nerven gehe, und nicht mit sich herumtragen. Irgendetwas brachte mich dazu, dann doch nach dieser *Rue Lamarck* zu fragen, und warum es zu der keinen Namen gebe.

Kein Name?, fragte Morgart zurück. Also müsse sich der Name von selbst verstehen, jedenfalls für diesen Menschen, der dieses Adressbuch geführt habe. Unter P stehe das? Mit seinem verwüsteten Kopf könne er, der Markus von hier und heute, allenfalls vermuten, dass diese Wohnung einer Patricia oder Paula oder sonst einer *poule* gehören könnte. Er hob kurz die Achseln und ließ sie wieder fallen und traktierte mich mit diesem Blick, der vermutlich sagen soll: So ist nun mal das Leben, Kleines!

Eine *Rue Lamarck* gebe es in Paris, warf Lukas ein, im Achtzehnten Arrondissement, oben auf dem Montmartre.

Paris? Montmartre?, fragte Morgart zurück und runzelte die Stirn. Das bringe ihn auf einen Gedanken – dann brach er ab. Unvermittelt schloss er die Augen und ließ den Kopf sinken, mit beiden Unterarmen auf dem Tisch aufgestützt. Ich warf einen Blick zu Lukas, der aufstand und zu Markus trat, offenbar bereit, ihn aufzufangen, falls er vom Stuhl kippen sollte. Ich fragte Markus, ob er Tabletten dabei habe, aber er schüttelte nur den Kopf. Ich winkte dem Wirt, und der brachte eilends ein Glas Mineralwasser. Ob man den Herrn nicht besser auf eine Bank legen solle? Er könne natürlich auch das Rote Kreuz rufen …

Morgart hob abwehrend die Hand. Es geht gleich wieder, sagte er, halb flüsternd, nur einen Augenblick noch! Und ob er vielleicht einen Kaffee bekommen könne? Der Wirt entfernte sich zögernd. Wir schwiegen und warteten, im Radio sang ein österreichischer oder Tiroler Volksmusiker von einem Wiedersehen.

Okay, hörte ich Morgart plötzlich sagen, er richtete sich auf und blickte erst zu mir, dann zu Lukas. Sah er irgendwie mitgenommen oder blass aus? Ich konnte es nicht beurteilen. Mir fiel nur auf, dass ihm der Schwächeanfall peinlich zu sein schien. Leider komme *so etwas* noch immer vor, entschuldigte er sich, möglicherweise müsse er lernen, damit zu leben. Dann fragte er, wo wir stehen geblieben seien, und gab auch selbst die Antwort – die Rede sei von Paris gewesen, von der *Rue Lamarck* dort, Lukas habe ganz Recht, oben auf dem Montmartre, das könne ja nicht anders sein!

Lukas und ich sahen erst uns etwas ratlos an und dann ihn, und er erklärte es uns. Sowohl in Markus' Ausweis wie in seinen Fahrzeugpapieren war vermerkt, dass er in Zug wohnhaft sei, also in einem Innerschweizer Kanton. Dafür könne es seines Wissens nur einen einzigen denkbaren Grund geben, sagte er uns – nämlich den, dass er dort seine Steuern zahle. Folglich müsse er für die Zeit, die er nicht mit seiner Steuererklärung verbringe, noch woanders eine Wohnung haben, möglicherweise in Paris, weshalb er unter dem Buchstaben P nur das eingetragen habe, was man sich als halbwegs weltläufiger Mensch nicht so sicher merken kann, nämlich die Telefonnummer und den Zugangscode, *my dear Watson!* Befriedigt lehnte er sich zurück, denn der Wirt brachte den Kaffee. Und ich dachte, was hat er nur für einen seltsamen Dachschaden – dumme Sprüche mehr als genug, aber was wirklich Sache ist, das weiß er nicht mehr.

VII.   ULRIKE WITTKOWSKI

Eine, die Frieden nicht findet
Dienstag, 26. März

Es geht nicht. Celan ist schuld. Ich kann die Verse der Sulamith nicht sprechen. *Ihr aschenes Haar!*

Stopp! Du sollst nichts inszenieren. Nicht die Todesfuge. Nicht das Hohelied. Schon gar nicht das eine im anderen. Keine Inszenierung mehr. Du sollst einen Text zu Gehör bringen. Und zwar diesen einen, Punkt! Stell dich hin und sag ihn auf. Oder lass es eines der anderen Mädchen tun. Sie werden schon wissen, welchen Duft ihre Narde gibt.

»*Da bin ich geworden in seinen Augen wie eine, die Frieden findet*«... Einfach so, ja? Und dazu vielleicht die Fotos aus Bergen-Belsen und Dachau? Es schüttelt mich bei dem Gedanken.

Warum?

Du kannst diese Bilder nicht einsetzen, nur weil dir gerade danach ist, den Leuten mit dem erhobenen Zeigefinger zu kommen. Sie sind nicht zu beliebigem Gebrauch.

Dann machst du einfach das Licht aus. Absolute Nacht. Nacht zum Nachdenken. Die Gedanken, die bleiben sollen, müssen den Leuten von selbst kommen.

Aber ich muss wissen, warum ich diesen einen Text spreche. Was er mit mir zu tun hat, zweieinhalb Jahrtausende später, und wie er sich in meinem Kopf zu dem verhält, was sonst darin gespeichert ist. Kein Text bleibt für sich.

Warum also das Hohelied?

Ich weiß es nicht. Ich weiß ja nicht einmal, wer ich bin. Ich fühle mich, als gäbe es Umrisse von mir, und darin ist das eine oder andere angedeutet, vielleicht guckt einen das eine Auge an, oder eine der Pobacken ist ausgeführt, der Große Zeichner hat eine Büschel Achselhaare schraffiert oder eine Nackenlinie nachgezogen, anderes ist ausgespart, eine weiße Fläche, *hic sunt leones*, schrieben die alten Kartographen, wenn sie sonst nichts wussten...

Also willst du deine Ungeheuer aufscheuchen, damit du weißt, was mit dir ist? Findest du das nicht ein wenig ichbezogen?

Ja. Nein. Jeder Text will gelesen, jeder Vers gesprochen werden.

Gibt es eine Stelle, von der du weißt: da horchen die Ungeheuer auf? Ist es die Klage der Sulamith, dass »*er sich abgewandt hatte*«, dieses: »*Ich suchte ihn, aber ich fand ihn nicht; ich rief, aber er antwortete mir nicht...*«

Nein. Ja. Habe ich je einen gesucht? Geantwortet hat mir keiner. Am wenigsten der mit den vielen Worten.

Es muss einen Vers geben, den einen, von dem du beim ersten Lesen gewusst hast: das ist für mich geschrieben.

Du kennst ihn doch: »*Denn Liebe ist stark wie der Tod und Leidenschaft unwiderstehlich wie das Totenreich...*«

Liebe, ja? Leidenschaft? Wenn eine nicht weiß, wer sie ist?

Dann weiß sie doch, was der Tod sein könnte.

Ah ja? Und darum bist du noch immer bei dem mit den vielen Worten? Den Worten, hinter denen nichts ist. Nicht Leidenschaft, nicht Liebe. Und du lässt es dir gefallen. Du bist nicht Sulamith. Nicht Justine. Du bist ein Betthäschen, und nichts an dir ist ernst.

Dann ist das so. Ich hab es mir nicht ausgesucht, so zu sein. Sag mir lieber, was ich mit meinem Haar machen soll.

Gsell: Vom Elend neuer Schuhe / Mittwoch, 27. März

Es war Mittwoch geworden, als ich wieder nach Niederzell fuhr, und der Regen peitschte gegen die Fenster der S-Bahn. Morgart wartete in der Cafeteria auf mich, bereits in Wanderkluft und diesmal sogar mit einem kleinen Rucksack ausgestattet, und hatte durchaus keine Lust, im Trockenen zu bleiben. In dieser Klinik sei es nicht mehr auszuhalten, erklärte er mir, von einer Minute zur anderen habe er das entdeckt, er brauche eine andere Luft, andere Farben, andere Leute!

Wieder gingen wir durch den Park, wobei er seinen leeren Rollstuhl selbst schob. Aber an der Bank vor dem Springbrunnen faltete er ihn zusammen und stellte ihn hinter der Banklehne ab.

»Ich hasse dieses Ding!«

Er muss es wissen, dachte ich. Außerdem war er jetzt ja nicht allein unterwegs. Der Weg, den er einschlug, war diesmal ein anderer und führte zu einer Anhöhe, auf der zwischen noch immer kahlen Bäumen ein einzelner Bauernhof stand. Wir gingen nicht zu schnell, aber in gleichmäßigem, bedächtigem Schritt, begleitet vom Geräusch des Regens. Man muss nicht immer reden.

Auf der Anhöhe steuerte er den Bauernhof an und deutete zur Erklärung auf eine Schiefertafel, auf der in verwaschener Kreideschrift Kartoffeln, Räucherspeck sowie Himbeergeist und Zwetschgenwasser aus eigener Brennerei angeboten waren. Eine ältere Frau – vermutlich die Bäuerin – öffnete uns und führte uns in den Verkaufsraum gleich neben dem Flur. Es roch nach Erde und Kartoffeln, auf einem Tisch lagen ein Laib Brot und ein angeschnittener Schinken, und die Bäuerin säbelte auf Morgarts Wunsch von beidem ein paar Kanten ab und packte sie ihm ein. Außerdem ließ er sich noch zwei Flaschen Zwetschgenwasser in den Rucksack stecken.

Als wir wieder unseren Weg unter die Füße genommen hatten, sagte er mir, einer der anderen Patienten – sein Tischnachbar beim Mittagessen – habe ihm von dem Bauernhof erzählt und den Mund wässerig gemacht. Schnaps aber sei in der Klinik absolute Bückware, das heißt, eigentlich überhaupt nicht erhältlich, und er brauche ein Abschiedsgeschenk für den Tischnachbarn, »einen ganz netten Menschen und armen Teufel, der ständig das Gefühl hat, es beobachtet ihn jemand, und zwar der liebe Gott«.

»Bist du sicher«, fragte ich, »dass sich ein solches Problem mit zwei Flaschen Schnaps aus der Welt schaffen lässt?«

»Mit Schnaps lässt sich solche Gesellschaft besser ertragen«, kam die Antwort. »Außerdem – wer spricht hier von zwei Flaschen?«

Hinter dem Bauernhof gelangten wir in einen Wald und dort auf einen der ausgeschilderten Fernwanderwege, auf dem wir laut Wegweiser in acht Kilometer die Ortschaft Sternwyhl erreichen würden, 16 Kilometer unterhalb der Wyhletalsperre gelegen.

»Das passt«, meinte Morgart, in Sternwyhl gebe es eine S-Bahn-Haltestelle. Ich hörte es nicht ohne Besorgnis, acht Kilometer können wenig sein, wenn man solche Fußwege gewohnt ist, und viel für einen, der gestern noch den Rollstuhl hätte benutzen sollen. Vorerst aber hielten wir das ruhige Tempo ein, so gleichmäßig, wie auch der Regen fiel.

»Hast du eigentlich«, hörte ich ihn plötzlich fragen, »schon mit meiner Geschichte angefangen?«

»Nein«, gab ich zurück, »wie kommst du darauf? Ich schreibe Tagebuch, ja doch, über meinen Alltagskram, kann sein, dass du auch vorkommst... Aber mehr ist nicht.«

»Kommt die Claudia vor?«

»Warum fragst du?« Ich fand es an der Zeit, auf Distanz zu gehen.

»Du vögelst sie doch.«

»Nächste Frage.«

»Komm! Da ist doch nichts dabei … Außerdem interessiert mich was anderes. So einer wie du – wie beschreibt der das? Notierst du da die Stellung, wer auf wem, wie lange der Spaß gedauert hat, die Geräuschkulisse, wenn es eine gab?«

»Nächste Frage.«

»Versteh doch – ich würde gern so etwas lesen, wenn das so geschrieben wäre, dass es einen anmacht. Ich hab mir solche Bücher schon auch empfehlen lassen, aber …« – er hob beide Hände und machte eine Bewegung, als wolle er etwas festhalten und greife nur ins Leere – »… das Zeug hat mich nur gelangweilt, genauso geht es mir mit den Filmen, du guckst das an und findest das soweit ganz nett, was die da treiben, dann merkst du, das ist alles gestellt, und du hast den gleichen öden leeren Geschmack im Mund wie davor.«

»Und du meinst, ausgerechnet in meinem armen Tagebuch findest du so was? Und dass ich dich das dann auch lesen lassen würde?« Ich lachte. »Was für Bücher oder Filme waren denn das, die dich so gelangweilt haben?«

»Neulich kam so was, im Spätprogramm. Pitsche-patsche, mit Weichzeichner aufgenommen, das Mädchen war unten nicht rasiert, also war's ein uralter Streifen … Und plötzlich war mir klar, dass ich den schon mal gesehen hab. In meinem vorigen Leben, verstehst du?«

»Und weiter?« Wenn er schon einmal dabei war, sich zu erinnern!

Er blieb stehen, und ich dann auch. »Ich hatte eine Schnepfe dabei … In meinem Kopf ist da noch so ein Fetzen Erinnerung, wir kommen aus dem Kino, und sie schaut an mir hoch und fragt, ob ich mir vorstellen könnte, *so was* mit ihr zu tun…«

»Und? Hast du?«

Er schüttelte den Kopf und ging weiter. »Weiter weiß ich nicht. Nur, dass diese Frage kam. Danach Filmriss. Es muss in Paris gewesen sein…«

Na fein, dachte ich. Der Herr gucken nicht einfach Schweinkram. Der Herr tun es in Paris. Werden von einer Schnepfe begleitet. Die Schnepfe will dann auch…

»Und was denkst du, was du mit ihr gemacht hast? Oder was du heute tun würdest?«

»Nicht in diesen Film gehen! Das eine Mal reicht.«

»Ich meine: mit dem Mädchen?«

»Nichts«, sagte er. Irgendetwas in seiner Stimme hatte sich geändert. »Es wäre mir zu riskant. Der Kontrollverlust, wenn du verstehst, was ich meine.«

Ich fragte nicht weiter. Vor uns kam eine Waldarbeiterhütte in Sicht, und Morgart meinte, wir hätten eine Pause verdient. Wir setzten uns auf die Bank unterm Vordach der Hütte, Morgart bückte sich und löste die Schnürsenkel seiner Stiefel. Es waren sehr schöne, nagelneue Wanderstiefel, und so brauchte sich niemand zu wundern, dass sie drückten. Er habe sie in einem Sportgeschäft in Herrenmünster besorgt, erklärte er, vor zwei oder drei Tagen. Als er sich auch die Socken ausgezogen hatte, hielt er die bloßen Füße in den Regen hinaus. Sie waren plump und kamen mir vor, als bräuchten sie unbedingt eine orthopädische Begutachtung oder wenigstens Einlagen. Aber man sah keine Blasen, sondern nur rötliche Druckstellen. Wie weit war es wohl noch bis zur S-Bahn? Sieben Kilometer oder sechseinhalb?

Morgart schien das aber nicht zu kümmern. Als er fand,

seine Füße hätten genug Regen abbekommen, stellte er sie auf den Boden, holte das Vesper aus dem Rucksack und eine der Schnapsflaschen. Er schraubte sie auf, und das Zwetschgenwasser brannte in der Kehle und öffnete die Atemwege. Danach wandten wir uns der Brotzeit zu und hatten an dem Speck genug zu kauen.

»Jetzt weiß ich's wieder«, sagte er, als er einen Mundvoll Brot und Speck hinuntergeschluckt hatte, »das muss unterhalb vom *Jardin du Luxembourg* gewesen sein. Ein kleines Programmkino, vielleicht kennst du's?«

Ich erklärte ihm, dass ich mein Leben hauptsächlich und leider Gottes keineswegs in Paris, sondern in deutschen Provinzstädten verbracht habe, wenn nicht gar in Dörfern, und mir außerdem niemals eine Schnepfe zugelaufen sei, die nach dem Kino den Hintern versohlt haben wollte.

»Woher hast du dann gewusst, dass es auf dem Montmartre eine Rue Lamarck gibt?«

Ja, woher weiß ich das? Über einen blöden Umweg. Ich hab einmal versucht, eine Geschichte über den tatsächlich existiert habenden Münsteraner Universitätsdozenten Johann Paul Kremer, Dr. phil. und Dr. med., zu schreiben, der es 1942 zu einem der Selektionsärzte an der Rampe von Auschwitz brachte und der außerdem ein großer Anhänger der Evolutionstheorie des Jean-Baptiste de Lamarck war, der wiederum irgendwann um 1800 herausgefunden haben wollte, dass erworbene Eigenschaften sich vererben können.

»Moment«, unterbrach mich Morgart, »wie soll man sich das vorstellen?«

»Warum haben Schlangen keine Beine?«, fragte ich zurück. »Laut Lamarck deshalb nicht, weil sie aus irgendeinem Grund kriechen mussten, dazu keine Beine brauchten und sie deshalb auch nicht vererbt haben. Alles klar?«

»Und der Auschwitz-Arzt?«

»Wenn der nicht gerade dabei war, die nicht arbeitsfähigen Frauen und Kinder ins Gas zu schicken, die alten und kranken Männer natürlich auch – dann hat er das gemacht, was ihm wichtig war. Er hat über schwanzlose Katzen geforscht. Ob eine, der vom Hund der Schwanz abgebissen wurde, irgendwann lauter kleine schwanzlose Kätzchen geworfen hat.«

Morgart griff zur Flasche, nahm einen kräftigen Schluck und reichte mir die Flasche weiter. »Du sollst mich nicht verarschen. Auschwitz und dieser Doktor Hirnriss gehen nicht zusammen.«

»In der wirklichen Wirklichkeit schon«, antwortete ich, nahm einen Schluck und gab die Schnapsflasche zurück. »Aber nicht in einer Geschichte. Nicht in einer, die jemand wie ich hätte schreiben können. Darum hab ich's bleiben lassen.«

»Na schön«, meinte Morgart und fügte hinzu, er wisse aber noch immer nicht, woher ich den Straßennamen auf dem Montmartre kenne, und ich erklärte ihm, dass ich damals – als ich mich mit diesem Münsteraner Realverbrecher beschäftigte – noch immer Journalist war und Journalisten von Zeit zu Zeit eine Bakschisch-Reise absolvieren dürfen.

»Da wird man von irgendwelchen Reiseveranstaltern eingeladen und befördert und beköstigt, und dafür hudelt man dann ein Feuilleton über die Traumstrände und die köstliche Küche ferner Länder runter, was gerade gewünscht wird… Und so war ich damals zwei oder drei Tage in Paris, und wie ich mir den Montmartre dort anschauen will, wo er nicht ganz so von Touristen überlaufen ist, springt mir ein Straßenschild ins Auge, und da steht dieser Name drauf und erinnert mich daran, was ich schon wieder nicht hingekriegt habe.«

»Ich frage mich«, sagte Morgart bedächtig, »ob du damals solche Bakschisch-Reisen hast annehmen müssen, weil du dein Buch über den Doktor Hirnriss nicht hingekriegt hast, oder ob es umgekehrt war. Dass du das Buch nicht hast schreiben können, weil du solche Scheiß-Jobs angenommen hast?«

Ich überlegte. »Das kann beides stimmen«, meinte ich schließlich, »so dass es sich in den Schwanz beißt.« Dann blickte ich hoch, denn es näherte sich uns Pferdegetrappel, ein Gespann kam mit maßvoller Geschwindigkeit den leichten Anstieg zur Hütte hoch und zog einen gummibereiften Landwagen hinter sich her, auf dessen Kutschbock ein dicker rotgesichtiger Mensch saß, eine Wollmütze auf dem Schädel. Als er uns erblickte, machte er »brrr!«, und das Gespann hielt auf Höhe der Hütte. Man bot sich die Tageszeit, wie es sich gehört, Morgart hob einladend die Schnapsflasche, und weil die Reaktion nicht schroff ablehnend ausfiel, stand ich auf – Morgart war noch immer barfuß – und ging zu dem Landwagen und reichte dem Kutscher die Flasche hoch. Der hob grüßend die Hand an die Stirn, nahm dann die Flasche und machte dazu dieses beschwörende Handzeichen, das in manchen Gegenden Süddeutschlands die heilsame Wirkung des Schnapses befördern oder allfällige böse Geister abwehren soll. Entsprechend zünftig war auch der Schluck, den er sich genehmigte. Während ich die beiden Kaltblüter bewunderte – zwei Braune, beide mit schöner Laterne –, entspann sich zwischen dem Kutscher, einem Jakob Trommeter, und Morgart das vorhersehbare Gespräch über gar zu neue Wanderschuhe, und dass es bis zur S-Bahn-Haltestelle Sternwyhl noch gut sieben Kilometer seien …

Eine Runde Schnaps später nahm Morgart auf dem Kutschbock neben Trommeter Platz, und ich setzte mich hinten auf eine der beiden Sitzbänke, die sogar gepolstert waren, und der

Landwagen nahm wieder gleichmäßig-gemessene Fahrt auf. Der Weg war von jungen Fichten und anderem Gebüsch gesäumt, manchmal streiften uns regennasse Zweige und sprühten Wassertropfen. Einmal, an einer Rechtskurve, öffnete sich der Blick auf das Tal vor uns und auf eine unvermittelt hochragende und mir gewaltig erscheinende Steinwand. Der Staudamm? Mit halbem Ohr hörte ich den beiden auf der Kutschbank zu, Trommeter erklärte Morgart, dass ihm ein Umweg über Sternwyhl ganz gelegen komme, er sei Rentner und habe Zeit, und seine Schwarzwälder Füchs' bräuchten Ausfahrt.

»… und die bekämen sie auch, wenn morgen die Welt untergeht.«

»Besteht da Gefahr?«, wollte Morgart wissen.

»Die Leut' reden so«, meinte Trommeter. »Das kommt, weil sie nicht mehr die Bibel lesen. Und der Pfarrer sonstwas predigt, nur nicht die Schrift!«

»Ah ja?«, machte Morgart und wollte mehr wissen, und Trommeter begann damit, dass ja nun bereits wieder die falschen Propheten unterwegs seien und ihre Lügen verbreiteten, über die Talsperre Wyhlsee zum Beispiel – mit der rechten Hand wies er auf die Talsperre, die inzwischen wieder hinter hochragendem Nadelgehölz verborgen war – »dass der Staudamm brechen könnt oder überflutet werden, aber wer sich auskennt, der weiß, dass das unmöglich ist, völlig unmöglich, die Staumauer ist so gebaut, dass sie gar nicht umfallen kann! Als zuletzt hier ein Erdbeben war, das hatte Magnitude 5,4, wenn Sie sich auskennen, wissen Sie, dass das richtig ordentlich gewesen ist – aber der Staumauer hat man nix angemerkt, kein Riss, nirgends, auch innen nicht, die Staumauer hat innen nämlich Kontrollgänge, müssen Sie wissen …«

»Ich höre«, unterbrach ihn Morgart, »Sie sind Fachmann … Ingenieur oder …?«

»Kein Ingenieur«, antwortete Trommeter, »aber auskennen tu ich mich, das ist wahr, besser als mancher Ingenieur, ein halbes Jahrhundert hab ich dort geschafft, fast vierzig Jahr davon als Werkmeister ... Ja, und nach dem Erdbeben war auch innen nix, nicht der kleinste Riss, und auch, wenn ausnahmsweise einer aufgetreten wär, hätt das nichts zu bedeuten gehabt, das Wasser wär langsam abgelaufen, ganz langsam!«

»Und wohin?«

»Was wohin?«

»Das Wasser. Wohin würde das ablaufen?«

»In den Wyhlbach. Also nach Sternwyhl und weiter nach Niederzell ...«

»Nach Niederzell! Und der Stausee – wie viel Wasser fasst der?«

Trommeter ließ die Peitsche schnalzen, worauf die beiden Schwarzwälder in Trab fielen. »Scheritt!«, schrie er dann, und die Pferde nahmen das Tempo wieder zurück. »Das kommt auf den Wasserstand an«, kam die Antwort, »wenn der Speicher vollgelaufen ist, sind das hundertacht Millionen Kubikmeter ...«

»Sagen Sie«, fragte ich von hinten, »damit ich mir das vorstellen kann – wie viel Kubikmeter hat die Möhnetalsperre? Nur so ungefähr ...«

»Die Möhnetalsperre?«, fragte Trommeter zurück. »Da können wir nicht ganz mithalten. Hundertvierundzwanzig Millionen Kubikmeter, weitere Rückhaltebecken nicht eingerechnet.«

»Und wie viele Menschen ...«

»Ich weiß, worauf Sie rauswollen«, kam es vom Kutschbock. »Das war im Mai dreiundvierzig. Da haben die Briten die Staumauer bombardiert. Über dreizehnhundert Tote. Das haben Sie doch wissen wollen? Aber ich sag Ihnen was ...« – er drehte sich auf dem Kutschbock zu mir um und sah mich fast strafend an – »… wenn es soweit ist und der Herr entschieden hat, dass *hinfort keine Zeit mehr sein* soll, dann wird er erst einmal zwei Zeugen schicken, und sie werden uns sagen, was sein wird.« Er drehte sich wieder um und begann, mit erhobener Stimme gegen den Regen und Fahrtwind zu predigen: »Und diese Zeugen *haben Macht, den Himmel zu verschließen, damit es nicht regne in den Tagen ihrer Weissagung…*! Jawohl, so steht es in der Offenbarung des Johannes, Kapitel elf, Vers sechs, und jetzt sagen die Herren mir bitte doch, wo es momentan grad nicht regnet! Und wo die Zeugen dann bitte schön ihre Weissagungen aufsagen sollen…«

»Und solange es keine Weissagungen gibt«, fasste ich zusammen, »kann das letzte Gericht nicht stattfinden, nicht wahr? Und solange wird auch dieser Staudamm halten?«

»Mindestens so lange«, kam es vom Kutschbock. »Obwohl die Menschheit es heut schon anders verdient hätt!« Der Weg vor uns weitete sich, hohe Kiefern säumten eine gekieste Waldstraße, und Trommeter ließ befriedigt die Peitsche knallen. »Terab!«

VIII. CLAUDIA

Salomos Lied, Sulamiths Haare
Samstag, 30. März

Unter einem Torbogen hindurch gingen wir eine steile, von Treppenstufen unterbrochene Gasse hinab, vorbei an schmalen Fachwerkhäusern, und gelangten so auf einen kleinen, halbwegs ebenen Platz, dessen eine Seite von der massigen, grauschwarzen Fassade einer Barockkirche beherrscht wurde. Leuchtstrahler waren auf eine Heiligen- oder Bischofsfigur über dem Eingangsportal gerichtet, deren segnende oder ermahnende Hand im Handgelenk abgebrochen war.

Es war der Vorabend von Palmsonntag; am Morgen hatte mich Markus angerufen – heute sei doch in Herrenmünster diese Theateraufführung, in der die Dingsbums von Pascal mitspiele, ob wir nicht Lust hätten mitzukommen? Mir kam das seltsam vor. Als Lukas im Foyer der Klinik auf das Plakat mit der Ankündigung von Salomos *Hohem Lied* aufmerksam geworden war, schien Markus nicht weiter interessiert – ich war es übrigens auch nicht, mit der Bibel habe ich es nicht so, mit Studententheater nur bedingt, und mit Pascals kleiner Freundin… ach, ich bin ja schon still. – Jedenfalls wurde Markus an der Haltestelle Hauptmarkt von mir und Lukas abgeholt; er war sehr vergnügt, als er aus der S-Bahn stieg, und schwang stolz einen altmodisch-eleganten Spazierstock, den er in einem Trödelladen in Niederzell erstanden hatte. Bei seiner letzten Wanderung mit Lukas habe er nämlich gemerkt, erklärte er mir, dass er jetzt doch in einem Alter sei, wo er so etwas brauchen könne. Der Stock hatte einen handlichen

Griff, dessen Abschluss ein aus Elfenbein geschnitztes Narrengesicht bildete – das sei doch für einen wie ihn, mit seinem Loch im Kopf, wie maßgearbeitet!

Vor uns huschten einzelne Gestalten zum Portal, vorbei an zwei Einsatzwagen der Polizei, deren Anwesenheit mich doch ein wenig wunderte. Können biblische Texte nur noch unter Polizeischutz vorgetragen werden? Ich fragte Lukas, aber der zuckte nur mit den Schultern. Wir betraten das Kirchenschiff, das mir unerwartet groß erschien, Deckengewölbe und Chor versanken im Halbdunkel. Es roch nach abgestandenem Weihrauch und feuchtem Mauerwerk. An der improvisierten Kasse mühten sich zwei Studentinnen, die von mir telefonisch reservierten Karten zu finden; da die Plätze nicht nummeriert waren und die Veranstaltung weit davon entfernt, ausverkauft zu sein, bezahlten wir so und fanden drei Plätze, etwas unterhalb der mit schwärzlichem Schnitzwerk geschmückten Kanzel. Bevor ich mich auf die hölzerne Kirchenbank niederließ, sah ich mich im Publikum um – aber nirgends entdeckte ich das markante weißhaarige Haupt des Pascal Helffenstein. Ein hochkarätig besetztes Symposion an einer der Elite-Universitäten dieser Welt? Oder sollte Ulrike ihm den Besuch verboten haben?

Allmählich kamen doch noch mehr Besucher, und das Kirchenschiff füllte sich gut zur Hälfte. Eine Gruppe junger Männer verteilte sich links und rechts des Mittelgangs, sie fielen mir auf, weil ihre Gesichter diesen Ausdruck eines besonderen höheren Wissens trugen, wie ich ihn – lang ist's her – einst als Studentin bei den Kommilitonen vom KBW hatte beobachten können. Diese da waren allerdings dunkel gekleidet. Ich bemerkte, dass die Dunkelmänner auch Lukas aufgefallen waren; als ich ihn fragend ansah, sagte er nur, er habe nach dem Kutscher von neulich Ausschau gehalten, der habe es ebenfalls sehr mit der Bibel und sonst nicht alle. Offenbar hätten ihm seine Pferde keinen Ausgang gegeben.

Sonst sprach kaum jemand, manchmal schnäuzte sich ein Besucher die Nase oder hustete vorauseilend. Irgendwann erlosch das trübe Licht der aus dem Deckengewölbe herabhängenden Kugellampen, das Husten und Schnäuzen wurde eingestellt, vor dem Altar brachte sich irgendwer oder irgendwas in Stellung, dann leuchteten Scheinwerfer auf und holten eine Gruppe von sieben jungen Leuten in Jeans und T-Shirts aus der Dunkelheit, vier Frauen und drei Männer, alle in Wartestellung, die Arme vor der Brust gekreuzt. Eine der Frauen wich von der Jeans-Einheitskleidung ab und trug einen eng um die Taille geschlossenen Regenmantel und ein eng anliegendes Kopftuch. Wer dieser vier sollte die Ulrike sein? Ah ja, dachte ich, der Regisseur oder das Ensemble hatten sich anders entschieden, das erklärte auch die Abwesenheit des Liebhabers Helffenstein, was mich – ich gestehe es offen – mit einer gewissen Heiterkeit erfüllte. Ich gab Lukas einen sachten Rippenstoß und flüsterte, die – *die!* – sei ja doch nicht dabei. Er schüttelte den Kopf und wollte etwas antworten, aber dann traten die vier jungen Frauen vor und sprachen die Eingangsstrophe: *Er küsse mich mit dem Kusse seines Mundes ...*

Nun muss ich das »Hohelied« nicht nacherzählen, wohl aber erklären, dass der – nach meinem Eindruck ungekürzte – biblische Text im weiteren Verlauf auf Chor und zwei Solo-Sprechrollen verteilt war, die eine Rolle war die der Frau, die an einer Stelle Sulamith genannt wird, die andere die des Mannes, den man sich als den Salomo vorstellen kann oder auch nicht. Dabei wechselten sich die vier Frauen und drei Männer in den jeweiligen Solo-Rollen ab, sie traten vor und sprachen ihren Vers, dann gliederten sie sich wieder in den Chor ein.

Im fünften Akt dieser Inszenierung nahm das Hohelied

jene dramatische Wendung ins Unglück, ohne die es keine wahrhafte Darstellung der Liebe sein könnte, Sulamith sucht nach dem Geliebten, aber findet ihn nicht, sie ruft nach ihm, aber er antwortet nicht…

Es fanden mich die Wächter, die in der Stadt umhergehen; die schlugen mich wund. Die Wächter auf der Mauer nahmen mir meinen Überwurf…

Es war die Frau in dem Regenmantel, die diese Strophe sprach, und als sie es tat, holte der Scheinwerfer ihr Gesicht aus der Dunkelheit, und ich erkannte sie. Es war Ulrike Wittkowski. Zwei der männlichen Sprecher traten vor, packten sie und rissen ihr den Mantel herunter und auch das Kopftuch. Unterm Kopftuch war sie kahl geschoren und unterm Mantel nackt.

Fand ich das abgeschmackt? Darum ging es jetzt nicht. Links vor mir waren die dunkel Gekleideten aufgesprungen und hatten zu pfeifen und zu schreien begonnen, von *Gotteslästerung* und von *Sodom und Gomorrha* und was weiß ich noch alles, dann stürmten sie auf die Spielfläche und umringten die Wittkowski, schrien auf sie ein und spuckten sie an. Soviel ich sah, wehrte sie sich nicht, sondern stand nur da und schützte Brüste und Scham mit ihren Händen. Neben mir war Markus aufgestanden und ging nach vorne, mit drohend erhobenem Krückstock, und rief mit schneidender Stimme, dass man das Mädchen in Ruhe lassen solle! Mehrere der Störer umringten ihn und versuchten, ihn zurückzudrängen, aber inzwischen waren andere Männer aus dem Publikum Markus' Beispiel gefolgt und hatten sich in das Getümmel eingemischt, darunter wohl auch Lukas. Weiter erinnere ich mich nur noch an Gebrüll und Stöße und Gerangel, eine dicke junge Frau half mir, das Mädchen aus dem Getümmel zu zerren und ihr in den Regenmantel zu helfen und sie nach hinten in die ehemalige Sakristei zu bringen. Bei einem Blick zurück sah ich noch den gekrümmten Griff von Markus' Krückstock, der – samt dem elfenbeinernen Narrengesicht! – wie ein Feldzeichen über der tobenden Menge schwankte und einen Augenblick so verharrte, ehe der Mann, der den Krückstock am unteren Ende mit beiden Händen wie einen Baseballschläger gepackt hielt, ihn niedersausen ließ, auf wen auch immer... Das Weitere sollen berufenere Federn darstellen!

Polizeidirektion Herrenmünster:
Gestörtes Theatervergnügen

Am Samstagabend sind mehrere Einsatzfahrzeuge zu der ehemaligen St. Barbara-Kirche gerufen worden, wo es im Rahmen einer Theateraufführung zu tätlichen Auseinandersetzungen zwischen Besuchern und Schauspielern gekommen war. Anlass war der Auftritt einer unbekleideten Schauspielerin, wodurch sich einige der Besucher in ihrem sittlichen Empfinden verletzt sahen. Die Beamten konnten die streitenden Parteien trennen. Drei Männer im Alter zwischen 22 und 24 Jahren mussten ins Krankenhaus gebracht werden, konnten aber nach ambulanter Versorgung wieder entlassen werden. Die Aufführung wurde abgebrochen.

Der Waldbote:
Bekennende Christen misshandelt

Herrenmünster. Am Vorabend des Palmsonntags sind in der St. Barbara-Kirche mehrere Angehörige der »Bekennenden Christen« tätlich angegriffen und teilweise erheblich verletzt worden, weil sie dagegen protestiert hatten, dass in dem Gotteshaus pornografische Szenen dargestellt wurden. Unter dem Vorwand, ein Theaterstück mit angeblich biblischen Motiven aufführen zu wollen, hatte sich eine Gruppe von Schauspielern eine Spielerlaubnis in der denkmalgeschützten Barockkirche erschlichen. Tatsächlich gezeigt wurden jedoch Darstellungen, »die näher zu beschreiben der Anstand verbietet«, wie der Sprecher der Regionalgruppe der »Bekennenden Christen«, Dekan i. R. Christoph Scheffbuch, gegenüber unserer Zeitung erklärte. Die Schläger erwartet ein juristisches Nachspiel, ebenso wird sich der Veranstalter des angeblichen Theaterabends äußerst kritischen Fragen zu stellen haben.

Regenbogenblatt: Buntes zur Bibelstund

Für die Bekennenden Tartüfferiche, unrühmlichst bekannt für ihre Hexenjagden auf gebärunwillige Frauen, hat es am Samstag zu den dunklen Kitteln noch rote Nasen und blaue Augen gegeben. Als sie in der ausgedienten Barbara-Kirche eine auf Bibeltexte gestützte Aufführung zu des König Salomos Liebesleben stören wollten, griffen die übrigen Besucher zur Selbsthilfe und erteilten den fundamentalistischen Jünglingen einen eindrücklichen Nachhilfeunterricht in Sachen Freiheit der Kunst. Wie üblich bei den Auftritten der Dunkelknaben waren aber ihre uniformierten Freunde und Helfer sogleich zur Stelle, um die üblichen Anzeigen zu erstatten. Man darf gespannt sein, wie man nach Ansicht des Amtsgerichts Herrenmünster die Bibel gegen diese Sorte von Bibeltreuen verteidigen soll.

Gsell: Im Polizeipräsidium

Einer der ödesten Orte, die Stunden vor und nach Mitternacht zu verbringen, ist der Warteraum einer Polizeiwache. Du sitzt auf einer Holzbank zwischen angetrunkenen Schlägern, vorläufig festgenommenen Taschendieben und Straßenräubern, die auf den Haftrichter warten, das aufdringliche Parfüm kommt von einer Prostituierten mit blau verschwollenem Gesicht, und über allen sirrt das Licht einer Neonröhre – ein Licht, in dem einer weder lesen noch nachdenken noch schlafen kann.

Mir gegenüber saß Claudia, sehr aufrecht, mit wachsamem und entschlossenem Gesicht, offenbar betrachtete sie die beiden, die neben ihr Platz genommen hatten, als ihre Schützlinge – das war zum einen Morgart, breitbeinig, die Arme vor der Brust verschränkt, den Kopf ein wenig zurückgelehnt, das Kinn vorgestreckt. Er sah alles andere als schutzbedürftig aus, und er kam mir eher vor wie ein Boxer, der ungeduldig darauf wartet, dass der Ringrichter den Kampf freigibt. Links von Claudia hatte Ulrike Wittkowski Platz genommen, in ihren Regenmantel gehüllt, den kahlgeschorenen Kopf hocherhoben, als ich sie betrachtete, musste ich an Wochenschau-Filme aus dem Frankreich des Jahres 1944 denken, in denen gezeigt wurde, wie angebliche oder tatsächliche Résistance-Kämpfer den angeblichen oder tatsächlichen Beischläferinnen deutscher Soldaten die Köpfe scherten und die Frauen dann durch die Straßen trieben. Ich überlegte mir, ob die Wittkowski diese Bilder im Kopf gehabt hatte, als sie sich kahl scheren ließ, und ob ein solches Stigma inzwischen jederfrau zur Verfügung steht, um sich damit zu inszenieren? Egal. Der Hass der frommen jungen Männer, die über sie hergefallen waren, stand dem der rechtschaffenen französischen Patrioten in nichts nach, und so schien mir auch dieses Zeichen gerechtfertigt.

Von den frommen Männern wartete übrigens keiner auf seine Vernehmung, die Polizei interessierte sich offenbar nur für den Teil des Publikums, der keine Bibel dabei hatte, um auf die Sulamith/Ulrike einzuschlagen. Ich zum Beispiel hatte einen der Bekennenden Christen am Kragen gepackt und nach hinten gerissen, so dass dieser schwer gestürzt sei – das war mir zwar nicht erinnerlich, aber so hatte es mir der Vernehmungsbeamte erklärt, ein pausbäckiger Mensch mit stoppeligem weißen Haarkranz um die Glatze und unangenehm feucht aussehenden, wulstigen Lippen. Ich war nicht weiter darauf eingegangen, sondern hatte ihm erklärt, dass ich eine Eintrittskarte für ein Theaterstück gekauft habe, dieses aber wegen irgendwelcher krakeelenden Fanatiker nicht habe zu Ende ansehen können. Ich fügte ein paar überflüssige Bemerkungen hinzu wie die, dem vernehmenden Beamten müsse dies alles bestens bekannt sein, weil seine Kollegen ja vor Ort gewesen seien, freilich nicht um Schauspieler und Besucher zu schützen, sondern nur zu dem Zweck, den Krakeelern beizustehen … Er kündigte mir eine weitere Anzeige wegen Beleidigung an und schlug mir vor, mir eine Blutprobe entnehmen zu lassen.

»Falls Sie alkoholisiert sind, könnte sich das strafmildernd auswirken.«

Ich lehnte ab und wurde in den Warteraum zurückgeschickt; an meiner Stelle zitierte man die Wittkowski ins Vernehmungszimmer. Aber auch sie blieb nicht lange dort, sondern wurde von zwei Polizistinnen abgeholt und an uns vorbeigeführt – das heißt, sie sollte vorbeigeführt werden, denn Claudia sprang auf und stellte sich der Gruppe in den Weg:

144

»Wohin bringen Sie sie, und mit welchem Recht?«

Eine der Polizistinnen bedeutete ihr, dass sie sich bitte wieder hinsetzen solle, vielleicht sagte sie auch etwas von einer Amtshandlung, aber das weiß ich nicht mehr so genau. Claudia jedenfalls ließ sich nicht einschüchtern und erklärte, diese junge Frau sei von einer ganzen Horde Männer angegriffen worden, und wenn die Polizei jetzt das Opfer einsperre und nicht die Täter, dann werde sie jeden daran beteiligten Beamten einzeln vor Gericht bringen und seinen Namen in die Öffentlichkeit! Auch Morgart war aufgestanden und hatte sich dazugestellt und sagte etwas von seinem Anwalt, der jeden Augenblick eintreffen und dann auch Frau Wittkowski vertreten werde, der Anwalt werde in der Tat alle Mittel zur Verfügung haben, um das Vorgehen der Polizei auch strafrechtlich …

Und so weiter. Es klang alles ebenso tapfer wie wirkungslos. Die eine Beamtin wiederholte, es sei dies hier eine Amtshandlung, und die Behinderung einer solchen sei strafbar, und die andere fügte hinzu, Frau Wittkowski habe leider keinen festen Wohnsitz und müsse deshalb zur weiteren Überprüfung vorläufig in Haft genommen werden … Ich war zu der Gruppe getreten und fing einen Blick der Wittkowski auf. Sie zuckte nur mit den Achseln und lächelte mich kurz an, so ist das nun mal, hieß das wohl, was haben Sie denn von der Polizei anderes erwartet! Aber in eben diesem Augenblick öffnete sich die Tür, und in wehendem Mantel betrat ein jüngerer, knapp mittelgroßer Mann die Szene. Er schleppte eine mächtige schwarzlederne Aktentasche und strahlte trotz der nächtlichen Stunde eine aufmerksame Höflichkeit aus, die auf die beiden Polizistinnen seltsam dämpfend zu wirken schien – auf einmal löste sich der straffe Griff, mit dem sie die Wittkowski hielten, und in die Gesichter trat ein Ausdruck von bemühter Achtsamkeit.

Der Mann mit der Aktentasche begrüßte Morgart mit ruhiger Selbstverständlichkeit und wurde uns von diesem als Rechtsanwalt Jonathan Lemaître aus der Kanzlei Rodensteig & Grünbaum vorgestellt. Inzwischen war der Vernehmungsbeamte auf der Szene erschienen und zog, als er Lemaître erblickte, ein wenig die Oberlippe hoch, fasste sich aber schnell und wollte Morgart samt Anwalt in sein Büro bitten. Doch Morgart war nicht einverstanden, zuerst müsse über die Gründe für die Festnahme der Frau Wittkowski gesprochen werden, und Claudia schaltete sich ein und kündigte an, die junge Frau werde bei ihr wohnen, worauf der Vernehmungsbeamte sich zu einem »Wenn das so ist« durchrang.

Wenig später waren wir alle – Ulrike Wittkowski eingeschlossen – aus dem Polizeigewahrsam entlassen. Von der Strafanzeige gegen mich habe ich nie wieder etwas gehört, aber das mag mit der weiteren Entwicklung der Dinge in Deutschland zu tun haben und deren Auswirkungen auf die Arbeit der Strafverfolgungsbehörden.

Claudia: Was heißt »beschimpfender Unfug«?

Lemaître hatte sich bereiterklärt, Markus noch in der Nacht in die Reha-Klinik Niederzell zurückzubringen. So konnte ich ohne Umweg die Heimfahrt nach Bruggfelden antreten, das heißt, zuerst mussten wir noch zum Hauptbahnhof und Ulrikes Habseligkeiten aus dem Schließfach holen, offenbar war sie aus dem Penthouse ausgezogen, vor Tagen schon, womit auch erklärt war, warum ich in der Barbara-Kirche vergebens nach Pascal Ausschau gehalten hatte.

Obwohl es nach Mitternacht war, fand ich am Hauptbahnhof keinen freien Parkplatz und blieb deshalb im Wagen, während Lukas mit der jungen Frau deren Koffer holen ging. Das dauerte, irgendwann musste ich einem ausparkenden Wagen Platz machen und konnte dann selbst einparken, schließlich erschien die Ulrike und fragte, ob ich noch etwas Münzgeld hätte, beim Schließfach sei leider ein größerer Betrag aufgelaufen. Mein Begleiter versuche schon überall, einen Schein zu wechseln, aber alle Schalter seien geschlossen, ebenso die Kioske und die Bahnhofsrestauration... So ist das mit den jungen Leuten, dachte ich, das Leben muss für sie zum ganz großen Auftritt werden, aber fürs Münzgeld hat man keinen Kopf! Zum Glück brachte ich noch ein paar Ein- und Zwei-Euro-Münzen zusammen, so dass wir schließlich doch noch losfahren konnten, den Rucksack Ulrikes und ihre Sporttasche im Kofferraum.

Er verstehe das nicht, sagte Lukas, nachdem er sich auf dem Beifahrersitz angeschnallt hatte, Schalterraum und Wartehalle seien voll von Leuten, in der Bahnhofsgaststätte werde vom Roten Kreuz Tee ausgeschenkt, offenbar seien die Zugverbindungen nach Norddeutschland und Berlin unterbrochen, was das nur werden solle! Ich wusste, dass er dabei an seine Hamburger Mitbewohner dachte und daran, dass er diese so bald nicht mehr loswerden würde. Also sagte ich nichts. Auch Ulrike schwieg. Ich war ihr dankbar dafür und legte eine CD ein, aufgenommen bei den Burghausener Jazztagen, kühl und perfekt gespielte Instrumentals. Stimmen hatten wir an diesem Abend genug gehört. Ich war müde, aber es hatte zu regnen aufgehört, auf den Straßen herrschte nur wenig Verkehr, und die Ampeln waren auf Gelb geschaltet.

Irgendwann stellte ich den CD-Player leiser und fragte, was dieser widerliche Oberpolizist Ulrike überhaupt vorzuwerfen habe. Sie habe es leider nicht verstanden, kam die Antwort vom Rücksitz, angeblich habe sie die Kirche oder die Christen oder alle miteinander beleidigt – irgend so etwas!

Eigentlich sollte man es auf eine Gerichtsverhandlung ankommen lassen, meinte Lukas. Nach den einschlägigen Paragraphen mache sich strafbar, wer öffentlich ein religiöses Bekenntnis beschimpfe oder in einer Kirche »beschimpfenden Unfug« treibe – wie man so etwas aber ausgerechnet mit dem Vortragen eines Bibeltextes anstellen könne, das würde er sich gar zu gerne von einem Staatsanwalt dieses Bundeslandes erklären lassen. Ulrike wollte daraufhin wissen, was denn da für Strafen verhängt werden könnten, und Lukas trompetete ungerührt heraus, bis zu drei Jahren!

So ganz lustig könne sie das nicht finden, meinte Ulrike, worauf ich mich einschaltete und ihr erklärte, selbstverständlich sei die Anzeige gegen sie ohne jede Substanz und ebenso selbstverständlich werde das Verfahren eingestellt werden. Trotzdem solle sie auf das Angebot von Markus Morgart eingehen, sich von einem Anwalt vertreten zu lassen – allein schon deshalb, um Schmerzensgeld von den frommen Jünglingen einzuklagen. Geld von denen?, fragte sie zurück. Allein die Vorstellung ekle sie. Dann wollte sie wissen, wer dieser Morgart überhaupt sei und wie er dazu komme, ihr einen Anwalt zu besorgen, den sie im Übrigen gar nicht bezahlen könne.

Eben drum, sagte Lukas. Morgart könne solche Anwaltskosten aus der Westentasche begleichen, und ich fügte hinzu, dass er ein Schulfreund von mir sei und sich derzeit nach einer schweren Kopfverletzung in einer Rehabilitationsklinik aufhalte.

Ulrike bedankte sich für die Auskunft, meinte aber, es sei ihr noch immer schleierhaft, warum so jemand ihr einen Anwalt bezahlen wolle. Manchmal sei das so, sagte ich, dass ein Mensch einem anderen Menschen behilflich sein wolle, und zwar ohne jeden Hintergedanken. Oh! kam es daraufhin vom Rücksitz – sie verstehe, ich hätte ihr ja auch eine Unterkunft angeboten ...

Damit sie gar nicht erst auf den Gedanken kam, sich zu bedanken, wechselte ich das Thema und fragte Lukas, ob er Morgart denn weiter in der Klinik Niederzell besuchen werde.

Das hänge ausschließlich von diesem selbst ab, kam die Antwort. Ohnehin denke er, dass ich für Morgarts Versuch, sich neu in der Welt zurechtzufinden, die bessere Begleiterin sei und ihm von Kindheit an vertraut… Ich unterbrach ihn und meinte, diese Vertrautheit bilde Morgart sich allenfalls ein, dagegen gelte für ihn, Lukas, dass ihm Morgart nun einmal zugelaufen sei wie ein zweiter Hund. Also könne er ihn auch nicht wegscheuchen.

Vor uns kam Bruggfelden in Sicht, im letzten Augenblick fiel mir ein, die Abzweigung zur Siedlung zu nehmen, wo Lukas sein Häuschen hatte.

Ulrike: Im Käfig der bösgütigen Königin

Du bist nicht käuflich? Ach! Und das erste richtige Bad nach wer weiß wie viel Tagen? Und das Bett mit der Matratze, die dich trägt und doch weich ist? Und das frische Nachthemd? Und keine kratzige, nach Desinfektionsmitteln stinkende Wolldecke mehr?

Diese Frau ist was? Ich weiß es nicht. Eindeutig hetero, aber kein Ehemann. Menopause, aber gelegentlich wohltemperierter Sex. Jedenfalls bewegt sie sich so. Klamotten wie jemand, der zum Shoppen auch mal kurz nach Mailand jettet. Die Bilder an der mit Raufaser tapezierten Wand? Originale. Entweder aus altem Familienbesitz oder zeitgenössisch Abstraktes, beim Künstler selbst ausgesucht. Sitzt bei Dichterlesungen in der dritten oder vierten Reihe. Drängt sich nicht auf.

Dich hat sie aufgesammelt wie ein kleines kahles nacktes

Vögelchen. Guckt mal, hab ich gerettet. Eigenhändig. Vor den bösen Zeloten. Vor der Polizei. Kann das Klagelied der Sulamith piepsen, das Vögelchen. Die anderen Mädchen im Lesezirkel oder Bridgeclub platzen vor Neid.

Und du? Du bist, was sie vorführt. Sonst nichts. Lass dich fallen. Gib allen Widerstand auf. Dieses Bett trägt dich, unvergleichlich besser als selbst der Bühnenboden, wenn du die Füße richtig aufgesetzt hast. Deine Hände sind unter dem Kopf gefaltet, es ist ein merkwürdiges Gefühl, die Form des eigenen Schädels zu fühlen, so kahl und unversteckt, dein Schädel ist schmaler, als ich gedacht habe, es ist, als entdecke ich dich erst jetzt …

Irgendwo hab ich gelesen, der Ethnograph muss der Gemeinschaft, die er beschreibt, nah sein, er muss ihre Sprache sprechen und ihre Gewohnheiten teilen, aber zugleich hat er ihr fremd zu bleiben, hat Distanz zu wahren, damit er sie beschreiben kann. Wenn ich mich selbst entdecken soll, muss ich mich folglich neben mich stellen, mindestens einen Schritt von mir weg machen, besser noch zwei oder drei, wie man das in der Kunstgalerie macht, auch wenn du bei Gott kein Kunstwerk bist … Also?

Also werden wir die nächsten Wochen das Vögelchen Ulrike betrachten, wie es unter Käfigbedingungen atmet, Nahrung aufnimmt, sich entleert, menstruiert, sich badet, vorgeführt wird und es erträgt oder auch nicht, und was dann von dem übrigbleibt, was das Eigene dieses Geschöpfes sein soll … Moment! Wirst du nur vorgeführt werden, oder hat die Herrin noch anderes vor? Was ist mit diesem Mann, *der den Anwalt aus der Westentasche bezahlt*? Kopfverletzung? Klapse? Du hast doch die komische Narbe an der Schläfe gesehen, komisch und frisch? Vielleicht braucht der was zum Bumsen, dass er's nicht wieder tut?

Quatsch. Gegen die Ungeheuer in deinem Kopf hilft das wenig. Vielleicht für ein paar Stunden. Vielleicht nicht einmal das. Das weißt du doch.

Der braucht was anderes. Eine, die mit ...

Stopp! Mit den *letzten Dingen* hast du erst einmal genug herumgespielt.

IX.   GSELL

Mail an Claudia, Betreff: Nudelsuppe
Montag, 1. April

Liebe – ach was! Heiß & innig geliebte Claudia, ich habe dich verlassen.

Morgart hat mich gestern Abend angerufen: Er habe das eine nicht überlebt, um sich jetzt womöglich von einhundertacht Millionen Kubikmeter Wasser ersäufen zu lassen! Außerdem kotze ihn das Klinikleben an! Ob ich ihn wohl nach Paris begleiten könne? – Ich glaube, er wird sich gewundert haben, wie rasch ich zustimmte. Ich mich übrigens auch. Schuld bist du: Du hättest nicht sagen dürfen, er sei mir zugelaufen wie ein Hund. Und Hunde müssen ausgeführt werden, so ist das nun einmal.

Also hab ich heute Morgen den Syndikus angerufen und gebeten, sich um des Rektors Hund zu kümmern (Du siehst, es ist alles nicht so einfach), bin dann mit dem Zug nach Herrenmünster gefahren, habe die Kanzlei Rodensteig & Grünbaum aufgesucht – was ein diskret-vornehmer Laden! –, ließ mir von Lemaître Morgarts Fahrzeugpapiere und Schlüssel geben und holte den Wagen mit dem CH-Kennzeichen in der Garage ab. Als ich am Eingang der Rehabilitationsklinik vorfuhr, wartete Morgart bereits; er trug Jeans und ein maßgeschneidertes Sakko, hatte einen leichten hellen Mantel überm Arm und neben sich einen Lederkoffer. Rollstuhl? Krückstock? Angeblich braucht man das nicht mehr. – Vermutlich hatte er eine Erklärung unterschreiben müssen, dass er die Behandlung auf eigene Gefahr abbreche. Aber ich fragte nicht danach, auch nicht, wer ihm den Lederkoffer und die Klamotten besorgt hatte, vermutlich waren sie in seinem Wagen gewesen, so dass Lemaître sie ihm nur in die Klinik bringen musste (oder bringen lassen musste).

Morgart stieg auf den Beifahrersitz, schnallte sich an und wollte keinesfalls das Steuer übernehmen. Als wir das Klinikgelände verließen, sah ich, wie er sich im Sitz zurücklehnte und tief durchatmete. Das Navigationsgerät schlug vor, über Saarbrücken zu fahren, und errechnete, dass wir am späteren Nachmittag in Paris sein würden. Auf der Autobahn allerdings herrschte dichter Verkehr, zusätzlich behindert durch Kolonnen der Bundeswehr und des Technischen Hilfswerks. Zwar glitt Morgarts Limousine mit leiser selbstverständlicher Kraft durch den Verkehrsstrom, aber bereits vor Stuttgart kamen wir nur noch stockend voran, der Bordcomputer änderte seine Empfehlung und wollte, dass wir die Autobahn verlassen.

Morgart überließ die Entscheidung mir, und ich folgte dem Vorschlag. Über Tübingen wurden wir Richtung Schwarzwald geleitet, mussten aber auch hier Umleitungen folgen und standen immer wieder im Stau. Eine Weile hingen wir hinter einer Kolonne von Baggern, die wir nicht überholen konnten, bis die Kolonne dann ins Tal abbog. Ich beschleunigte, aber dann kamen ein Viadukt und davor eine Aussichtsplattform in Sicht, und Markus wollte, dass wir dort anhielten. Von der Plattform aus sahen wir tief unten ein Dorf oder eher eine kleine Stadt, und selbst aus der Entfernung war zu erkennen, dass die Hauptstraße von einer Lawine aus Schlamm, Erdreich und Gehölz verschüttet war.

Am frühen Nachmittag kehrten wir in einem Gasthof an der Schwarzwaldhochstraße ein, wo wir gerade noch einen Tisch für uns fanden. Die anderen Gäste waren überwiegend Familien aus dem Norden oder vom Niederrhein, wie ich an den Kennzeichen der Autos gesehen habe. Trotz der fortgeschrittenen Zeit konnten wir noch ein Mittagsmenu bestellen und warten jetzt auf die Suppe. Morgart hat sich eine der Zeitungen geholt, die ausgehängt sind, und vertieft sich gerade in den Wirtschaftsteil … Später mehr! Die Suppe kommt. Heißes Wasser mit gehackter Petersilie und drei Nüdelchen darin. Vielleicht sind es auch vier.

Vergiss mich nicht. – L.

PS: Wie geht es *deinem* Schützling?

Von Claudia an Lukas, Betreff: Trennungsgründe

Mein lieber Davongelaufener, mit dem angeblichen Schützling meinst du vermutlich Ulrike, die ich gestern erst einmal ausschlafen ließ. Falls das irgendwie mütterlich klingen sollte – so sind meine Empfindungen nicht. Ich weiß nicht einmal, ob ich dieses Mädchen überhaupt leiden kann. Aber darum geht es nicht, und ich denke, Du verstehst das.

Statt Frühstück und Mittagessen gab es bei uns also einen Brunch, ich registrierte, dass sie artige Tischmanieren hat, und kam mir dabei – dies registrierend – zugleich komisch vor. Weil sie mir zu leicht angezogen war und ich wegen ihr die Heizung nicht höher drehen mag, als ich es gewohnt bin, habe ich ihr einen meiner Rollkragenpullover gegeben, der ihr zwar zwei Nummern zu groß ist, in dem sie sich aber nicht ohne Anmut bewegt. Seit sie kahl geschoren ist, sieht man, dass ihre Ohren ein wenig abstehen. Das rührt mich.

In Blickweite zum Esstisch hängt – ich weiß nicht, ob es dir aufgefallen ist – ein Bild meines Sohnes, es war auf einer Bergtour aufgenommen worden und ist ein bisschen angeberisch, aber egal. Sie fragte danach, und ich sagte ihr, dass er in St. Gallen studiere und im nächsten Jahr nach Harvard gehen werde. Mit seinem Vater würde ich aber nicht mehr zusammenleben, stellte sie dann – halb fragend – fest, und ich sagte freundlich, nein, das tue ich nicht. Ich wiederum fragte nach Pascal Helffenstein – ob sie denn nicht bei ihm gewohnt habe?

Gewiss doch habe sie das, kam die Antwort, der Regisseur – der gleichzeitig der Intendant und Geschäftsführer der Theatertruppe sei – habe Pascal zwecks fachlicher Beratung aufgesucht, aber weil dieser Regisseur leider eine schwere Sprachhemmung habe, sei sie eben mitgegangen, gewissermaßen als Dolmetscherin, und so habe sich alles Weitere ergeben, für zwei oder drei Monate jedenfalls, genauer: bis zu jenem Abend in dem italienischen Restaurant, an dem sie – Ulrike – von dem einen Augenblick zum anderen das Gerede Helffensteins nicht mehr ertragen habe, seine Besserwisserei nicht, den Anblick der etwas zerklüfteten Lippen nicht, die sorgfältig manikürierten Hände nicht und auch nicht die Härchen, die ihm aus der Nase wachsen... Natürlich tue sie ihm Unrecht, fügte sie hinzu, wirklich vorzuwerfen habe sie ihm nichts, auch der Hinweis auf Celans *Todesfuge* sei nur berechtigt und wichtig gewesen, aber die Vorstellung, dass aus diesem belehrenden Maul mit diesen Lippen eine Zunge herauskomme und ihr in den Mund gesteckt werde, sei ihr plötzlich das Abscheulichste gewesen, das sie sich habe vorstellen können.

Das muss frau nicht kommentieren, das kann frau einfach verstehen, denke ich. Jetzt weiß ich nur nicht, was ich mit diesem Mädchen machen soll. Ich fürchte, dass sie morgen oder übermorgen verschwunden sein wird. Es ist etwas an ihr von einer Katze, aber die Zeiten sind nicht freundlich für solche Geschöpfe.

Findet gut nach Paris! C.

Von Gsell an Claudia, Betreff: Nothing left to lose…

Liebste Kätzchenhüterin, von wegen Paris! Diese Mail erreicht dich aus Straßburg, wir haben immer wieder im Stau gestanden, sind ständig auf Umleitungen verwiesen worden, irgendwann kamen wir bei Kehl über den Rhein, den ich noch nie so gewaltig gesehen habe wie an diesem späten Nachmittag – als wäre der Fluss ein einziges Strömen, das sich mit solchen Petitessen wie Wellengekräusel gar nicht erst aufhalten mag… Kurz: die Fahrt zog sich hin. Nun war mir im Restaurant aufgefallen, dass sich Morgart beim Zeitunglesen ausgiebig in die Wirtschaftsnachrichten vertieft hatte, fast so, als habe dieser alte, kaum genesene Kater schon wieder Appetit auf Mäuse. Also fragte ich scheinheilig, was die Börsianer denn so sagen »zu alldem«, und wies mit der Hand auf die Regenlandschaft draußen. Wo viel kaputtgeht, müsse es doch neue Aufträge geben. Für Baumaschinen. Oder wenigstens Gummistiefel. Es entspann sich – ungefähr – folgender Dialog:

M: »Baumaschinen? Caterpillar etwa? Das könnte hinkommen, wird im Börsenkurs jedoch bereits berücksichtigt sein. Aber glaub mir… das alles hat weniger Bedeutung, als wären es Glasperlen.«
L: »Heißt das nun, es hat für dich keine oder kaum Bedeutung oder keine für die Allgemeinheit, also die Menschheit oder wen auch immer?«
M: »Da geht es mir wie der Fledermaus.«
L: »Bitte?«
M: »Hast du denen mal zugeguckt? So in der Dämmerung, bevor es ganz dunkel wird? Die fliegen mit einem Tempo und einer Perfektion, dass du mit den Augen gar nicht

folgen kannst. Aber weißt du, wie die das machen? Sie orientieren sich per Ultraschall. Einen Magnetsinn haben sie übrigens auch noch, also eine Art eingebauten Kompass. Und nun stell dir mal vor, wie so ein komisches flinkes Geschöpf wohl denken mag… pausenlos ist das kleine Gehirn damit beschäftigt, die Ultraschall-Signale umzusetzen und darauf zu reagieren, da vorbei, dort drüber weg, da eine Fliege, ha! fressen!… Die Welt ist, was die Fledermaus ortet. Mehr Bedeutung braucht sie nicht.«

L: »Für einen, der die Geldscheine früher knistern hört als sonst jemand, ist das ein interessanter Vergleich – aber eben keine Antwort. Für wen hat jetzt der Börsenkurs von Caterdingsbums weniger Bedeutung als Glasperlen?«

M: »Wie die Fledermaus kann ich nur beurteilen, was ich wahrnehme. Das Knistern der Geldscheine sagt mir, dass es für mich keine Bedeutung mehr hat – na ja, das klingt mir schon zu hochtrabend. Ich weiß einfach, dass diese knisternden Scheine keinen Wert mehr haben, ebenso wenig wie die Börsenkurse… Genauer: Für mich haben sie keinen Wert. Jedenfalls nicht in meinem Leben. In meinem Leben jetzt. Ob sie für andere einen Wert haben, das interessiert mich so wenig wie die Frage, ob sie in Oberammergau an den lieben Gott glauben oder bloß so tun!«

L: »Hört sich gut an. Noch besser würd es sich anhören von jemandem, der schon ein paar Jahre Übung hat, ohne Geld auszukommen.«

M: »Was hat mein Bankkonto mit der Wahrheit zu tun?«

L: »Wahrheit? Ich dachte, wir reden von dem, was die Fledermaus ortet?«

M: »Was die Fledermaus ortet, ist ihre Wahrheit… Kennst du den letzten Song der Janis Joplin, *Me and Bobby McGee*? Da beginnt alle Freiheit und das ganze Elend erst, als sie

allein ist, und nicht, weil sie keinen Cent mehr hat…
Freedom's just another word for nothing left to lose… Lach
nicht, für mich ist damit alles gesagt, was ich noch wissen
muss. Auch darum, weil mein Kopf so was behalten hat.«

L: »Okay. Du hast das Teil nicht zufällig in deinem Recorder gespeichert?«

Ende des Dialogs. Morgart drückte auf ein paar Tasten, und so
kam es, dass ich wieder einmal diese eine unverwechselbare
unvergessliche Stimme hören konnte:
Busted flat in Baton Rouge, waitin' for a train,
When I's feelin' near as faded as my jeans…
Trotzdem, liebste Verlassene, verstehe ich das alles noch
immer nicht. Aber vielleicht war in dem, was Morgart sagte,
sogar eine Erklärung versteckt, und er hat sich nur deshalb so
gut auf das Jonglieren mit den Millionen verstanden, weil er
schon immer gewusst hat, es ist ein Spiel, und die Millionen
bedeuten in Wahrheit gar nichts. Ein Spiel? Ja doch, ein Spiel
vor dem Tod. Übrigens habe ich beschlossen, ihn nicht weiter
danach zu fragen.

An der Tür meines Hotelzimmers klopft es, Morgart will
eine *Choucroute alsacienne* essen gehen. – Bis später! – L.

PS: Wenn das Kätzchen nicht bei dir bleiben will, bleibt es
nicht bei dir.

Von Claudia an Lukas, Betreff: Großväterchens Hütte

Mein Lieber, diese Mail erreicht dich – wenn sie es überhaupt tut – nicht aus dem freundlichen Bruggfelden, sondern
aus *Schwarzhalden*, ich sehe die Runzeln auf deiner Stirn!
Schwarzhalden ist, nein: war ein armes Waldbauerndorf, bis

Ende des 19. Jahrhunderts die meisten Bewohner weggezogen waren. Erhalten blieben einzig der Glotterhof, dazu eine armselige Kapelle sowie ein Austrägler-Häuschen, das mein Großvater um 1950 für ein paar Deutschmark gekauft und sich als Ferienhaus hergerichtet hat. Nun ist der alte Mann schon mehr als zehn Jahre tot, aber ich habe es bisher nicht übers Herz gebracht, die Hütte zu verscherbeln. Ich bin gerne dort, und dass ich dich bisher nicht mitgenommen habe, liegt einzig daran, dass du so wichtige Reisen nach Niederzell und Straßburg – und Paris gar! – unternehmen musst...

Was ich mitteilen wollte: Weil bereits Osterferien sind, habe ich beschlossen, sie hier in der Höhe zu verbringen und – nachdem ich ihr eindringlich die drohende Waldeinsamkeit vor Augen geführt hatte und sie gleichwohl einverstanden war – auch Ulrike mitzunehmen. Im Häuschen war es erst einmal ungemütlich kalt, bis ich eingeheizt hatte, dann wies ich ihr das Westzimmer an, von dem aus man auf Wald und Bergkamm sieht; es war das Zimmer meines Sohnes gewesen, der sich in Schwarzhalden aber nur gelangweilt hat und es aus alpinistischer Sicht völlig reizlos fand. Am Ende hat er sich sogar geweigert, überhaupt mitzukommen, angeblich, weil ihm die schräge Wand über seinem Bett Alpträume mache. Ulrike rang sich durch, das Zimmer nett zu finden, und hat inzwischen ihr Bett bezogen und macht sich gerade anheischig, beim Zubereiten des Abendbrots behilflich zu sein.

Was du von Markus schreibst, klingt überhaupt nicht nach Morgart, aber ich mag es lesen. Welche Erinnerungen sind für ihn damit verbunden, wenn er die Joplin-CD hört? Aber wahrscheinlich darf man ihn nicht danach fragen. – Ist euch eigentlich klar, dass das ein arg trauriges Lied ist? Und dass die Joplin, als es eingespielt wurde, bereits nichts mehr zu verlieren hatte? – C.

Ulrike: Abendstimmung im Wald und am Meer

Das ist ein niedliches Haus, das die Wronski da hat, gäbe es noch sieben Zwerge dazu, könnt frau sich als Schneewittchen fühlen. Aber es hat keine Zwerge hier, nur eine Nachbarin, und die Wronski ist allein in ihrem Lebkuchenhaus, das kann doch schier nicht sein, da fällt einem doch das Waldesrauschen auf den Kopf. Und es gibt keine Fensterläden, sondern nur Rollos. Ist das klug? Nicht einmal einen Hund hat sie. Warum nicht?

Wie soll das gehen?, fragt die Wronski zurück, ich kann so ein Tier nicht in den Unterricht mitnehmen oder ins Lehrerzimmer, da dreht unser Direktor hohl... Aber Sie, fragt sie, mögen Sie Hunde?

Weil sie auch sonst gern so bisschen was von mir wissen möchte, erzähl ich ihr, ich hätt als Kind einen gehabt... also das war der Blacky, sage ich, den hat mir mein Vater geschenkt, auch wenn meine Mutter kreischend krass dagegen war, sie grauste sich vor Tieren und hat es auch sofort hintertrieben, als ich von Nachbars Katze ein Junges hätte haben können. Aber als ich zwölf wurde, hatte sie keine Chance, und ich bekam den Blacky, auch wenn sie schier wahnsinnig wurde, wenn der mal wieder in die Küche gekotzt oder auf den Teppich gemacht hat...

Und wie lange hatten Sie den Blacky?, will die Wronski wissen, und ich schau sie an und geb zu, dass es nicht lange war, denn kurz nach Weihnachten hat meine liebe Mami den Alten erwischt, wie er mir mal wieder wo hinlangte, und da war dann auch klar, weshalb und wofür ich den Blacky bekommen hab'.

Und daraufhin hat Ihre Mutter den Hund zurückgegeben?, fragt die Wronski, und ich schau sie an und sage, wofür halten Sie mich? Ich hab ihr – also meiner lieben Mami hab ich gesagt, dass ich zum Jugendamt geh und denen alles erzähle, wenn sie mir den Blacky wegnimmt, und dann war erst mal Ruhe im Karton.

Aber Sie sagten doch, Sie hätten ihn nicht lange gehabt?

Hatte ich auch nicht. Es gab nämlich die Große Familienversöhnungsaussprache, und dass wir zu Ostern einen ganz tollen Urlaub an der Costa Brava machen würden, Fünf-Sterne-Hotel und so, und natürlich dürfe der liebe Blacky mit, wo denke ich denn hin? Und dann sind wir dahin gefahren, und auf der Fahrt bin ich noch in Deutschland eingeschlafen und erst wieder wachgeworden, als wir schon über den Alpen waren, und hatte einen klebrigen Mund und Durst und musste Pipi machen, und wir haben an einem Parkplatz gehalten, und ich bin ausgestiegen … Aber dann ist mir eingefallen, dass der Blacky doch sicher auch muss – aber es war kein Blacky mehr im Auto, auch sein Korb war weg und sein Kauknochen, und mein Vater hat mir erklärt, dass es mit dem Blacky in dem Fünf-Sterne-Hotel schwierig geworden wär und wir deshalb eine Tierpension für ihn gesucht und auch gefunden hätten, eine ganz tolle mit ganz tollen anderen Hunden, mit denen der Blacky jetzt bereits auch gut Freund sei, und während er redet und redet, schau ich meine Mutter an, und sie gibt den Blick zurück, da siehst du es, wie ich mit dir fertig werde, sagt dieser Blick, wenn es ernst wird, hast du keine Chance gegen mich …

Und Sie, fragt die Wronski, was haben Sie da gedacht?

Dass der Urlaub noch nicht rum ist, hab ich gedacht und war wieder das brave Kind, aber wie wir dann in dem Hotel waren, hab ich mir ein Schlauchboot gewünscht, so eins, wo man zu zweit aufs Meer raus kann, und das haben sie mir auch gekauft, aus schlechtem Gewissen haben sie's getan, und dann bin ich mit meiner Mutter raus aufs Meer, weit raus, und immer weiter, bis das Meer tiefblau war in der Abendsonne und man das Ufer kaum mehr gesehen hat, nur noch die Sonnenschirme wie kleine farbige Punkte, und wie kein Schwimmer und nichts in der Nähe war, hab ich das Taschenmesser aufgeklappt, das ich bei mir hatte, und hab das Gummiboot aufgeschlitzt und bin ins Wasser gesprungen, denn ich kann ganz gut schwimmen, im Gegensatz zu meiner armen Mami, die konnte es nur ein bisschen …

Was haben Sie gemacht?, kommt es von der Wronski, und weil sie gar so ungläubig oder entsetzt oder beides in einem klingt, hab ich ihr halt das Weitere erzählt, wie also die Mami ertrunken ist und mein Alter mich nervt, ich hätte ganz genau gewusst, dass meine arme Mami das nicht ans Ufer schaffen würde, und damit er aufhört, mich zu nerven, hab ich ihn das mit mir tun lassen, was er bisher noch nicht gedurft hat, und danach bin ich zu der italienischen Polizei und musste gar nicht viel erklären, denn ich war blutig zwischen den Beinen, und so ist mein armer Papi erst darum in den Knast gekommen und am Schluss sogar wegen Mordes, weil sie ihm nachgewiesen haben, dass er meine arme Mami aufs Meer hinaus gebracht hat, damit sie dort ertrinkt, damit sie ihn nicht hindern kann, mich zu vergewaltigen …

Das haben Sie erfunden, behauptet da die Wronski, von A bis Z! Und ich zucke die Schultern und sage, die beiden hätten mir eben den Blacky nicht wegnehmen dürfen! Noch heute werde ich schier wahnsinnig, füge ich hinzu, wenn im Radio die Durchsage kommt, auf der Autobahn sowieso sei ein Hund auf der Fahrbahn unterwegs, vor allem in den Ferienzeiten können Sie das hören!

Ja, meint da die Wronski, das habe sie auch schon gehört, das eine oder andere Mal.

Sehen Sie!, sage ich da.

Von Gsell an Claudia, Betreff: Tja

Geliebte! Du bringst mich in Verlegenheit, denn das im weiteren Verlauf wiedergegebene Gespräch übers Wiederhören von *Me and Bobby McGee* bringt vermutlich nichts über Morgart, hingegen möglicherweise das eine oder andere über mich ans Licht. Aber ich schreib das mal alles auf, es ist natürlich ebenfalls nur ein rekonstruierter Dialog, aber die Fakten sollten stimmen.

Unser Gasthof ist ein knorriges Fachwerk-Gebäude in Münsternähe, und in den Zimmern muss man Acht geben, dass man sich nicht den Kopf anstößt. Das Hotelrestaurant hatte schon geschlossen, aber der Nachtportier nannte zwei Adressen, in dem Viertel nördlich des Münsters fanden wir schließlich ein Neon-beleuchtetes Bistro, wo wir auf einer mit Plastikbezügen versehenen Eckbank Platz nahmen und zwar keine *Choucroute*, aber eine Käseplatte bekamen und einen *Pinot noir*, und nach dem zweiten oder dritten Glas stellte ich Morgart dann doch die Frage, die du aufgeworfen hast – ob er eine Erinnerung an die Zeit habe, als er den Joplin-Song zum ersten Mal hörte … Es wird dich nicht überraschen – er schüttelte nur den Kopf. Wer wisse denn so etwas noch!

»Lach nicht«, antwortete ich, »aber *Me and Bobby McGee* muss ich zum ersten Mal in einer Kammer in einem Erdgeschoss gehört haben, das Fenster ging zu einem Hinterhof hinaus, es war im Winter … ach, als die Winter in Deutschland noch richtige Winter waren …« Mehr muss man nicht wissen, nicht einmal du, schöne Leserin!

»Weiter.«

Ich sah ihn an. Wenn er es nun einmal so haben wollte, dass wir von früher reden! »Sie hatte grünblaue Augen«, hörte ich mich sagen, »und lange rotbraune Haare, die hingen ihr bis auf den Hintern, sie jobbte als Sekretärin in der Redaktion, war glühend links und hieß für mich ganz einfach: die Revolution ...«

»Und? Hat sie dich umgestürzt?«

Ich hob die Schultern und ließ sie wieder fallen. »Revolutionen versanden. Fressen sich selbst oder fressen ihre Kinder. Diese ...« Ich brach ab, denn ich hatte sagen wollen: Diese ließ sich nicht leben. Im letzten Augenblick war mir eingefallen, dass sich das für Morgart ziemlich bescheuert anhören musste.

»Was war mit dem Joplin-Song?«

»Sie hatte Gras besorgt, wir rauchten es aus der Pfeife, ich fand zunächst nichts Besonderes dabei, aber auf einmal fiel mir auf, wie riesengroß die Pupillen in den blaugrünen Augen waren, und ich dachte ... ach! Dass wir jetzt ineinander eintauchen und aus der Welt fallen und dass es auf sonst nichts mehr ankommt, solches Zeug eben, und irgendwann in dieser Nacht und in diesem Zustand, da hab ich das zum ersten Mal gehört, dieses: *Freedom's just another word* ... Ich weiß noch, dass ich dachte: das ist es. Freiheit ist möglich, lass nur alles los, gib alles auf ...«

»Und das hast du nicht?«

»Nein«, gab ich zu, »das hab ich nicht. Ich hab woanders einen Job angeboten bekommen, der ganz interessant schien, so, als ob ich da hätte Karriere machen können, und ich bin dahin und hab die Revolution zurückgelassen ... Irgendwann danach hat sie mir einen Brief geschrieben, sie sei gerade mit einem Typen im Bett gewesen, so einem richtigen Kerl, zwölf Punkte, mindestens! Ich müsse mir also wirklich keine Gewissensbisse mehr machen.«

»Das klingt, als hätte es sich zu dem Joplin-Song gar nicht

so besonders gut bumsen lassen«, meinte Morgart. »Wundert mich nicht. Ihr hättet den Bolero nehmen sollen.«

»Massenvögelei weltweit, mit ein paar hunderttausend anderen Paaren im Takt?«, fragte ich. »Gott bewahre!«

»Oder dann… *Je t'aime… moi non plus…?*«

Ich sah ihn nur an.

»Bin ja schon still… aber was ist mit…« – er brummte ein paar Töne – »*once in a town in the black forest…*« Mit einem leicht verlegenen Gesichtsausdruck brach er ab. »Kennst du es nicht, die Ballade vom einbeinigen *little tin soldier* und der *tiny ballerina…?*«

»Doch«, sagte ich, »sie lieben sich herzinnig aus der Ferne und werden herzzerreißend voneinander getrennt, und am Ende springen sie beide ins Feuer und verschmelzen miteinander… Es ist nicht direkt das, was ich ein Happy End nennen würde.«

»Richtig«, sagte Morgart. »Und gesungen hat es Donovan. Aber frag mich nicht, warum ich so was weiß und den ganzen anderen Schrott nicht.«

So, jetzt zähl ich es an den Knöpfen von meinem Schlafanzug ab, ob ich diesen Text auf die Reise nach Dingshalden schicke oder nicht…

Schlaf gut! – L.

Ulrike: Nachtgedanken

Aus dem Fenster sehe ich den Wald, einen dunklen schweigenden Wald. Über der Kammlinie der Himmel, etwas heller. Aber es stimmt gar nicht, dass der Wald schweigt – der Wind, der durch die Bäume fährt, lässt ihn reden und nimmt auf, was da sonst noch redet und raschelt und lebt und webt und sich

168

zurückholen will, was ihm einmal gehört hat, diese Lichtung zum Beispiel. Wenn man mich lässt, bleibe ich vielleicht doch hier und sehe zu, wie der Wald sich zu diesem Haus tastet und es zu umarmen und erdrücken und umzubringen beginnt. Ich schließe das Fenster und schalte die Leselampe ein, sie wirft klar umrissene Schatten auf die getäfelten Wände, von denen eine schräg zum First hinaufführt. Manchmal flackert das Licht ein wenig, das kommt von dem Windrad, das den Strom liefert, noch immer stecke ich in dem beigen Pullover, der mir zu groß ist und der nach ihrem Parfüm riecht, es ist gewiss ein teures Parfüm, so wie nichts in diesem Haus billig ist oder gewöhnlich. Bin ich undankbar? Man ist doch freundlich zu mir, aufmerksam, interessiert sich für mich – warum eigentlich? Hält man mich für krank? Aus der Art geschlagen? Diese freundlich-aufmerksamen Menschen – wissen die eigentlich, wie viel Herablassung sie mit sich herumtragen?

Über mir knackt es, dann raschelt es wieder, der Wald ist noch näher, als ich vorhin dachte, ich will, dass mir das gefällt, ich kuschle mich in das Bett und nehme mir wieder das in brüchiges Leder gebundene Buch vor, das mir in dem Bücherschrank mit den verglasten Türen aufgefallen ist. Es ist ein Schmöker aus dem 18. Jahrhundert, nein: kein Schmöker, ein aus dem Englischen übersetztes Endlosgedicht: »Klagen: oder Nachtgedanken über Liebe, Tod und Unsterblichkeit«, verfasst von einem Dr. Edward Young und aufgeteilt in neun Nächte, endlose Reimereien, und aufgefallen ist mir das Buch auch nur deshalb, weil so etwas bei H auf dem Schreibtisch herumlag, eine Ausgabe im Originaltext, darunter tut es H nicht, außerdem war sie mit niedlichen Kupferstichen illustriert, die unglücklichen Herren in Kniebundhosen und mit Zöpfen, und die Damen in ihrem Leid und Wehe zwar dekolletiert, aber in langen wallenden Gewändern. Auf einen dieser Kupferstiche bin ich abgefahren, da schleppt ein Vater seine tote Tochter Narcissa nachts durchs Gebüsch auf der Suche nach einem Loch, wo er sie verscharren kann, weil die arme Narcissa nämlich das falsche Gesangbuch hat und die rechtschaffenen, die frommen Leute sie deshalb nicht auf ihrem Friedhof dulden…

H hatte sich das Buch besorgt, weil er an einem Essay über Friedhofsordnungen als Instrument gesellschaftlich-repressiver Blabla arbeitete, und wunderte sich, was ich an dem Kupferstich fand. Ist so schön gruselig, antwortete ich, so piepsig wie das dumme Hühnchen, für das er mich hielt. Und dachte bei mir, es gibt wirklich Menschen, für die findet sich auf dieser ganzen Welt nicht ein einziger Platz. Hätte denn ich jemanden, der sich die Mühe machen würde, mich aufzuräumen?

Leider finde ich in der deutschen Ausgabe keine Illustration, das ist schade. Auf einem der Kupferstiche in der englischen Ausgabe hatte der Vater dieser Narcissa – wenn ich mich recht erinnere – so einen kleinen Fleck oder eine Verfärbung auf der Schläfe. Vielleicht war es auch nur ein Fliegenschiss. Ich hätte es mir gerne noch einmal angeschaut. Aber dieser andere ist jetzt wohl ohnehin in Straßburg oder schon auf der Weiterfahrt nach Paris, hat mir die Wronski gesagt.

Was will er dort? Es noch einmal versuchen? Angeblich weiß die Wronski nicht, warum er sich eine Kugel in den Kopf gejagt hat. Aber muss einer – oder eine – denn einen Grund haben? Hauptsache, man weiß, wie man das Ding halten muss. So, dass es einen Schlag tut, und es ist nur noch Nacht, unwiderrufliche ewige Nacht.

Das wird er jetzt wohl wissen, oder? Und wenn er jemand zum Üben braucht…

Hör auf damit.

X. VON CLAUDIA AN LUKAS

Betreff: Auswahl passender CDs
Dienstag, 2. April

Mein Lieber, beginnen wir mit der guten Nachricht – dein Text war orthografisch weitgehend fehlerfrei. Insofern scheinst du vom Edelzwicker nicht allzu beeinträchtigt gewesen zu sein, weshalb du für das Sonstige allerdings auch keine mildernden Umstände beanspruchen kannst. Bei der Geschichte der Grünblaubraunroten stellst du dich zwar nicht als den Helden dar, der du in der Tat nicht gewesen bist, aber für meinen Geschmack bist du doch etwas zu hurtig über den Umstand hinweggehuscht, dass es sich um eine für die beteiligte junge Frau trostlose Geschichte handelt. Trotzdem will ich bei Gelegenheit da noch mehr wissen. Ferner ist deinem Text überhaupt nicht zu entnehmen, welche CD ich denn gegebenenfalls griffbereit haben sollte, so dass ich hier nur ein »Thema verfehlt!« notieren kann. Insgesamt allenfalls sechs Punkte.

Moment! Sechs? Ja doch. Schwerer fällt es mir, einen Bericht von Ulrike richtig einzuordnen … Der Bericht handelt von ihrem süßen Hund Blacky, seinem Abhandenkommen und den Folgen, die sich daraus ergeben haben, alles klar aufgebaut, der überzeugende Schluss – sie ertränkt ihre Mutter und bringt ihren Vater wegen Mordes und Vergewaltigung hinter Gitter – wird mit wohltuend leichter Hand präsentiert … Ich denke, ich sollte da doch zehn Punkte geben.

Hier war die Nacht ruhig, abgesehen davon, dass Ulrike beim Frühstück wissen wollte, welches Tier denn bei uns unterm Dach wohne. Ich sagte ihr, dass es ein Marder sei, und sie war es zufrieden. Wir wollen heute ein wenig im Garten arbeiten, die Beerensträucher müssen zurückgeschnitten und hochgebunden werden. – Schafft Ihr es heute nach Paris? – C.

Von G s e l l an Claudia, Betreff: Notre Dame, Münsterbauhütte

Sehr geehrte Frau Studiendirektorin, für so viel Text, wie das war, sind sechs Punkte arg wenig. Und wie war das mit der Mutter, die von Ulrike dem Ertrinkungstod preisgegeben wurde, und ihrem Vater, den sie ins Zuchthaus brachte? Da gibt es zehn Punkte für? Ei freilich, da kann unsereins nicht mithalten. Also will ich mich nicht beschweren, sondern gehorsamst mitteilen, dass wir nach dem Frühstück noch ein paar Stunden Zeit totzuschlagen hatten, weil der TGV, für den wir Tickets bekommen haben, erst am Nachmittag fahren wird. Wir bezahlten, ließen aber unser Gepäck in der Obhut des Hotelportiers, auch die Mäntel, denn es regnete nicht... Einen Augenblick! Warum nehmen wir den TGV? Weil wir die Limousine in einem Parkhaus beim Hauptbahnhof abgestellt haben – es sei bescheuert, meint Morgart, in Paris mit einem Auto herumgurken zu wollen.

Wir verließen das Hotel – und ich hielt für einen Augenblick den Atem an: Zum ersten Mal sah ich im Tageslicht, wie nah wir dem Münster waren und wie gewaltig es vor uns in den Himmel ragte. Selbst Morgart schien beeindruckt, jedenfalls hatte er nichts dagegen, einen Blick in das Innere zu werfen. Zum Glück war der Zustrom von Touristen an diesem Morgen eher spärlich, und in der Kirche hatte ich sogar den Eindruck, als seien die meisten der Besucher diesmal zum Beten gekommen. Eine Weile verharrten wir angesichts der Rosette über dem Westportal, deren Blau- und Grüntöne im Morgenlicht hypnotisierend leuchteten, hätte uns einer fotografiert, wäre es wie ein Bild von Caspar David Friedrich geworden: Zwei Männer in Betrachtung des Straßburger Westportals ... Ich ging dann weiter, in die Katharinenkapelle, wo ich eine Kerze anzündete. Morgart folgte mir in einigem Abstand.

»Um Teelichter zu verkaufen, ist das aber ein mächtig großer Laden«, bemerkte er später, als wir wieder draußen standen. Ich antwortete nichts, und plötzlich entschuldigte er sich, er habe sich da gerade einen schlechten Scherz erlaubt. In Wahrheit habe er ein Problem mit dieser Kirche. »Ich kann mir nicht helfen, aber diese Wölbungen und Bögen und Durchbrüche – weißt du, wie die mir vorkommen? Wie das Innere eines Riesenschädels, und unten in diesem ungeheuerlichen Totenkopf laufen wir winzig kleine Ameisen herum, aber es gibt nichts für uns, das Gehirn ist schon seit ein paar Jahrhunderten aus dem Schädel herausgefressen und herausgefault, und was für Gedanken darin gewälzt worden sein mögen, das können wir uns nicht einmal im Entferntesten vorstellen ... Was hast du?«

Ich war stehen geblieben und muss ihn wohl seltsam angesehen haben. »Den Hauch von einer Ahnung kannst du diesen Ameisen nicht absprechen ... Zumindest nicht allen. Die haben zu beten versucht, hast du das nicht gesehen?«

»Ja doch. Und eine hat sogar ein Teelicht angezündet. Na ja, wenn der Große Ameisenbär kommt, werden auch die ganz kleinen Tierchen fromm.« Er zeigte mir dieses Lächeln, das er Orson Welles im *Dritten Mann* abgeguckt haben musste. »Aber nimm es nicht persönlich.«

Ich sei keine Ameise, antwortete ich und hielt prüfend meine Hand hoch. Tatsächlich hatte es wieder zu regnen begonnen, und nicht nur zu regnen. Im nächsten Augenblick schienen sich die ganzen Himmelsschleusen mit einem Ruck geöffnet zu haben, um Menschen und Mäuse, Fromme und Unfromme gleichermaßen zu ersäufen. Wir standen mitten auf der Place du Château, die nächste Zuflucht war das Eingangstor der Münsterbauhütte, die das Musée de l'Oeuvre Notre-Dame beherbergt. Für sechseinhalb Euro hatten wir ein Dach über dem Kopf und allerhand Originale vor den Augen, von denen man im Münster selbst nur noch die Kopien sieht.

Wir schlenderten an romanischen Steinskulpturen vorbei und fanden uns in einem niedrigen dunklen Gewölbe wieder, von bunten mittelalterlichen Glasfenstern erleuchtet, aus denen uns ernste Gesichter mit großen geduldigen Augen anblickten, die Hände segnend oder als Zeichen der Ehrfurcht erhoben, Jahrhunderte entfernt und doch ganz nah. Unter einem romanischen Gewölbebogen hindurch kamen wir an einer Wand mit einem Zyklus von neun fast quadratischen Glasbildern vorbei, es mutete mich an wie eine Art biblischer Comic-Strip, in roten, blauen, goldenen und grünen Glasflächen dargestellt, auf einer davon wurde ein halbnackter Eremit oder Asket mit stachelhaarigen Beinen, notdürftig in eine helle Decke gehüllt, von einem blauen Teufel oder Dämon drangsaliert. Ich bin nicht bibelfest und kenne mich mit Heiligenlegenden schon gar nicht aus, also wandte ich mich dem Glasfenster darüber zu – ein bärtiger Mensch betrachtete oder wies vielmehr auf einen seltsamen Pfosten, über den gelb ein Band geschlungen war … ach Unsinn! Natürlich war es kein Band, wie Schuppen fiel es mir von den Augen, sondern es war die Schlange dargestellt oder vielmehr das eherne Abbild, das Moses von ihr gemacht hatte, und links von dem Pfosten knieten ganz richtig die Israeliten und hatten spitze Hüte auf und baten um Heilung, die für einen von ihnen vermutlich zu spät kam, denn er lag schon hingestreckt.

»Was ist damit?«, flüsterte Morgart, der neben mich getreten war. Ich warf einen Blick zur Seite. Das Bild schien ihm nichts zu sagen. Nun gut! Ich gab kurz Antwort, »vierter Mose einundzwanzig, *wenn jemanden eine Schlange biss, so sah er die eherne Schlange an und blieb leben...«*

»Ah ja«, meinte Morgart, »ich erinnere mich... im Religionsunterricht hatten wir so ein Buch mit komischen Zeichnungen, auf einer davon war auch eine Schlange dargestellt, aber ganz riesenmäßig, wie eine Anakonda oder so...« Er unterbrach sich und warf mir einen misstrauischen Blick zu. »Und die passende Bibelstelle – die schüttelst du so aus dem Ärmel, oder wie?«

Ich log ihm vor, ich hätte mal was über die Johanneskirche in Bruggfelden schreiben wollen, »da gibt es doch drei Fenster mit biblischen Motiven, nur das vierte ist sozusagen leer, da hätte aber auch eine Geschichte dargestellt werden sollen, eben die von der Ehernen Schlange, also genau wie hier.«

»Und warum ist das nicht geschehen?«

Ich zuckte mit den Schultern. »Das Geld wird nicht gereicht haben. Soviel ich weiß, hätte das Glasbildfenster mit Spenden finanziert werden müssen. Aber wer mag schon Geld hergeben für einen Schlangenkopf!« Ich wandte mich dem Durchgang zu, der zum nächsten Saal führt.

»Einen Augenblick«, hörte ich Morgart sagen, und seine ausgestreckte Hand griff nach meinem Oberarm. Ich drehe mich um, irgendetwas war mit ihm passiert, er sah plötzlich blass aus und hatte Schweißperlen auf der Stirn. »Hab ich das richtig verstanden – du hast mal eine Geschichte oder einen Artikel geschrieben über die Kirche in Bruggfelden und das Fenster mit der Schlange...?«

»Nein«, sagte ich und griff nun meinerseits nach seinem Arm, um ihn zu einer Steinbank zu führen, auf der er sich niederlassen konnte. »Nein, ich hab den Artikel nicht ge-

schrieben, es ist mir was dazwischen gekommen…« Aber
ich weiß nicht, ob er mir überhaupt zuhörte. Er hockte auf
der Steinbank, den Kopf nach vorne gesenkt, ich stand daneben und überlegte, ob ich ihm ein Glas Wasser bringen
sollte, aber dann schüttelte er plötzlich den Kopf und blickte
zu mir hoch.

»Entschuldige«, sagte er, »da muss gerade mal wieder
dieser verfluchte Vorhang gefallen sein… Wo waren wir
stehen geblieben?« – Ich sagte, wir hätten zum nächsten
Saal gehen wollen. – Wie geht es den Beerensträuchern? – L.

Von Claudia an Gsell, Betreff: ???

Mein Lieber, deine letzte Mail wirft eine Frage auf, die ich dich
wahrheitsgemäß zu beantworten bitte, und zwar mit erhobenem Kopf und mir in die Augen blickend! Hast du oder hast
du nicht auf dieser einen Fahrt nach Niederzell mir von dem
Kirchenfenster mit der Ehernen Schlange erzählt, für die auf
einmal kein Geld mehr da war? Und jetzt wagst du es, vermutlich ohne rot zu werden, was ich leider nicht überprüfen
kann – jetzt also wagst du es, mir die Geschichte zu erzählen,
wie es zufällig zu regnen beginnt, als ihr zufällig vor dem Museum der Straßburger Münsterbauhütte steht, und ihr noch
zufälliger dort Zuflucht sucht und dabei am allerzufälligsten
vor das Glasfenster mit dem Motiv der Ehernen Schlange ge-
ratet? Was zum Teufel hast du dir dabei gedacht?, fragt dring-
lichst: C.

Von G s e l l an Claudia, Betreff: Mea culpa!

Sehr geehrte Frau Oberstudiendirektorin, also es ist so, indem ich mal gegoogelt habe, ob es das überhaupt gibt, also Kirchenfenster mit dieser komischen Schlange, da hab ich herausgefunden, dass es das durchaus gegeben hat, rechts des Rheins mehr so schlangenmäßig herunterhängend, links des Rheins mehr so hockend und fast drachenartig, und da hab ich halt wissen wollen, wie sie das in Straßburg gemacht haben, und richtig gab's da mal was in der Thomanerkirche dort, aber mehr im rechtsrheinischen Stil, obwohl Straßburg…

Im Ernst! Es ist wahr, ich wusste, dass das Museum der Münsterbauhütte ein Kirchenfenster mit diesem Motiv in seinen Beständen hat. Zum einen wollte ich es selber anschauen: wie ist das dargestellt, wie wirkt das? Zum anderen dachte ich mir – wenn das am Weg liegt (oder hängt), dann wäre es doch albern, einen gestandenen Kerl wie den Markus Morgart am Händchen zu nehmen und davon wegzuführen wie einen US-College-Studenten, der nicht getriggert werden darf. Dass er dann fast aus den Sohlen gekippt ist – *mea culpa*, ich werd es auch nie wieder tun.

Aber! Muss er sich nicht irgendwann seiner Biografie stellen? Wenn ich das Thema der Ehernen Schlange nicht ansprechen darf – was ist dann mit der Todeswette und den anderen Transaktionen, die er so gefingert hat, als er noch ein *Global Player* sein oder werden wollte?

Ratlos – L.

Von Claudia an Gsell, Betreff: Markus

Mein Lieber, auch dies in allem Ernst: Ob sich Markus seiner Biografie stellen muss (wie du das formulierst), das weiß ich nicht. Ich weiß nur, dass es *seine* Biografie ist, *sein* armes, ruiniertes Leben, *sein* Kopf, in den er sich ein Loch geschossen hat, und dass du ihn mit *nichts davon* zu konfrontieren hast. Du begleitest ihn, du fährst ihn, du passt auf ihn auf, dass er nicht stürzt. Aber du intervenierst nicht, und du spielst nicht den psychoanalytischen Zauberlehrling.

Es macht mich fast krank, dass ich dir das in diesem Ton sagen muss. – C.

Von Gsell an Claudia, Betreff: !

Ich denke, ich hab's verstanden. – L.

XI. GSELL

Ecclesia triumphans
Noch 2. April

Zum Saal mit den gotischen Münster-Skulpturen führen eine oder zwei Treppenstufen hinab, und weil Morgart mir noch etwas unsicher auf den Beinen erschien, hockten wir uns auf die obere Stufe. Direkt vor uns waren zwei Statuen aus dem Münster aufgestellt – die Figur der *Ecclesia* mit Krone auf dem hocherhobenen Haupt, daneben die Figur der *Synagoga*, den Kopf gesenkt, die Augen verbunden, mit zerbrochenem Speer und einer Gesetzestafel, die ihr aus der Hand zu gleiten scheint.

»Spielen die Blinde Kuh?«, fragte Morgart, den Kopf etwas vorgestreckt, um zu dem Gesicht mit den verbundenen Augen hochzusehen. Ich hatte die Kopien im Münster gesehen und den Text dazu gelesen, und murmelte etwas davon, dass da vor uns die *ecclesia triumphans* dargestellt sei, die angeblich den freien Blick auf die Wahrheit habe, während die *Synagoga* ... Und so weiter. Dabei ging mir die Frage durch den Kopf, ob jemand, der wirklich die Wahrheit erkenne, wirklich freien Blick auf sie habe – ob der dann noch in Triumph ausbrechen könne? Ob der nicht ganz still, ganz bescheiden, ganz demütig werden müsste?

Morgart schwieg, aber betrachtete weiter die beiden Statuen und ihre Gesichter und verglich sie. Ich weiß nicht, was mich ritt, vielleicht war es der Anblick der Ecclesia und ihrer Krone, und ich sagte, dass man später den jüdischen Frauen nicht mehr die Augen verbunden habe, »damals, als wir sie mit ihren Kindern vor die Erschießungskommandos gestellt haben oder ins Gas geschickt.«

Er blickte mich unwillig an. »Warum sagst du: *wir*?«

»Das haben doch wir gemacht«, gab ich zurück. »Oder unsere Väter – das heißt, du hast ein paar Jahresringe weniger, also wird deiner nicht dabei gewesen sein. Aber meiner war dabei. Wo er alles mitgeschossen hat, weiß ich nicht. Aber er trug die Uniform.«

»Was hat das mit dir zu tun?«

»Es gibt Sachen, über die wächst kein Gras«, antwortete ich. »Deswegen hab ich ein Problem, wenn ich so etwas sehe.«

Morgart erhob sich – etwas mühsam, wie mir schien – und ging zur Statute der Synagoga, betrachtete sie eingehend und las das Erklärungsschild. Das sei um 1230 entstanden, teilte er mir mit. »Also siebenhundert Jahre vor den Nazis. Da brauchst du ein mächtig langes Seil, um diese steinerne Dingsbums deinem Vater ans Bein zu binden.«

»Eine solche Verbindung, mein Herr, ist sehr viel früher hergestellt worden«, sagte eine ruhige Stimme. Sie gehörte einem kleinen alten Mann in grauem Regenmantel, eine Baskenmütze auf dem Kopf, der neben mir die Treppenstufen heruntergekommen war. »Sie wollen bitte entschuldigen, wenn ich mich in Ihr Gespräch einmische – aber keine hundertdreißig Jahre nach Fertigstellung dieses symbolträchtigen Kunstwerks« – er wies auf die Statue der Synagoga – »haben die guten Bürger Straßburgs am Valentinstag 1349 die jüdische Bevölkerung der Stadt zusammengetrieben, gut zweitausend Menschen, und sie bei lebendigem Leib verbrannt… Verschont wurden nur junge Frauen und Kinder, falls man für sie eine andere Verwendung hatte.«

Morgart schüttelte den Kopf. Wie es dazu gekommen sei?

»Angeblich war der Schwarze Tod schuld«, sagte der Mann.

»Und tatsächlich erlebte Deutschland damals die erste große Pestepidemie. Weil irgendwer dafür verantwortlich gemacht werden musste, so wird es gerne dargestellt, hätten eben die Juden dran glauben müssen. Aber für Straßburg ist das nur die halbe Wahrheit. Tatsächlich war es ein lokaler Putsch, sorgfältig von der Adelspartei und dem Bischof vorbereitet, mit der man die bisherige Stadtregierung stürzen konnte, die bis dahin den Juden gegen teures Geld Schutz gewährt hatte. Der Trick war dabei, dass man mit dem Hab und Gut der Ermordeten den Pöbel entlohnen konnte, der für Klerus und Adel die Drecksarbeit besorgte… Der Mann, auf dessen Geheiß die Synagoga mit verbundenen Augen dargestellt wurde, der wusste, was er wollte. Die Synagoga sollte nicht sehen können, was man den Ihren antun würde!« Der kleine Mann tippte an seine Baskenmütze und ging weiter.

Wir standen auf und verließen das Museum. Der schlimmste Regen hatte aufgehört, wir gingen zum Hotel, holten unser Gepäck und ließen uns von einem Taxi zum Bahnhof bringen.

Lautlos, aber über zweihundert Stundenkilometer schnell glitt ostfranzösische Pampa an den Fenstern des TGV vorbei, Dörfer mit grellfarbenen Neubauten und altersschwarzen Kirchen, bewaldete Hügel und kahles Ackerland, mäandernde Bäche und da und dort eine zum See geflutete Wiese… Ich sah und sah nicht, wurde vom Zug durch das Grenzland zwischen Schlaf und Dämmern getragen, immer wieder kurz aufschreckend: Was war das, was ich gerade gedacht habe? Oder habe ich es gar nicht gedacht, sondern geträumt?

Irgendwann nahm ich die Broschüre über die Straßburger Glasbildfenster wieder auf, die ich im Museum der Münsterbauhütte mitgenommen hatte. Dabei hatten die Glasbilder mit dem Münster gar nichts zu tun gehabt, sie waren im Chor der Straßburger Thomas-Kirche eingesetzt gewesen und hatten dort weichen müssen, als der Bildhauer Jean-Baptiste Pigalle das Grabmal für den Marschall von Sachsen errichten ließ, einen von August des Starken unehelichen Sprösslingen, der es in französischen Diensten zu Ruhm und Trallala brachte und den man – weil er ein Lutheraner war – nach seinem Ableben nicht im damals allerkatholischen Paris beisetzen konnte, sondern zu diesem Zweck ins zwar bereits französische, aber überwiegend reformierte Straßburg ausweichen musste. Was hat das mit den Glasbildern zu tun? Pigalle wollte, dass alles Licht ungefiltert auf die Statue des zu seinem Sarkophag hinabsteigenden Marschalls fiel, der – vom Tod geführt – nicht einmal von Gott Amor aufgehalten werden kann, dem der leibhaftige Moritz von Sachsen fast noch mehr gehuldigt hatte als Gott Mars …

Dass der Bildhauer Pigalle es seinerseits dann noch zum Namensgeber des für die Paris-Touristen betriebenen Rotlichtviertels gebracht hatte, erheiterte mich, alles ist Inszenierung, auch der Tod und die Liebe … Ich schüttelte den Kopf. Draußen war noch immer Pampa. Mir gegenüber saß Morgart und schien mich zu beobachten.

»Dieses Gespräch vorhin …«, begann er. »Über diesen Straßburger Pogrom. Und das, was unterm Hitler passiert ist. Du musst nicht meinen, über all das wüsste ich gar nichts.« Wieder einmal tippte er sich an die Stirn. »Solche Sachen sind schon noch da … auch wenn ich denke, das hat mit mir nichts zu tun. Vielleicht ticke ich da anders als du, aber …« Er sprach nicht weiter und blickte zu der Frau hoch, die gerade vorbeikam.

»Du hast von deinem Vater gesprochen und der Uniform,

die er getragen hat«, fuhr er fort, als die Frau verschwunden war. »Hast du mal mit ihm über diese Sachen gesprochen und darüber, was er im Krieg gemacht hat?«

»Das eine oder andere Mal«, antwortete ich. »Das erste Mal, als ich einen Zeitungsbericht über den Ulmer Einsatzgruppenprozess gelesen hatte, der fand Ende der Fünfziger Jahre statt und war so ziemlich der erste Strafprozess dieser Art vor deutschen Gerichten … In dem Bericht war beschrieben, wie irgendwo in einem russischen Dorf die jüdischen Familien am Tag nach dem Einmarsch der Wehrmacht zusammengetrieben und sämtlich erschossen worden sind. Ich hab meinem Vater den Bericht gezeigt und gefragt, wie kann so was unter den Augen der Wehrmacht passieren, bei der warst du doch auch dabei …« Ich machte eine Pause, hob ein wenig die Hand und ließ sie wieder fallen. »Er hat den Bericht gelesen und mir zurückgegeben und sich geräuspert und gesagt, *weißt du, im Krieg geschehen entsetzliche Dinge …*«

»Und?«, fragte er nach einer Weile.

»Nichts«, gab ich zurück. »Was willst du da noch sagen, wenn du gerade siebzehn bist? Aber seither weiß ich, dass ich den Alten nicht trauen kann. Keinem aus dieser Generation … Später hat er mir einmal lang und breit erzählt, er und seine Kameraden hätten von *all diesen Dingen* nichts gewusst und nichts geahnt, einmal zwar habe er in Russland einen Zug *mit solchen Leuten* gesehen, *also mit Juden,* und sie hätten sich gedacht, *besonders gut* würden es die wohl auch nicht haben. Aber was dann wirklich geschehen sei, das hätten sie alle sich nicht vorstellen können, *niemals!* Nach seinem Tod hab' ich dann ein Notizbuch gefunden, das er anfangs des Russlandfeldzugs geführt hat, da war genau beschrieben, wie das Quartier war und das Essen und was abends im Feldkino aufgeführt wurde, nämlich der Musikfilm *Operette,* und dass am Tag zuvor die Feldgendarmerie im Nachbardorf über dreitausend Juden erschossen hat, Männer, Frauen und Kinder, die Zahl war exakt angegeben, das Wort *Kinder* war unterstrichen ...«

Morgart hatte sich in seinem Sitz zurückgelehnt, die Hände überm Bauch gefaltet. »Ich versteh nicht ganz, was du deinem Alten eigentlich vorwirfst«, sagte er schließlich. »Er hat diese Geschichte mitbekommen, hat begriffen, da ist etwas passiert, das niemals hätte geschehen dürfen, nirgendwo, um keinen Preis ... Und er schreibt auf, was er gehört hat, ohne einen Gedanken daran, was die Feldgendarmerie mit ihm macht, wenn sie ihn filzt und sein Notizbuch findet.«

Ich warf ihm einen Blick zu. Sein Gesichtsausdruck ließ mich an einen alten schläfrigen Kater denken, der mit der Pfote gerade eine Maus erwischt hat und überlegt, ob er mit ihr spielen soll.

»So etwas sah meinem Alten ähnlich«, antwortete ich nach einigem Zögern. »In manchen Dingen war er naiv.«

»Und?«, hakte er nach. »Hat er Ärger bekommen?«

»Nein, das Notizbuch ist so durchgerutscht. Sonst wäre es ja nicht in meine Hände geraten. Davon abgesehen, hatte er es nicht lustig, nicht im Krieg und nicht danach, und so will ich ihm auch gar nichts vorwerfen. Nur hab ich ihm irgendwann nichts mehr geglaubt. Ist ja nicht weiter schlimm. Kommt in jeder Familie vor.«

»Trotzdem geht dir die Geschichte nach«, wandte er ein. »Sonst hättest du sie nicht erzählt.«

»Weil ich sie nicht verstehe«, sagte ich. »Wie bringt es einer fertig, mir ganz aufrichtig und treuherzig ins Gesicht hinein zu erzählen, er habe vom Holocaust erst nach dem Krieg erfahren – und in Wahrheit stand er praktisch daneben, als die Massaker begonnen haben? Du hast ja Recht, die Sache muss ihm nachgegangen sein. Aber gerade darum verstehe ich nicht, wie er ein solches Erlebnis aus seiner Erinnerung hat ausblenden können.«

Morgart schien kurz aufzuhorchen. Dann beugte er sich nach vorn und sah zu mir hoch. »Es gibt allerhand Möglichkeiten, wie man dazu kommt, nichts mehr zu wissen … Ein wenig kenn ich mich da inzwischen aus, weißt du? Aber es ist dein Vater.« Er lehnte sich zurück und blickte mit verschränkten Armen zum Fenster hinaus.

Ich hatte nichts dagegen. Das Gespräch musste nicht fortgesetzt werden. Wie käme der Mensch durch sein jämmerliches Leben, wenn er nicht ein Gutteil davon vergessen und verdrängen könnte? Plötzlich fielen mir die Augen zu, und ich kippte in halben oder ganzen Schlaf.

Jetzt hab ich da doch noch eine Frage«, hörte ich unvermittelt eine Stimme. Ich öffnete die Augen, noch immer hockte Morgart mir gegenüber, den Kopf gesenkt, als müsse er seine Hände begutachten. »Du hast deinem Alten nichts oder nichts mehr vorzuwerfen, sagst du. Aber dass er dir keine vernünftige, keine richtige Antwort gegeben hat, das trägst du heute noch mit dir herum. Warum?«

»Gute Frage«, sagte ich, wie man so redet, wenn man keine Antwort weiß. »Vielleicht war ich damals gerade in einer Phase, in der ich eine ehrliche Auskunft von ihm angenommen hätte …« Während ich es sagte, wusste ich, dass es vermutlich ganz anders gewesen war. Vermutlich hatte ich sogar darauf gewartet, dass der Alte mich mit einer Floskel abspeisen würde. Ich hatte ihm eine Falle gestellt, und er war mir hineingetappt. Oder, noch schlimmer: Er hatte die Falle gesehen, aber keine Lust gehabt, sich von einem 17jährigen Schnösel zur Rechenschaft ziehen zu lassen.

»So blöd es klingt«, sagte Morgart in einem Ton, als habe er mir überhaupt nicht zugehört, »bei mir gibt es keinen Vater. Da ist so gar nichts, nicht einmal ein weißer Fleck. Als sei da nie etwas gewesen. Auch vor dieser Sache nicht …« Die Bemerkung kam mir seltsam vor, und so fragte ich ihn, ob er Kinder habe.

Er schüttelte, fast entsetzt, den Kopf. »Von Lemaître weiß ich, dass ich mal verheiratet war, aber längst geschieden bin«, sagte er dann. »Die Unterhaltsverpflichtungen für die … für die Dame waren übrigens so, dass ich ganz froh gewesen sein muss, nicht auch noch für irgendwelche Nachkommen blechen zu müssen. Da fällt mir was ein …« Er beugte sich nach vorn und sprach mit gedämpfter Stimme weiter. »Als wir über diese Scheidung gesprochen haben, setzte mich dieser Anwalt von einem Dokument in Kenntnis, das bei ihm für den Fall hinterlegt war, ich würde noch einmal auf Unterhalt verklagt – und weißt du, was das war? Die Bescheinigung, dass ich mich hab sterilisieren lassen.« Er lehnte sich zurück. »Das zu den Kindern, die ich nicht habe. Aber warum hast du danach gefragt?«

»Als du von deinem Vater gesprochen hast«, antwortete ich, »dem Vater, der's nicht mal zu einem weißen Fleck bringt, da hab ich gedacht, du kannst eigentlich keine Kinder haben. Sonst hättest du zumindest eine Ahnung gehabt, was da fehlen könnte.«

Er hob den Kopf. »Und du – du weißt also, was man so als Vater im Kopf haben müsste?«

»Ja doch«, sagte ich, »ein bisschen schon. Erinnerung an das, was man alles falsch gemacht hat. So was wär da drin …« – zur Abwechslung war ich es, der sich an den Kopf tippte –, »… aber deinem Alten könntest du ja eine Chance geben. Wer das ist oder war, das müsste irgendwo verzeichnet sein, im Standesamtsregister zum Beispiel.«

»Du meinst«, fragte er und sah mich aus schmalen Augen an, »ich soll in Bruggfelden aufs Rathaus latschen und fragen, bittschön, ich wüsste gern… Aber ich weiß gar nicht, ob ich das wirklich wissen will. Stell dir vor, der lebt noch, vielleicht im Altersheim, und sitzt da im Rollstuhl und sabbert vor sich hin, und ich geh zu ihm und sag, hallo, ich bin dein Sohn und hab mir durch den Kopf geschossen, jetzt erzähl mir mal, wer ich bin…«

Ja, dachte ich, das hat doch was. Sohn schiebt dementen Vater im Rollstuhl durch das Land der verlorenen Kindheit.

Ich war lange nicht mehr in Paris gewesen und hatte keine so rechte Vorstellung, wie wir vom Gare de l'Est in die Rue Lamarck kommen sollten. Doch Morgart steuerte – ohne dass wir darüber gesprochen hätten – wie selbstverständlich die Metro-Station im Tiefgeschoss des Bahnhofs an und dort den Quai der Linie 4, Richtung Porte de Clignancourt. Am meisten wunderte mich, dass er zwei der Tickets griffbereit hatte, ohne die man nicht durch die Drehkreuze kommt, die den Zugang zur Metro kontrollieren. Er muss also wirklich in Paris gelebt haben, dachte ich.

Der Zug kam nach ein oder zwei Minuten, war aber voll besetzt. So blieben wir auf der Plattform für den Ein- und Ausstieg stehen, unser Gepäck neben uns. Die Metro fuhr an, allmählich nahm ich ihren Geruch nach staubiger Elektro-Heizung, heißem Schmieröl und Menschenschweiß wahr und erkannte ihn wieder, ebenso wie dieses besondere, rauschende und rumpelnde Fahrgeräusch. Allerdings mischte sich in den Geruch eine neue Variante – ein riesenhafter Bettler, einen Plastikbecher in der Hand, schob sich von Sitzreihe zu Sitzreihe, den Passagieren seinen eingenässten Hosenstall

vor Augen und Nase haltend, in der Erwartung, fürs Weitergehen bezahlt zu werden. Als er sich Morgart näherte, sah ihn
der nur an, und der Kerl wandte sich ab.

Wir standen nebeneinander, an die Rückwand der nächsten
Sitzgruppe angelehnt, bis sich Morgart an der Station Marca-
det Poissonniers zum Ausstieg wandte. Ich folgte ihm und lief
ihm durch lange Korridore hinterher, bis wir am Bahnsteig der
Linie 12 waren und dort in einen Zug Richtung Mairie d'Issy
einstiegen. Es wären Sitzplätze frei gewesen, aber Morgart gab
mir mit einer Kopfbewegung zu verstehen, dass es sich nicht
lohne, Platz zu nehmen. Tatsächlich hieß die übernächste Station bereits Lamarck/Caulaincourt, wir stiegen aus und stellten uns mit anderen Passagieren vor dem Ascenseur an, dem
Lift, der uns nach oben bringen sollte. Plötzlich fiel mir auf,
wie angestrengt Morgart aussah. Ertrug er die vielen Leute
nicht? Mit einem Papiertaschentuch fuhr er sich über die Stirn
und knüllte es zusammen. Der Ascenseur kam, die Passagiere
drängten hinein, es war ein großräumiger Lift, auch für uns
gab es Platz genug, aber Morgart stand nur da und hielt noch
immer das Taschentuch in der Hand. Erst im letzten Augenblick ließ er sich von mir hineinschieben, die Tür schloss sich
hinter uns, unmerklich setzte sich der Aufzug in Bewegung,
schweigend schwebte man hoch.

Ein sanftes Andocken, die Tür schob sich auf, wir verließen die Station, die Luft draußen war feucht und frisch, unter
uns erstreckte sich ein Meer aus Licht, Nebel und Abgasdunst,
links und rechts des Ausgangs führten Treppen zur Straße weiter oben. Morgart schien zu zögern, als sei ihm entfallen, welche Richtung wir jetzt nehmen sollten, dann nahm er seinen
Koffer wieder auf, nickte mir zu und begann, die linke Treppe
hochzusteigen. Ich folgte ihm nach oben, vor einem Café links
vom Treppenaufgang verharrte er kurz, dann sah er mich an,

»lass uns erst einen Schluck trinken!« Mit dem Kopf wies er
auf das Lokal, wir traten ein, im gedämpften Licht verloren
sich einzelne Gäste, auf einem großen Wandbildschirm wurde
eine Partie Snooker-Billard übertragen. Wir hängten unsere
Mäntel auf, fanden einen Tisch für uns, Morgart bestellte ein
Bier, und ich tat es ihm gleich. Auf dem Bildschirm sah man
einen dunkelhaarigen Menschen in schwarzer Weste, der sich
gerade den Kopf zerbrach, wie er mit dem Queue eine weiße
Kugel so an einer schwarzen vorbei bringt, dass sie eine rote
Kugel trifft ... Morgart schaute zu und saß da, als seien wir wegen nichts anderem als dieser Billard-Partie hierher gefahren,
und ich fragte ihn, ob er sich damit auskenne, und wies dabei
auf den Fernseher.

»Ein wenig«, sagte er, »Billard gucken ist sehr beruhigend,
und dieser Kerl da, der hat immer wieder mal einen Trick
drauf, dass du denkst, das kann unmöglich klappen, und dann
tut es das doch.« Er tippte an seine Stirn. »Du siehst, die wirklich wichtigen Dinge sind alle noch da.«

Das Bier kam, wir tranken uns zu, der Kerl in der schwarzen Weste spielte die weiße Kugel so an die Bande, dass sie
beim Abprall den roten Ball traf und den in die Ecke karam-
bolierte und dort versenkte ... Das sind gewiss die falschen
Worte, um einen Snooker-Spielzug zu beschreiben. Dieser
aber muss spektakulär gelungen gewesen sein, denn Beifall
brandete auf. Wir sahen noch eine Weile zu, dann warf Morgart mir einen seltsamen Blick zu und sagte mit gedämpfter
Stimme, er habe ein Problem.

Von Claudia an Gsell, Betreff: Angekommen?

Mein Lieber, wir haben Johannisbeeren vom Unkraut befreit und hochgebunden, und am Abend waren wir bei der Malerin Vera in ihrem Atelier, das war einmal ein Kuhstall und hat jetzt ein Lichtdach nach Norden, und wenn ich dir erzähle, woran sie arbeitet, dann glaubst du eher noch Ulrikes Geschichte von der ersäuften Mutter. Aber erst will ich wissen, ob Ihr angekommen seid – C.

Von Gsell an Claudia, Betreff: Fast

Du Gestrenge, zu dem Appartement in der Rue Lamarck waren es keine dreihundert Meter mehr, wie Morgart sagte, als wir erst noch ein Bier trinken mussten. Und dann?

Dann streikt er. Er will da nicht hin! Es entspinnt sich (ungefähr) folgender Dialog:

M: »Ich weiß ja nicht mal, ob es mir gehört oder ...«
L: »Oder?«
M: »Oder einer Frau. Es würde mich wundern, wenn ich früher auf was anderem gestanden wäre.«
L: »Du kannst ja die Concierge fragen. Oder schau dir die Briefkästen an.«
M: »Wenn es da einen Briefkasten für mich gibt, dann will ich nicht sehen und nicht wissen, was da drin steckt, und wenn mich die Concierge kennt, dann will ich nicht hören, was die an mich hinredet.«
L: »Und wenn in dem Appartement wirklich eine Frau wartet?«

M   (nach vorne gebeugt): »Wenn es da eine Frau gibt, dann ...« – leise, nachdrückliche Stimme – »... will ich die zweimal nicht sehen und nicht hören und auch nicht wissen, was mit der ist.« Kurze Pause, M lehnt sich zurück, Blick aus weiter Ferne. Dann: »Es muss einen Grund geben, warum ich das getan habe« – legt die Hand an die Schläfe –, »und diesem verdammten Grund will ich nicht begegnen. Jedenfalls jetzt noch nicht.«

So ungefähr. Gleich darauf verließen wir das Café und kehrten in die Metro-Station zurück. Mit der Linie Zwölf fuhren wir bis zur Station Sèvres-Babylone, von wo uns ein Taxifahrer zu einem Hotel brachte, das noch freie Zimmer hatte. Es stellte sich als eines der teureren Häuser heraus, aber das ist Morgarts Problem, und jetzt wollen wir essen gehen – L.

PS: Wenn die Vera mit dem schönen Nachnamen Abendstern an der Darstellung einer Aspisviper oder von sonst was Giftzähnigem arbeitet, dann kann ich dir das gerne glauben, denn ich weiß es.

Ulrike: Vom weiblichen Blick

Dieser Abendstern heißt Vera, und wenn sie mich anschaut, hat der Blick so was, das auf den Bauch geht.

Wir waren in ihrem Atelier – diese beiden nicht mehr ganz jungen Weiber süffeln ganz nett, wenn der Abend lang wird – und saßen an einem Tisch voller Pinsel und Farbtuben und anderem Malerzeug, eine riesengroße Staffelei stand halb im Dunklen, auf dem halb- oder drittelfertigen Bild im Hochformat ragt ein Pfahl in einen violett-blauen Himmel, an dem Pfahl ist eine weiße Schlange am Kopf aufgehängt, und der

Körper ringelt sich nicht, sondern windet sich im Todeskampf, so behauptet es jedenfalls die Künstlerin. Angeblich ist das ein biblisches Motiv und soll ein Kirchenfenster werden, aber die Wronski muss sofort in ihrem studienrätlichen Schatzkästlein krusteln und findet auch was, nämlich ein Gedicht von Baudelaire über eine Schöne, die der Dichter von hinten sieht und die sich bewegt wie eine Schlange, die am Ende eines Stabs tanzt... Ich kann mir nicht helfen, mir fällt als Erstes eine Kobra ein, die den Bewegungen des Flötenspielers folgt, der vor ihr sitzt, und als Nächstes sehe ich die Schlange oder Kobra auf einem Kerl sitzen oder besser: reiten, und sie tanzt *mit* dem Stab, den sie in sich stecken hat, denn sie hat sich in eine Menschenfrau verwandelt...

Während mir solches Zeug durch den Kopf geht, sind die beiden vom Männerblick Baudelaires auf den *weiblichen Blick* geraten, von dem die Abendstern behauptet, er sei von den Männern erfunden worden, um den Frauen auf dem Kunstmarkt eine unwichtige, abgelegene, langweilige Nebengasse anzuweisen, während die Wronski behauptet, der *weibliche* und der *künstlerische* Blick seien ein und dasselbe, weil nur dieser Blick für das leise spannungsvolle Vibrieren der Dinge und der sozialen Kontakte empfindsam sei, also für das, was das Leben überhaupt erst ausmache...

Hat sie das so gesagt? So genau hab ich gar nicht zugehört, weil ich mir vorzustellen versucht habe, was sich an meinem Blick ändern würde, wenn ich zwar immer noch ich wäre, aber eben ein Junge oder ein Mann... Sähe ich es dann anders, wenn ein Kind geschlagen wird oder ein Tier? Wären mir die Gesichter der Plastikmenschen, die mich aus dem Fernseher anschleimen, weniger hässlich? Erschiene mir Blut anders rot?

Irgendwann schrak ich hoch, weil die Abendstern offenbar eine Frage an mich gerichtet hatte, jedenfalls sollte ich auch was zu dem weiblichen Blick sagen, und so behauptete ich, der Begriff *Blick* beziehe sich doch immer auf ein *Angeblicktes*. Wenn ich zum Beispiel jemanden anblicke, dann sei das Kommunikation – also Frage, Prüfung, Angebot, Ablehnung, was auch immer, manchmal ein flirrendes Spiel und allenfalls insofern eine weibliche Angelegenheit, als Frauen sich besser darauf verstünden. Lauter banales Zeug! Unterm Reden fiel mir die Frage ein, was für einen Unterschied es beim *weiblichen Blick* wohl macht, ob es der einer Hetera ist oder der einer Lesbe, behielt die Frage aber für mich und erbat mir dafür von der Wronski deren schlaues Phone, um diesen *Blick* zu googeln. Tatsächlich fand ich was, und zwar diesen Satz:

Neu ist an dem weiblichen Blick, dass er aus einem kollektiv erlebten emanzipatorischen Selbstbewusstsein entstanden ist …

Ich las ihn vor, und sogar die Wronski musste lachen und sagte, leider wisse sie nun gar nicht, ob und mit wem sie ihr Selbstbewusstsein *kollektiv* erleben wolle und wen sie gegebenenfalls darüber entscheiden lassen würde, ob dieses Selbstbewusstsein dann ein *emanzipatorisches* sei.

In diesem Augenblick sah ich auf dem Display, dass eine Mail eingetroffen war, und gab das Phone an die Wronski zurück. Sie überflog die Nachricht, hob dann kurz und entschuldigend die Hand, um ein zweites Mal zu lesen, mit einer steilen Falte auf der Stirn. Dann bemerkte sie, dass ich sie beobachtet hatte, und schüttelte den Kopf, fast ein wenig abweisend. Wenig später meinte sie, ihr sei nun vom Wein doch ein wenig schwummrig geworden, und wir brachen auf. – Beim Verabschieden fragte mich die Abendstern, ob ich nicht Lust hätte, ihr Modell zu sitzen, nur für ein paar Stunden?

Lust? Kaum. Nur hab ich nichts anderes zu tun. Warum also soll das Vögelchen, das die Wronski aufgelesen hat, nicht auch der Abendstern zur Verfügung stehen? *Ulrike, kahl geschoren,*

Neuer Deutscher Realismus – wer das lustig findet, darf sich's gern übers Sofa hängen. – Ich sagte zu, und jetzt ist es mir nicht recht.

Auf dem Heimweg erzählte mir die Wronski, die beiden Frankreich-Touristen seien zwar in Paris angekommen, wüssten aber offenbar nicht, was sie dort eigentlich verloren hätten. Es klang ein wenig grimmig, und ich überlegte mir, ob sie eifersüchtig war. Weil Morgart nicht sie mitgenommen hat? Sie, die Studiendirektorin Claudia Wronski? Fast hätt ich herausgelacht. Ob diese wohlgenährte, gepflegte, in Maßen elegante Dame wohl eine Ahnung hat, wozu dieser Mann eine Frau wirklich braucht? Wohin der Weg wirklich führt, auf dem er begleitet werden will?

Stopp. Alles Mutmaßungen.

Von G s e l l an Claudia, Betreff: St. Germain des Prés; Dienstag, gegen Mitternacht

Geliebte Alleswissenwollende, wir haben noch spät in einem der Cafés auf dem Boulevard St. Germain des Prés zu Abend gegessen, mit Blick auf das, was vor einem da vorbei flaniert, und dabei hat sich mir bestätigt, dass die Wirklichkeit des Boulevard St. Germain des Prés weniger ansehnlich ist als das Bild, das man sich von ihm gemacht hat, zumindest damals, als unsereins zum ersten Mal die Juliette Gréco davon singen hörte. Außerdem schien sich Morgart unbehaglich zu fühlen, vielleicht fürchtete er, es könnte jemand vorbeikommen, der ihn kennt, und so waren wir nach dem Essen ins Hotel zurückgekehrt und hatten uns eine Flasche Wein – von dem mir nur das Etikett Eindruck gemacht hat – auf sein Zimmer bringen lassen. Es ging dann ungefähr so weiter:

M (auf dem Hotelbett liegend, den Oberkörper aufgestützt, noch in Jeans und Pullover, aber ohne Schuhe): »Frag mich nicht, warum, aber hier kann ich nicht bleiben, keinen Tag!« (Er deutet zum Fenster.) »Wenn ich die Leute da draußen sehe, dann ist mir, als wär ich nun doch hinüber und ein Toter unter all den anderen Toten… Am besten, ich fahr zum Gare Montparnasse und nehme einen Zug in den Südosten, nach Tours oder so, nach irgendeinem Ort, der mir angenehm im Ohr klingt, am besten wär ein kleines Städtchen am Atlantik mit einem Fischerhafen und einem altersschwachen Hotel, wo es zu Mittag fangfrischen Fisch gibt.«

L (in einem Empire-Sessel hockend, das Weinglas in der Hand): »Und du glaubst, die Leute in dem Fischerhafen mit dem altersschwachen Hotel wären weniger tot als die Touristen und anderen Passanten da draußen? Wahrscheinlich wärst du am besten in einem alten französischen Schwarzweißfilm aufgehoben, wenn du Glück hast, kommt Jean Gabin oder Belmondo vorbei, und ihr macht an der Hotelbar ein paar Flaschen Roten leer…«

M: »Belmondo kann ich nicht leiden.«

L: »Warum nicht? Weil das auch so ein Typ ist, der den Mädchen pfeift, und dann kommen sie angehuscht?«

M (kopfschüttelnd): »Was heißt hier auch? Ich glaub nicht, dass ich je einer… Aber scheiß auf Belmondo! Wenn du Zeit hast, willst du nicht mitkommen?«

L: »Zeit habe ich schon, erst recht für irgendwo in Frankreich… Ich müsste nur wissen, worauf ich achten muss. Was das sein könnte, das du – vielleicht – finden willst und womit man dich verschonen muss.«

M: »Ganz einfach. Ich will den Grund finden und will von ihm verschont bleiben.«

L: »Okay, klare Ansage. Welche Befugnisse habe ich, wenn
    dir der Grund begegnet? Oder ich den Eindruck habe,
    was da im Hotelflur oder aus dem Meer auftaucht – das
    könnte er sein?«
M: »Dann hast du die Befugnis, zu bleiben oder dich zu ent-
    fernen. Das kriegst du doch hin, denke ich.«

Ja, dachte ich, da hab ich ja Übung drin, und hob die Hand
als Zeichen des Einverständnisses, und er stand auf und kam
mit der Weinflasche und schenkte die Gläser voll, dass wir anstoßen konnten. Damit sind eigentlich die wichtigsten Punkte
geklärt, das Weitere wird sich beim Frühstück oder auf dem
Bahnhof entscheiden. – L.

XII.   VON CLAUDIA AN GSELL

Betreff: Zuflucht
Mittwoch, 3. April, morgens

Mein Lieber, ich bin besorgt und gleichzeitig beruhigt, oder vielleicht doch eher umgekehrt. Fangen wir mit der Sorge an – Markus weiß also, dass es in seiner Biografie etwas gibt, vor dem er Angst haben muss. Vor dem er besser flieht. Und ich bin beruhigt, dass er das getan hat. Dass er geflohen ist. Aber wohin soll oder kann er gehen? Wenn er nicht mehr weiter weiß – erzähl ihm von Schwarzhalden. Oder bring ihn einfach her.

Noch was. Gewöhn dir doch bitte an, mir alles zu erzählen, was du weißt. Dann muss ich keine so blöden Mails schreiben wie die mit der Arbeit, an der Vera sitzt. – C.

Von Gsell an Claudia, Betreff: Sète

Ach, ferne Schöne! Beim Frühstück fragte mich Morgart danach, wie gut ich Frankreich kenne. Das ist eigentlich eine alberne Frage, wie gut kenne ich Deutschland oder auch nur dieses eine Bundesland mit seinen selbstgefälligen Honoratioren und seinen sauber geputzten Fassaden? Dabei hab ich die meiste Zeit meines Lebens dort verbracht. Ich erzählte Morgart, dass ich als junger Mann das eine oder andere Mal mit dem Rad in Frankreich gewesen sei, zuletzt, als ich über Sète und weiter über Perpignan nach Spanien wollte …

M: »Sète hört sich gut an. Nach Hafenstadt. Frischem Fisch.
     Huren wird es auch geben.«
L   (kopfschüttelnd): »Das ist gar nicht so sicher. Verboten.
     Gesetz von zwanzigsechzehn.«
M: senkt den Kopf, greift mit der Hand an ein Auge und
     zieht mit dem Zeigefinger das Lid herunter.

Wir haben das Thema dann nicht weiter diskutiert, Sète war
nun einmal beschlossen, so dass wir nach dem Frühstück mit
der Metro nicht zum Gare Montparnasse, sondern zum Gare
de Lyon fuhren und dort den TGV nach Sète nahmen. Irgendwann fiel es mir ein, ihn nach seinem Auto zu fragen, das wir
in einem Straßburger Parkhaus abgestellt hatten.

M: »Den Karren kannst du gerne haben. Das ist ein…« – er
     sucht nach einem Wort – »… ein Fossil aus meinem frü-
     heren Leben.«
L: »Ein Fossil? Das muss dir schon jemand anderes entsor-
     gen. Steuer und Versicherung sind für mich zu teuer.«

Damit war auch dieses Thema erledigt. Im Bahnhof kauften
wir Zeitungen und einen Reiseführer, das heißt, ich tat das,
und als ich mich nach Morgart umsah, stand er nicht vor der
Auslage mit dem »Economist« oder »Bloomberg Business-
week«, sondern vor einem Regal mit Comics und blätterte ver-
sonnen in einem Band aus der Serie über das unbeugsame gal-
lische Dorf. Er bemerkte, dass ich ihn beobachtete, und blickte
auf. Als Junge habe er kein Geld für so was gehabt, erklärte er,
und später keine Zeit. Dann kaufte er drei Bände.

Stehen weitere Gartenarbeiten an? Ist das Kätzchen noch
da? – L.

Von Claudia an Gsell, Betreff: Alltagskram

Mein Lieber, Sète hört sich wirklich gut an. Besuchst du das Grab von Paul Valéry? Es liegt auf dem Friedhof, den er mit einem Gedicht berühmt gemacht hat (ich musste das mal im Französisch-Unterricht auswendig lernen). Und Markus schleppst du bitte zum Grab von Georges Brassens, das ist auch in Sète, aber auf einem anderen, einem unberühmten Friedhof. – Hier müssen wir heute leider doch noch einmal hinunter in die Welt, Vorräte auffüllen und für Ostern einkaufen. – C.

Von Gsell an Claudia, Betreff: keiner – Nicht abgesandt

Geliebte – noch vor Lyon war Morgart mit dem ersten Comic-Band durch, hob anerkennend die Hand, den Daumen nach oben gestreckt. Ich äugte nach dem Titel, es war der Band *Obélix et compagnie*. »Eine ausgesprochen intelligente Geschichte«, lobte er. »Es geht um nachfrageorientierte Konjunkturpolitik, um *deficit spending*, weißt du. Sehr aktuell.«
Ich sagte nichts, denn ich glaube mich zu erinnern, dass der Comic mit dem lapidaren Satz endet, *Sesterz nix mehr wert*. Und ich hatte keine Lust, mich mit ihm über Wirtschaftspolitik zu streiten. Er griff nach dem zweiten Band und legte ihn dann doch zur Seite. Man müsse sich so etwas auch aufheben können, sagte er und sah mich an, als sei ihm nach einer Unterhaltung zumute. Also dachte ich, das sei eine gute Gelegenheit, eine meiner dummen Fragen loszuwerden.

L: »In deinem Adressbuch hast du mir doch den Eintrag über die Rue Lamarck gezeigt … Aber da war nicht nur der Code für die Haustüre angegeben, sondern auch eine Telefonnummer. Hast du nie anzurufen versucht? Ich meine, von der Klinik aus?«

M: »Doch. Mehrmals. Hat nie jemand abgenommen.«

Also war es vermutlich doch seine Wohnung, dachte ich. Und falls er den Tisch darin und das Bett mit jemandem geteilt hatte, war der Jemand – also vermutlich die Jemandin – offenkundig nicht mehr da. Abgereist oder ausgezogen ... War das der Grund für alles andere?

M   (misstrauisch): »Was überlegst du?«

L   (mit kurzem Kopfschütteln): »Nur so. Dass es wirklich deine Wohnung sein muss ...«

M: »Du hast was anderes überlegt. Ob eine Schnepfe hinter dieser blöden Geschichte steckt.« (Wieder wischt er sich kurz über die Schläfe). »Aber ich kann dir nichts dazu sagen. Nur, dass ich es mir nicht vorstellen kann. Ich mag Frauen, das schon. Aber wenn eine genug hat, dann ist es mir auch recht. Jedenfalls stelle ich mir das so vor ...«

L: »Bei so was kann sich einer mächtig die Hucke volllügen. Vor allem, wenn es um Frauen geht.«

M: »Wie du? In der Geschichte von dem Mädchen mit den grünblauen Augen?«

L: »Die hab ich so erzählt, wie ich's noch weiß. Und den letzten Brief von ihr, den muss ich noch irgendwo haben. Was soll da gelogen sein?«

M: »Du hast von einem Allerwelts-Fick mit einer bekifften Matratze erzählt, und dann hast du den Joplin-Song drangeklebt wie eines von deinen Etiketten. Es wäre gescheiter gewesen, du hättest ihr Fahrgeld gegeben, damit sie zum Bumsen kommt, wenn dir danach ist.«

L: »Wenn ich die Joplin höre, dann sehe ich das Mädchen von damals, und wenn ich an sie denke, was zuweilen geschehen mag, ist's mir, als höre ich ganz entfernt und verweht die Stimme der Joplin. Und außerdem: wenn ich dem Mädchen Geld gegeben hätte, wären mir die Augen ausgekratzt worden, so eine war das! Aber vielleicht ist das alles meine Einbildung… Aber sag mal, wenn du Donovan hörst und den *Little Tin Soldier* – gibt es da ein Bild dazu?«

M: »Mir ist eingefallen, dass dieser Donovan-Song so an die drei Minuten dauert, nicht viel länger, für guten Sex ist das ja wohl zu kurz… Aber es ist immer dasselbe – sobald ich mich erinnern soll, rauscht schon wieder der Vorhang herunter, und ich sehe kein Gesicht, nichts.«

Das Gespräch brach ab, schließlich erbat er sich eine von den Zeitungen, die ich gekauft hatte. Ich gab ihm das Zürcher Blatt, ein wenig neugierig, ob er wieder nur den Wirtschaftsteil aufschlagen würde, aber er begann mit dem ersten, also dem politischen Buch. Wir saßen nebeneinander, und aus den Augenwinkeln sah ich, wie er mit einiger Aufmerksamkeit einen Beitrag des Berlin-Korrespondenten las, der von der Möglichkeit einer Allparteien-Regierung handelte. Er spürte meinen Blick und sah auf.

M: »Du willst wissen, was ich davon halte?«
L: »Wenn dir was dazu einfällt. Ich selbst kann das alles nicht mehr einschätzen.«
M: »Das war doch mal dein Beruf, zu so etwas deinen Senf zu geben!«
L: »Ich bin weg vom Fenster. Das ist auch gut so. Jetzt merke ich, dass ich nie dran war.«

M: »Du redest von deinem früheren Leben? Und von dem willst du jetzt nichts mehr wissen?«

Ja, dachte ich. So, wie jemand anderes sein Auto in einem Straßburger Parkhaus stehen lässt, soll es doch sonst wer holen!

M: »Aber ich – ich soll dir jetzt erklären, was die da wirklich vorhaben und warum? Das willst du nicht wirklich wissen. Du willst wissen, wie ich ticke.«

L: »Wenn du meinst.«

M: »Du hast also gerade versucht, mich reinzulegen.«

L (hebt die Hand, um Einspruch einzulegen, aber M will sich nicht unterbrechen lassen.)

M: »Ich nehm dir das nicht übel. Menschen sind so. Alles, was sie sagen, alles, was sie tun, hat einen anderen Zweck, als es scheint. Der Zweck ist, etwas von dir zu bekommen, was du ihnen freiwillig nicht geben oder nicht sagen willst ... Zum Beispiel bin ich ziemlich sicher, dass du mir gestern aus einem einzigen Grund von deinem Alten und seinem Kriegserlebnis erzählt hast, weil du nämlich hast testen wollen, wie das bei mir ist. Ob ich womöglich auch so etwas zu verdrängen hab. Ob ich das deshalb gemacht hab« – wieder einmal tippt er sich an die Schläfe – »weil ich es anders nicht vergessen kann.«

L: »Unsinn. Das Gespräch über meinen Alten hast du mir aufgehängt. Aber wenn du schon dabei bist – was weißt du denn von deinen früheren Heldentaten? Mit Lemaître bist du doch über die Bücher gegangen?«

M (wirft mir einen abschätzenden Blick zu): »Gewiss doch. Allein schon, um herauszufinden, ob einer eine offene Rechnung mit mir hat. Aber da ist nichts. Nicht aus anwaltlicher Sicht.«

L: »Die Dingens, wegen denen sich einer umbringen will, lassen sich selten oder nie von Anwälten regulieren. Aber hast du mal…« – kurzes Überlegen – »…hast du mal mit Tropenholz zu tun gehabt? Vielleicht in ein Erschließungsprojekt im Amazonasgebiet investiert?«

M   (runzelt die Stirn): »Das sagt mir jetzt nichts… Warum fragst du?«

L: »Schau halt noch mal in den Büchern nach. Und wenn doch, dann hol ein paar Informationen ein, was mit den indigenen Stämmen so passiert, die dort leben oder gelebt haben. Und wenn du dabei bist, überprüf mal, ob du mit Coltan zu tun gehabt hast. Das ist…«

M: »Ich weiß, was das ist. Ein Mineral, du gewinnst daraus Tantal, und darauf wiederum ist die gesamte Kommunikationselektronik angewiesen… Was hätte ich da verbrochen haben können?«

L: »Lad dir im Internet ein paar Filme runter über die Arbeitsbedingungen in den Minen in Katanga, in denen das Zeug abgebaut wird. Und über das Treiben der Söldnerbanden dort, die das Geschäft der Rohstoffkonzerne absichern.«

M   (lacht): »Hast du Katanga gesagt? Da fällt mir was ein – ich hab mal einen Prospektor kennengelernt, einen Belgier, der hat dort auf eigene Rechnung nach Diamanten oder sonst einem Scheiß gesucht, ziemlich erfolglos, und wie er schon ganz am Ende war, ist er ganz tief im Busch in eine verfallene Siedlung gekommen, in der frühere Bergarbeiter gelebt haben… Nein, die Mine sei schon lange aufgegeben, hat ihm ein zahnloser Alter gesagt, nichts mehr gebe es da, nur mehr solches Zeug, und hat ihm einen Brocken von kristallinem Material gezeigt… Und wie er den Brocken gesehen hat, war der Belgier völlig durch den Wind und hat sich sofort die Mine zeigen lassen oder was davon übrig war, und ist dort auf eine ganze Ader von diesem Tantalerz gestoßen, von Coltan eben, in einer Menge und einer Reinheit, wie es auf der ganzen Welt nichts Vergleichbares gibt… Ja, und weißt du, was er gemacht hat?«

Ich sagte ihm, dass der Belgier in seinen Landrover gestiegen und so schnell wie möglich abgehauen sein wird, wie es die Karre und die Piste hergegeben haben. Denn alle diese Geschichten von wundersamen Funden laufen darauf hinaus, dass in einer noch wundersameren Geschwindigkeit die zweibeinigen Hyänen angelockt werden, die dann als Erstes den Unglücksmenschen in tausend Stücke reißen, der sich die Arbeit gemacht und das Eldorado entdeckt hat.

Es war Morgart anzusehen, dass er ein wenig enttäuscht war. Ich hatte ihm die Pointe geklaut. Ganz hätte ich es nicht getroffen, sagte er, mit dem Rest seiner Dynamitstangen habe der Belgier erst noch den Eingang zur Mine gesprengt, damit der zahnlose Alte samt seinem Anhang noch eine Weile von den Hyänen verschont bleiben. »Ich hätt's nicht getan«, fügte er hinzu, »ich wär sofort weg, aber der Belgier war ein Menschenfreund. Weißt du jetzt, warum ich mit Coltan nichts am Hut gehabt haben kann?«

Ich nickte zustimmend, dabei ging mir die Frage durch den Kopf, was Morgart wirklich von seinem früheren Leben wusste – oder umgekehrt: was davon in seinem Kopf wirklich gelöscht war. Und die zweibeinigen Hyänen? War er selbst denn nicht eine davon gewesen, hungrig und frech genug, den ganz großen, den ganz üblen Raubtieren was vom Maul wegzufressen? Ich blickte auf – und sehe, dass er mich mit einem prüfenden Blick betrachtet.

L   (hebt die Augenbrauen): »Is was?«

M: »Wenn du keine Fragen mehr hast ... ich hätte noch eine.«

L: »Nur zu.«

M: »Mir ist noch was zu deinem Alten eingefallen. Kann es sein, dass einer was aufschreibt, damit er es los ist? Dass er's vergessen kann?«

L   (zögernd): »Da ist was dran. Ich kenn einen – wenn der sich mal wieder einen besonders peinlichen Aussetzer geleistet hat, dann zwingt er sich, den ganzen Mist säuberlich in sein Tagebuch einzutragen. Danach schlägt er die Kladde zu, und die Sache ist für ihn ... nein, nicht erledigt, aber jetzt erst einmal aufgehoben.«

M: »Kenn ich den?«

L   (zuckt die Schultern): »Das weiß ich doch nicht.«

M: »Muss einer dazu ein Händchen zum Schreiben haben? Ich meine, dass er sich die Sache so hindrehen kann, dass sie nicht mehr ganz so blöd aussieht?«

L: »Überhaupt nicht. Und wenn er sich die Sache schön schreiben will, ist die ganze Mühe für die Katz. Am Ende wird sowieso die Hälfte gelogen sein. Mindestens. Aber egal – Hauptsache, er hat versucht, sich selber auf die Finger zu sehen. Oder aufs eigene Maul.«

M: »Und soll das dann irgendjemand auch noch lesen?«

L: »Wenn der Autor sich für wichtig genug hält ...«

Ich lehne mich zurück, sehe die Landschaft an, braun und rotfleckig fliegen fern die Dächer der Dörfer vorbei, ab und zu erhascht man den Blick auf die Türmchen eines Château. Ich mache mich daran, unser Gespräch zu notieren, so gut ich mich erinnern kann, dann sehe ich, dass auf meinem Ipad eine Mail eingegangen ist.

Von Claudia an Gsell, Betreff: Was zu erwarten war

Du – wir waren in der Stadt, haben uns getrennt, weil ich
noch in die Apotheke wollte, ich hab Ulrike 200 Euro in die
Hand gedrückt, damit sie sich einen Dufflecoat kaufen soll
oder sonst etwas mit Kapuze, meine Sachen sind ihr einfach
zu groß, und danach sollten wir uns im Café am Unteren Tor
treffen. Natürlich kam sie nicht. Ich bin schließlich alles abgelaufen, die Läden, hab einen Blick in das andere, das neue Café
geworfen, bin zum Parkplatz und wieder zurück – nichts. Sie
ist einfach weg. Und das ohne ihr bisschen Zeug. Das ist noch
alles oben in Schwarzhalden.

    Kannst du mir erklären, warum sie einfach so davonläuft?
Dass ich eine dumme Kuh bin, musst du mir aber nicht sagen.
Das weiß ich selber. Noch was, auch wenn das blöd klingt –
aber sollte ich zur Polizei und sie als vermisst melden? – C.

Von Gsell an Claudia, Betreff: Es ist, wie es ist

Du sehr Geliebte & Verlassene, mit Kätzchen ist das so. Sie
kommen und sie gehen. Wenn sie sich an das Schälchen Milch
erinnern, das sie bekommen haben, oder an das feine Katzen-
Fressi wie aus der Werbung, streichen sie vielleicht mal wieder
ums Haus. – Bei der Polizei kannst du höchstens den Verlust
der 200 Mäuse melden. Ich würde es nicht tun. – L.

    PS: Was sind das für Lügner, die einem Wunder was vom
klaren römischen Licht der Provence erzählen? Links sehe ich
graues Meer und rechts grauen See, in wenigen Minuten werden wir in Sète ankommen.

Von Claudia an Gsell, Betreff: Allein

Mein Lieber, natürlich bin ich nicht zur Polizei gegangen, sondern bin kurz in mein Appartement, habe nach der Post gesehen und die Pflanzen gegossen und bin jetzt wieder in Schwarzhalden, samt meinen viel zu vielen Einkäufen (vielleicht hilft die Vera mir, das alles aufzufressen), ich hab Ulrikes Zimmer aufgeräumt …

Auf ihrem Nachttisch lag übrigens eine alte deutsche Übersetzung von Youngs *Night Thoughts* aus Großvaters Beständen, das Lesebändchen in der »Dritten Nacht« eingelegt, das ist die traurige Geschichte der Narcissa, angeblich hat sie ihr Grab in Montpellier gefunden, wär ja nicht weit, wenn ihr es besichtigen wollt. – Und jetzt hab ich den Kachelofen eingeheizt und denke mir so, dass ich es hier wahrscheinlich behaglicher habe als du in deinem Hotelzimmer (das du hoffentlich gefunden hast), aber es ruft dich ja die Pflicht, den Markus … Ja, was eigentlich? Zu betreuen? Ihn den Grund finden zu lassen, den er nicht finden will? – C.

Von Gsell an Claudia, Betreff: Hartmanns Tagebuch

Du Schöne am fernen Kachelofen, ich kann auch mit alten Schmökern dienen, beziehungsweise mit Zitaten daraus, dieses zum Beispiel (meinem deutschsprachigen Reiseführer entnommen):

»Gegen Südwesten ist der Horizont von den wolkenähnlichen verschwimmenden Bergen der Küsten von Roussillon und Katalonien begrenzt; gegen Süden fliegt der Blick ungehindert ins unermessliche Weite, über das tiefdunkelblaue Meer den weißen

*Segeln nach und entgegen, gegen Osten ergeht er sich auf den
grünen Ebenen Niederlanguedocs, ruht er auf den Ruinen von
Maguelone, auf den Zinnen von Aigues-Mortes...«*

Mit diesen anschaulichen Worten hat der österreichische
Journalist und Demokrat Moritz Hartmann im Jahr 1853 die
großartige Aussicht beschrieben, die man haben kann, wenn
man die 200 Höhenmeter vom Canal Royal in Sète hinauf
zum Mont Saint-Clair hinter sich gebracht hat, wie zum Beispiel wir das getan haben, um allerdings nichts anderes betrachten zu können als die Wolkenfronten, die eine nach der
anderen von den Pyrenäen hergewirbelt wurden. Das Meer
im Süden und der Etang de Thau im Norden waren nicht
blau, sondern grau, und der Wind ließ die Mäntel flattern, so
fest wir uns auch darin gehüllt hatten. Schließlich flüchteten
wir uns in die eher unscheinbare Kapelle von Notre-Dame-
de-Salette, für die das Gewölbe einer ehemaligen Festung verwendet wurde.

In der Kapelle finden sich Fresken aus den frühen Fünfziger Jahren des vorigen Jahrhunderts und – vor allem – zahl-
lose Votivtafeln, von den einheimischen Fischerfamilien zum
Dank für die Errettung aus Seenot und Schiffbruch gestiftet.
Ich sah zu Morgart und überlegte, ob Unsere Liebe Frau von
Salette wohl auch eine Votivtafel fürs Überleben nach einem
selbst gesetzten Kopfschuss annehmen würde. Aber Morgart
sah mir nicht nach einem solchen Unterfangen aus – eine
Votivtafel zu stiften –, und so begnügte ich mich damit, eines
dieser Teelichte anzuzünden, und er sah mir zu und sagte
diesmal nichts, und ich war ihm dankbar dafür.

Ich hätte nicht zu sagen gewusst, für wen ich dieses Licht
angezündet hatte – womöglich für ihn? Peinlich.

Womöglich für das entlaufene Kätzchen? Das steht mir
nicht zu.

Obwohl – so wenig dieser Markus Morgart und diese Ulrike an Schutzengel glauben werden, so dringend brauchen sie welche, und mindestens einer dieser Schutzengel ist mächtig strapaziert worden, über alles tarifrechtlich vertretbare Maß hinaus.

Auf dem Rückweg haben wir ohne jeden Skrupel den Cimetière Marin ausgespart, auch deshalb, weil ich im Reiseführer diese Leseprobe aus »Friedhof am Meer« – Rilkes Übersetzung von Valérys Gedicht – gefunden habe:

»Dies stille Dach, auf dem sich Tauben finden / scheint Grab und Pinie schwingend zu verbinden / gerechter Mittag überflammt es nun / Das Meer, das Meer, ein immer neues Schenken / O der Belohnung, nach dem langen Denken / ein langes Hinschaun auf der Götter Ruhn ...«

Mich hat das nicht überflammt.

Inzwischen bin ich im Hotel, ein angenehmes Haus, am Canal Royal gelegen, Blick auf den Hafen, die Temperatur ist überschlagen, aber alles natürlich kein Vergleich mit einem Kachelofen, an dem du sitzest. – L.

Von Claudia an Gsell, Betreff: Schutzengel

Mein Lieber, ein Glück, dass du nicht Heinrich heißt, sonst würde ich dich jetzt fragen, wie hältst du's mit der Religion, denn dein Hang, Geld für kleine Kirchenlichter auszugeben, fällt in der Tat auf.

By the way: Vielleicht gibt es noch jemanden, für den du eine Kerze anzünden könntest, vielleicht beim nächsten Mal. Auch kann man Kerzen für mehrere Personen anzünden, z. B. für ein Paar.

Was du über Schutzengel schreibst, findet *grosso modo*

meine Zustimmung. Jedes Kind, entlaufen oder nicht, braucht so etwas. Lass es mich eine *Überlebensbegabung* nennen. Zum Beispiel Lebensfreude. Ohne sie ließe sich kein Geschöpf auf das ein, was ihm in der Welt droht. Sie gehört zur Grundausstattung. Früher oder später aber verbraucht sie sich, wird aufgezehrt. Bei allen? Mag ja sein, dass Einzelne gleichwohl ihr Leben lang von dieser ursprünglichen Freude begleitet werden, dass sie ihnen folgt wie ein Hund und selbst in trüben und grauen Zeiten nur darauf wartet, dass sie gerufen wird und sie wedelnd zu ihrem Schützling aufschließen darf. Eine Frage der Gene? Vielleicht auch eine solche, wie eine oder einer mit diesem Geschenk Freude umgeht. Ob sie/er ihm zu viel zumutet, oder ob sie/er es – vielleicht noch schlimmer – einfach verkümmern lässt … C.

Von G s e l l an Claudia, Betreff: Wedeln

Meine sehr ferne, aber sehr Geliebte, es ist des Teufels mit den Worten. Du willst etwas sagen, etwas Ernstes, Aufrichtiges, von Herzen Kommendes – aber wehe, du nimmst ein Wort zu viel in den Mund, und alles wird nichtssagend.

Gerne aber will ich etwas zu dem armen alten Hündchen Lebensfreude schreiben. Ich hab auch so eines, und es wedelt, wenn ich mich daran mache, dir zu schreiben. Schaffen wir noch einen Spaziergang zusammen? Eine Wanderung gar? – L.

PS: Was M angeht, so weiß ich nicht, ob ich ihm gegenüber in der Pflicht bin. Das ist blöd, denn falls ich's bin, habe ich sie (noch) nicht erfüllt. Aber vielleicht geh ich ihm bereits jetzt auf die Nerven, dann muss er es mir nur sagen, und alles ist gut.

216

Von Claudia an Gsell, Betreff: Pflicht

Mein Lieber – du hast M gegenüber keine Pflichten, sondern du hast einen Job angenommen, und dass er dir aufgehängt worden ist, daran hab ich ja keine so ganz geringe Mitschuld. Gib mir halt rechtzeitig Bescheid, falls Ihr die Absicht habt, euch in Sète oder sonst wo im Languedoc niederzulassen.

Sonst kann ich nicht klagen. Der Wind rüttelt an den Fensterläden, das Feuer im Ofen ist heruntergebrannt, aber die Kacheln haben genau die richtige Temperatur, um den Buckel des alten Weibes zu wärmen. Dazu lese ich – Ihr habt mich draufgebracht – in den *Cahiers* von Paul Valéry, da gibt es komische Sätze, zum Beispiel diesen:

Unsere Person ist die Gemahlin des Ich, das ebenso gut eine andere hätte heiraten können.

Ich weiß nicht. Mit sich selbst verheiratet sein? Macht mich nicht an. Geht Ihr noch 'nen Fisch essen? – C.

Von Gsell an Claudia, Betreff: Tischgespräch

Du, die von meiner Liebe ebenso gewärmt werden soll wie vom Kachelofen – danke der Nachfrage! Ich habe einen *Loup de mer* gegessen und war zufrieden damit, und von Morgart – der das Menu mit Thunfisch bestellt hatte – kamen keine Klagen. Wir saßen auf der windgeschützten Terrasse eines Restaurants, die Wärmestrahler waren eingeschaltet, tranken einen frisch-herben Weißwein von den Hängen des Languedoc und sahen hinaus zu den Schiffen auf der Reede, deren Positionslichter sich im Wasser spiegelten. Dunkelheit hatte sich über den Hafen und über die Stadt gesenkt, es war die Stunde, bevor allmählich das Nachtleben dieses Hafens erwachen würde, falls dieses überhaupt noch erlaubt sein sollte. Die Stadt gefällt Morgart, auf jeden Fall will er morgen noch bleiben, und so sprachen wir darüber, was wir tun könnten...

M: »Dieser Friedhof – warum ist der berühmt? Wegen der Leute, die dort begraben sind, oder wegen diesem Gedicht?«

L: »Von den Leuten dort weiß ich nichts. Nur dass dieser Dichter dort liegt. Sein Gedicht aber ist so berühmt, dass Claudia es hat auswendig lernen müssen.«

M   (nickt respektvoll mit dem Kopf, zieht dann aber die Mundwinkel herunter zum Zeichen, dass er diesen Kelch nicht hätte austrinken wollen): »Dann verzeiht sie es uns nicht, wenn wir uns den nicht anschauen... Aber sag mal – Selbstmörder sind dort nicht vergraben?«

L   (zuckt die Achseln): »Wohl nicht. Selbstmörder kamen früher auf den Schindanger, ins – entschuldige bitte – Eselsgrab, wie man das genannt hat.«

M: »Nichts zu entschuldigen. Esel sind tüchtig. Anspruchslos. Geduldig. *Mensch* ist ein Schimpfwort. *Esel* nicht.«

L   ist damit einverstanden, hebt zustimmend sein Glas und trinkt es aus.

M   (nachschenkend): »Du hast mir erzählt, wie du dich mal hast ersäufen wollen – aber wenn ich das richtig verstanden hab, muss da noch ein anderes Mal gewesen sein.«

L   (schmallippig): »Das hast du richtig verstanden.«

M: »Und du magst nicht darüber reden. Okay. Aber irgendwann...« – macht eine Handbewegung, die zum Hafen weist oder zum Meer – »... hat die Zeit so eine Geschichte doch klein geschliffen wie einen Kiesel, und dann kann man's in die Hand nehmen und anschauen,

meinst du nicht? Du wirst nicht gerade jemanden umgebracht haben ...«

L   (grinst, unlustig): »Nein. Es war eher so, dass es nicht
     zum Gegenteil gereicht hat.«

M   beugt sich vor und guckt, als habe er nicht richtig ver-
     standen.

L: »Junger Kerl, hat noch nie 'n Mädchen gehabt. Junges
     Mädchen, unberührt. Beide so jung wie dumm. Aber für
     beide ist plötzlich alles klar. Sie haben sogar ein Zimmer
     für sich. Also kann/darf/muss es passieren. Jetzt. Gleich.
     Das Ungeheuerliche. Das Zerschmelzende. Das Glück.
     Und dann ...« (er hebt die Hand und lässt sie wieder sin-
     ken).

M: »Und dann was?«

L: »Und dann nix. Der Kerl hat den Schwanz nicht hoch-
     gekriegt. Versagen aus lauter Angst vorm Versagen. Am
     nächsten Morgen ist er vierzig Kilometer heimgelaufen.
     Der Junge, der nach Hause rennt, weil er das Deflorieren
     nicht schafft. Alles so lächerlich, dass du es nicht mal zu
     'nem Kiesel schleifen kannst.«

M: »Haben die beiden es nicht nachgeholt?«

L   (schüttelt den Kopf): »Nicht miteinander.«

M: »Und deswegen ...?«

L: »Eine Weile schon ... Es hat sich dann gegeben, wie die
     andere Sache auch.«

M: »Und was ist aus dem Mädchen geworden?«

L: »Hat geheiratet.« (Zuckt mit den Achseln). »Drei oder
     vier Jahre später ist sie ertrunken, mitsamt ihrem Mann.
     In Soulac-sur-Mer ist das passiert, an der aquitanischen
     Atlantikküste, da gibt es so tückische Priele, die reinsten
     Fallen – wenn die Tide eine Sandbarriere wegschwemmt,
     laufen diese Priele plötzlich leer, mit einer Wucht, dass

sich kein Schwimmer dagegen behaupten kann. Wem das passiert, der muss versuchen, an den Rand der Strömung zu kommen und schließlich aus ihr heraus, bevor ihn die Kräfte verlassen. Die beiden wussten das nicht, oder hatten die Panik bekommen, und beide…« (eine Bewegung mit beiden Hände, als sei ein Schlussstrich anzuzeigen).

M: »Mit Priel meinst Du eine *baine*, mit zwei Punkten auf dem i geschrieben… Du bist ein guter Schwimmer, hast Du mal gesagt?«

L: »Geht so.«

M: »Mit dir wär sie also nicht ertrunken?«

L: »Wie käm ich dazu, so was zu behaupten!«

M: »Warst du danach mal in diesem Soulac-sur-Mer?«

L: »Um Gottes willen: nein!«

M: »Dann fahren wir übermorgen hin. Es ist Zeit, dass du dort einen Kiesel aufhebst.«

So, du Schöne! Das war das Tischgespräch, ich hab es nach bestem Wissen und Gewissen aufgeschrieben, eigentlich nicht wegen M, sondern für jemand anderen, und damit ich gar nicht in Versuchung komme, es umzuschreiben oder zu polieren, drücke ich jetzt auf: *Senden!* – L.

Von Claudia an Gsell, Betreff: Soulac-sur-Mer

Mein Lieber, der junge Mann, dem niemand gesagt hat, dass Liebe kein Leistungssport ist und auch keine Führerscheinprüfung – der könnte mir schon leidtun, wäre da nicht das junge Ehepaar, das der Baine mit Trema zum Opfer gefallen ist. Bei dem damals jungen Mann scheint sich das Problem meines Wissens inzwischen ja gelöst zu haben, aber das junge Paar? Eine andere Sache ist es, ob du in Soulac-sur-Mer einen Kiesel aufhebst oder einen Blumenstrauß ins Wasser wirfst …

Wenn ich hier oben vor die Tür trete und in den Nebel hinausschaue, aus dem unter mir das Walmdach von Veras Atelier-Hof gerade noch herausragt – dann, mein Lieber, halte ich eher nichts davon, die armen Seelen der Frauen und Kinder jener Waldbauern zu beschwören, die in ihrem Elend hier oben kein anderes Vergnügen hatten als Schnaps und Inzest. Dabei warten sie vielleicht nur darauf, dass jemand kommt und ihre Klage anhört und vielleicht sogar aufschreibt. Aber ich will das nicht tun. Es ist mir zu schwer.

In deinem Fall glaube ich übrigens nicht, dass die beiden Ertrunkenen von Soulac-sur-Mer ihre Klage gerade dir vortragen wollen. Aber tu, was dir richtig und wichtig erscheint.

Im Zusammenhang mit Vera fällt mir noch etwas ein – sie arbeitet keineswegs an der Darstellung einer Aspisviper, sondern an der einer Nehuschtan, das ist die Eherne Schlange aus 4. Moses 21 und eben jene, mit der du den Markus in Straßburg konfrontiert hast. Und ganz richtig soll die Eherne Schlange auf einem Kirchenfenster dargestellt werden, und zwar für genau jene Kirche, nach deren Fenstern du mich bei Gelegenheit gefragt hast. Irgendein Anwalt hat Vera Abendstern dafür engagiert, im Auftrag einer Baugesellschaft, falls ich das richtig verstanden habe und dich diese Sache überhaupt noch interessiert. – C.

XIII.   VON GSELL AN CLAUDIA

Betreff: Sic transit…
Donnerstag, 4. April

Du sehr Geliebte, der Sturm will die Hotelfenster eindrücken und schaukelt die Schiffe auf der Reede, dass ihre Nebelhörner zum Himmel jaulen, aber irgendwann bin ich heute Nacht doch noch eingeschlafen, obwohl mir diese bibelselige Baugesellschaft lange durch den Kopf ging, wie könnte so etwas wohl heißen? Und irgendwann kam mir der Gedanke, ob sie sich nicht vielleicht Real Estate Ararat nennt? Frag das doch mal die Abendstern!

Von heute Morgen kann ich vermelden, dass wir nach dem Frühstück tapfer einen Strandspaziergang versucht haben, das heißt, wir sind die meerseitige Uferstraße entlang gegangen, von einem Strand hat man nichts gesehen, grau und missgelaunt schlugen die Brecher des Mittelmeers gegen die Straßenböschung und wollten das weghaben, ganz so, als ob sie auch die Stadt Sète wegmachen würden, wenn es nach ihnen ginge. Vorläufig aber spritzten sie nur nass, wer da entlang gehen wollte.

Morgart ist ein angenehmer Reisegefährte. Er mault nicht, geht auch gehorsam mit, wo andere das nicht so ohne Weiteres tun würden, zum Beispiel in den »Friedhof am Meer«, den wir uns gestern noch gespart haben, guckt brav das Grab von Paul Valéry an, auch die Gräber von allerhand lokalen Berühmtheiten, unter denen sich auch der aus Agde bei Sète gebürtige General Hilaire-Benoît Reynaud findet, einer der siegreichen napoleonischen Kommandeure in der Schlacht von

Jena-Auerstädt 1806, wie uns unwissenden *boches* vom Friedhofsaufseher erläutert wurde. – Inzwischen bin ich wieder im Hotel, lasse den Regen gegen das Fenster trommeln und habe mich damit vergnügt, den berühmten General zu googeln, und dabei herausgefunden, dass er fünf Jahre nach seinen Jenaer Heldentaten in Spanien beim Versuch, mit seinen hungernden Stabsoffizieren eine Herde einheimischer Kühe zu stehlen, von Guerilleros festgenommen und an die Briten ausgeliefert wurde, *sic transit gloria mundi!* Irgendwie muss eben die Zeit totgeschlagen werden – es gibt zum Beispiel keine Friedhöfe mehr, die wir noch besuchen könnten, nachdem wir pflichtbewusst auch den Cimetière Le Py samt der letzten Ruhestätte von Georges Brassens besichtigt haben und auch noch in das *Espace Brassens* gegangen sind, wonach dann bei Espresso & Armagnac ungefähr dieses besprochen wurde:

M: »Der war bei den Anarchisten, hab ich das richtig verstanden? Oder stand denen nahe?«

L   grummelt Einverständnis.

M: »Guter Typ. Ich find auch, dass die Menschheit vor allem drei B nicht braucht – Banker, Bonzen, Bosse. Dabei bin ich selber… also das ist auch so ein Ding, das ich nicht versteh… dass ich Banker und all sowas geworden bin. Und zum Beispiel nicht Anarchist.«

L: »Anarchist? Du? Das willst du mir nicht erzählen!«

M   betrachtet L nachdenklich. Dann: »Ich glaube, worum es im Leben wirklich geht, das weißt du gar nicht.«

L: »Kann schon sein.«

M: »Es geht darum, dass du nur zwei Möglichkeiten hast. Entweder bist du mit der Welt einverstanden, und zwar so, wie sie ist, also auch mit deinem Leben und dem, was man dir dafür zugedacht hat. Oder du bist nicht einverstanden und erklärst dem Schicksal, diesen Dreck hab ich so nicht bestellt, ich will das nicht und mach deshalb aus meinem Leben ganz was anderes!«

L: »Ich verstehe. Du bist Grashalm oder der Windstoß, der es bewegt. Man könnte einwenden, was bleibt, sei der Grashalm.«

M: »Ja, bis der Sensenmann kommt... Aber das ist alles Wortklauberei! Mir geht es darum, was einer tun kann, der nicht einverstanden ist...«

L: »Lass mich raten! Der hat wieder zwei Möglichkeiten, ja?«

M (runzelt die Stirn): »Tu nicht so, mir ist das ernst! Aber richtig, er hat zwei Möglichkeiten. Entweder er will selbst an die Schalthebel dieser Maschinerie, die über die Menschen bestimmt, oder er baut die Bombe, die den ganzen verdammten Mechanismus in die Luft jagt.«

L: »Okay. Und weil in Herrenmünster grad keine Lehrstelle für Bombenbauer frei war, bist du in Gottes Namen halt Banker geworden... Leuchtet mir irgendwie ein.«

M: »Du musst das nicht ins Lächerliche ziehen.«

L: »Nichts liegt mir ferner. Aber eine Macke hat deine Theorie trotzdem – kein Mensch ist nur entweder das eine oder das andere, vor allem bist du nicht Herr deines Schicksals, und nach je mehr Schalthebeln oder Bomben einer greift, um sich mächtig und groß vorzukommen, desto ohnmächtiger und getriebener ist er in Wahrheit.«

M: »Keiner ist Herr seines Schicksals, hast du gerade gesagt... Bist du da ganz sicher?«

L (betrachtet ihn): »Wenn ich dich so anschaue... doch, ich bin da ziemlich sicher.«

Genug! Jetzt wollen wir essen gehen. Ich hab Lust auf Muscheln. – L.

Von Claudia an Gsell, Betreff: Real Estate Ararat AG

Mein Lieber, Vera hat mir bestätigt: diese Baugesellschaft heißt tatsächlich so, wie du das vermutet hast, und das wirft doch einige Fragen auf, von denen ich aber gar nicht weiß, ob sie Markus vorgelegt werden sollten oder nicht. Ich bin kein Fan der Konfrontationstherapie, das heißt – ich bin vor allem kein Fan von Leuten, die sich für psychoanalytische Großmeister halten, weil sie anderen Leuten taktlos, dumm und direkt vor den Latz knallen, wovon diese Leute eben nicht reden wollen. Und ich glaube nicht, dass wir – also du und ich – das Recht haben, Markus auf Dinge zu stoßen, die mit seinem früheren Leben zu tun haben. – Anders ist es mit dem Pfarrer Rübsam bestellt. Der ist munter und kregel und verträgt was vor den Latz, also wird er mir bei Gelegenheit erzählen müssen, wer da was für seine Johannes-Kirche hat in Auftrag geben dürfen und warum.

Muscheln isst man eigentlich nur in den Monaten mit einem -r hinten. – C.

Von Gsell an Claudia, Betreff: Zugelaufen

Du Schöne, ausnahmsweise ist es gut, dass ich jetzt hier bin und nicht bei dir im dunklen Tann, denn ich habe Muscheln (die man sehr wohl auch im frühen Frühjahr noch konsumieren kann) in Weißweinsauce mit sehr viel Knoblauch gegessen, dabei wollte ich nachher noch in die Kirche hier, da werden drei *Leçons des Ténèbres* aufgeführt, Klagelieder des Propheten Jeremia, von François Couperin vertont, das Ganze aus Anlass von Jeudi Saint, von Gründonnerstag also. Nun

gehe ich doch nicht hin, aber nicht wegen der mich umschwe-
benden Wolke von Knoblauchduft, sondern … Aber wo beginnen? Ach, kurz vorm Anfang!

Es hatte wieder zu stürmen begonnen, und so haben wir
uns einen Fensterplatz im Innern des Restaurants geben lassen – wenn man das Gesicht ans Fenster lehnte, konnte man
draußen die Positionslichter der Schiffe sehen. Irgendwann
hatte Morgart doch etwas gefunden, was er an Brassens rum-
mäkeln konnte, und zwar war es das Grab.

M: »Das war grad so auf fein und vornehm gemacht wie das
auf dem anderen Friedhof, das von diesem Dichter …
Ich hätt erwartet, dass einer, der mit den Anarchisten
geht, da kein Gesumms will. Erde drüber, n' Holzkreuz
reingesteckt, und gut ist.«

L (will was sagen, aber am Tisch ist eine Frau aufgetaucht,
leichter Regenmantel, Gürtel in der Hüfte geknotet,
Kopftuch).

Frau (spricht deutsch, akzentfrei): »Entschuldigen Sie – sind
Sie nicht Herr Morgart? Markus Morgart? Mein Name
ist Wittkowski, Ulrike Wittkowski, ich weiß nicht, ob Sie
sich an mich erinnern, aber wir haben uns vor ein paar
Tagen in Herrenmünster kennengelernt, und Sie haben
mir geholfen, sehr geholfen, Sie und Ihr Anwalt.«

M (steht zögernd auf, U erwartet wohl, dass sie sich die Hand
geben, aber M weist auf den freien Stuhl neben dem von
L): »Natürlich erinnere ich mich – aber mein Beitrag war
nicht der Rede wert, und der von meinem Anwalt gehört
zu seinem Job … aber wollen Sie sich nicht setzen?«

U: »Danke, das ist sehr freundlich …« – bereits kauend –
»… ich habe tatsächlich seit gestern nichts mehr …«

Soviel, ferne Schöne, fürs Erste, und sei niemandem böse, dass das Kätzchen uns hier zugelaufen ist. Sie muss mit einem dieser abscheulichen Fernbusse über Nacht nach Marseille gefahren sein und hat dort einen Zug hierher genommen. Aber warum? Die Frage stellten wir zurück. Zuerst nahm ich ihr den Mantel ab, dann bestellten wir ihr ein Wasser und bestanden darauf, dass sie sich wenigstens zu einem Risotto mit Meeresfrüchten einladen ließ. Als sie dann gegessen hatte, erklärte sie es. Etwa so:

U   (sich mit der Serviette den Mund abwischend, kurz überlegend, dann an mich gewandt): »Sie hatten doch Claudia geschrieben, dass Sie beide in Sète sind? Und da es mir sehr wichtig ist, mich bei Herrn Morgart zu bedanken…«

M   (äußerst wachsam, um nicht zu sagen: missgestimmt): »Hören Sie mit dem Unfug auf! Sagen Sie mir, was Sie wollen, und ich werde sehen, ob ich Ihnen behilflich sein kann oder will… Sie haben seit gestern nichts mehr gegessen, also haben Sie kein Geld mehr. Vermutlich haben Sie auch kein Hotelzimmer… Wie viel brauchen Sie für ein Zimmer und für die nächsten Tage? Ich werde es Ihnen geben, aber nicht hier am Tisch, denn es gibt neuerdings ein albernes Gesetz gegen die Prostitution, entschuldigen Sie bitte, ich nenne die Dinge gern beim Namen…«

U   (leichte Röte im Gesicht): »Ich verstehe. Nur ist es so – ich habe kein Geld, um Ihnen die Kosten für den Anwalt zu erstatten. Aber vielleicht haben Sie eine Arbeit für mich, oder ich kann mich Ihnen sonst nützlich machen…«

Das Weitere, dachte ich, sollen die beiden selbst klären, es braucht mich nicht dazu, man könnte sogar meinen, ich störe da nur. Jedenfalls bin ich auf mein Zimmer gegangen. – L.

Von Claudia an Gsell, Betreff: Zugelaufen (2)

Mein Lieber, danke für die Nachricht, die ich gerne mit größerer Erleichterung lesen würde, wäre da nicht die Sorge, dass da zwei zusammengefunden haben, die einander nicht gut tun werden. Aber über diesen Pausenhof hab ich keine Aufsicht. Überhaupt wird niemand die beiden voreinander bewahren können, also versuch auch du es gar nicht erst.

Bei Valéry fand ich – bevor deine Mail eintraf – den Satz: *Ich brenne, um wahrzunehmen. Das ist die Bestimmung dieses Körpers.*

Diese zwei da, fürchte ich, brennen, um zu verbrennen. – C.

Von Gsell an Claudia, Betreff: Zugelaufen (3)

Du schöne Kluge, der Rotwein, den ich mir aufs Zimmer habe bringen lassen, schmeckt tintig, zum Glück steht auch noch eine Flasche Mineralwasser bereit. In anderen Zeiten hätte ich jetzt mein Notizbuch vorgenommen und notiert, was dieser Tag so gebracht hat. So ziehe ich es vor, dir zu schreiben, auf die Gefahr hin, dass ich es nicht abschicke.

Dein Ratschlag (wenn ich ihn so verstehen darf), die beiden sich selbst zu überlassen, leuchtet mir sehr ein; alles andere wäre auch nur peinlich. Auch deinen Bedenken bezüglich der Kieselsteine, die in die Brandung vor Soulac-sur-Mer geworfen werden sollen, muss ich wohl oder übel Rechnung tragen – in den französischen Nachrichten wurde soeben ausführlich über Hochwasser und Sturmfluten berichtet, von Aquitanien bis zum Ärmelkanal, mit allerhand blockierten Bahnlinien und unpassierbaren Straßen. Sète fand (noch) keine Erwähnung, obwohl uns der Hotelportier erklärte, dass hier in der *zone rouge* annähernd 7000 Einwohner evakuiert werden müssten, sollten die Pegelstände weiter steigen. Das Hotel liegt übrigens in der weniger gefährdeten *zone bleue*, falls dir das eine Beruhigung ist.

Auch deinen dritten Ratschlag – M nicht nach dem mäzenatischen Engagement der Real Estate Ararat zu fragen – will ich beherzigen, aus dem kühlen Grunde, weil ich meinen Job bei M als beendet ansehe... Moment! Es klopft, sogar sehr dringlich, bis später! – L.

Von Claudia an Gsell, Betreff: Job

Mein Lieber, war ich es, die von einem Job gesprochen hat, den du bei Markus wahrnimmst? Jedenfalls war es eine dumme Formulierung. Davon abgesehen, kannst du ihn gerade jetzt nicht beenden. Du passt bitte auf, dass sich die beiden in kein allzu großes Unglück stürzen, und bringst nach Möglichkeit beide hierher – das Kätzchen, weil sie ihre Habseligkeiten hier gefälligst abholen soll, und Markus, weil ich wissen will (und muss!), was er hier oben vorhat. Ich habe nämlich mit dem Pfarrer Rübsam gesprochen, es war eine etwas zähe Unterredung, denn er und sein Kirchengemeinderat haben sich offenbar kaufen lassen, das gibt niemand so gerne zu.

Schließlich aber hat er damit herausgerückt, es sei richtig, eine Grundstücksgesellschaft habe sich angeboten, das vierte Kirchenfenster zu stiften, ja, Real Estate Ararat, von einem Anwalt aus Herrenmünster vertreten.

Auf die Nachfrage, wieso eine Grundstücksgesellschaft Kirchenfenster zu stiften habe, kam die Antwort, das Angebot sei mit der Zusage eines erheblichen Zuschusses für die allerdings überfällige Renovation des Kirchendachs verbunden gewesen. Dem habe sich der Kirchengemeinderat nicht verschließen können.

Auf den Einwand, dass weder das eine noch das andere erkläre, seit wann und warum von einer Grundstücksgesellschaft Geschenke gemacht würden, kam die Auskunft, die Gesellschaft plane eine Neu-Erschließung und Bebauung des aufgegebenen Dorfes Schwarzhalden und wolle deshalb deutlich machen, dass es ihr um eine strukturelle Aufwertung blabla von Stadt und Landschaft Bruggfelden blabla.

Daraufhin erklärte ich, dass sich hier offenbar ein Kaninchen bei lebendigem Leib von der Schlange habe einspeicheln lassen, weshalb das Motiv des Kirchenfensters nicht ganz und gar unglücklich gewählt sei, und Rübsam erwiderte, er werde mir gerne einmal zeigen, in welchem Zustand sich das Kirchendach befinde.

Soviel dazu. Von Vera hab ich inzwischen bestätigt bekommen, dass sich die Real Estate Ararat tatsächlich bereits den Glotterhof samt dem dazugehörigen Land (zumeist Brachland oder schon wieder bewaldet) unter den Nagel gerissen hat. Die Gesellschaft habe ihr aber zugesagt, den Pachtvertrag aufrecht zu erhalten; wer »die Gesellschaft« ist oder dahintersteht, weiß sie aber nicht.

Mir selbst ist bisher kein Kaufangebot unterbreitet worden, was nichts daran ändert, dass ich doch gerne wissen möchte, was da gespielt wird und ob Markus dahintersteckt. – C.

Von Gsell an Claudia, Betreff: Zugelaufen (4)

Geliebte Hüterin des Friedens von Schwarzhalden, die letzte
Mail beendete ich, als jemand an meine Zimmertür klopfte,
und nicht nur klopfte, in rascher dringlicher Folge, sondern
auch den Türknopf aufzudrehen versuchte. Also schickte ich
die Mail ab, ging zur Tür und öffnete. Eine halbnackte Frau,
in ein weißes Badetuch gehüllt, drängte sich an mir vorbei
ins Zimmer, lehnte sich mit dem Rücken gegen die Tür und
drückte sie zu. Die Frau war schlank, fast mager, mit kleinen
spitzen Brüsten; zum Haar brauch ich nichts zu schreiben, du
wirst erraten warum. »Ich habe Angst«, sagte sie.

Tja, dachte ich.

»Ich muss verrückt sein. Aber er ist es auch.«

Wer? Morgart? Das war mir bisher nicht aufgefallen. Ich
schloss die Türe ab und führte die Wittkowski zu dem einen
Sessel, den es in meinem Zimmer gab. Nach kurzem Überlegen fiel mir ein, ihr den vom Hotel bereitgestellten Bademantel anzubieten. Sie zögerte ein wenig, nahm dann aber dankend an. Bevor sie damit im Badezimmer verschwand, fragte
ich sie, ob Morgart noch in seinem Zimmer sei und ob man
nach ihm sehen müsse.

»Tun Sie's nicht«, beschwor sie mich. »Lassen Sie mich nicht
allein ...« Ich versuchte ihr zu erklären, dass sie ja irgendwann
und irgendwie wieder zu ihren Klamotten kommen müsse
und dass ich schon gern genauer wüsste, was mit Morgart los
sei. Sie blieb in der Badezimmertür stehen und wandte sich
mir zu, das Badetuch mit beiden Händen vor sich haltend.

U: »Es ist eine Sache, etwas zu denken, und eine andere,
       jetzt gleich ...«

L: »Jetzt gleich was?«

U: »Sie verstehen auch rein gar nichts…!«

Dann verzog sie sich ins Badezimmer und warf die Tür hinter sich zu. Also ging auch ich.

Morgart fand ich in der Hotelbar, wo er allein vor einem Cognac saß und schon wieder eine Partie Snooker-Billard im Fernsehen verfolgte. Er hob kurz die Hand.

M: »Ich dachte, du wolltest in die Falle.«

L: »Wollte ich…« – kurze Unterbrechung, in der ich ein Bier vom Fass bestelle – »… aber dieses verrückte Huhn hockt jetzt bei mir.«

M: »Dann fick sie doch.«

L: »Das wäre dein Job gewesen. Was hast du eigentlich mit ihr gemacht? Sie ist völlig durch den Wind.«

M (applaudiert einem offenbar besonders raffinierten Stoß mit dem Billard-Queue, dezent tut er das, wie einer, der sich darauf versteht; dann wendet er sich wieder mir zu): »Nix hab ich mit ihr gemacht. Wir wollten bumsen, was sonst, dann hat sie aber nach dem da gefragt« – lässig tippt er an seine rechte Schläfe – »und ich hab ihr gesagt, was Sache war. Und wie ich das sag, wird sie plötzlich ganz seltsam und hat ganz fiebrige Augen und setzt mir mit Fragen zu…« – nimmt den Cognacschwenker und nippt einen Schluck – »…du weißt, dass ich solche Fragerei nicht abkann und selber auch gar nichts weiß, und da hab ich ihr gesagt, wenn sie es genauer wissen will, könne ich sie gerne mitnehmen, falls es ein nächstes Mal gibt…« – zuckt mit den Achseln – »…da ist sie dann ausgerastet.«

L: »Ich will dir da nicht reinreden, aber hast du denn schon wieder ein Gerät, dass du's nochmal machen könntest?«

M (achselzuckend): »Notfalls geht der Gürtel vom Bademantel…« – blickt zum Bildschirm, auf dem sich ein
   schwarzer Ball bis an den Rand der Tasche zittert, am
   linken Rand der Einfassung aufläuft, an den rechten
   Rand rollt und schließlich liegen bleibt – »…aber sie will
   ja nicht. Nicht wirklich.«

L: »Du aber offenbar schon. Warum eigentlich? Ich meine –
   hast du deinen Grund gefunden?«

M: »Man braucht keinen Grund dazu. Das weiß ich jetzt.
   Oder jemand wie ich braucht ihn nicht… Es ist einfach
   das Beste, was unsereins tun kann.«

Das Telefon des Barkeepers schlug an. Er nahm den Anruf an, blickte – die Hand auf die Sprechmuschel gelegt – fragend zu uns her, »ein Gespräch für M'sieur Gsell?« Ich hob die
Hand, ging zu ihm hin und nahm den Hörer.

Es meldete sich die Wittkowski. Ob ich Morgart gefunden
hätte? Ich murmelte etwas, das man als ein »ja« deuten konnte.

»Können Sie mich zu ihm bringen?« Mit einem Mal war die
Stimme ganz nah und flehend. Ich antwortete, dass ich erst
mein Bier austrinken werde, und legte auf. Morgart blickte
fragend.

»Sie will dich sehen.«

Er warf einen genervten Blick zur Decke, und ich wandte
mich wieder dem Bier zu. Als die Billard-Übertragung im
Fernsehen von Werbung unterbrochen wurde, trank ich aus
und nickte ihm zu. Gemeinsam gingen wir nach oben, und ich
schloss auf. Die Wittkowski hockte mit angezogenen Knien in
einem Sessel, der vor das Fenster geschoben war, und starrte
in die Nacht hinaus. Sie sah uns an, dann schwang sie die Füße
vom Sessel und stand auf, in den Bademantel gehüllt, der ihr
bis auf den Boden herunterhing, den Gürtel hatte sie heraus-

gezogen und bot ihn – den Kopf gesenkt – Morgart an. Der trat auf sie zu, griff ihr mit der Hand unters Kinn und hob ihren Kopf an, dass sie ihm in die Augen sehen musste. Er lächelte. Sie versuchte, das Lächeln zurückzugeben. Da schlug er ihr ins Gesicht, dass der Kopf einmal nach links flog und einmal nach rechts.

»Du wirst mir nicht mehr nachlaufen«, sagte er, »und auch nicht hinterher telefonieren, das schon gar nicht! Kein einziges Mal mehr.«

»Nein«, brachte sie heraus, sie werde es nicht mehr tun. Nie wieder. Aus ihrem rechten Nasenloch lief Blut. Ich trat zu den beiden, fasste Ulrike am Arm, führte sie zu dem einen Sessel und ließ sie sich setzen, den Kopf zurückgelehnt. Im Bad nahm ich ein Handtuch, hielt es unters kalte Wasser, ging damit zurück und wischte ihr das Blut ab und versuchte, ihr Gesicht zu kühlen.

»Mach dir nicht zu viel Mühe«, sagte Morgart. »Was die sich eingefangen hat, sollen die Leute ruhig sehen.«

Ich sah ihr in die Augen, und sie nickte. Trotzdem blieb ich bei ihr, bis die Blutung aufgehört hatte.

»Okay«, sagte Morgart und meinte, dass wir ihr es jetzt in Gottes Namen besorgen sollten, damit ihr das Maul und sonst was gestopft ist, und ich wiederholte, dass das sein Job sei und er das bitte auch in seinem Zimmer erledigen möge.

Er zuckte mit den Achseln, dann packte er sie am Arm und zog sie hoch und verschwand mit ihr. Und ich konnte mir ein zweites Glas tintigen Rotwein einschenken, das Schreibgerät einschalten, um dir diesen ganzen Schrott mitzuteilen, auf die Gefahr hin, dass du das alles nicht wissen willst. – L.

Von Claudia an Gsell, Betreff: Ulrike

Lieber Lukas, was du mir geschrieben hast, hätte ich in der Tat lieber nicht wissen wollen. Du bist nicht ganz so dumm, dass du nicht hättest merken können, dass sich Ulrike in einer seelischen Krise befindet, vielleicht sogar psychisch krank ist. Vermutlich ist sie akut selbstmordgefährdet. Ich habe im Internet gesehen, dass das Universitätsklinikum Montpellier eine psychiatrische Notfallstation hat, die *Urgences psychiatriques*, und das Einzige, was ein vernünftiger Mensch in deiner Situation hätte tun können, wäre gewesen, dort anzurufen oder – noch besser – ein Taxi zu rufen und mit Ulrike dorthin zu fahren. – C.

Von Gsell an Claudia, Betreff: Zugelaufen (5) / Freitag, 5. April

Liebe Claudia, so fern du auch bist! Irgendwer hat mir, ebenfalls aus der Ferne, dringend davon abgeraten, ja, es mir geradezu verboten, mich in irgendwelche Beziehungskisten anderer Leute einzumischen. Aber wie immer sich das verhalten mag, heute Morgen erschien die Wittkowski mit einer großflächigen verspiegelten Sonnenbrille zum Frühstück, ließ sich sonst aber nichts anmerken. Morgart stand auf und zog den Stuhl für sie zurück. »Nimm das Ding da ab«, befahl er, als sie sich setzte, und sofort nahm sie die Brille ab. Beide Augenpartien waren angeschwollen und blau verfärbt. Er beugte sich über sie und strich vorsichtig mit einem Finger über eines der Veilchen.

M: »Sieht fast so aus, als ob ich zu stark…«

U: »Es ist in Ordnung.«

M: »Das hast du nicht zu beurteilen.«

Sie senkte den Kopf und schwieg und wartete, bis er ihr Kaffee einschenkte und sie fragte, was er ihr vom Frühstücksbüfett bringen solle. Ich sah mich verstohlen um, aber die anderen Gäste – Geschäftsleute, einige britische Touristen – schienen keine Notiz von uns zu nehmen. Nur die bereits am Morgen perfekt lackierte Ehefrau eines blasierten *Le Monde*-Lesers ließ ihre Augen etwas zu betont gleichgültig über das ramponierte Gesicht der Ulrike Wittkowski streifen, um dann Morgart nachzusehen, wie er zwei Croissants und einen Orangensaft für Ulrike holte.

Als die Croissants vertilgt waren, erkundigte sich Morgart, ob er Ulrike heute das Grab von einem Dichter zeigen dürfe, von diesem… Er hatte den Namen vergessen und wandte sich an mich. Wie sich herausstellte, meinte er nicht Brassens, sondern Paul Valéry.

U (Hände artig übereinander auf den Tisch gelegt): »Entscheide du.«

M (gerade dabei, ein Ei mit einem Messer zu köpfen, hält inne, das Messer in der Hand, langsam aufblickend): »Nein. Falsch verbunden. Ich bin für niemanden zuständig.«

U (den Blick gesenkt): »So hab ich das nicht gemeint.«

M: »Sondern?«

U: »Das weißt du doch…« – sie hebt den Kopf und sieht ihn an – »…du kannst über mich verfügen. In jeder Weise, in der du magst.«

Er legte das Messer weg, verschränkte die Arme vor der Brust und starrte vor sich hin. Auf seiner Stirn hatte sich eine tiefe Falte gebildet. »Höre!«, sagte er schließlich und blickte auf, »das ist dumm gelaufen... Ich hab dich gevögelt, das war ein Fehler, sorry! Ich steh nicht auf dich, nicht wirklich. Du bist mir zu mager. Zu wenig ordinär. Zu kopfgesteuert. Sei nicht beleidigt...« Er warf mir einen verlegenen Blick zu, als sei sein Gerede auch ihm selbst peinlich.

Die Wittkowski schien das beobachtet zu haben, und ein Lächeln legte sich über das misshandelte, blau verfärbte Gesicht. »Aber du hast mich doch geschlagen«, sagte sie, »weißt du nicht, was das bedeutet?«

Er habe da Scheiß gebaut, murmelte Morgart. Ob sie eine Entschuldigung annehme?

»Ach«, kam die Antwort, »ich dachte immer, Männer verstünden wenigstens vom Krieg etwas... Aber selbst das ist offenbar zu viel verlangt.« Es sei nämlich Krieg, was zwischen den Geschlechtern stattfinde, fuhr sie fort, Krieg und nichts anderes, schon immer sei das so gewesen!

»Und im Krieg gibt es nur wenige Regeln, aber denen kann keiner entkommen. Wenn du Gewalt anbietest, musst du liefern können, das ist eine der Regeln. Und wenn du einmal Gewalt angewandt hast, wird sie dir immer wieder abgefordert. Bis zum Ende.« Sie beugte sich vor, griff nach der Kaffeetasse und nahm einen vorsichtigen Schluck. Dann blickte sie wieder zu Morgart. »Du kannst mich wegschicken oder davonjagen, du kannst mich schlagen und mit Fußtritten traktieren – aber am nächsten Tag werde ich wieder vor deiner Tür stehen, nur um zu sagen, dass ich wieder da bin. Zu deiner Verfügung.«

Morgart hob die Augenbrauen und sah sie an. »Wenn das so ist...«, sagte er nach einer Weile, wandte sich einem Croissant zu und bestrich die angebissene Stelle sorgfältig erst mit Butter, dann mit Konfitüre. Kauend teilte er uns mit, dass er nach dem Frühstück den angekündigten Spaziergang zum Friedhof am Meer machen werde, und zwar mit Ulrike.

Ich war also ausgeladen, und das kann mir nur recht sein. Ohnehin will ich mir noch ein paar CDs von Brassens besorgen, vielleicht auch etwas über oder von Valéry (in Frankreich, das Elsass ausgenommen, ist heute kein Feiertag), und das werde ich jetzt tun. Bis später! – L.

XIV. ULRIKE

Kartenspiel

Das Meer satt vom Grau des Himmels. Brandung gischtet gegen Kaimauern. Möwen kreisen über dem Fischerhafen, schießen in tollem Flug mit dem Westwind dahin oder schrauben sich gegen ihn in die Höhe.

Ich sehe ihnen zu, während M mich über den Friedhof führt. Wir gehen zu einem Geräteschuppen, von wo uns ein dicklicher Mann in einem grauen Arbeitsmantel entgegensieht. Er ist unrasiert, im Mundwinkel hängt ihm eine Zigarette, in gelbliches Papier gerollt. Während M ihn begrüßt, stehe ich abseits, den Kopf gesenkt.

Die beiden Männer verhandeln über etwas. Sie verhandeln über mich.

M winkt mir, und ich gehe zu ihm. Lass dich sehen, sagt M, und ich öffne den Mantel und zeige mich dem Aufseher. Unter dem Mantel bin ich nackt.

Der Aufseher betrachtet mich, ein Auge wegen des Zigarettenrauchs zusammengekniffen. Er sagt etwas, das ich nicht verstehe. Vermutlich, dass nicht viel an mir dran ist. M macht eine Handbewegung, als liege die Entscheidung beim Aufseher. Der zuckt mit den Schultern, dann klatscht er zweimal in die Hände. Zwei Totengräber in blaugrünen Overalls nähern sich. Der eine trägt einen Vollbart, der andere hat sich seit ein paar Tagen nicht mehr rasiert. M nimmt mir den Mantel ab und befiehlt mir, mich langsam zu drehen, so dass ich von allen Seiten taxiert werden kann.

M zeigt einen Packen Geldscheine vor und erklärt etwas in einem Französisch, das falsch klingt und doch geläufiger ist als das meine. Die beiden Männer sehen sich an, sie scheinen einverstanden zu sein. Der Aufseher holt ein Mobiltelefon aus seinem blauen Arbeitsmantel und ruft eine Nummer auf, während der Totengräber mit dem Vollbart zum Haupteingang geht und ihn verschließt. Der andere holt aus dem Schuppen zwei zusammengelegte graue Wolldecken mit schwarzem Rand und klemmt sie sich unter den linken Arm. Sein Kollege kehrt zurück, die beiden Männer nehmen mich in die Mitte und führen mich an den Armen über einen gekiesten Friedhofsweg, und ich muss überlegen, ob die Männer geübt sind in so etwas.

Vor einem eingezäunten Grabmal bleiben wir stehen. Ich versuche, die Inschrift zu lesen, aber da werde ich schon über die Einzäunung gehoben und vor dem steinernen Sarkophag abgestellt wie eine Modepuppe im Kaufhaus, dessen Schaufenster neu dekoriert werden muss. Offenbar ist es das Grabmal von Valéry, die Deckplatte des Sarkophags ist nicht eben, sondern in zwei Hälften geteilt, die in einem stumpfen Winkel aufeinandertreffen. An den Rändern sind Steine abgelegt, vermutlich von Besuchern, die damit ihre Verehrung für den Toten zum Ausdruck brachten.

Ich sehe den beiden Totengräbern zu, wie sie die Steine abräumen und dann sorgsam die beiden Wolldecken über die Deckplatte des Sarkophags ziehen. Mit der flachen Hand glättet einer der Männer die Decken, damit sich keine Falten bilden und die stumpfe Kante in der Mitte der Deckplatte ein wenig abgepolstert wird.

Die Vorbereitungen sind abgeschlossen, die Totengräber wenden sich wieder mir zu und legen mich rücklings auf die Grabplatte. Meine Oberschenkel ragen über die untere

Kante der Platte hinaus, so dass meine Füße in ihren Sneakers auf dem steinernen Sockel aufsetzen, der den Sarkophag trägt. Meine Arme legen sie nach hinten, und M – der jetzt am Kopfende des Grabmals steht – fragt, ob ich so liegen bleiben kann oder festgebunden werden will.

Nicht festbinden. Ich unterdrücke die Versuchung, meine Hände schützend über Scham und Brust zu legen. Vor allem vermeide ich es, M anzusehen oder seinem Blick zu begegnen. Meine Angst, mein Widerwille, mein Abscheu gehören mir.

Ich betrachte den Himmel und wende den Kopf auch nicht nach den Männern, die näher kommen und deren Schritte auf dem Kiesweg knirschen. Es sind Männer, die der Aufseher durch eine Seitenpforte hereingelassen hat. Wie viele werden es sein? Zehn? Zwölf? Einige tragen Overalls, andere Jeans und Windjacken. Zwei sind kaum volljährig, einer davon ist ein schmaler Schwarzer, der andere hat eine Hasenscharte und muss wegschauen, als sein Blick dem meinen begegnet.

Die Männer stehen um mich herum und diskutieren meine körperlichen Merkmale. Offenbar fällt ihnen auf, dass ich sehr dünn bin, vor allem im Vergleich zu den *poules* im Hafen. Dass man mir den Kopf geschoren hat. War das im *bloc*, also im Knast?

Der Aufseher tritt vor mich hin und legt eine weitere zusammengefaltete Wolldecke auf die Steinstufe, zwischen meine Füße. Dann richtet er sich wieder auf, holt aus der Seitentasche seines Arbeitsmantels ein Kartenspiel, sucht meinen Blick und zeigt mir, wie er das Kartenspiel durchmischt. Dann erklärt er etwas, was ich nicht verstehe, und wartet auf meine Zustimmung. Das sei okay so, sagt Morgart an meiner Stelle, und der Aufseher lässt jeden der Männer eine Karte ziehen. Ein kleiner Dicker in einem grünen Arbeitsmantel erwischt den Herzkönig. Da müssen alle lachen, dass er der Erste ist.

Von G s e l l an Claudia, Betreff: Liebe am Strand

Claudia, du Schöne in der Ferne – ich sitze in einem Straßencafé, in meinen Mantel gehüllt, und trinke einen Pastis, aber ich merke, es ist noch nicht die Jahreszeit dafür. Übrigens steigt er mir schneller zu Kopf, als ich gedacht habe – vertrage ich weniger als früher? Achte ich genauer auf mich selbst?

Egal. Das Leben ist nie so wie auf den Ansichtspostkarten der Tourist Information. In der *Espace Brassens* hab ich mir ein paar Chansons des großen Meisters der kleinen Form angehört, darunter eines, das ich noch nicht kannte – darin bittet er, am Strand von Sète begraben zu werden, dort also, wo er seine erste Liebe erlebte, in jenem heiteren Alter, in dem einer sich nicht mehr mit sich selbst vergnügen mag, und wo er auch gleich seine erste Lektion erhielt, was man sich mit der Liebe sonst noch einfangen kann. Nun ja, dachte ich, beim ersten Versuch mit der Liebe kann es einem noch ganz anders ergehen als mir – aber ist das ein Trost?

Am Strand von Sète aber wird jetzt erst einmal keiner mehr begraben. Keiner und keine. Das Meer duldet es nicht ...

Ich muss abbrechen. Morgart hat angerufen – ob ich zum Hotel kommen könne? Es hat also ein Problem gegeben – es gibt Leute, bei denen das nicht anders zu erwarten ist. – L.

Ulrike, Last Exit Sète

Nichts ist passiert. Nichts, das der Rede wert wäre. Ich liege im Laderaum eines Lieferwagens, es riecht nach Erde, kaltem Zigarettenrauch und altem Auto. Man hat mir wieder meinen Mantel angezogen, und der Junge mit der Hasenscharte hat mir einen zusammengerollten Pullover unter den Kopf gelegt. Aber alles tut mir weh, und am meisten, wenn ich mich bewege. So liege ich einfach auf dem Rücken, die Beine leicht auseinandergestellt, und betrachte den Wagenhimmel. Er ist aus grauem rostigen Blech. In einem der Rostflecken erkenne ich eine der bösen alten Frauen, an denen niemals Mangel ist. Sie fragt mich, ob ich mich denn nicht schäme. Nein, sage ich, wofür denn?

Da zetert sie, dass ich nichts wert sei und schlimmer als eine Hure. Ich frage sie, wieso Huren schlimm seien und ich schlimmer als jene? Ich habe mir eingebildet, M könnte mich gebrauchen. Ist das schlimm? Es war eine Dummheit, und M hat die Männer bezahlt, damit ich wieder weiß, wer ich bin. Zehn oder zwölf Lektionen, was weiß ich! Und für jede einen Fünfziger. Einmal hat einer eine Kreuz-Sieben gegen eine Pik-Vier und zwanzig Euro getauscht, damit er früher drankommt, weil er zu einer Sitzung des Gewerkschaftskomitees musste.

Auch ist es überhaupt nicht wahr, du Hexe, dass ich nichts wert bin. Ich bin genau fünfzig Euro weniger als nichts wert. So auf den Cent genau weiß das sonst kaum eine. Und? Wer – wie ich – so weniger ist als nichts, der zählt nicht mehr. Der hat nichts mehr zu erwarten und nichts mehr zu befürchten. Und niemals mehr muss er sich für irgendetwas schämen. Also? Ich bin frei. Wie der Abfall in der Gosse.

Freilich, böses Weib, wäre es noch besser gewesen, wenn ich verreckt wäre, da draußen auf diesem Sarkophag und an diesem Tag, da hast du weiß Gott Recht!

Ich höre M's Stimme. Er steht neben dem Wagen und telefoniert. Jemand soll zum Hotel kommen. Ein Arzt? Der könnte mir eine Spritze setzen, dass ich schlafen kann. Den Schlaf, der kein Ende nehmen wird. Nur dürfen Ärzte eine solche Spritze nicht setzen.

Aber M spricht deutsch, mit jemandem, den er duzt. Also ist es dieser andere Mann, der, der immer nur dabei ist. Hast du ein Problem, M? Dieser andere wird dir kaum nützlich sein. Eher können dir die Totengräber helfen. Lass mir von ihnen den Hals umdrehen, die werden wissen, wie sie es machen müssen, dass es sofort knackst. Dass alles aus ist und vorbei. Und du mich los bist, ein für allemal.

Von G s e l l an Claudia, Betreff: Ulrike (2)

Claudia – ich war gerade vor dem Hotel angekommen, als bereits einer dieser grauen Citroën-Lieferwagen vorfuhr, es war ein Fahrzeug der Stadtverwaltung, Morgart und der Friedhofsaufseher stiegen aus, gingen nach hinten zum Laderaum und öffneten die Türen. Zwischen Besen, Schaufeln und anderem Gerät lag die Wittkowski, auf eine Wolldecke gebettet, ich half, sie da herauszuholen und auf die Beine zu stellen, bewusstlos war sie nicht, oder nicht mehr, aber sie konnte sich nicht allein auf den Beinen halten. Wir nahmen sie in die Mitte und führten sie so ins Hotel, auch wenn ihre Schritte seltsam breitbeinig und unsicher waren.

Natürlich fielen wir dem Drachen an der Hotelrezeption auf, der uns auch sofort anhielt – ob Madame einen Arzt brauche? Die Wittkowski – nein: Ulrike, wie ich sie von nun an nennen will, schüttelte nur den Kopf, und Morgart murmelte etwas von einem Erschöpfungszustand und dass Madame nur etwas Ruhe brauche. Eben das könne ein Problem werden, kam es von der Rezeptionistin, es sei eine Vorwarnung gekommen, dass auch die Gebäude der *zone bleue* evakuiert werden müssten, die Direktion müsse deshalb leider die Abreise empfehlen, nicht dass plötzlich in der Nacht… Ich vermute, die

Direktion sah vor allem den weiteren Verbleib eines Gastes im Zustand von Ulrike als problematisch an, aber Morgart nickte verständnisvoll und erklärte, er wolle nur noch einen Mietwagen besorgen, um unsere Abreise zu bewerkstelligen, und man möge doch bitte die Rechnung für uns vorbereiten. Dann gab er mir seinen Zimmerschlüssel und ging. Er werde sicher nicht lange brauchen, meinte er noch, und ich dachte, ach geh mit Gott und bleib dann weg, einmal und für alle Zeiten!

Ich brachte Ulrike zum Aufzug. In Morgarts Zimmer ließ sie sich in einen Sessel sinken und bat mich, ihr die Sportschuhe auszuziehen. Als sie da hockte, in ihrem nicht richtig zugeknöpften Regenmantel, sah ich erst, in welch elender Verfassung sie war. Ob ich nicht doch einen Arzt holen oder – noch besser – sie in ein Krankenhaus bringen solle, vielleicht nach Montpellier? Ich kenne mich damit zwar nicht aus, fügte ich hinzu, aber es komme mir verflucht so vor, als ob sie vergewaltigt worden sei. Sie schüttelte nur den Kopf, mit einer schwachen, aber doch eindeutigen Bewegung.

Ob ich ihr ein Bad einlassen würde? Sonst wolle sie nichts, auch nichts aus der Apotheke.

Als das Wasser eingelaufen war, half ich ihr aus dem Mantel und brachte sie ins Bad. Sie blutete nicht, aber ihr Körper war von roten Druckstellen übersät, die Oberschenkel sahen seltsam verklebt aus, und die Haut an einem Lendenwirbel war aufgescheuert. Das Badewasser war ihr zunächst zu heiß, ich ließ kaltes Wasser nachlaufen. Unvermittelt wandte sich Ulrike von der Badewanne ab, stolperte oder stürzte – eine Hand vor den Mund gepresst – zum WC, kauerte sich vor der Kloschüssel nieder und erbrach sich.

Ich stellte den Wasserhahn ab, dann sah ich, dass sie mir ein Zeichen gab.

Geh raus, hieß das Zeichen. – L.

Von Claudia an Gsell, Betreff: Ulrike (3)

Falls Ulrike nicht doch noch notgedrungen oder aus Gründen der Einsicht eine Klinik aufsucht, versuch doch bitte, sie hierherzubringen, vielleicht mit einem Flieger von Montpellier nach Stuttgart. Hast Du genug Geld für Tickets oder Mietwagen? In Stuttgart könnte ich euch abholen. – C.

Von Gsell an Claudia, Betreff: Abreise

Dieses Mädchen hat dann doch noch ein Bad genommen und sich danach ins Bett gelegt und zu schlafen versucht; und damit niemand stört, habe ich das Zimmer abgeschlossen und ihr gesagt, dass sie bei mir anrufen soll, wenn sie irgendetwas braucht. Dann ging ich in mein Zimmer und wollte dir schreiben, aber da erschien auch schon Morgart und teilte mit, er habe einen ganz ordentlichen Wagen bekommen, aber wir sollten sofort aufbrechen, weil offenbar niemand wisse, wie lange die Küstenstraße noch frei sei.

Ich erklärte ihm, dass Ulrike noch schlafe oder jedenfalls im Bett sei, und er begann herumzufluchen, dass ihn das nichts angehe und dass ich ihr gerne das Händchen halten dürfe, dass er aber – verdammt noch einmal! – seinen Zimmerschlüssel brauche und sein Gepäck, und weil mir das mit dem Händchenhalten eine Frechheit zu viel war oder ich seine Visage mit den Zähnen aus der Zahnarztreklame plötzlich nicht mehr ertrug – weil das alles also nicht mehr hinzunehmen war, gab ich ihm heraus und sagte ihm eine Wahrheit nach der anderen, dass zum Beispiel ein richtiger Scheißkerl ein Scheißkerl auch dann bleibe, wenn er sich eine Kugel in den Kopf geschossen und das leider

Gottes überlebt habe, durch einen so unglücklichen wie dummen Zufall! Das gelte auch und gerade für den kapitalistischen Scheißkerl, den, der aus dem Elend der Menschen Geld macht, aus ihrer Todesangst, der aus dem allerschlimmsten Mangel den allergrößten Reibach zieht, und das immer und grundsätzlich in der Übelkeit erregenden Maske des Wohltäters, des Wohltäters der Berliner Hinterhöfe, der maroden Rostocker Werften, der Aids-infizierten jungen Männer…

Ja, so ungefähr ging das, und er sah mich an, als sei ich es, der den Verstand verloren habe und den man in die *Urgences psychiatriques* bringen müsse, und weil er so guckte, legte ich noch eines drauf und fing von seiner allerunerträglichsten Maske an, nämlich der des Kirchenwohltäters, der aus lauter Haifisch-Freundlichkeit ein neues Kirchendach spendiert und ein Buntglasfenster dazu, mit des Moses Eherner Schlange als Motiv, was freilich in aller Unerträglichkeit schon wieder passend sei, insofern der Natur des frommen Stifters Markus Morgart nicht so sehr der Haifisch entspreche als vielmehr die Schlange, die Natter, weshalb er nicht einmal den stillen Flecken Schwarzhalden in seinem Frieden lassen könne, sondern ihn gleichfalls zerstören und vergiften müsse, vermutlich um einen Golfplatz für das allerabscheulichste Gesindel anzulegen, für Börsenjobber aus London und Mainhattan, oder eine Langlaufloipe für die Skisport-Olympia-Auswahl von Abu Dhabi… Warum traue er sich nicht, das der Claudia zu erklären, es ihr ins Gesicht zu sagen?

Plötzlich sah ich, dass sich in Morgarts Gesicht etwas veränderte. Bis dahin hatten wir uns gegenübergestanden, nun sah er um sich und griff tastend nach der Lehne des Sessels, der gerade in Griffweite war, und ließ sich nieder. Schweißperlen waren auf seine Stirn getreten, und er wischte sie sich mit der Handfläche ab…

»Was ist mit der Schlange?«, fragte er mit leiser, kaum hörbarer Stimme, und sah zu mir hoch. »Du hast mich doch in Straßburg schon zu einem solchen Fenster geschleppt? Das war doch kein Zufall, das war ein Trick, was für ein Spiel spielst du mit mir und warum?«

Ich wollte es ihm erklären, aber dann klingelte das Hoteltelefon, die Rezeption teilte mit, leider sei nun doch die Evakuierung der *zone bleue* angeordnet worden, und wir sollten bitte die Zimmer räumen. Ich legte auf und sah Morgart an.

»Wir müssen hier raus. Kommst du allein auf die Beine?«

Er schaffte es.

Eine Viertelstunde später hatte ich alle und alles in einem französischen Mittelklassewagen verstaut, Ulrike auf dem in Liegeposition gebrachten Beifahrersitz, Morgart im Fond hinter mir. Doch auf der Straße nach Montpellier ging es zeitweise nur im Schritttempo voran. Die Dunkelheit senkte sich über die Küste, immer wieder schalteten sich die Scheibenwischer ein. Meine beiden Beifahrer schwiegen.

Zum Glück liegt der Flughafen südöstlich von Montpellier, so dass wir nicht durch die Stadt mussten. Wegen der Trecks der Evakuierten war dort aller Verkehr zusammengebrochen. Voraussichtlich noch in der Nacht werden wir einen Flieger nach Straßburg bekommen und dort Morgarts Wagen holen, auch wenn er den einfach stehen lassen will.

Aber ich habe ihm gesagt, dass es jetzt an der Zeit sei, unseren Müll selbst aufzuräumen.

Vorausgesetzt, wir überstehen die Nacht in diesem Terminal und auch den Flug und finden das Auto und passierbare Straßen – vorausgesetzt das alles, sollten wir morgen irgendwann nachmittags in diesem Schwarzhalden sein. – L.

XV. CLAUDIA

Später Besuch und Ausreden
Samstag, 6. April

Sie kamen nicht am Nachmittag, sondern gegen Mitternacht. Die Rheinbrücke bei Kehl war gesperrt, so mussten sie über Basel fahren und konnten erst bei Laufenburg auf das deutsche Ufer übersetzen. Am Ende hatten sie auch noch Probleme, den gekiesten Fahrweg zu finden, der von der Passstraße zum Weiler Schwarzhalden abzweigt. Sie fuhren zuerst daran vorbei, weil der Wegweiser fast nicht zu sehen ist; zum Glück gerieten sie in kein Funkloch und konnten mich von der Passhöhe aus anrufen und sich hierher leiten lassen.

Als sie eintrafen, waren sie nicht zu zweit, sondern zu dritt. Morgart war mitgekommen, was mich im ersten Augenblick fassungslos machte. Natürlich hatte ich Lukas gebeten, er solle beide hierher – nach Schwarzhalden – bringen, aber das war vor dieser abscheulichen Geschichte gewesen. Zwar hatte mir Lukas geschrieben, dass er in Sète mit beiden losgefahren war, ich hatte es wohl gelesen, aber nicht wahrgenommen. Und nun war Morgart da und saß an meinem Küchentisch, in sich gekehrt, geduckt wie der Schulbub, der er einmal war, in Erwartung der nächsten Strafarbeit, aber zuallererst hatte ich mich um Ulrike zu kümmern. Sie konnte gehen, wenn auch mühsam, und wollte sich nicht helfen lassen. Weil sie sich als Erstes duschen und umziehen wollte, begleitete ich sie nach oben ins Badezimmer; erst dort fiel mir auf, wie schrecklich sie aussah – überall Hämatome und Schürfwunden, dazu die blauverfärbte Augenpartie! Ich berührte ihre eine Wange, sie ließ es sich gefallen, wir standen einen Augenblick voreinander, und mir war, als sollte ich sie in meine Arme nehmen.

Aber dann ließ ich das Bad einlaufen und meinte, ich würde sie doch gerne einem Arzt zeigen. Das sei wohl nicht nötig, kam es von ihr, er – »er!« – habe sie bloß geohrfeigt, weiter sei mit dem Kopf nichts passiert, und unten tue es halt noch weh. Sie sagte mir noch, was passiert war, und ich war so dumm und fragte, warum Morgart das denn getan oder habe tun lassen, und achselzuckend kam die Antwort, es sei ihm eben nichts anderes eingefallen, um sie davon zu jagen.

Ich wusste nicht, was ich dazu sagen sollte, und da sie keine weitere Hilfe brauchte, ging ich nach unten zu den Männern und stellte ihnen Brot, Käse und Wein auf den Tisch. Lukas sah schlecht aus, die Falten im alten Gesicht waren noch tiefer eingeschnitten als sonst.

Ich setzte mich Markus gegenüber und suchte seinen Blick, bis er ihm verdrossen standhielt. Es sei ihm hoffentlich klar, sagte ich, dass wir noch einiges zu bereden hätten. Ein Lehrerinnenspruch, ich weiß, und ich bereute ihn auch, kaum dass ich's gesagt hatte.

Er sah mich an – ein wenig ratlos, wie mir schien – und schüttelte den Kopf, dann stützte er beide Hände auf und wollte aufstehen. Ich fuhr ihn an, dass er sitzen bleiben und sich nicht einbilden solle, er könne einfach so davonlaufen in den unwegsamen regentriefenden Wald, um als das in der Kälte zitternde Unglückslamm alle anderen ins Unrecht zu setzen.

Tatsächlich blieb er sitzen, hob aber die Hand und deutete auf mich und fragte mich, was er denn meiner Ansicht nach hätte tun sollen? Das Mädchen sei ihm um die Beine gestrichen wie eine hungrige Katze, wann ich mir denn wieder eine Pistole besorge oder ob ich es das nächste Mal nicht doch mit einem Strick tun wolle, oder eben zweien …?

Ich sagte ihm, er solle nicht übertreiben, und dann war das Gespräch zu Ende, denn Ulrike erschien in einem Bademantel, den ich ihr herausgesucht hatte, und hatte Hunger und wollte auch was vom Wein und setzte sich mit der größten Selbstverständlichkeit an den Tisch, schräg gegenüber von diesem Saukerl Markus, als ob nichts gewesen wäre. Aber das ist noch gar nichts – ich nämlich brachte es fertig, eine Kerze anzuzünden, und so machten wir zu viert die eine Flasche leer und hörten, wie der Regen gegen die Fensterläden der Wohnküche schlug, denn die geht nach Westen hinaus.

Zum Glück saß Morgart nur dabei und versuchte, niemanden anzuschauen, und war mit einem Male nicht mehr der Große Investor & Global Player oder der Mann mit dem Kopfschuss, sondern einfach einer, der das Maul hält.

Dann schickte ich alle ins Bett, Ulrike in das Zimmer, das ich ihr bei ihrem ersten Besuch gegeben hatte, die beiden Männer in das Gästezimmer mit dem Doppelbett, denn ich kann zwar zuweilen mein Bett, niemals aber meine ganze Nachtruhe teilen.

Ulrike: Die tanzende Schlange (1)

Wind drückt gegen die Fensterläden. Unterm Dach krustelt und fuhrwerkt der Marder. Aber das Bett! Kein Vergleich zu den Sarkophagen, die ich so kenne.

M ist nun auch hier. Er wollte mich davonjagen, dabei hat er sich damit nun ganz und gar über mich und mit mir verstolpert, und so sind wir jetzt in die Hände der bösguten Fee geraten, die will unsere Seelen in Fürsorglichkeit trocknen und platt pressen, damit sie uns in ihr Poesiealbum kleben kann.

Wenigstens muss ich nicht mehr kotzen, wenn ich ihn sehe.

Die *Nachtgedanken* sind in den Bücherschrank zurückgestellt. Hab selber genug davon. Der Bücherschrank birgt vor allem Lyrik. Eigentlich seltsam, wenn das Zimmer das eines Studenten der Betriebswirtschaft sein soll, wie die Wronski behauptet. Auf der anderen Seite: Schmückt es nicht den angehenden Arbeitgeber-Funktionär, wenn er seinem Chef einen Rilke- oder Goethe-Vers in die Rede schreiben kann? Neben den *Nachtgedanken* stand eine zweisprachige Ausgabe von Baudelaires *Blumen des Bösen*, ich griff sie mir und fand tatsächlich das Gedicht von der *tanzenden Schlange*, mit dem die Wronski mich und die Abendstern genervt hat:

Que j'aime voir, chère indolente, / De ton corps si beau, / Comme une étoffe vacillante, / Miroiter la peau!

Nun weiß ich nicht, wie ich mir die *chère indolente* übersetzen soll – in der beigefügten deutschen Version wird sie zur Geliebten umgenudelt, das aber ist die Schöne mit der schimmernden Haut ganz bestimmt nicht, sie ist eine von diesen lässig-trägen Weibern mit einem weichen weißen Körper, der sich windet… Warum windet er sich? Um zu verschlingen? Unter Peitschenhieben? Oder gar…

Solltest du das Gedicht dem M zeigen? Nur so, dass er mal was anderes liest als Börsenberichte? Tut er das überhaupt noch, Börsenberichte lesen? Denn die Schlange, die am Ende eines Stabes tanzt, die tanzt nicht, sondern stirbt einen Tod, den kleinen oder großen, es geschieht ihr das, was der männliche Blick sehen will, der Schlange wird es besorgt, wie sie es verdient hat – jener Schlange, die für den Mann das Weib ist, ebenso wie dem Weib, das für ihn Schlange ist. Vor der der Mann die allergrößte, weil verborgene Angst hat. Eine, die er niemals zugeben darf.

Nur – erwarte nichts davon für dich selbst. Du bist zu mager.

Gsell: Nachrichten aus der Unteren Welt /
Sonntag, 7. April

Zum Frühstück gab es Tee und Rührei, Ulrike erschien spät und steckte in einem von Claudias Pullovern. Ihre Augenpartie war noch immer marmoriert, aber nicht mehr ganz so verschwollen, und auf ihrer Kopfhaut sah man plötzlich einen Schimmer von rötlich-dunklem Haar. Sie setzte sich neben mich auf den freien Platz der Eckbank, es gehe ihr gut, sagte sie, als ich nachfragte, und schickte ein kühl-gleichgültiges Lächeln in Richtung Morgart, der so tat, als müsse er das Rührei studieren.

Claudia hatte bereits gefrühstückt, kam aber mit einer Tasse Kaffee zu uns an den Tisch und berichtete, wir hätten Glück gehabt, dass wir überhaupt noch auf die deutsche Rheinseite gekommen seien. Nach Mitternacht, so habe sie in den Morgennachrichten gehört, seien alle Rheinbrücken unterhalb von Konstanz gesperrt worden. Sie frage sich nur, wie lange die Straße nach Bruggfelden offen bleiben werde.

Ich hatte ein wenig die Sorge, es käme nun am Frühstückstisch zur großen Abrechnung, wer was warum mit wem getan/angerichtet/verschuldet hatte, aber Claudia beschäftigte sich mit dem Mittagessen – ob Bratkartoffeln und Fleisch vom Rotwild genehm seien? Das Fleisch habe sie von dem Jäger, der ihres Großvaters Revier übernommen habe. Es sei ein großes Revier, umfasse nahezu die ganze Gemarkung der einstigen Gemeinde Schwarzhalden, also für sie viel zu groß, obwohl sie es seinerzeit dem Alten nicht habe abschlagen können, ebenfalls die Jägerprüfung zu machen, und wenn die Wildschweinpopulation mal wieder aus dem Ruder laufe, da müsse sie selbst…

Es schien sich aber niemand für die Details der Jagd auf Schwarzwild zu interessieren, und sie hörte zu erzählen auf. Ein Moment des Schweigens senkte sich auf den Tisch, und weil niemand mehr Tee oder Kaffee wollte, stand ich auf, räumte ab und machte mich an den Abwasch; ich bin das von meinem Junggesellenhaushalt so gewöhnt. Ulrike bat darum, sich wieder hinlegen zu dürfen, unsere Gastgeberin und Morgart blieben am Tisch sitzen, ich weiß nicht, sahen sie sich an oder aneinander vorbei, aber irgendwann redeten sie doch miteinander, und so begann nachstehendes Gespräch:

C: »Und die ist gar nicht so klein, die Gemarkung. Warum habt Ihr euch da eingekauft?«

M: »Wir?«

C: »Ja, Ihr. Real Estate Ararat. Gehört doch dir? Oder du bist der Obermotz dort?«

M: »Der da« – fast körperlich spürte ich, wie er auf meinen Rücken zeigte – »der da hat auch schon damit angefangen. Aber ich hab nichts damit zu schaffen. Oder nichts mehr. Angeblich hab ich meine Anteile verkauft. Sagt dieser Anwalt. Und dass es dieses Höft hier oben gibt, das weiß ich von früher. Aber sonst…«

Ich drehte mich um, die Spülbürste in der Hand, und sah zu, wie Morgart die Hände ausbreitete, die Handteller nach oben, als Zeichen, dass er nichts mehr vorzuweisen habe.

C: »Aber du hast vielleicht eine Idee, warum diese Real Dingsbums sich hier einkauft?«

M: »Denk an die Nachrichten! Dann kannst du es dir selber ausrechnen.«

C: »Ihr habt also aufs Hochwasser spekuliert, und auf die

Flüchtlinge … Oder anders ausgedrückt: Du hast auf die Sintflut gewettet. Aber warum hast du deine Anteile dann verkauft? Mit Geldscheinen kannst du keine Arche Noah zimmern.«

M: »Hab ich das vorgehabt? Dann weißt du mehr als ich … was ja kein Wunder wär.«

Claudia zuckte mit den Achseln und stand auf, um das Fleisch aus dem Tiefkühlfach zu holen. Morgart wollte nun auch Nachrichten hören und wurde von Claudia mit einer Handbewegung ins Wohnzimmer geschickt oder vielmehr gescheucht, wo es einen Fernseher gab. Als wir allein waren, setzte sie sich wieder und sah zu mir hoch:

»Es hat keinen Sinn. Er blockt nur ab. Was er dem Mädchen angetan hat, daran ist das Mädchen schuld. Was er der Landschaft hier antut, da hat er die Anteile verkauft. Zum Kotzen.«

»Das kannst du ihm nicht vorwerfen«, antwortete ich, trocknete mir die Hände ab und hängte die Spülbürste an ihren Haken. »Er ist Kapitalist. In der Wolle gefärbt. Das Wesen des Kapitalismus ist, sich nicht um die Folgen dessen zu scheren, was man mit Geld anrichten kann.« – (Beim Niederschreiben bemerke ich, dass dies eine der Stammtischweisheiten ist, die ich von niemandem anderen ertragen könnte.)

»Ich rede im Ernst«, kam es von Claudia.

Na gut, dachte ich, da kann ich nicht mithalten, und wandte mich zur Tür. »Du hast noch die Schlange in der Hinterhand«, sagte ich, die Türklinke in der Hand. »Entschuldige, ist 'n blödes Bild, aber hau sie ihm um den Kopf.«

»Warum?«

»Probier's«, antwortete ich. »Du wirst schon sehen.«

Ich ging ins Wohnzimmer – Sitzgruppe, Regale aus Fichtenholz, vollgestellt mit der Literatur, die ein Bildungsbürger in der zweiten Hälfte des vorigen Jahrhunderts so ansammeln konnte, dazu ein Fernseher, der an eine Dachantenne angeschlossen war. Morgart hatte sogar einen der US-Nachrichtenkanäle hereinbekommen. Nun ist mein Englisch noch lausiger als mein Französisch. Aber was ein *state of national emergency* ist oder sein soll, verstehe ich gerade noch. Dazu wurden Aufnahmen aus dem überfluteten Passau gezeigt und – aus einem Hubschrauber gefilmt – von der Seenlandschaft entlang der Havel bei Berlin. Was interessierte das die Amis? Wir sahen uns an, und Morgart schaltete zu einem deutschen Kanal und brachte einen dieser weißhaarigen Säusler auf den Bildschirm, die man sonst nur noch für Nachrufe ans Mikrofon lässt…

»… in den bisherigen Händen verbleiben. Neu ist jedoch die Schaffung eines Ressorts für Städte- und Wohnungsbau sowie Hochwasserschutz, in dessen Kompetenz auch die Bewirtschaftung des gesamt verfügbaren Baulandes fällt. Diese Formulierung deutet daraufhin, dass die neue Regierung mit Hilfe der Notstandsgesetze einen direkten Zugriff auf die Eigentumsrechte an Grund und Boden beabsichtigt, wie das der designierte Wohnungsbauminister Detlev Krokowski bereits seit Tagen fordert…«

So ging es noch eine Weile weiter, dann kamen wieder die Bilder von den Menschen aus Passau, die aus den oberen Stockwerken ihrer Häuser winken, und Morgart zappte zu dem US-Kanal zurück, der sich inzwischen der Lage in Louisiana zugewandt hatte. Ich stellte fest, dass Hochwasser in New Orleans doch etwas mehr hergibt als eines in Passau. Es sieht einfach amerikanischer aus. Dann kam mir eine Frage hoch.

L: »Darum hast du's verkauft. Du hast gewusst, dass die in Berlin nur darauf gewartet haben und alles verstaatlichen werden, was noch nicht Louisiana ist.«

M (zuckt die Schultern): »Soll das ein Vorwurf sein? Die Claudia hackt ja auch schon die ganze Zeit auf mir herum. Als ob es ein Verbrechen wär, sich so seine Gedanken zu machen ...« – er steht auf und geht ans Fenster und zeigt hinaus in den Regen – »... wenn das eine Sintflut ist, was da draußen stattfindet, dann hat die doch jeder kommen sehen, jeder hat gewusst, dass die Gletscher schmelzen und das Grönlandeis und die Antarktis. Sogar in meinem kaputten Kopf ist das gespeichert« – er dreht sich um und wendet sich zu mir – »... und du – erzähl mir nicht, dass du's nicht auch gewusst hast. Aber jetzt sag mir, was hast du mit diesem Wissen gemacht? Wozu soll das ganze Schreiben gut sein, wenn du in einer solchen Zeit nicht die Sirenen jaulen lässt, sag mir das!«

L: »Ja, Herr Pfarrer. Du hast ja Recht. Nur wenn ich meine Sirene anwerfe, hört das niemand. Und wenn es September sein wird und in vierzehn Tagen die Welt untergeht, dann wird trotzdem der Bieranstich für die Wies'n nicht verschoben.«

M: »Von mir aus. Aber was ist jetzt mit deiner Schreiberei? Wenn dich keiner hört – was soll das dann noch? Ein Alibi fürs Nichtstun?«

L: »Das wär doch schon einmal ein ganz vernünftiger Grund, findest du nicht?«

Die Tür öffnete sich, und Morgart war einer Antwort enthoben, denn Claudia kam herein und teilte das Nötige mit – dass sie nämlich mit der Vera Abendstern gesprochen habe und Ulrike in deren Gästezimmer im Glotterhof umziehen werde und dass wir ferner für den Abend dort auf ein Glas Wein eingeladen seien und – vielleicht – erfahren könnten, was es mit dem seltsamen Auftrag der Real Estate Ararat auf sich habe.

»Und Ulrike ist mit dem Umzug einverstanden?«, fragte ich.

»Ach«, kam die Antwort, »ich hab ihr erklärt, dass ich sonst den da rausschmeißen muss.« Mit dem Daumen zeigte sie auf Morgart. »Das wäre ihr zwar egal, aber sie will nicht schuld sein, wenn er bei der Abendstern in den Schweinekoben muss. Woanders werde ihn die kaum haben wollen.« Morgart stand auf und wollte zur Tür. Claudia stellte sich ihm in den Weg. »Bleib hier«, sagte Claudia. »Davonlaufen erlaube ich dir nicht.«

Claudia: Die Säulen des Herakles

Es war Abend geworden, und der Regen hatte nachgelassen. Doch der lehmige Fußweg war so nass, dass wir an der Haustür des Glotterhofs unsere Schuhe auszogen und in die Filzlatschen schlüpften, die uns Vera – sie hatte uns kommen gehört oder gesehen – herausbrachte. Ich stellte die beiden Männer vor, was aber gar nicht notwendig gewesen wäre, denn Vera kannte beide und wollte von Lukas sofort wissen, wo er seinen Hund gelassen habe, und zu Markus sagte sie, es sei gewiss nett, einmal ohne Anwalt über Kunst reden zu können.

Markus hob entschuldigend beide Hände, er habe leider ein Problem mit dem Erinnern, und Lukas quatschte dazwischen, Hunde und Anwälte müssten nicht überall mitgenommen werden. Ich gab eine so kurze wie allgemeine Erklärung (»partielle Amnesie nach schwerer Verletzung«), dann wurden alle in die Küche geführt. In einem altertümlichen Herd brannte ein Feuer und sorgte für angenehme Wärme, am Küchentisch saß Ulrike, einen Becher in der Hand, wir setzten uns dazu, und Vera räumte einen großformatigen Skizzenblock zur Seite; immerhin ließ sie es zu, dass ich einen Blick auf die

Porträtskizze warf, an der sie gearbeitet hatte und auf der jene für Ulrike charakteristische Linie der Augenbrauen eingefangen war, dazu der kleine, eher schmallippige, ein wenig spöttische Mund. *Eingefangen*, schreibe ich, und mir ist's, als sei es der Vera Abendstern hier wirklich ums Einfangen gegangen.

Aber ich darf mich nicht beschweren. Ulrikes Umzug war meine Idee gewesen.

Es gab einen Rotwein aus dem Prälatenwinkel, doch Markus bat um ein Glas Wasser, und ich sah, dass er blass geworden war und sich Schweiß von der Stirn wischte. War etwas nicht in Ordnung? Er schüttelte den Kopf, offenbar müsse er ja schon einmal hier gewesen sein, und dass er sich daran nicht mehr erinnere, mache ihm zu schaffen. Vera brachte das Glas Wasser, er dankte, nahm einen Schluck und fragte, wann er denn hier gewesen sei?

Ach!, meinte Vera heiter, er sei zweimal hier im Glotterhof zu Besuch gewesen, das erste Mal Anfang November, vor rund fünf Monaten also, das zweite Mal erst vor wenigen Wochen. Im November sei er mit diesem Anwalt bei ihr erschienen, der dann auch hauptsächlich geredet habe. Trotzdem sei ihr sofort klar geworden, wer der eigentliche Auftraggeber sein würde – dazu machte sie eine höfliche, vielleicht auch ein klein wenig ironische Handbewegung hin zu Markus. Und von ihm sei auch die interessante Anregung gekommen, die Eherne Schlange des Moses mit dem Dollarzeichen $ darzustellen, oder das Dollarzeichen in den Augen der Schlange aufleuchten zu lassen. Sagte sie wirklich »interessante Anregung«? Ich glaube, ja. Dazu lächelte sie fein und begann, uns das Dollarzeichen zu erklären, von dem sie behauptete, es leite sich von dem spanischen Staatswappen ab und sei von den Spaniern verwendet worden, um das in Südamerika geraubte Gold zu kennzeichnen. Bevor sie dazu übergehen konnte, uns Details spanischer Heraldik zu beschreiben, unterbrach ich sie und wollte wissen, ob Markus seinen Vorschlag näher erläutert hätte. Dabei blickte ich zu ihm, aber er schüttelte nur den Kopf und hob abwehrend beide Hände.

Doch, kam es von Vera, das habe der Herr Morgart sehr wohl getan und sinngemäß gemeint, für die meisten Menschen sei Geld wie Gift oder sogar das schlimmste Gift überhaupt, denn sie gäben das Leben dafür her und bekämen in Wirklichkeit nichts zurück. Das müsse man ihnen vor Augen führen, genauso wie der Moses den Israeliten in der Wüste das Abbild der Schlange gezeigt habe, damit sie begriffen, woher die wirkliche Gefahr drohe … In diesem Augenblick stand Ulrike abrupt auf und wandte sich zur Tür, riss sie auf und lief hinaus. Zurück blieb ein allgemeines Schweigen, dann stand auch ich auf und ging ihr nach. Ich fand Ulrike vor dem Haus, sie stand nach vorne gebückt, mit der einen Hand an einem Zaunpfahl, und erbrach sich in das, was einmal Gemüse- oder Blumenbeet gewesen sein mag.

Gsell: Das Zeichen im Schlangenauge

Eine Weile saßen wir zu dritt beieinander, verlegen und wortlos, dann räusperte sich Morgart und sagte, er habe das mit dem Dollarzeichen und dem Staatswappen nicht verstanden, und die Abendstern fing den Ball auf und begann zu erzählen, was sie sich so im Internet zusammengesucht hatte. Es war die Geschichte von den Säulen des Herakles, womit man im Altertum Gibraltar und den marokkanischen Dschebel Musa gemeint habe, die bis zum Beginn der Neuzeit das Ende der bewohnbaren Welt symbolisiert hätten: »*nec plus ultra*« – dahinter ist nichts mehr. Als aber Kolumbus Amerika entdeckt und der spanischen Krone zu einer Neuen Welt verholfen hatte, sei das alte *nec plus ultra* widerlegt gewesen, mehr als genug habe sich hinter den Säulen des Herakles finden und stehlen lassen, weshalb der Habsburger-Kaiser Karl V. das spanische Staatswappen mit zwei Säulen versehen ließ, die aber durch ein Spruchband mit der neuen Aufschrift »*plus ultra*« verbunden waren – statt »nichts mehr« also ein »immer mehr«, ein »immer weiter«, und das Motiv der durch ein Spruchband verbundenen Säulen habe die Vorlage für die Prägestempel gegeben, die für das südamerikanische Gold verwendet wurden.

Das gefalle ihm ausnehmend gut, warf Morgart ein, »immer mehr« sei nämlich auch das Prinzip der Geldwirtschaft – wenn Geld sich nicht vermehren kann, verfalle es.

Die Abendstern hörte artig zu, bemerkte aber, für den Vorschlag von Herrn Morgart spreche vor allem der Bezug auf die Säulen des Herakles, der es bekanntlich schon sehr früh – nämlich in seiner Wiege – mit Schlangen zu tun gehabt habe, indem er welche habe erwürgen müssen. Vermutlich hat sie das alles nur deshalb an uns hingeredet, um so zu tun, als habe sie Morgarts Vorschlag ernsthaft in Erwägung gezogen. Sie sagte dann auch ganz offen, dass ihr das Dollarzeichen zu plakativ, zu seelenlos sei. Die einzige Möglichkeit, das biblische Motiv heute – in dieser Zeit! – umzusetzen, bestehe darin, das Elend einer lebendigen, an einem Pfahl aufgehängten, in ihren Qualen zuckenden und zur Schau gestellten Kreatur zu zeigen, nur fürchte sie, dass sie genau dieser Aufgabe nicht gerecht geworden sei. Aber sie sei gerne bereit, uns im Atelier ihre Entwürfe zu zeigen.

»Dann lass sehen«, hörte ich Claudia sagen, die leise in die Küche gekommen war.

Claudia: Das Obszöne und das Kreuz

Lukas wollte wissen, wie es Ulrike gehe, und ich sagte, dass sie soweit wieder in Ordnung sei, sich aber hingelegt habe. Dass ihr der Anfall von Übelkeit peinlich war, vor allem deshalb, weil sie sich eingebildet hatte, sie sei über solche Attacken hinweg, teilte ich nicht mit. Allerdings fügte ich hinzu, es wäre hilfreich, wenn bestimmte, für solche Sprüche am allerwenigsten qualifizierte Leute sich künftig nicht mehr als antikapitalistische Volkserzieher aufführen wollten.

Morgart machte ein Gesicht, als ginge ihn das alles nichts an.

Vera ging voraus, wir folgten, im Atelier war es kalt, so kalt wie das Licht, das durch die Dachfenster auf die Staffelei mit dem Bild der ans Kreuz geflochtenen Schlange fiel, und Vera schaltete eilig die Heizstrahler an.

Markus betrachtete das Schlangenbild. Andächtig? Wohl kaum. Er wirkte blass. Irgendwie unpässlich, wenn frau das von einem Mann sagen darf. Eine Hand auf die Lehne eines Stuhls gelegt, der vor ihm stand. Die andere Hand fuhr immer wieder über die Stirn. Ich ging zu ihm hin und nahm ihn am Arm, dass er sich setzen solle. Er schüttelte sacht den Kopf und tat es dann doch. Einen Schritt zurück stand Gsell, das Gesicht in höflich-aufmerksame Falten gelegt, das sah auch nicht nach Begeisterung aus.

Keiner von den Besuchern musste etwas sagen, denn Vera war ins Reden gekommen und von den Säulen und Schlangen des Herakles auf die theologischen Kommentare geraten, die sie im Internet zur Ehernen Schlange gefunden habe und von denen ihr der eine so wenig hilfreich erschien wie der andere. Einige der Kommentatoren würden sogar behaupten, mit dem Blick hinauf zur Ehernen Schlange hätten die armen Menschen eingestanden, dass der liebe Gott sie zu Recht mit den Schlangenbissen bestraft habe, und dieses Eingeständnis rette ihnen das Leben. Was solle man nur von derlei sadistischen Erziehungsspielen halten?, fragte sie und redete weiter und hörte nicht auf damit.

Mir kommt es so vor, als müsse Vera darüber hinweg reden, dass ihr Bild von der gekreuzigten Schlange kalt lässt. Nichts davon brennt ins Herz. Nicht mehr als der Anblick einer auf der Straße plattgefahrenen Ringelnatter oder Blindschleiche. Das Kreuz ist schuld. Weil es überall aufgestellt wurde und zu sehen ist, hat es seine Obszönität verloren. Dabei gibt es wenig, das obszöner wäre als eine Vorrichtung, mit der ein Lebewesen durch sein eigenes Gewicht zu Tode gebracht wird.

Markus nützte schließlich eine Sprechpause der Abendstern und sagte, dass er mit diesem Entwurf – er deutet auf das Bild – sehr einverstanden sei, auch wenn es auf seinen Eindruck gar nicht ankomme. Wenn er jemanden engagiere, dann nur deshalb, weil die oder der Betreffende von einem bestimmten Thema mehr verstehe als er selbst. Er stand auf, etwas mühsam, und weil es trotz der Heizstrahler kühl blieb, ging die Gesellschaft in die Küche zurück, wo wir zu meiner Überraschung Ulrike antrafen, in einen Bademantel gehüllt. Sie sei okay, behauptete sie, ob sie aber wohl einen Fenchel- oder Kamillentee bekommen könne? Vera hatte heißes Wasser und eilte, ihr einen Tee aus einer Kräutermischung aufzugießen, von der sie behauptete, sie sei noch besser als Fenchel oder Kamille allein. Während der Tee zog, fragte sie Gsell – von dem bis dahin kein einziges Wort zu hören war – nach seinem Eindruck. Ja doch, sagte er, natürlich sei er beeindruckt, aber er müsse die ganze Zeit an das Bilderverbot denken, das der Mose angeblich erfunden hat, und dass der Mose des Bilderverbots nicht so recht zu dem der Ehernen Schlange passt, weshalb er sich gut vorstellen könne, dass es sich um zwei verschiedene Mosesse, Schamanen oder Medizinmänner gehandelt habe, von denen der eine das Bilderverbot erfunden habe und der andere die Eherne Schlange, und dass die beiden dann erst in der späteren Überlieferung zu der Gestalt des einen Religionsstifters verschmolzen worden seien. Bei Sigmund Freud könne man mehr dazu lesen, fügte er hinzu und hatte dann doch noch eine Frage – ob Vera wisse, welche Art von Giftschlangen auf dem Sinai eigentlich so herumkriechen?

Sandvipern und Kobras, gab Vera Auskunft, die ihm mit schmalen Augen zugehört hatte. Und die Sache mit dem Bilderverbot sei ihr selbstverständlich bekannt, nur habe sie den Schluss daraus gezogen, dass in diesem einen Fall das Bild sozusagen als eine Art Gegengift gerechtfertigt gewesen sei. Gsell nickte höflich mit dem Kopf, ging aber überhaupt nicht auf das ein, was sie gesagt hatte, sondern wollte wissen, was das genau für Kobras seien, die im Sinai heimisch sind, und Vera begann, in einem Stapel mit Fotografien und Notizen zu suchen und fand sogar etwas – einen Zettel, von dem sie ablas, dass dort zum einen die Schwarze Wüstenkobra heimisch sei, aber ebenso die Ägyptische Kobra, auch Uräusschlange genannt, nach dem altägyptischen Uaret, was so viel bedeute wie eine sich Aufrichtende. Sie sei das heilige Tier der Wadjet gewesen, der Landes- und Schutzgöttin des alten Unterägyptens, und zugleich die Waffe, mit der sich die Wadjet allen anderen Gottheiten überlegen zeigte. Eben deshalb hätten die Pharaonen das Abbild der Uaret als Stirnschmuck getragen, wie dies zum Beispiel auf der Goldmaske des Tutanchamun zu sehen sei ...

Dann hatte der Tee genug gezogen, Vera goss ihn in einen

selbstgetöpferten Keramikbecher und stellte ihn vor Ulrike, die sich artig bedankte, den Becher in beide Hände nahm und plötzlich ebenfalls eine Frage hatte.

Ulrike: Was die Kirche nimmt

Mit früher kenn ich mich nicht so gut aus, aber wenn es den Menschen richtig dreckig ging und sie nicht gewusst haben, wie es weiter geht, dann haben sie doch gerne einen von sich geopfert, oder? Kann es sein, dass der eine Medizinmann wegen der Schlangenplage vielleicht ein Menschenopfer befohlen hat, was man später nicht mehr habe wahrhaben wollen, weshalb das Menschenopfer zur Geschichte der Ehernen Schlange umgelogen worden ist? Wie ich das sage, will die Wronski wissen, wieso man dann beim Umlügen ausgerechnet auf eine Eherne Schlange gekommen sei, und ich geb zur Antwort, ganz gewiss sei es ein weiblicher Mensch gewesen, den mann da geopfert habe, auch deshalb, weil der faule Zauber ja wegen einer Schlangenplage stattgefunden habe und den Frauen von jeher die Schuld an den Schlangen gegeben werde. Und weil eine tote Schlange als Opfer nicht so arg viel hermacht, habe es eben eine Eherne Schlange sein müssen, also irgendwas aus Kupfer oder Bronze, das sieht besser aus und stinkt auch nicht, wie der verwesende Kadaver einer Schlangen- oder auch einer Menschenfrau das tun würde.

Wie ich fertig bin, sagt Gsell, dass ihm das sehr gut gefalle, und die Abendstern fragt spitz, wenn sie das richtig verstehe, sollte da statt der Schlange eine Frau ans Kreuz gebunden werden, und ob ich eine Idee hätte, wie man das dann der Evangelischen Kirche Bruggfelden verkaufen könne?

Aber kaum hat sie ausgeredet, sagt M, dass die Kirche nehmen werde, was sie bekommt. Er sei da ganz sicher. – So schnell geht das, und einer, der gerade noch nichts Besseres tun konnte, als das Maul zu halten, ist schon wieder obenauf.

XVI. GSELL

Ein Ausflug, und was sonst noch fliegt
Sonntag, 7. April

Nun wissen wir zwar immer noch nicht, warum Markus das Kirchenfenster in Auftrag gegeben hat«, sagte Claudia und blieb stehen, um sich an einem Grasbüschel den Lehm von den Stiefeln zu streifen. »Aber immerhin wissen wir, was ganz bestimmt nicht der Grund war.« Nach einem ländlich-forstlichen Mittagessen – Salzkartoffeln! Hirschgulasch! – hatte sich Morgart zu einem Mittagsschlaf zurückgezogen, während Claudia und ich zu einer kleinen Wanderung aufgebrochen waren, hinüber zur Ruine Girendsburg, denn der Himmel hatte ein wenig aufgeklart.

Auch ich blieb stehen und bemühte mich, so fragend zu blicken, wie es Claudia gewiss erwartete.

»Er hat es jedenfalls nicht darum getan, um die Kirchgänger von Bruggfelden über das Wesen des Geldes aufzuklären«, sagte sie. »Völlig ausgeschlossen. Ein Menschenfreund ist er nicht. Im Atelier hatte ich gute Lust, ihm die Geschichte seiner Mutter um die Ohren zu hauen.«

Es wäre genau das gewesen, dachte ich, was sie mir ausdrücklich verboten hat.

»Zum Glück bin ich für ihn nicht verantwortlich«, fuhr sie fort, betrachtete ihre Stiefel, erst den einen, dann den anderen, und ging weiter. Der Weg führte oberhalb einer Lichtung vorbei, rechts sah ich Reste eines Mauerwerks, vielleicht war hier eines der aufgegebenen Bauernhäuser von Schwarzhalden gestanden. Ich schloss zu ihr auf, und weil der Weg breit genug war, dass wir nebeneinander gehen konnten, hängte sie sich bei mir ein. Wir kamen an altersgrüngrauen Fichten vorbei, deren regennasse Zweige schwer und satt herunterhingen, und an Buchen, die noch immer kahl waren, der Weg führte leicht nach oben, weiter oben – so sagte Claudia – würde die Abzweigung kommen, die zu dem Bergsporn mit der Ruine führte. Für den Rückweg nach Schwarzhalden wusste sie einen Pfad, der weiter unterhalb verlief; zu Hause würden wir den Kachelofen einheizen, falls es Markus nicht schon getan hatte.

Ganz selbstverständlich sprach sie von »zu Hause«, es berührte mich seltsam. Wie würde es weitergehen mit uns? Wir wussten es nicht. Auch in Claudias Schule waren inzwischen Flüchtlinge einquartiert, so dass vorläufig gar kein Unterricht möglich sein würde; trotzdem hatte ihr der Rektor gemailt, dass er die Lehrkräfte am Tag vor dem eigentlich vorgesehenen Schulbeginn erwarte.

»Falls die Straße nach Bruggfelden bis dahin überhaupt passierbar ist«, fügte sie hinzu. Es klang so, als müsse es nicht unbedingt sein, diese Passierbarkeit. Und überhaupt! Eigentlich sei sie eine dumme Kuh, längst schon hätte sie ihren Lehrauftrag auf ein halbes Deputat reduzieren können, grün und gelb könne sie sich ärgern, dass sie's nicht getan habe! Dann kam sie darauf, dass ich ja nicht unbedingt zurück müsse, solange diese schrecklichen Hamburger mein Häuschen in Beschlag hätten; schließlich wäre ja nichts dabei, wenn ich die großväterliche Bibliothek als mein Arbeitszimmer einrichten würde. Ich hörte ihr gerne zu, weil ich ihre Stimme mag, und zugleich war es mir unheimlich dabei. In meinen Gedanken gesellte sich zu den Gespenstern des untergegangenen Dorfes der Geist von Claudias Großvater, der sich langsam von seinem Stehpult löst und misstrauisch zu mir her schnüffelt, wer ist das und warum ist der hier und was kritzelt der da auf meinem Schreibtisch herum?

Vor uns ragte das graue Gemäuer der Girendsburg über ihrem Felssporn hoch wie der Bug eines auf ein Riff aufgelaufenen Schiffes. Im Torturm führte eine Wendeltreppe, in der es nach Urin und Abfall roch, nach oben auf eine Aussichtsplattform, von der aus man zwar keine Fernsicht hatte, aber doch zwischen den aus dem Tal aufsteigenden weißen Nebelschwaden die bewaldeten Berge sah, die den Flusslauf tief unter uns säumten. Es war nicht mehr so kalt wie in den Tagen zuvor, vielleicht kam es mir so auch nur vor, weil ich von der Wanderung und dem Aufstieg im Turm erhitzt war. Trotzdem standen wir da, aneinandergeschmiegt, als müssten wir uns wärmen, ein spätes Glück in grauer Zeit.

Ein seltsames, gleichförmiges Geräusch drang vom Tal her zu uns hoch. Ich wollte nicht darauf achten, aber das Geräusch kam näher, und ich begriff, dass ein Hubschrauber zwischen den Berghängen im Anflug war, ein großes graugrünes Militärinsekt, Bundeswehr oder Grenzschutz oder Polizei, und für einen Augenblick dachte ich – die werden uns doch nicht für Hilfesuchende halten, die man von einem Turm retten muss? Aber der Hubschrauber flog geradeaus weiter, und Claudia sagte plötzlich:

»Der wird doch nicht nach Schwarzhalden wollen?«

Wir sahen uns an und entschieden, rasch zurückzugehen. Und den kurzen Weg zu nehmen.

Der Rückweg führte durch dichten Fichtenwald, der sich nach einer guten halben Stunde öffnete und den Blick auf den Glotterhof freigab. Als wir vollends aus dem Wald herauskamen, sahen wir den Hubschrauber wieder, oberhalb von uns, er war auf einem halbwegs ebenen Teil der Wiese zwischen dem Glotterhof und Claudias Ferienhaus gelandet, bewacht von zwei Uniformierten, die uns zu sich herwinkten. Claudia und ich sahen uns an und waren beide der Ansicht, dass uns niemand zu winken hat, Uniformierte schon gar nicht. Also gingen wir weiter, und als ich sah, dass die Haustür des Glotterhofes mit Papier- oder Klebestreifen versiegelt war, ging ich hin und betrachtete es, die Streifen waren tatsächlich Siegel und mit dem Landeswappen versehen.

Einer der Uniformierten hatte sich bequemt, von seinem Standplatz beim Hubschrauber zu uns herunterzulaufen, und verlangte unsere Papiere; ich sagte ihm, er solle bitte zuerst sich selbst ausweisen und erklären, was er hier überhaupt zu suchen habe. Er wiederum behauptete, wir würden uns in einem Bereich aufhalten, der auf Grund der Notstandsgesetze beschlagnahmtes Gebiet sei, weshalb wir uns bereits durch das bloße Betreten strafbar gemacht hätten, worauf Claudia silberhell lachte. Dann erklärte sie, dass sie ihren Ausweis in ihrem Haus habe – und zeigte darauf –, ob sie wenigstens das betreten dürfe?

»Wie Sie wünschen«, sagte der Uniformierte und wies seinerseits nach oben, und zu dritt gingen wir hoch, an dem Hubschrauber vorbei, und Claudia fragte, wo denn eigentlich Frau Vera Abendstern sei, die rechtmäßige Bewohnerin des Glotterhofes, »haben Sie die in Ihren Laderaum gesperrt?«

Der Mann antwortete, dass er keine Auskunft zu geben habe, und dann kam uns auch schon aus dem Ferienhaus ein dritter Uniformträger entgegen. Er ließ sich erklären, dass Claudia die Eigentümerin dieses Hauses sei, und führte uns in die Großvater-Bibliothek, wo am Schreibtisch ein Zivilist saß, ein schmaler Mensch mit ordentlich gescheiteltem Haar und einer mächtigen Brille, deren runde, rot geränderte Gläser ihm das Aussehen eines späten Musterschülers gaben. Er stand auf, deutete fragend auf mich und fand sich aber mit mir ab, als Claudia erklärte, sie verhandle nur im Beisein eines Zeugen mit ihm.

»Bitte sehr«, kam die Antwort, allerdings hätten sie nichts zu verhandeln, denn entsprechend den Ausführungsbestimmungen der geltenden Notstandsgesetzgebung – er rasselte eine Reihe von Paragraphen herunter – sei dieses Haus beschlagnahmt und die Eigentümerin aufgefordert, es binnen einer halben Stunde zu räumen. Dazu hob er seinen rechten Arm, um uns seine Armbanduhr sehen zu lassen und wie er die Zeit von ihr ablas.

»Anschließend werden wir Sie und Ihren Begleiter ausfliegen, wobei Sie einen Handkoffer mit persönlichen Gegenständen und Dokumenten mitnehmen können.«

Ich musste den Idioten spielen und bemerken, früher hätten Leute wie er das nicht machen können. »Nicht so. Da hätten Sie einen Gleisanschluss gebraucht, für die Güterwaggons, in die Sie die Menschen hineintreiben.«

Er schaute mich an und antwortete, die Behinderung einer durch die Notstandsgesetze veranlassten Amtshandlung werde hart bestraft, wobei auch Beleidigungen als eine solche Behinderung anzusehen seien. Dann wandte er sich wieder Claudia zu und bat um die Schlüssel für das Haus, einschließlich der Schlüssel für Schränke, Safe und dergleichen. Ich wollte bereits wieder das Maul aufreißen, aber Claudia warf mir einen warnenden Blick zu, nein, nicht bloß warnend, der Blick verwies zugleich auf den Uniformierten, der noch immer mit im Zimmer stand. Dann holte sie einen Schlüsselbund aus ihrem Mantel und reichte ihn dem Brillenmenschen.

»Es hängt eigentlich alles dran, auch der Schlüssel für das kleine Auto, das andere gehört mir nicht«, sagte sie und warf mir wieder einen Blick zu. »Nur für das hier…« – sie zeigte auf einen schmalen hohen Schrank, der seltsamerweise zwei Schlösser aufwies – »… für das hier gibt es besondere Schlüssel, ich suche sie Ihnen heraus, wenn Sie erlauben?« Sie ging zum Schreibtisch, der Beamte stand auf und machte ihr Platz, so dass sie eine der Schubladen aufziehen konnte, sie griff suchend hinein und holte etwas heraus und rammte das Etwas ihrem Gegenüber in den Bauch, der Uniformträger neben mir griff nach der Pistole in seinem Gürtelholster, und ich stellte mich mit erhobenen Händen vor ihn.

Sie kennen das sicher: Sie wollen auf dem Gehsteig einem entgegenkommenden Passanten links ausweichen, der nimmt die gleiche Richtung, sie versuchen es rechts, wieder hat er den gleichen Gedanken – und eben den gleichen lächerlichen Tanz führten wir auf, ich mit erhobenen Händen und dieser Polizist, mit seiner Pistole fuchtelnd, während Claudia mit ihrer linken Hand die Kehle des Oberbeamten gepackt hielt und ihm mit der rechten Hand das Ding in den Bauch drückte, das sie aus der Schublade geholt hatte.

»Es ist eine Smith & Wesson Fünfhundert, wissen Sie«, sagte sie, »eine scheußliche Waffe, nehmen Sie beide Hände hoch und befehlen Sie Ihrem Mitarbeiter, dass er das auch tun soll.« Sie blickte über die Schulter zu mir, der ich noch immer wie ein Idiot mit erhobenen Händen vor dem Uniformierten herumtanzte, und der Bebrillte sagte:

»Tun Sie, was sie sagt!«

Der Polizist steckte die Pistole zurück und hob nun auch die Hände, und jetzt muss ich eine solche Räuberpistole aufschreiben, nur weil sie sich ereignet hat, als ob ich in meinem früheren Leben nicht genug solcher Dingens erfunden hätte.

Claudia: Wahrheitsgemäßer Bericht des weiteren Verlaufs

Peinlich, wenn die Leute zu viel Aufhebens machen, von sich oder anderen. Noch peinlicher, wenn es dabei um Handgreiflichkeiten geht. Ich würde mir wünschen, Lukas hätte das alles mit der seinem Alter angemessenen Zurückhaltung dargestellt; der Jüngste ist er ja nicht mehr. Was soll zum Beispiel der Unfug, ich hätte »silberhell« gelacht? Noch dazu in einem Gespräch mit einem Polizisten! Völliger Unsinn ist die Behauptung, ich hätte den Ministerialrat Hülflich an der Kehle gepackt! Bin ich Leopardin? Außerdem konnte er es ja gar nicht gesehen haben, weil er damit beschäftigt war, dem Polizisten im Weg zu stehen. Als ich dem Ministerialrat die Smith & Wesson in den Bauch gestoßen habe (was peinlich genug war), ist er nach vorne geklappt, das geht ganz einfach, können Sie ruhig auch mal bei Ihrem Mann ausprobieren, mit einem Stück Holz oder einer Bierflasche! Und weil ich ihn nicht auf mir drauf haben wollte, hab ich ihn mit der freien Hand zurückgestoßen, das war alles. – Noch was: für diesen Revolver kann ich nichts, den hat sich mein Großvater zugelegt, zum Schutz vor Wilderern oder Waffendieben, oder um einem verletzten Tier den Gnadenschuss setzen zu können, die Lügenlateinereien von Jägern sind endlos.

Am Abend war es dann ganz friedlich, ich hatte im Herd ein Holzfeuer angezündet, wir waren alle um den Küchentisch versammelt – bis auf den Ministerialrat Heiko Hülflich, den wir etwas abseits auf einen Stuhl gesetzt hatten, barfuß und ohne seine Brille. So würde er uns nicht davonlaufen wollen. Übrigens hatte er auf unseren Wunsch hin die Polizisten angewiesen, die Gefangenen – also Vera, Ulrike und Markus – freizulassen und danach ohne sie den Abflug anzutreten. Diesen Anweisungen war von Lukas mit einer von Großvaters Schrotflinten Nachdruck verliehen worden, die er aus dem Fenster des Arbeitszimmers auf die Beamten gerichtet hielt. Dennoch bin ich froh, dass er keinen Anlass hatte, von der Waffe Gebrauch machen zu sollen – er hätte keine Ahnung gehabt, wie sie zu bedienen gewesen wäre.

Freilich blieb die Frage, ob und in welcher Mannschaftsstärke die Polizisten wiederkommen würden. Die Passstraße von und nach Bruggfelden war gesperrt, weil zwar nicht die Brücke über die Aesche, wohl aber die Zufahrten zu ihr überflutet sind. Wenn wir also noch einmal Besuch bekommen sollten, dann vermutlich wieder über die Luft; Vera schlug deshalb vor, Bäume zu fällen und jenen Teil des Hanges, auf dem der Hubschrauber gelandet war, zu verbarrikadieren – sie habe nicht nur eine Motorsäge, sondern auch einen alten Deere-Lanz-Traktor, der aber noch in Gang zu setzen sei und mit dem die Baumstämme auf den Hang geschleppt werden könnten.

Ich warf einen Blick auf die beiden Männer und stellte fest, dass sowohl Markus als auch Lukas dem Vorschlag zurückhaltend gegenüberstanden. Markus meinte dann, da wir einen wahrhaftigen Ministerialrat zu Gast hätten, würde uns dieser sicherlich helfen, mit der Landesregierung Kontakt aufzunehmen. Hülflich jedoch war plötzlich in Widerborstigkeit verfallen, gab auch keine Auskunft über seinen direkten Vorgesetzten, sondern zählte in einem Ton, den ich belehrend nennen muss, unanständige Worte aus dem Strafgesetzbuch auf, wie zum Beispiel Geiselnahme und dergleichen.

Doch Markus fand einen Ausweg. Er holte sein Adressbuch hervor und las uns eine Reihe von Namen vor, deren Telefonnummer oder Anschrift auf Stuttgart oder zumindest Baden-

Württemberg deuteten. Die meisten dieser Namen sagten mir nichts, mir genügt zu wissen, wer der baden-württembergische Kultusminister ist, das reicht einem dann schon für den ganzen Tag. Hülflich tat zuerst so, als ginge ihn das alles nichts an, bis plötzlich eine Veränderung in seinem Gesicht zu bemerken war – es sah aus, als wolle er die dünnen Kinnmuskeln anspannen. Ich teilte Markus meine Beobachtung mit, und er wählte die Nummer des Menschen, dessen Namen er zuletzt vorgelesen hatte – wie sich herausstellte, gehörte die Nummer dem Parteimanager, der für den Ministerpräsidenten die Finanzierung von dessen Wahlkampf organisiert. Allerdings meldete sich zunächst nur der Anrufbeantworter, was mich nicht weiter wunderte – es war ja Ostern. Doch bereits eine halbe Stunde später rief der Manager zurück, die beiden Herren waren auf Du, wobei Markus erst einmal ausführlich zu seinem Befinden Auskunft geben musste. Nach weiteren fünf Minuten war die verbindliche Zusage eingeholt, dass die Beschlagnahme des Glotterhofs ebenso wie die meines Ferienhauses aufgehoben sei und allfällige Strafanzeigen zurückgezogen würden. Im Gegenzug versprach Markus, sich in dieser Angelegenheit nicht an die Medien oder andere Parteien zu wenden.

Ulrike: Die Anatomie des Dr. Tulp

Weil es nach Ansicht der Wronski nicht angeht oder mit dem allgemeinen Sittengesetz nicht vereinbar ist, dass ich und M unter einem Dach wohnen, habe ich inzwischen das Gästezimmer der Abendstern bezogen, das ist nicht weiter schlimm, auch wenn die Dielen knarren und das Bett quietscht. Aber das kann mir jetzt egal sein. Und die Abendstern ist so einsichtig und fragt mich nicht nach dem, was M mit mir hat machen lassen. Dabei weiß ich genau, dass die Wronski ihr das alles brühwarm erzählt hat.

Auch hat sie es aufgegeben, mich nackt als gekreuzigte Schlange auf einem Kirchenfenster zu verewigen. Am Nachmittag hatte sie es tatsächlich versucht, und ich hab zwei oder drei endlose Stunden vor einem altersschwarzen Holzpfeiler posiert, dabei hätte ihr klar sein müssen, dass das, was wie ein BDSM-Porno im Kuhstall aussieht, auch nichts anderes werden kann. Das einzig Aufregende waren am Ende die Bullen, die hereingedöbert kamen wie die GSG 9, als die irgendwo in Afrika einen Flieger stürmte. Mit der Abendstern wurden sie aber trotzdem erst fertig, als sie ihr Handschellen angelegt hatten.

Sie steckten uns dann in den Mannschaftsraum des Hubschraubers, wenig später kam M dazu, auch gefesselt, aber er war ganz kühl und gelassen, geradezu heiter. Das wunderte mich. Wie konnte ein solcher Mensch überhaupt heiter sein, egal in welcher Situation?

Das Weitere ist ja inzwischen von Gsell und der Wronski beschrieben worden, wobei sie das Lustigste ausgelassen haben, nämlich die plötzliche Veränderung im Verhalten des putzigen Beamten, den wir dabehalten hatten. Kaum, dass M den Kontakt zu dem Parteibonzen hergestellt hatte, fiel der Paragraphenpanzer, in dem dieser Mensch sich verschanzt hatte, in sich zusammen wie ein Kartenhaus, und das arme Geschöpf, das plötzlich schutzlos und verlassen vor uns hockte, erzählte nicht nur alles, was M wissen wollte, sondern es sprudelte auch das aus ihm heraus, was eigentlich niemand wissen will, weil man solches Zeug ohnehin vermutet. Da war zum Beispiel die Sache mit der blonden Kunsthistorikerin, 28 Jahre alt und unverheiratet, die so scharf ist auf das alte Gemächt des Landwirtschaftsministers, dass dieser dringend ein eigenes Ferienhaus für die Dame benötigt, wobei er auf die Datsche der Wronski deshalb verfiel, weil er längst ein Auge auf das frühere Jagdrevier von Wronskis Großvater geworfen hatte.

Dann wurde es noch spät, erst in der großen Runde in der Küche der Wronski, dann zu zweit in der Küche der Abendstern. Sie fing damit an, dass sie an diesem Nachmittag nicht wirklich an ein Kirchenfenster gedacht habe, sondern an Illustrationen zu Baudelaires »Blumen des Bösen«. Sie würde gerne daran weiterarbeiten, meinte sie und wies meinen Einwand, ich sei als Modell für Baudelaires böse Blumenfrauen viel zu mager, geradezu empört zurück. Lass dir keinen solchen Unsinn einreden, Kindchen! Moment: *Kindchen* sagte sie wohl doch nicht, aber es hätte im Tonfall gut dazu gepasst.

Dann ging sie dazu über, von sich zu erzählen, von ihren frühen Versuchen, sich als Künstlerin und als heterosexuell zu inszenieren, und zeigte mir eine Mappe mit Entwürfen und großformatigen Fotos ihrer Arbeiten, darunter die Reproduktion eines Bildes, das mir wie eine gespenstisch verzerrte Nachahmung eines anderen, eines berühmten Gemäldes vorkam, und genau das war es auch – es zitierte Rembrandts »Anatomie des Dr. Tulp«, mit einer allerdings weiblichen Leiche auf dem Seziertisch, und um sie herum der Anatom und seine Hörer wie Aasgeier gruppiert.

Mir gefiel das Bild. Es zeigte den Körper einer noch jungen, nicht zu üppigen, nicht zu mageren Frau, realistisch gemalt und in Farben, wie sie ein Leichnam auf dem Seziertisch wohl haben wird. Das nach oben gewandte Gesicht sollte mir etwas sagen, das wusste ich sofort, es dauerte aber ein paar Sekunden, bis mir klar wurde, dass die Abendstern sich da selbst abgebildet hatte. Als Leiche.

Sie sah mir zu, wie ich das Bild betrachtete, und wartete offenbar darauf, dass ich sie erkannte. Ich behalf mich mit der

Bemerkung, es gefalle mir nicht, diese Frau als tot abgebildet zu sehen, und kaufte mich mit einem Lächeln frei. Offenbar war sie damit zufrieden und erzählte mir nicht ohne Stolz, das Bild habe vor einigen Jahren auf der Triennale von Herrenmünster für einen mittleren Skandal gesorgt, weil sich einige hochdekorierte Professoren der Kunstakademie sowie Kunstkritiker und Galeristen darauf hätten wiedererkennen können, und zwar solche, die ausnahmsweise nicht schwul gewesen seien und ihr – der Vera Abendstern – bei Gelegenheit die Ehre gegeben hätten, sie zu beschlafen. Allerdings hätten sich die Herren nicht gerne daran erinnern lassen wollen, und ein früherer Kunsterzieher von ihr habe sogar Klage eingereicht. Sie zeigte auf einen der abgebildeten Hörer, der geradezu auf die Leiche zu sabbern schien.

Hatte die Klage Erfolg? Das Bild sei abgehängt worden, sie habe es dann aber doch verkaufen können, sagte sie, obwohl der Kunsterzieher sogar versucht hatte, ihr auch das verbieten zu lassen. Damit sei er aber dann doch gescheitert, weil die Richter der Ansicht waren, er könne allenfalls verlangen, dass das Bild nicht in der Öffentlichkeit gezeigt werde.

Also kann man das Original nicht sehen? Das wisse sie selbst nicht, kam die etwas verlegene Antwort, der Käufer des Bildes sei ein Chinese gewesen, vielleicht hänge das Bild jetzt irgendwo in einem Kuriositätenkabinett in Hongkong oder Singapur ...

In ihrer Stimme klang Resignation an. Nach dem Grund dafür wollte ich nicht fragen, außerdem bewegte mich etwas anderes. Wie war das für die Vera Abendstern, sich selbst als toten Gegenstand, als Objekt zu malen?

Ach, sagte sie, es habe Spaß gemacht. Den Herren zu zeigen, wie viel Gefühl, Empfindung, Leben sie in dem Körper erweckt hätten, der einmal unter ihnen gelegen habe!

XVII. GSELL

Frühstück mit Schiffsuntergang
Montag, 8. April

Auf dem Atlantik war die »Empress of Trade«, das weltweit bisher größte Containerschiff, von einem Eisberg gerammt worden und mit über fünfzig Seeleuten an Bord untergangen; das war das vorherrschende Thema der Nachrichten am Morgen, denn der Eisberg war auf einer Route aufgetaucht, die bisher als sicher galt. In Berlin war die neue Regierung zusammengetreten, dazu wurde gezeigt, wie die Damen und Herren Minister in Schlauchbooten vor das Kanzleramt gebracht wurden, wo ihnen Bundeswehrpioniere beim Ausstieg auf eine provisorisch errichtete Holzrampe halfen; dass die Regierungsmitglieder dabei sämtlich rote Rettungswesten trugen, erwies sich als durchaus sinnvoll, denn weil sie selbst in den Schlauchbooten nicht von ihrer Angewohnheit lassen konnten, in die Kameras winken zu wollen, gerieten sie immer wieder bedenklich ins Strauchlen. Leider machte uns keiner den Gefallen, es dem Mönch von San Marco nachzutun und ins Wasser zu plumpsen.

Oder es wurde im Fernsehen nicht gezeigt.

Im Übrigen hatte sich die Hochwasserlage nicht weiter verschärft, die Pegelstände in Basel-Rheinhafen und Karlsruhe-Maxau waren sogar geringfügig gesunken; und der Wetterbericht kündigte für den Nachmittag eine vorübergehende Aufhellung an.

»Das wird ja auch Zeit«, sagte der Ministerialrat Hülflich, »dass dieser erste Teil der Katastrophe abklingt, was dann kommt, ist ja fürchterlich genug.« Er setzte sich – wieder mit Brille und Schuhen versehen – zu uns vor den Fernseher. Dabei kam er mir seltsam aufgekratzt vor, als sei ihm durch seine Gefangenschaft in Schwarzhalden eine neue Freiheit zugewachsen, und schien fest entschlossen, uns mit weiterem Insiderwissen zu unterhalten. Dass Morgart lieber Nachrichten sehen wollte, schien ihn nicht dabei zu stören.

»Allein die Kadaver!«, teilte er mit. »Die Tierfabriken im Norden, wissen Sie … Hunderte von Rindern in einem Betrieb, dito Aberhunderte Schweine, vom Geflügel will ich gar nicht reden …« Die im Grundsatz beschlossenen Notschlachtungen waren unterblieben, wie er erklärte, weil den Bauernverbänden die angebotenen Entschädigungszahlungen zu niedrig gewesen seien. Und jetzt habe man die Bescherung: »Wenn das Wasser zurückgeht – was glauben Sie, wie es da aussieht! Und wie es dann riecht!«

Zum Glück öffnete sich die Tür, und Claudia teilte mit, das Frühstück sei jetzt fertig, auch seien die Damen aus dem Glotterhof eingetroffen, und die Herren möchten sich doch bitte dazusetzen. In der Küche brannte ein Holzfeuer, es roch nach frisch gebrühtem Kaffee und frisch gebratenem Rührei mit Speck, auf Rechauds standen Kannen mit Schwarzem und Grünem Tee, auch waren allerhand Honig und Konfitüren bereitgestellt, ebenso Obst fürs Müsli, fast bog sich der Tisch.

»Leider können wir nur einen Notbehelf bieten«, sagte Claudia und dirigierte den Ministerialrat auf die Eckbank, »zum Beispiel haben wir keine frische Milch, sondern nur pasteurisierte, das geht ja nun eigentlich gar nicht!« Die Abendstern warf ein, sie hätte schon länger daran gedacht, ob man nicht Schafe oder Ziegen hier oben halten könne, vielleicht auch eine Kuh, »aber immer schiebt man so etwas vor sich her, bis es zu spät ist.«

Kühe gehen nicht, widersprach Claudia und nahm neben dem Ministerialrat Platz, denn die müssten im Winter in den Stall, und dass Vera das Atelier hergebe, komme überhaupt nicht in Betracht. Die Abendstern war sich aber gar nicht so sicher, ob Kunst oder frische Kuhmilch fürs Überleben wichtiger sei, und das Gespräch wandte sich der Frage zu, was man beim Überwintern von Schafen oder von Ziegen beachten müsse, was wiederum den Ministerialrat das Wort ergreifen ließ, ganz unbefangen tat er das, als sei es die selbstverständlichste Sache, dass er hier an diesem Tisch mitreden durfte. Jedenfalls hier oben, behauptete er, bräuchten Schafe mindestens einen Unterstand, am besten auf drei Seiten gegen den Wind abgeschirmt, und falls trächtige Schafe lammen sollten, müsste man für sie einen Stall bereithalten. Und für Ziegen empfehle er dringend einen Stall, in sehr kalten Nächten würde er ihnen sogar Decken geben. – Wir sahen uns an, und Claudia fragte, woher jemand wie er so etwas wisse. Es kam heraus, dass er einmal eine Broschüre des Landwirtschaftsministeriums für Freizeit- und Hobby-Landwirte redigiert hatte …

»Das kam, weil die fünfzehnjährige Tochter eines Daimler-Bosses im Park der elterlichen Villa Schäfchen halten wollte und keiner ihr sagen konnte, wie sie es anstellen muss … Der Daimler-Boss hat nun aber auf den VIP-Rängen im Stuttgarter Stadion den Platz neben meinem Chef und ihn blöd angeredet, was glauben Sie, wie fix wir da was zu Papier gebracht haben!«

Die Abendstern – die ihm gegenüber saß – ließ ihre Kaffeetasse sinken und fasste ihn interessiert ins Auge. Ob er denn auch beurteilen könne, was hier oben an Landwirtschaft möglich sei – »wie viele Schafe könnte ich da halten, oder wie viele Ziegen?«

Der Ministerialrat nahm sich die Brille ab und rieb sich die Augen. Es folgte ein Vortrag, den ich hätte mitschreiben müssen, um ihn jetzt wiederzugeben, aber schließlich frühstückte ich ja noch. Es lief darauf hinaus, dass Hülflich im Hinblick auf die nicht eben große Weidefläche nicht mehr als zwei Schafe und zwei Ziegen empfahl, außerdem, dass Frau Abendstern sich doch mit den Grundzügen der Grassilage (also des Silierens von Gras) für die Winterfütterung der Schafe vertraut machen solle, dass sie ferner die Entwurmung nicht vergessen dürfe und auch nicht die Klauenpflege bei Schaf wie Ziege, und für das Scheren der Schafe sollte man jemanden nehmen, der sich darauf versteht...

Dann schwieg er, und ich sah, dass sich die beiden Frauen Vera und Claudia einen bedenklichen, ja resignierten Blick zuwarfen.

»Das ist alles kein Problem«, meldete sich Morgart zu Wort, nachdem er sich mit seiner Serviette den Mund abgewischt hatte. »Der Schäfer oder der Bauer, von dem ihr die Tiere bekommt, der besorgt euch jemand, der für ein paar Euro ein oder zweimal in der Woche herkommt und nach ihnen schaut, oder der Schäfer macht es selbst. Von dem bekommt ihr auch, was ihr an Winterfutter braucht.« Er schenkte sich noch einmal Tee ein. »Ihr habt doch beide euren Beruf und euer Einkommen, da müsst ihr doch nicht die Naturkommune Römisch Eins gründen und eure Zeit mit Arbeit vertun, die andere besser verstehen!«

Wo der Herr Morgart Recht habe, müsse er ihm Recht geben, verlautbarte da der Ministerialrat und fügte hinzu, dass die Haltung von Schafen wie von Ziegen aus landschaftspflegerischen Gesichtspunkten hier oben sogar geboten sei, weil die Lichtung, auf der die beiden Häuser stünden, sonst in wenigen Jahren völlig von Gebüsch überwuchert werde.

Eigentlich sei das eine schöne Vorstellung, warf die Abendstern ein, »es wäre wie am Atlantik oder an der Nordsee, wenn die Flut kommt und alle Spuren und Sandburgen löscht und den Strand wieder glatt und scheinbar unberührt zurücklässt.«

Das sei jetzt aber ein passendes Wort zum Tage, bemerkte Ulrike und blickte mit gesenktem Kopf zur Abendstern, und der Ministerialrat kam mit seiner bereits bekannten Leier, dass das, was die Flut dieser Tage hinterlasse, so arg schön nun auch wieder nicht sei. Die Abendstern errötete leicht, dann runzelte sie die Stirn.

»Spottet nur«, hob sie an, »aber vielleicht kommt uns Menschen wirklich nur ein sehr kurzes Kapitel in der Schöpfungsgeschichte zu, und jetzt wird es eben geschlossen … Sagen Sie doch« – sie hatte sich an Morgart gewandt – »kann sich die Wirtschaftsordnung und das Leben überhaupt von dem erholen, was in den letzten Wochen passiert ist?«

Morgart zuckte mit den Achseln. »Was fragen Sie mich? Das Leben geht weiter, solange genug zu fressen da ist. Jedenfalls für die, die Zutritt zur Speisekammer haben. Aber die Wirtschaftsordnung, die ist schon lange keine Ordnung mehr, die ist so am Arsch, gnädige Frau, dass es der Sau graust, wenn sie Bilanzen lesen könnte!«

Als sei damit alles gesagt, was zu sagen war, beugte er sich vor und trank einen Schluck Tee. Mir schien, der Ministerialrat wollte einen Einwand vorbringen, aber dann ergriff Morgart wieder das Wort.

»Kennt ihr« – er beugte sich vor und sah sich in der Tischrunde um – »diese Geschichte von diesem Dingsbums, diesem Zehnkämpfer und der Schildkröte? Wie man beweist, dass der Dingsbums sie nie einholt?«

»Weiter«, sagte ich, damit niemand auf den Gedanken kam, irgendwelche Belehrungen vorzubringen.

»So was Ähnliches haben die Börsenmenschen für sich erfunden«, fuhr er fort. »Und zwar mit Hilfe dieser ganzen ver-
fluchten, glitzernden, alles einwickelnden Elektronik. Durch
sie soll die Zeit ausgetrickst werden. Die Zeit, von der jeder
halbwegs intelligente Börsenmensch selber wissen müsste,
dass wir sie gar nicht mehr haben.«

Er wartete, bis ihn jemand fragte, wie das denn zugehen
solle. Der Ministerialrat tat ihm schließlich den Gefallen,
und Morgart erklärte, dass erst die immer leistungsfähigeren,
immer schnelleren Computer jene gigantische Spekulations-
maschine möglich gemacht hätten, mit der in Sekundenbruch-
teilen Milliardenbeträge rund um den Erdball verschoben und
im gleichen pausenlosen Takt immer gewaltigere Boni für die
Walking Dead der Finanzbranche generiert würden. Trotzdem
stecke noch etwas ganz anderes dahinter, aber das wolle niemand wahrhaben.

Ulrike: Achill und das Roulette-Rad

Wenn M einen Menschen ins Auge fasst, dann fixiert er ihn.
Gerade so, wie ein Raubtier das tut: Muss ich dich so töten,
oder kann man dich auch fressen?

Nur mich schaut er nicht an. Da weicht sein Blick aus.
Flüchtet. Will nicht da sein, will mich nicht sehen, will sich
nicht von meinen Augen festhalten lassen.

Ein Männerheld eben.

Und ich, ich hab ihm nicht zugehört. Hab es auch aufgegeben, ihm zuzusehen. Bis er dieses eine sagte: Die *Walking
Dead*…! Das fand ich lustig. Er ist doch selbst einer und hat
es nur nicht gemerkt, sowenig wie die Finanzmenschen – jedenfalls die, die er beschreibt – das Ende wahrhaben wollen.

Weil deren Denken, Leben, Fühlen sich auf den jeweils einen Sekundenbruchteil fokussiert, in dem es um Gewinn oder Verlust geht.

Moment! Sagte er wirklich *fokussiert*? Egal, ich hab nicht mitgeschrieben, aber irgend so etwas hat er gemeint.

Also, weil der Finanz- oder Börsenmensch immer nur diesen einen Sekundenbruchteil vor Augen hat, immer wieder, eine ganze Arbeitsschicht, einen ganzen Tag lang, vielleicht auch die Nacht, kann er die Zeit in eine schier unendliche Vielzahl von Zeittakten portionieren, behauptet M, und mit immer schnellerem Internet werden es immer mehr und immer winzigere Zeitschnipsel, und sollte in ein paar Minuten der letzte Glockenschlag auf dieser Erde ertönen, läge dies für den Börsenmenschen bereits in unendlich weiter Ferne. Jedenfalls behauptet M das und wandte sich dann dem alten Sophisten-Trick zu, der ungefähr so funktioniert: In der Zeit, in der Achill den Vorsprung der Schildkröte aufholt, hat diese sich einen neuen erkrabbelt, und als er auch den aufholt, hat sie schon wieder einen, und dies immer wieder von Neuem, auch wenn die Zeittakte dabei immer kürzer werden und zu Nano-Bruchteilen von Sekunden schrumpfen.

Die Finanzmenschen, sagt M, legen jedoch noch eins drauf: Je schneller das Börsen-Roulette sich dreht, desto mehr Gewinn lässt sich aus der verbleibenden Zeitspanne ziehen, und weil Gewinn alles ist, hofft der wahre Börsenprofi insgeheim, dass er auf dem in den Wahnsinn rotierenden Roulette-Rad dem Tod davon rasen wird und ihn immer weiter hinter sich lässt... Bis Achill plötzlich doch enteilt ist, die Schildkröte auf dem Rücken liegt und strampelt, und der Börsenmensch in die Pleite knallt und vom Teufel geholt wird.

So hab ich das verstanden, was M erzählt hat. Mit Power und Leidenschaft tut er so etwas. Zupackende Hände untermalen Raffgier und das Zerhacken der Zeit, beschreiben, wie Achill nach der Schildkröte greift und sie ihm entwischt, und schließlich den finalen Crash. Sein Blick lässt dabei keinen der anderen aus, sie müssen bei der Stange bleiben, nur über mich gleitet er hinweg, als sei ich nichts oder ein Schemen nur …

Irgendwann hält er inne, die Stirn gerunzelt, was den Ministerialrat das Wort ergreifen und *beeindruckend* murmeln lässt, dazu ein fast bewundernder Blick durch rotgeränderte Ministerialbrillengläser. Ob aber der Crash von sich aus unvermeidlich sei oder durch die bedauerlichen Wetterverhältnisse beschleunigt oder überhaupt erst herbeigeführt? Dazu wirft eine Windbö einen neuerlichen Schwall Regen gegen das Küchenfenster.

Das da, sagt Morgart und wedelt mit einer Hand zum Fenster hin, sei in seinen Augen nichts weiter als ein Schnupfen. Aber wenn einer schon halbtot sei, dann bringe ihn ein Schnupfen vollends um.

Der Ministerialrat nickt eifrig Zustimmung und will noch mal was fragen, aber ich habe keine Lust auf einen weiteren Vortrag über Geldpolitik und frage, ob es denn wirklich so schlimm wäre, wenn es so kommt, wie die Vera Abendstern es gesagt hat. Dass es nämlich – langsam oder ganz plötzlich – einfach aus ist und Ruhe all überall!

Das aber hätte ich besser nicht gefragt, denn die Wronski will wohl auch nichts mehr von Börsen und solchem Blabla hören und fährt voll auf das *Ruhe all überall* ab. Es gebe aber ein paar Dinge, behauptet sie, um die es doch schade wäre, und schüttet ein ganzes Bordcase von bildungsbürgerlichen Accessoires über dem Küchentisch aus, Beethovens Klaviersonate Opus Hundertelf zum Beispiel, *einfach ENTSETZLICH* der Gedanke, dass das eines Tages niemand mehr spielen und niemand mehr hören werde! Unverzüglich leert sie noch ein paar Hölderlin-Gedichte hinterher, die *Hälfte des Lebens*, *Hyperions Schicksalslied*, kramt auch Eichendorffs *Kaiserkron und Päonien Rot* heraus, und Gsell entblödet sich nicht, Brechts *Die Liebenden und die Kraniche* dazuzulegen.

Ich aber sagte nichts, sondern stellte mir eine leere verbrannte Erde vor, auf der irgendwo zwischen verbranntem Gestein noch ein zerfledderter Gedichtband aufgeschlagen herumliegt, und wie ich den einstecke, weil man Papier immer wieder mal brauchen kann.

Claudia: Vom Holzholen

Beim Frühstück waren wir, ich weiß nicht warum, auf das Ende der Zeit gekommen und darauf, was von der Menschheit bleiben sollte. Ich glaube, es war als eine Art Spiel gedacht – wir entwerfen einen Katalog der Werke, die es wert wären, uns zu überleben. Aber bevor bei mir die Alarmglocke schlug, waren wir bei der Bildenden Kunst, Vera wollte einen *Morgen über der Seine* von Monet aufgenommen haben und ebenso die *Hoffräulein* von Velazquez. Es war dann Ulrike, die – vermutlich aus Bosheit – die Frage stellte, warum wir statt der tausendfach abfotografierten Musemsstücke nicht eine der Arbeiten von Vera nehmen, ihre Version der *Anatomie des Dr. Tulp* zum Beispiel (dieses berüchtigte Stück Leinwand, mit dem Vera mal in die Schlagzeilen kam).

Wie es sich gehört, wies Vera den Vorschlag weit von sich und fügte hinzu, auch sonst gebe es nichts von ihr, das sich hier eignen würde. Wenn Ulrike aber einen Katalog für sich selbst zusammenstellen wolle, könne sie gerne eine der Skizzen zur *tanzenden Schlange* haben. Ich überlegte noch, auf welches Spiel das nun wieder hinauslaufen soll, als sich Markus einschaltete: Warum man nicht Veras Entwurf für das Kirchenfenster in den Katalog aufnehme?

Damit war es auch schon passiert. In Menschen, die viel allein sind, kann sich enormes Mitteilungsbedürfnis anstauen. Bei Vera kam hinzu, dass sie mit der Enttäuschung nicht zurechtkam – nicht mit der eigenen Enttäuschung über ihre Arbeit, und auch nicht mit der, die sie bei uns spürte. Das sei zwar sehr nett, was Markus Morgart da gesagt habe, gab sie zurück, aber sie wisse sehr genau, dass ihr diese Arbeit nicht gelungen sei. Auch Markus selbst habe das so gesehen – bei seinem Besuch vor vier oder fünf Wochen sei seine Enttäuschung ja mit Händen zu greifen gewesen! Es folgte eine regelrechte Verteidigungsrede – die Darstellung der Ehernen Schlange sei unmöglich, erklärte sie, und zwar deshalb, weil vom Anblick eben dieser Schlange eine schlechterdings unmögliche Heilung erwartet werde. Mit einem solchen Auftrag verlange man von der Künstlerin nichts anderes, als selbst ein Wunder zu bewirken, die Rettung nicht nur bei Schlangenbissen, sondern womöglich auch vor einer lebensbedrohlichen Verzweiflung, einer Depression zum Beispiel, und damit vor einem Gift, das nicht weniger tödlich sei als das einer Kobra, freilich sehr viel langsamer und quälender wirkend als jenes.

Ich gestehe, dass ich noch immer empört bin. So kann und darf jemand nicht angesprochen werden, der gerade knapp einen Selbstmordversuch überlebt hat. Auch Vera durfte das nicht, und dass sie möglicherweise oder vielleicht sogar ganz gewiss ebenfalls weiß, was Depressionen sind, entschuldigt sie nicht. Markus allerdings blieb kühl und unbeeindruckt. Dass er sich von einem Kirchenfenster irgendetwas erwartet haben soll, komme ihm selbst zwar sehr merkwürdig vor, meinte er, auf der anderen Seite traue er es sich durchaus zu, ein paar Peanuts auf eine völlig aussichtslose Sache zu setzen, nur so, aus Aberglaube oder *just for fun*. Freilich müsse ihn irgendwer auf die Idee mit dem Kirchenfenster gebracht haben, vielleicht sei er in einem günstigen Augenblick angesprochen worden, das wisse er leider alles nicht mehr.

Vera aber schüttelte unwillig den Kopf. Was ist mit den Depressionen?, fragte sie. Dürfe man darüber nicht reden?

Markus senkte ein wenig den Kopf und sah sie mit seinem Bulldoggenblick an. »Nächste Frage.«

Vera zuckte mit den Schultern und lehnte sich zurück, einen enttäuschten, wohl auch vorwurfsvollen Blick auf Markus gerichtet.

Und dann passierte es.

Er hätte da schon die eine oder andere *nächste Frage*, meldete sich plötzlich Lukas zu Wort. Markus hob auffordernd die Hand, und Lukas sagte in einem harmlosen, fast dümmlichen Ton, zu diesem Kirchenfenster gebe es eine alte Geschichte – und ich dachte bei mir, der wird doch nicht! Aber es war zu spät, und Lukas erzählte von dem Jahrzehnte zurückliegenden ersten Versuch, für die Johannes-Kirche ein viertes Glasbildfenster in Auftrag zu geben, von der Spendensammlung, die dafür stattgefunden habe, und ob Markus nicht doch etwas darüber wisse?

Markus war dabei, sich eine Scheibe Brot mit Dosenwurst zu belegen, und verharrte einen Augenblick, über den Teller gebeugt. Dann schaute er hoch und schüttelte den Kopf. Darüber hätten sie doch in Straßburg schon gesprochen. Aber woher zum Teufel sollte ausgerechnet er etwas über diese Spenden wissen?

Weil seine Mutter damals Kirchenpflegerin gewesen sei, antwortete Lukas beiläufig. Oder Kassiererin. Und als solche mit der Verbuchung der Spenden betraut. Dabei tat er so, als kratze er noch einen Löffel von seinem Müsli zusammen.

Ja so, sagte Markus und lehnte sich zurück. Die ganze Zeit frage er sich schon, warum er eigentlich diesen Menschen – er deutete auf Lukas – um sich habe, was der von ihm wolle, und warum der ihn auch schon einmal vor ein solches Glasbild mit dieser albernen Schlange geschleppt habe. Und das alles nur, weil da mal irgendwas mit seiner Mutter gewesen sei?

Das alles darf nicht sein, dachte ich, vor allem darf ich es nicht zulassen. Im selben Augenblick sah ich, dass Lukas auf mich deutete.

»Sag es ihm!«

Ich glaube, mir schoss das Blut in den Kopf. Ich hatte Lukas im Vertrauen davon erzählt, und nun machte er gegenüber dem einzigen Menschen davon Gebrauch, vor dem diese Geschichte nicht zur Sprache gebracht werden durfte.

Jedenfalls nach meinem Empfinden nicht.

»Also?«, hörte ich Markus fragen, und so sagte ich etwas von einem dummen böswilligen Gerücht, das es gegeben habe, als seine Mutter mit ihm von Bruggfelden wegzog, und dass man auf solches Geschwätz nichts mehr geben müsse, schon gar nicht Jahrzehnte später…

Es hieß also, fiel er mir ins Wort, seine Mutter hätte in die Kirchenkasse gegriffen? Warum man ihm das nicht einfach und geradeheraus ins Gesicht sagen könne? Außerdem sei das ja eine naheliegende Erklärung für den sonst völlig unverständlichen Auftrag, den er für ein Kirchenfenster erteilt haben soll, ausgerechnet er! Da hat also meine Mutter, sagte er, in die Kasse gegriffen, vermutlich, weil sie sich nicht anders hat helfen können, weil sie nicht eingesehen hat, warum da Geld gesammelt wird für ein buntes Kirchenfenster mit einer abscheulichen Schlange darauf, während sie nicht weiß, wie sie die Miete bezahlen soll, oder die Winterstiefel für ihn, den Buben… Also habe er, Morgart, noch vor seinem

Kopfschuss nichts anderes gewollt, als den braven frommen Leuten nun endlich heimzuzahlen, was er ihnen schuldig war, das Kirchenfenster nämlich mit einer Schlange darauf, die so scheußlich sein sollte, dass sich die frommen rechtschaffenen Leute in ihr wiedererkennen sollten wie in einem Spiegel!

Jetzt, fuhr er fort und wandte sich an Vera, jetzt wisse er auch, warum er – vielleicht – enttäuscht gewesen sei, als er ihren Entwurf gesehen habe, nämlich nicht, weil er sich selbst irgendwelche Heilung oder sonst etwas erhofft habe, sondern weil die Schlange der Vera Abendstern ganz richtig eine Schlange sei, vor dem man sich schaudern könne – nur eben, diesen abgrundtiefen, zustoßenden Hass habe diese Schlange nicht, den Hass und die Hässlichkeit, der die guten, die wohlanständigen, die angesehenen Bürger auszeichne.

Irgendwann musste er Atem holen, und ich sagte so sanft, als es mir möglich war, dass das alles nur ein Gerücht gewesen sei, von einer dummen Wichtigtuerin verbreitet, die sich vielleicht auch nur Lügen aus den Fingern gesogen habe, es habe meines Wissens ja nicht einmal eine Gerichtsverhandlung gegeben.

Natürlich habe es das nicht gegeben, fiel mir Morgart ins Wort, es ist den feinen Bürgern peinlich, bestohlen zu werden, da kommen sie sich dumm vor, da haben sie die Sorge, es kämen da noch andere Leute auf den Gedanken, da sei ja was zu holen! Ganz davon abgesehen, dass in einem Prozess vielleicht zur Sprache gekommen wäre, was man da einer alleinerziehenden Mutter bezahlt habe und was an Arbeit zugemutet!

Er hörte auf und bat um einen Schluck Wasser, und ich brachte ihm ein Glas. Er trank, dann lehnte er sich wieder zurück und schloss für einen Augenblick die Augen.

Es sei schade, sagte die Abendstern nach einer Weile, dass sie diese Vorgeschichte nicht gekannt habe. Dass auch Morgart selbst ihr nichts davon erzählt habe. Sie hätte mit dem Auftrag dann mehr anfangen können, und sei es nur, dass sie gewusst hätte, sie müsse ihn ablehnen.

Wenn er etwas sagen dürfe, hörten wir plötzlich den Ministerialrat, und ich dachte, nein, du wenigstens hältst jetzt dein Maul, aber bevor ich selbst den Mund aufmachte, redete der Ministerialrat bereits weiter und meinte, die Vorgänge von damals müssten ja im Kirchenamt aktenkundig sein und ließen sich nachlesen, und dann könne man in aller Ruhe mit der Kirchengemeinde darüber reden, wie die Sache am besten aufzuräumen sei. Zum Beispiel könne man statt Johannes 3/14 und der Ehernen Schlange doch Johannes 2 nehmen, wie der Herr Jesus die Banker und Händler aus dem Tempel vertreibt, oder Johannes 8, die Geschichte von der Ehebrecherin und wer da den ersten Stein werfen darf, das dürften sich die Damen und Herren Gottesdienstbesucher ruhig auch zu Herzen nehmen. Geldwirtschaft und Unmoral und Selbstgerechtigkeit seien doch Themen unserer Zeit – aber doch nicht Schlangen!

Wir blickten uns an, und der Ministerialrat räumte ein, ja doch, gelegentlich helfe er als Lektor im Gottesdienst aus, aber gottlob habe er sich bisher mit der Ehernen Schlange nicht auseinandersetzen müssen, man wolle da bitte von ihm keine Erklärung oder Deutung verlangen!

Markus wartete, bis Hülflich ausgeredet hatte, dann bemerkte er mit einer wieder ruhigen, geradezu geschäftsmäßigen Stimme, er halte an seinem Auftrag vom November vergangenen Jahres fest und bestehe darauf, dass Vera Abendsterns Entwurf unverändert umgesetzt werde. Aber der Vorschlag, sich die Akten anzusehen, leuchte ihm ein, auch würde er gerne mit Leuten reden, die sich an die damaligen Vorgänge erinnern, vielleicht lebe der Mensch ja noch, der damals Pfarrer an der Johannes-Kirche gewesen sei.

Er habe sich den Namen notiert, sagte da Lukas, und ging nach oben in sein Zimmer, um in seinen Notizen nachzusehen. Ich folgte ihm, aber nicht, um ihn im Treppenhaus kurz mal zur Rede zu stellen, *kurz* wäre das überhaupt nicht möglich gewesen! Aber wir hatten kein Feuerholz mehr, und ich ging in den Keller, um einen Korb Scheite zu holen.

Die Kellertreppe ist steil, die Kellerräume sind eng, dunkel, niedrig, ihre Wände aus Bruchsteinen gemauert. Holz haben wir genug, es mögen gut und gerne zwei Ster sein, in drei Reihen geschichtet, vor allem Buche, aber auch Fichte, die sich zum Anheizen leichter spalten lässt. Ich füllte den Korb, noch immer in zornigen Gedanken – ich hätte das Gespräch so nicht zulassen dürfen, auch wenn es sicher keinen Sinn hat, Markus Morgart gewissermaßen in Watte zu packen. Der Korb war nahezu voll, aber ich wollte noch ein paar schmalere Äste oder Zweige mitnehmen, die auf der hinteren Holzbeige lagen und griff danach – nein, ich griff nicht danach, im letzten Augenblick hielt ich inne, denn was ich für einen dünnen Ast gehalten hatte, bewegte sich, im funzeligen Licht der Kellerlampe erkannte ich einen dreieckigen Kopf mit stumpf aufgestülptem Maul, der Kopf zuckte zurück, dann glitt der weißgraue, mit dunklen Querstreifen gemusterte Leib in den Spalt zwischen den beiden Holzbeigen und war auch schon verschwunden.

Über meine Arme und meinen Körper kräuselte sich kalter Schauer; ich sah mich um, ob auf dem Boden noch anderes von diesem Getier herumkroch – aber da war nichts zu sehen. Ich zwang mich, den Korb aufzunehmen, ich hatte das Holz ja selbst Stück für Stück hineingelegt, da konnte jetzt nichts sein! Rückwärts ging ich zur Tür, knipste das Licht aus und zog die Tür zu – schloss sie unten so dicht, dass da nichts durchkriechen kann? Ich war mir nicht sicher, war aber nicht in der Lage, mich niederzuknien und die Ritze genauer zu untersuchen. Ich ging die Treppe hoch, nicht ohne mir jede Stufe genau anzusehen. Oben zog ich die Kellertür nicht zu, sondern sperrte auch ab.

Mit dem Korb Holzscheite ging ich in die Küche, stellte das Holz ab, lehnte mich mit der Hüfte gegen die Spüle und atmete erst einmal tief durch. Vor mir war die Frühstücksgesellschaft noch immer um den Tisch versammelt, die beiden Kerzen brannten, auch die Rechauds der beiden Teekannen, Markus zeigte sein in Leder gebundenes Adressbuch herum, und Lukas drehte sich zu mir herum:

Da hätte ich gerade etwas Interessantes versäumt, sagte er, der Pfarrer, bei dem die Mutter Morgart Kirchenpflegerin war, das sei ein Irenäus Träutlein gewesen, er habe so etwas im Hinterkopf gehabt, den Namen aber nicht für möglich gehalten. Das wirklich Merkwürdige aber sei, dass Markus Morgart eben diesen Namen samt Telefonnummer und Anschrift in seinem Adressbuch notiert habe, nach der verwendeten Tinte zu schließen freilich erst in jüngerer Zeit. Dann brach er ab und starrte mich an.

»Aber, was ist eigentlich mit dir los?«

Ulrike: Der Große Lederbehandschuhte

Wie komisch Männer sind! Immer meinen sie, sie müssten eine Antwort haben. Da ist jetzt das zu tun! Nein, jenes! Da krempeln wir jetzt die Ärmel auf, da ziehen wir Lederhandschuhe an! M tut das, ausgerechnet. Ein bisschen Schiss haben wir ja doch, aber die Holzbeige muss jetzt abgeräumt werden, und weil das alles furchtbar eng ist in dem kleinen Kellergelass und man leicht die Übersicht verliert, machen wir am besten eine Kette, da sind wir dann auch ganz sicher, dass wir nichts übersehen, nichts rumtragen, was nicht zwischen die Holzscheite gehört, und so stehe ich da im Türrahmen, nehme jeweils zwei oder drei Scheite in Empfang und reiche sie weiter an die Wronski, fehlt nur noch, dass wir jedes Mal *bitte* und *danke* sagen …

Wie giftig sind Aspisvipern eigentlich? Vera behauptet, so, wie die Wronski es beschrieben habe, müsse das Reptil im Keller eine sein, und Aspisvipern seien nicht einmal so giftig wie Kreuzottern, und an deren Biss sterbe man eher nicht …

Wie wäre das, an einem Schlangenbiss …? Irgendwo hab ich mal eine Darstellung gesehen, da lässt sich die Kleopatra von einer Schlange in den schön runden weißen Busen beißen, das ist doch … ich hab gar kein Wort dafür, wie das ist, aber wenn es bringt, was es bringen soll! Beim *Kleinen Prinz* ist es nur *ein gelber Blitz an seinem Knöchel*, einen Augenblick bleibt er noch stehen, dann fällt er in den Sand, sachte, ohne einen Schmerzenslaut.

Sachte? Schmerzlos? Wer garantiert einem das? Allein die Vorstellung, da ringelt sich was um meinen Knöchel … Und überhaupt! Wozu wären denn alle die Schlangenseren gut, wenn das so zack und sachte ging, ein gelber Blitz und ab in den Sand? Das dauert doch seine Zeit, bis da einer begreift: Aha, ein Schlangenbiss! Was für eine Schlange? Welches Serum? Das mit dem grünen Etikett? In der Bordapotheke im zweiten Kühlfach links unten? Jedenfalls dauert das alles seine Zeit, und so lange bist du eben nicht tot, sondern das Gift kriecht durch die Adern und Venen und macht dir eine komische Gesichtsfarbe, oder du kannst nicht mehr atmen, sondern nur noch hoffen, dass der verdammte Jeep mit der verdammten Bordapotheke und dem Serum nicht zu weit weg geparkt ist … Also von wegen: sacht in den Sand kippen!

Natürlich finden wir zwischen den Holzscheiten keine Viper,

alles was wir finden, unten am Wandsockel, ist bröckeliger Mörtel und dahinter ein kleines Loch, nein, nicht nur eins, sogar zwei oder drei. M stochert mit einem Zweig hinein, ja doch, sagt er und klopft sich die behandschuhten Hände ab, ob die Wronski Mäuse im Keller habe? Das würde alles erklären, fügt M hinzu, der sich als Investor – oder was er ist – mit Mäusen auskennen muss und von denen auch weiß, dass sie die Schlangen anziehen. Aber der Wronski ist bisher nichts aufgefallen, außer dem Holz hat sie die Kühltruhe, ein paar Dutzend Weinflaschen und zwei Kästen Mineralwasser im Keller, was sollen da Mäuse?

Egal, das Holz ist jetzt im Vorraum gestapelt, doch M gibt noch immer keine Ruhe, sondern will frischen Mörtel anrühren, aber weder die Wronski noch die Abendstern haben einen Sack Zement im Haus, und so können die Löcher nicht abgedichtet und auch nicht zugeschmiert werden. Also muss der Große Lederbehandschuhte Anführer sich damit begnügen, die Tür zum Holzkeller abzuschließen und ein Brett so abzusägen, dass damit der Türspalt unten verrammelt werden kann. Danach gibt es oben Tee, gerne auch mit einem Zwetschgenschnaps dazu, wozu dem Gsell plötzlich einfällt, nun auch mal was sagen zu sollen, nachdem er die ganze Zeit auch nur Holzscheite hin und her gereicht hat, und so erzählt er die Geschichte von dem havarierten Piloten, der auf einem Landhaus unterkommt, und beim Abendessen raschelt es unterm Tisch und...

Weiter kommt er nicht, denn die Wronski fällt ihm ins Wort: Und die Töchter am Tisch sagen, das sind die Giftschlangen, wissen Sie? Natürlich weiß die Wronski außerdem, dass auch das eine Geschichte von Saint-Exupéry ist, alle Geschichten, in denen havarierte Piloten vorkommen, sind von Saint-Exupéry, nur Gsell verträgt es nicht, dass man ihm die Pointe klaut, und sagt, also die Töchter hätten ganz bestimmt nicht gesagt, *das sind die Giftschlangen*, für eine vorsätzlich beiläufige Mitteilung sei so ein dreisilbiges Wort zu umständlich, er wette um eine Flasche Schnaps, dass im französischen Original einfach von *serpents* die Rede sei. Alsbald beginnt eine Suche, die Wronski findet in ihres Großvaters Bibliothek tatsächlich eine Ausgabe von *Terre des hommes,* was ein blöder Titel! Da hat das deutsche *Wind, Sand und Sterne* doch mehr Biss, aber in *Terre des hommes* findet sich prompt die Passage mit dem Tischgespräch, und richtig ist da von *vipères* die Rede, da hört man dann schon wieder auf, die deutsche Übersetzung zu loben.

Na also, sagt M, passt doch! Ob er übrigens das Brett von dem Türspalt wieder weg machen soll? In Zukunft musst du dann halt einfach aufpassen, wenn im Keller was auf den Weinflaschen oder dem Holz liegt, das so aussieht wie 'n Strick oder 'ne komische Krawatte, dann fass es nicht an, sondern warte, bis es von selber wegkriecht.

Das findet die Wronski nun wieder nicht lustig, und der Ministerialrat sagt mit gepresster Stimme, er müsste morgen versuchen, wieder ins Ministerium zu kommen, ob man ihn irgendwie zu einem Bahnhof bringen könne? Und ich, ich denke bei mir, am liebsten wär ich jetzt selbst eine Viper und ließe mich lautlos von meinem Stuhl gleiten und schlängelte mich zwischen all diesen Füßen durch und verschwände irgendwo in diesem Haus, wenn mir nur der Rücken nicht so weh täte beim Schlängeln!

Ach ja, und jetzt bin ich wieder bei der Abendstern in ihrem Gästezimmer, und ob es da Mauerlöcher in der Wand gibt oder Spalten, hab ich lieber nicht untersucht, aber unter der Bettdecke liegt nichts, was wie eine komische Krawatte oder so aussieht, nur der Rücken tut mir noch immer weh, das muss vom Umschichten der Holzscheite kommen, von was sonst!

XVIII.   GSELL

Was der Papst so sagt
Dienstag, 9. April

Bad Mattenberg ist ein Luftkurort, fünfzig Kilometer südöstlich von Herrenmünster gelegen und von Schwarzhalden aus mit einigen Umwegen über Land- und Dorfstraßen erreichbar. Aufgebrochen waren wir nach dem Frühstück – wir, das waren Claudia, Morgart, der Ministerialrat und ich, der am Steuer sitzen sollte. Dass ich ein guter Autofahrer sei, hab ich in all den Jahrzehnten nicht zu hören bekommen, seit ich einen Führerschein habe. Aber für Morgart war es ganz selbstverständlich, dass sein Wagen von mir gefahren werden sollte. Nicht dabei war Ulrike, die bei der Abendstern bleiben wollte. Sollte sie ihr wieder Modell sitzen? Ich habe nicht nachgefragt.

Der Himmel war bedeckt, aber es regnete nicht. Als wir zur Passstraße kamen, bogen wir links ab. In den Bergdörfern und Weilern, durch die wir kamen, waren die Ortsfeuerwehren dabei, überflutete Keller leer zu pumpen. Immer wieder wurden wir angehalten und mussten warten, bis eine Schlauchleitung verlegt werden konnte; im dritten oder vierten Dorf erfuhren wir, dass die Straße nur noch bis Markt Jauchenburg frei sei, danach aber wegen eines Erdrutsches gesperrt. Dafür sei die Bahnlinie von Herrenmünster nach Jauchenburg und weiter nach Bad Mattenberg wieder in Betrieb.

Der Bahnhof von Jauchenburg liegt oberhalb der Marktgemeinde; der Zug nach Bad Mattenberg fuhr in einer guten Stunde, der nach Herrenmünster – mit dem der Ministerialrat in seine Welt zurückkehren würde – in einer knappen halben. In der trübseligen und noch immer nach Zigarettenrauch stinkenden Bahnhofswirtschaft bekamen wir einen jämmerlichen Kaffee; eine Unterhaltung wollte uns nicht so recht gelingen, zumal der Ministerialrat Hülflich nicht recht wusste, wie er uns um Vertraulichkeit für das bitten sollte, was er an amtlichen Interna preisgegeben hatte.

»Vergessen Sie's«, sagte Morgart schließlich, »unser Problem mit Ihrer Regierung ist geklärt, und weiter ist sie kein Thema für uns.« Dann wurde auch schon Hülflichs Zug angekündigt, und er verabschiedete sich mit dem Bemerken, er freue sich, unsere Bekanntschaft gemacht zu haben. Als auch wir ausgetrunken und bezahlt hatten, gingen wir auf den Bahnsteig, ein wenig die Füße vertreten, ein wenig frische Luft schnappen, und sie war wirklich frisch, wie reingewaschen von dem vielen Regen. Der Zug, der eigentlich nur aus einem Triebwagen bestand, war sogar pünktlich, und wenige Minuten später stiegen wir in Bad Mattenberg aus, einem adretten, ein wenig aus der Mode gekommenen Kurort mit spitzgiebligen Häusern, die zumeist Pensionen waren und *Haus Linda* oder *Villa Schönblick* hießen. Ein Taxifahrer musterte uns misstrauisch, bevor er sich schließlich dazu herabließ, uns zu befördern und gleichzeitig die Ohren voll zu jammern. Die seit Menschengedenken schlechteste Saison! Die überfluteten Keller! Die meisten Buchungen storniert! »Dafür jede Menge Flüchtlinge, ohne Manieren, und wollen auch noch alles gratis haben!«

Wir hörten schweigend zu, dann hielt er auch schon vor einem kleinen, gleichfalls spitzgiebligen Häuschen mit noch blattlosem Rosengesträuch im Vorgarten. Wir stiegen aus, richtig waren wir vor dem Anwesen von Mathilde und Irenäus Träutlein, Dekan i. R., angekommen, wie das Klingelschild an der Gartentür auswies. Wir klingelten, nach einiger Zeit öffnete sich die Haustür, eine weißhaarige, vom Bechterew ge-

314

krümmte Frau erschien und äugte zu uns her. Abwehrend hob sie beide Hände und schüttelte den Kopf, kam dann aber mit trippelnden Schritten an die Gartentür.

Bereits zwei Ehepaare aus der Kirchengemeinde Herrenmünster hätten sie aufgenommen, klagte sie mit brüchiger Stimme, und könnten nun wirklich niemanden mehr unterbringen! Die Gartentür blieb verschlossen.

»Bitte«, ergriff Claudia das Wort, bevor Morgart etwas sagen konnte, und erklärte, dass wir keine Flüchtlinge seien und auch keine Unterkunft suchten, sondern nur eine Frage hätten, die aber wirklich wichtig sei.

Die Frau, die wohl Mathilde Träutlein war, warf einen misstrauischen Blick erst auf Claudia, dann auf Morgart. »Sie sind doch …«, sagte sie, »der Name ist mir entfallen, entschuldigen Sie bitte, aber Sie waren doch schon einmal hier? Ich muss Ihnen gestehen, dass Ihr Besuch meinem Mann nicht gut getan hat, sein Herz verträgt keine Aufregung mehr, das soll kein Vorwurf sein, aber …«

»Es gibt keinen Grund zur Aufregung, wirklich nicht«, antwortete Claudia sanft und erklärte, dass der Herr Morgart – sie zeigte auf ihn – durch ein schlimmes Ereignis sein Gedächtnis verloren habe, auch nicht mehr wisse, dass er schon einmal hier gewesen sei, und um keine andere Auskunft bitte als die, ob man sich an seine Mutter erinnere.

»Aber wir haben ihm doch schon bei seinem ersten Besuch erklärt, dass wir ihm nicht helfen können, so gern wir es tun würden«, sagte die Weißhaarige. »Dass er sich an das kirchliche Personalamt wenden soll, wo auch die notwendigen Unterlagen vorhanden sein müssten.«

»Es geht Herrn Morgart nicht um amtliche Auskünfte, sondern um eine persönliche Erinnerung«, antwortete Claudia, noch immer in ihrem sanften Tonfall, und die Weißhaarige starrte sie ratlos an. Dann drehte sie sich um, denn hinter ihr hatte sich die Haustür wieder geöffnet, ein alter Mann, das spärliche weiße Haar akkurat gescheitelt, schob sich mit dem Rollator zwischen Tür und Angel.

»Mathilde, lass die Besucher nicht auf der Straße stehen«, rief er, »so abweisend wollen wir uns doch nicht zeigen!« Seine Frau eilte zu ihm zurück und tuschelte ihm ins Ohr, auf Morgart zeigend, aber ihr Mann schüttelte den Kopf, »*wer eine Frage hat/der verdient eine Antwort*, das weißt du doch«, sagte er, und gleich darauf ertönte auch schon das Schnarren, mit dem die Verriegelung der Gartentür geöffnet wurde. Wir traten ein, wurden ins Haus geleitet und dort in ein Wohnzimmer oder vielmehr in einen kleinen Salon, wo wir vor einem Glasschrank mit allerhand Nippes an einem ovalen Tisch auf altmodischen Stühlen Platz nahmen. Durch das Fenster blickte man auf einen zugewachsenen, halb verwilderten Garten, der nur wenig Tageslicht hereinließ, so dass die Hausfrau die Deckenlampe einschaltete. Von den beiden anderen Ehepaaren, die angeblich ins Haus einquartiert waren, hörte und sah ich nichts.

»Sie waren schon einmal hier?«, wandte sich Irenäus Träutlein an Morgart, »meine Frau sagt das, aber ich erinnere mich gerade nicht, wie war noch einmal der Name… Morgart?« Das sage ihm leider gar nichts, fuhr er fort und wandte sich an Claudia, ob sie bei diesem ersten Besuch auch schon dabei gewesen sei? Dabei strahlte er sie aus blauen Greisenaugen an. Er hatte einen runden Kopf mit einer fleischigen grobporigen Nase und einer auffallend großen, herunterhängenden Unterlippe. Seine Frau schaltete sich ein und erklärte, dass der Besuch noch einmal wegen der Mutter von Herrn Morgart gekommen sei, »das war Erna Morgart, die Kirchenpflegerin damals in Bruggfelden, du weißt doch!«

»Ja, Bruggfelden!«, echote ihr Mann und wandte sich wieder Claudia zu, »da war ich noch Pfarrer in der … also Pfarrer war ich da, es ist schon eine Weile her, ein halbes Jahrhundert, stellen sie sich das vor, später kam ich dann ja als Dekan an die Martinus-Kirche Herrenmünster … also aus Bruggfelden kommen Sie!« Er beugte sich zu ihr und bleckte sie mit seinem künstlichen Gebiss an. »Waren Sie Konfirmandin bei mir?«

»Nein«, antwortete Claudia, »meine Familie ist freikirchlich, wissen Sie …«

»Meine Mutter«, fiel ihr Morgart ins Wort, »war Kirchenpflegerin der Johannes-Gemeinde, also für die Kasse zuständig, wenn ich das richtig verstehe, und dann war sie es nicht mehr, und jetzt möchte ich gerne wissen, ob sie damals irgendetwas falsch gemacht hat. Ob etwas in der Kasse nicht gestimmt hat?« Er hatte sich nach vorne gebeugt und starrte dem emeritierten Dekan Träutlein in die Augen. Ich sah die Gesichter der beiden Männer im Profil, und irgendetwas kam mir seltsam vor.

»Bitte!«, schaltete sich die Mathilde Träutlein ein, »das haben wir Ihnen doch bereits bei Ihrem ersten Besuch erklärt, dass wir uns daran nicht erinnern können und es auch nicht wollen! Außerdem – wenn da wirklich etwas gewesen wäre, ist es doch längst verjährt und vergeben!«

»Aber an Erna Morgart erinnern Sie sich?«, fragte Claudia, immer noch mit sanfter und milder Stimme. »Und vielleicht auch an den Buben Markus?« Mit einer Handbewegung zeigte sie auf Morgart. »Ich meine, die Erna Morgart war offenbar eine alleinerziehende Mutter, auch wenn man das damals noch nicht so nannte, und da hat Sie es doch sicher interessiert, wie kommt diese Frau zurecht? Oder wer sich um den Buben kümmert, wenn die Mutter abends zu einer Sitzung vom Presbyterium muss?«

»Ich bitte Sie!« Mathilde Träutlein stieß so etwas wie ein Lachen aus. »Selbstverständlich haben wir uns um die junge Mutter bemüht! Aber glauben Sie denn, dass wir uns an eine Sitzung erinnern können, die vor einem halben Jahrhundert stattgefunden hat? An eine Sitzung des Kirchengemeinderats, wie das bei uns heißt? Sie dürfen ganz sicher sein, dass notfalls eine der Frauen aus unserer Gemeinde eingesprungen ist und den Buben gehütet hat, und ebenso sicher dürfen Sie sein, dass Frau Morgart bei uns mehr Verständnis und Entgegenkommen gefunden hat, als sie es zum Beispiel als Schichtarbeiterin in der Papierfabrik hätte erwarten dürfen.«

Claudia warf mir einen Blick zu, und ich zuckte mit den Achseln. Es ist so selten nicht, dass die Rechtschaffenen überfordert sind, wenn es nicht bloß um die Rechtschaffenheit geht.

»Sie erinnern sich persönlich an Frau Morgart?« Claudia gab noch nicht auf.

»Gewiss erinnere ich mich an sie«, kam die Antwort. »Ich habe Ihnen doch gesagt, dass wir ihr eine Anstellung gegeben haben. Dass diese junge Mutter keinen Vater für das Kind hatte, oder keinen mehr, das ist von uns nicht bewertet worden. Ob diese Haltung in den Sechziger Jahren so ganz selbstverständlich war, überlasse ich Ihnen zu beurteilen. Jedenfalls werden Sie von uns kein nachteiliges Wort über diese Frau hören.«

Einen Augenblick sagte niemand etwas, dann wandte sich Morgart noch einmal an Irenäus Träutlein. »Erinnern Sie sich daran, dass ein weiteres Fenster in der Kirche von Bruggfelden ein Glasbild erhalten sollte? Mit der Ehernen Schlange als Motiv?«

Wieder antwortete seine Frau. »Das haben Sie beim ersten Mal schon gefragt, und da haben wir Ihnen doch gesagt, dass dafür wohl schon einmal Geld gesammelt worden ist, aber es hat nicht gereicht ...«

»Haben Sie gelesen«, schaltete sich Träutlein ein, »was Papst Franziskus zur *Ehernen Schlange* gesagt hat? Es weise daraufhin, dass mit Jesus auch die Schlange der Sünde ans Kreuz geschlagen wurde ...«

»Hat es nicht gereicht«, unterbrach ihn Morgart, jetzt an Mathilde Träutlein gerichtet, »weil Spendengeld verschwunden ist? Weil es veruntreut worden ist? Oder weil es jemand unterschlagen hat?«

Sie hob die mageren Schultern und ließ sie wieder fallen. »Ich weiß nicht, wie Sie zu diesen Fragen kommen. Hat Ihnen jemand ... hässliche Dinge über Ihre Mutter erzählt? Wenn ja, dann sind wir es gewiss nicht gewesen. Aber zu den damaligen finanziellen Angelegenheiten der Kirchengemeinde kann ich Ihnen beim besten Willen nichts sagen, das wäre ja noch schöner gewesen, wenn sich die Ehefrau des Pfarrers in so was eingemischt hätte! Und mein Mann erinnert sich an solche Dinge nicht, sie sind seinem Denken fremd. Wenn da irgendetwas nicht in Ordnung war, ist es nicht seine Schuld gewesen. Glauben Sie, er hätte sonst als Dekan für Herrenmünster berufen werden können?«

Ich blickte zu dem Dekan i. R. Träutlein, der darauf wartete, auch etwas sagen zu dürfen. Seine Unterlippe zitterte ein wenig und schimmerte feucht. Es kehrte einen Augenblick Stille ein, ich fing einen fragenden Blick von Claudia auf, aber auch ich hatte keine Idee, wie man von diesem Ehepaar anderes erfahren könnte als Ausreden.

»Also, weil Jesus alle Schuld auf sich genommen hat«, sagte Irenäus Träutlein, »wie es Papst Franziskus sagt, ist er zur Schlange geworden, der Herr Jesus, ein sehr interessanter Gedanke das!«

Als wir uns verabschiedeten, fragte ich die Mathilde Träutlein, ob ihre Kinder denn auch Theologen geworden seien. »Wir haben keine Kinder«, kam die Antwort.

Claudia: Weihnachtsgrüße für Herrn Kattelbach

Nach dem Besuch bei Träutleins waren wir zu Fuß zum Bahnhof zurückgegangen; es regnete nicht, und es war auch nicht weit. Wir gingen schweigend, es gab ja nichts zu bereden. Der nächste Zug nach Jauchenburg und weiter nach Herrenmünster fuhr allerdings erst in einer Dreiviertelstunde, also suchten wir die Hotelrestauration gegenüber dem Bahnhof auf und bekamen dort Bier und belegte Brote, das heißt, ich bestellte mir einen Tee.

Irgendwann spülte Lukas den letzten Bissen seines Sandwichs hinunter und fragte, als er das Glas abgesetzt hatte, ob es nicht angezeigt wäre, nach Bekannten von Morgarts Mutter zu suchen? Ich blickte zu Morgart, dessen Gesicht plötzlich verschlossen und abweisend geworden war. Wozu das gut sein solle?, fragte er zurück.

Weil die Träutleins gelogen haben, antwortete Lukas. Weil sie nicht gesagt haben, was sie wissen. Was die Wahrheit ist. Wenn wir also herausfinden wollen, fuhr er fort, was in Bruggfelden damals mit Erna Morgart gespielt worden sei, müssten wir andere Quellen finden – Wohnungsnachbarn, Arbeitskollegen, Verwandte, falls sie noch am Leben sind. Markus solle doch einmal sein Adressbuch durchsehen, ob er da nicht doch mögliche Ansprechpartner finde.

Tatsächlich holte Markus das Adressbuch heraus und hob es hoch. Das sei höchstens zehn Jahre alt, sagte er, und also ganz gewiss niemand aus der Zeit vor einem halben Jahrhundert darin verzeichnet. Außerdem gebe es nichts herauszufinden. Vermutlich habe seine Mutter von der Kirche nur einen Hungerlohn bezogen, wie er das die ganze Zeit vermute, und so habe das Geld nicht gereicht, *so what!*

Ich erklärte ihm, dass es jetzt um seine Mutter geht, nicht um ihn. Sie habe einen Anspruch darauf, dass man sich ihre Geschichte ansehe. Und Lukas fragte, ob Markus denn noch wisse, wo er und seine Mutter nach dem Wegzug aus Bruggfelden gewohnt hätten. Markus sah ihn an, und mir war es, als seien seine Augen plötzlich seltsam verschleiert.

Herrenmünster, sagte er, Julius-Leber-Straße 27, Dachgeschoss.

Seine Stimme klang fremd. Als gehöre sie zu einer automatischen Ansage. Ich tauschte einen Blick mit Lukas. Sieh an, dachte ich, nun gibt das untergangene Land doch noch etwas frei!

Markus schüttelte den Kopf, und seine Augen waren wieder wie immer. Nummer 27, wiederholte er, aber klar doch, fast zehn Jahre habe er dort gelebt!

Weder Lukas noch ich sagten etwas dazu, auch kam der Zug, mit dem wir direkt nach Herrenmünster fuhren, weil Markus beschlossen hatte, den Wagen in Jauchenburg stehen zu lassen. In Herrenmünster, wo wir gegen 16 Uhr ankamen, ließen wir uns von einem Taxi in die Julius-Leber-Straße bringen. Sie stellte sich als Ansammlung von grau verputzten fünfstöckigen Miethäusern heraus, als einzige Abwechslung sahen wir an einer Kreuzung ein Lokal, das sich Ostend-Stuben nannte und eine Pizzeria war. Ihm gegenüber lag die bereits beleuchtete Schaufensterfront eines Einkaufszentrums. Das Haus Nummer 27 war so unscheinbar wie seine Nachbarn, das Klingelbrett zeigte fast ausnahmslos Namen, die auf einen Migrationshintergrund schließen ließen. Markus las die Namen, den Kopf zurückgelegt und die Augenlider etwas zusammengekniffen – eine beginnende Weitsichtigkeit? Dann schüttelte er den Kopf. Keiner der Namen sage ihm etwas, meinte er und wandte sich ab.

Lukas schlug vor, an der Wohnung im Dachgeschoss zu klingeln – vielleicht ergebe sich da ein Anknüpfungspunkt. Markus wollte protestieren, als sich die Haustüre öffnete und eine rundliche Frau in einem Kapuzenmantel herauskam. Sie sah uns fragend an, und ich erklärte, dass wir jemand suchten, der sich an eine Frau erinnere, die vor einem halben Jahrhundert in der Dachgeschosswohnung… Habe ich es so gesagt? Ich fürchte ja, aber die Frau schien nicht einmal irritiert. Im Dachgeschoss?, fragte sie zurück, da lebe jetzt der Herr Kattelbach, sie kaufe manchmal für ihn ein. Dann schaute sie auf die Uhr und meinte, wenn wir wollten, könnten wir ja einen Versuch wagen. Sie drückte die Haustür wieder auf und lud uns ein, ihr zu folgen. Leichtfüßig lief sie das Treppenhaus hoch, Etage um Etage, wir hinter ihr her hechelnd, bis wir schließlich vor einer letzten Wohnungstür standen. Sie drückte auf den Klingelknopf, nach einiger Zeit hörten wir ein Tapern, Lukas warf mir einen Blick zu – schon wieder Geriatrisches? Die Tür öffnete sich, ein auf einen Gehstock gestützter Mann stand uns gegenüber, mit wirrem weißgelbem Haar und weißen Bartstoppeln, und musterte uns aus aufmerksamen Augen. Er hieß also Kattelbach, Pawel Kattelbach, sprach mit osteuropäischem Akzent und verbeugte sich vor mir mit einem angedeuteten Handkuss.

Die Frau im Kapuzenmantel erklärte, was wir wollten, es war so ziemlich das, was ich ihr gesagt hatte, und Markus ergänzte, dass es um seine Mutter gehe, mit der er vor bald fünfzig Jahren hier gelebt habe. Die Ordnung in seiner Wohnung lasse leider zu wünschen übrig, antwortete Kattelbach, aber er sei ein alter Mann, und da könne man ihm keinen Vorwurf machen. Wenn wir uns also die Wohnung ansehen wollten, bitte sehr! Nur – er sei mit seiner inzwischen leider verstorbenen Frau kurz vor dem Millenium eingezogen und wisse gar nichts über die vorigen Mieter, auch hätten eigentlich alle Parteien im Haus seither gewechselt.

Er führte uns in ein Zimmerchen mit schrägen Wänden, die mit einer Streifentapete bezogen waren, wohl vor vielen Jahren schon. Durch ein Mansardenfenster fiel das graue Licht eines Spätnachmittags auf eine zerschlissene Sitzgarnitur, über die Wolldecken gelegt waren. Über den Bildschirm eines Fernsehers flimmerte tonlos ein Zeichentrickfilm für Kinder, aber das schien Kattelbach nicht zu stören. Er bot uns Platz an und meinte dann, für ein gutes Gespräch sollte die Kehle befeuchtet werden. Damit wandte er sich zu einem alten nussbaumdunklen Sekretär, klappte die Schreibplatte herunter und kam mit einer Flasche Wodka und Schnapsgläsern zurück an den Couchtisch. Sowohl Lukas als auch Markus ließen sich einschenken, während ich dankend ablehnte und mich mit der Frau im Kapuzenmantel – die von Kattelbach einfach Margot genannt wurde und an der Tür stehen geblieben war – in die kleine Küche zurückzog.

Seit dem Tod seiner Frau vor drei Jahren wolle Kattelbach eigentlich gar nicht mehr aus dem Haus, erklärte sie mir, und so habe es sich eben ergeben, dass sie ein wenig nach ihm schaue. Das mit dem Wodka sehe sie ja gar nicht gern, aber verhindern könne sie es ja auch nicht, ein Problem vieler alter Leute sei das, in dem Alter kann man keinen mehr erziehen! Sie selbst sei ja gleichfalls verwitwet, sagte sie weiter, wohne aber auch erst seit wenigen Jahren hier, kenne also niemanden, der sich an frühere Mieter erinnern könnte, ohnehin werde die Hausgemeinschaft wohl bald zerschlagen, denn der ganze

Wohnblock sei an privat verkauft worden, wo dann jemand wie der arme Herr Kattelbach oder sie selbst bleiben sollten, das kümmere niemanden…

Ich murmelte etwas von Wohnungsamt und Mieterschutz, aber dann wurde nach Margot gerufen. Ich folgte ihr, Kattelbach stand wieder an seinem Sekretär und wühlte in irgendwelchem Papier, es gehe um eine Frau, die früher im Haus gewohnt habe und die jetzt in einem Altersheim lebe, sagte Lukas, das Schnapsglas in der Hand. Luise Andernach heiße die Frau, ergänzte Markus, und es komme ihm vor, als habe er den Namen schon einmal gehört.

Margot ging zum Sekretär und griff in ein Fach, aus dem sie eine Ansichtskarte herausholte, hier! Die Ansicht auf der Karte zeigte das weihnachtlich verschneite Altenstift »Rosengarten« – als ob das Alter ausgerechnet Rosen für den Menschen bereithalte! –, ein paar Zeilen in einer noch flüssigen und kaum krakeligen Schrift wünschten dem lieben Herrn Kattelbach frohe Weihnachten und ein gutes Neues Jahr und waren ganz richtig von einer Luise Andernach unterschrieben.

Es wurde noch einmal Wodka ausgeschenkt, Markus erklärte, dass dieses Wohnzimmer einmal sein Zimmer gewesen sei, und zeigte, wo sein Bett gestanden hatte, das Kopfende so, dass er den Nachthimmel habe sehen können, wenn der Vorhang nicht zugezogen gewesen sei. Und er erzählte, wie er da oft gelegen und nach nebenan gelauscht habe, wenn seine Mutter noch den Fernseher laufen ließ oder ein Hörspiel eingeschaltet hatte.

Ich erlaubte mir die – vermutlich dumme – Frage, ob seine Mutter abends immer allein gewesen sei, aber er schien irgendwie abgelenkt und fragte nur zurück, wer denn schon etwas mit einer Frau anfangen wolle, die ein Balg mit sich schleppe und die am nächsten Tag auch noch früh zur Arbeit muss? Dann bat er um Entschuldigung, stand auf und besah sich an der Dachschräge eine der Stellen, an der sich die Streifentapete ein wenig gelöst hatte, und kratzte mit dem Fingernagel daran. Unter bröckeligen Leimresten kam ein orange-roter Fleck zum Vorschein, und Markus wandte sich zu uns um, mit einem verlegenen Lächeln. Das komme davon, erklärte er, wenn die Tapeten nur überklebt werden.

»Darunter war eine mit großen Blumen, roten und gelben... zu meiner Zeit war das.« Wenn etwas Tapetenkleister im Haus sei, könne er die Stelle wieder zukleben, aber Kattelbach protestierte, das komme nicht in Frage, die Stelle erinnere jetzt an ihn und seinen Besuch, das müsse so bleiben. Weil niemand eine weitere Stärkung wollte, räumte Margot die Flasche weg und erklärte, dass sie jetzt noch einkaufen müsse, und irgendwie war es klar, dass auch wir zu gehen hätten.

Es war bereits zu spät, um im Altenstift »Rosengarten« vorzusprechen, also riefen wir ein Taxi, Markus bestand darauf, dass wir das Grandhotel »Erbprinz« Herrenmünster anfuhren. Wie sich zeigte, war er dort nicht einfach nur bekannt, sondern hatte so etwas wie einen VIP-Status und bekam umgehend eine Suite mit drei Schlafzimmern zugewiesen.

Wir aßen zufriedenstellend zu Abend, aber die VIP war plötzlich unleidlich geworden und in sich gekehrt, also verabschiedete sie sich früh, während Lukas und ich noch etwas frische Luft auf der Hotelterrasse schnappten.

Wir standen – Arm in Arm – am Geländer, fast unmittelbar zu unseren Füßen rauschte der Fluss, der die Uferpromenade überflutet hatte. Mit so konzentrierter gewaltiger Kraft schoss er dahin, als könne ihn nichts daran hindern, all das kleine Menschenwerk um ihn herum einzureißen und wegzuschwemmen. Auf einem Mauervorsprung hockten drei oder vier Enten, sie kamen mir ratlos, geradezu verstört vor. Ich sah mich um, wir waren allein, und so fragte ich Lukas, warum er die Träutlein nach ihren Kindern gefragt habe.

Er sagte es mir.

Woran er das gesehen haben wollte? An den Unterlippen? Wirklich?

Ulrike: Shit happens

Das geht so schnell? Ich dachte, man merkt es erst später. Aber egal, mir war es am Morgen übel, dabei hatte ich am Abend nichts mehr getrunken und war früh ins Bett gegangen.

Eigentlich wollte die Abendstern noch ein paar Skizzen von mir machen, aber beim Frühstück sah sie mich so seltsam prüfend an, dass ich mich fragte, was ist mit mir? Dann kamen so ein paar Fragen, die indiskreteste war, ob ich verhütet hätte? Du lieber Gott, nein! Wer nimmt denn schon die Pille! Sich freiwillig in den Zustand einer Scheinschwangerschaft versetzen, damit man folgenlos benutzt werden kann, pfui Teufel!

Und Gummis? Nein, der umsichtige Herr Morgart, der seine kostbaren Finger mit Lederhandschuhen schützt, bevor er ins Holz greift, der hat jedem seiner Bravos einen Fünfziger gezahlt, aber die Gummis hat er sich gespart, mit voller Absicht. Das gehörte zum Programm. Damit es mir so richtig eingetränkt wird.

Und Morgart selbst? In der Nacht davor? Nein, auch kein Gummi, angeblich hat M sich sterilisieren lassen, das hat er mir gesagt, damit ich mir nur ja nichts einbilden solle... Und davor? Der stotternde Regisseur ist schwul, und Pascal... ach ja, Pascal! Der freilich hat Gummis benutzt, sehr routiniert und gewissenhaft... Also?

Dieser Blick der Abendstern: Besorgt. Nach dem Muster: Das

arme dumme Huhn, wie konnte es sich nur auf eine solche Geschichte einlassen?! Dann, entschlossen: das darfst du nicht hinnehmen! Du musst zur Polizei, unbedingt! Anzeige erstatten!

Wo?, frage ich da.

In Bruggenfelden. Oder noch besser in Herrenmünster. Sobald die Straßen frei sind. Bei der Polizeidirektion dort.

Leise sage ich, dass ich weiß, wo dort die Polizeidirektion ist. Sehr wohl wisse ich das. Nur würde ich da sofort wieder kotzen müssen.

Die Abendstern gibt aber keine Ruhe. Und ich sehe sie an und überlege, ob ich ihr von der Nacht mit M erzählen soll. Dass ich ihm gesagt habe, *mach mit mir, was du magst.* Sie wird nicht verstehen, dass eine einem Kerl so etwas sagt.

Ich bin dem nachgefahren, sage ich schließlich. Eine Nacht lang und einen Tag. Dann habe ich ihn gesucht, in der ganzen Stadt. Bin von einem Hotel zum anderen. Da hatte ich schon kein Geld mehr und nichts zu essen und habe den Hunger nicht gespürt. Und schließlich habe ich ihn gefunden. Und weißt du, was dann war?

Erzähl es mir, sagt die Abendstern.

Dann hat er mich benutzt. Und am Morgen abserviert. Da war ich schon wie tot, auch wenn ich es zuerst nicht kapiert habe. Was danach kam, war nur noch der Fußtritt. – Ich sehe die Abendstern an und weiß, sie hat es immer noch nicht verstanden. Also schiebe ich noch was nach. Wenn ich zur Polizei gehe und ihn anzeige, sage ich und tippe mir auf die Brust, dann wird da drin nichts wieder lebendig.

Das mag die Abendstern nun gar nicht hören, aber weil sie nicht weiß, was sie antworten soll, fällt ihr das Allerblödeste ein. Morgart darf nicht damit durchkommen, sagt sie. Notfalls muss er hier oben zur Rechenschaft gezogen werden. Er muss …

Das ist – bitte! – meine Sache, unterbreche ich sie.

Natürlich, sagt sie und ist für einen Augenblick ganz geduckt. Dann, fast beiläufig, die Frage, ob ich mir vorstellen könne, Morgart zur Rede zu stellen? Mit ihm darüber zu reden?

Mit dem? Dem Handschuhmann? Die Zunge beiß ich mir ab, bevor ich mit dem darüber rede.

Es geht nicht nur darum, behauptet sie, was auf dem Friedhof passiert ist. Es geht auch darum, was in Zukunft sein wird.

Das verstehe nun ich nicht. Wo ist das Problem?

Das Problem ist in deinem Bauch, antwortet sie. Noch immer sei eine Abtreibung nicht ganz einfach. Auch im frühen Stadium einer Schwangerschaft brauche eine Frau Hilfe und Beistand.

Ich schaue sie an. Wieso Abtreibung?, frage ich. Was mit mir geschieht, soll mit mir geschehen. Wenn es sein muss, auch in mir.

Aber, sagt sie entsetzt, du weißt doch nicht einmal, wer der Vater ist!

Vielleicht ist's ein Hafenarbeiter, antworte ich. Oder ein Friedhofsgärtner. Möglicherweise ein Nordafrikaner. Dann fällt mir ein, dass es vielleicht der Schwarze ist. Ich grinse sie an und sage es ihr. Sie ist … – wie sagt man da? – indigniert.

Du bist eine Rassistin, sage ich da.

IXX. CLAUDIA

Luise, einst eine Rose
Mittwoch, 10. April

Luise Andernach ist eine kleine, weißhaarige wuselige Person, sehr auf sich bedacht, adrettes Kostüm, dezentes Makeup, nur der Lippenstift und der Nagellack waren ein wenig zu rot. Sie saß an einem Fenster der Cafeteria und winkte uns zu, als wir eingetreten waren; als wir näherkamen, stand sie auf, entschlossen, wenn auch etwas mühsam. Sie schien Markus sofort erkannt zu haben und hatte – kaum waren ich und Gsell ihr vorgestellt worden – nur noch Augen für ihn.

Dabei hatte er noch beim Frühstück gemeutert – er wolle diese Frau nicht sehen, wolle auch nichts weiter erfahren über seine Mutter und die Sonnenblumentapete oder die ganzen Jahre im Ostend von Herrenmünster! Dass er von dieser Zeit nichts mehr wisse, sei ja schließlich der einzige Nutzen, den ihm dieser Kopfschuss eingebracht habe. Lukas und ich aber sahen uns nur an, und damit war Markus überstimmt. Er hatte dann auch nichts mehr dagegen, dass ich im Altenstift anrief und um ein Gespräch mit der Frau Andernach bat. Das kam ohne Weiteres zustande, sie wusste sofort, wer die Erna Morgart war, und als ich ihr erklärte, dass ich im Auftrag des Sohnes anrufe, war sie sofort bereit, uns Auskunft zu geben – »und Markus kommt mit, ja?«

War sie nun mit dem Wiedersehen zufrieden? Ich weiß es nicht. Einen Augenblick war sie mit ausgebreiteten Armen vor ihm gestanden und hatte ihn mit einem seltsamen Lächeln angesehen, als erwarte sie, von ihm in die Arme geschlossen zu werden. Aber er verstand diese Signale nicht oder wusste nicht, warum sie ihm galten, und behalf sich mit einem Händedruck. Lukas warf mir einen Blick zu, dass ich Markus aus der Verlegenheit helfen solle, und so erklärte ich ungefragt, dass Markus Morgart wegen einer schweren Verletzung Probleme mit seiner Erinnerung habe. Oh!, rief da die Andernach und zeigte auf Markus' Schläfe, habe es damit zu tun?

Ja, antwortete Markus, der die Sprache wiedergefunden hatte, »es hat damit zu tun ... Moment, wir haben doch du zueinander gesagt?«

Und die Luise Andernach meinte, ja, das hätten sie wohl, und holte ein weißes spitzenbesetztes Taschentüchlein hervor und tupfte sich die Augen ab. Dann wollte sie mehr wissen, und Markus wiederholte, dass er zwar wisse, was passiert sei, den Grund aber nicht kenne. Seine Freunde – er deutete auf Lukas und mich – meinten, es könne etwas mit der Geschichte seiner Mutter zu tun haben.

So kam es, dass Luise Andernach uns ihre Geschichte erzählte – die Geschichte einer jungen Kontoristin, die nach der einen oder anderen Enttäuschung einen Handelsvertreter heiratet, für ihn in der gemeinsamen Wohnung in dem Haus Julius-Leber-Straße 27, dritter Stock, die Buchhaltung führt, und die dann die Erna Morgart aus dem Dachgeschoß und ihren heranwachsenden Sohn Markus kennenlernt. Wenn ich es recht verstanden habe, hielten die beiden Frauen – die eine schon etwas älter, die andere jünger – näheren Kontakt, war doch auch die Jüngere die meiste Zeit und die meisten Abende allein.

Wer war nun diese Erna Morgart? Eine patente, eine tüchtige Frau, kam die Antwort, als Kassiererin hat sie angefangen, in dem Lebensmittelladen, der jetzt der Einkaufsmarkt im Ostend ist, und dort war sie am Ende auch Filialleiterin, denken Sie nur! Und hilfsbereit! Sie, die Luise Andernach, sei ja manchmal fast überfordert gewesen, als es mit den Geschäftsbeziehungen des Ehemanns aufwärts ging, aber die Erna habe ihr immer geholfen oder auch einen Rat gehabt.

Irgendwann – Gsell hatte inzwischen Kaffee für uns geholt – warf ich einen Blick auf Markus, aber der saß nur da und rührte in seinem Kaffee die Milch um. Es brachte mich auf die Frage, ob es im Leben der Erna Morgart außer dem Sohn noch einen anderen Mann gegeben habe, aber sie schüttelte den Kopf. Davon wisse sie nichts. War diese Erna glücklich damit?

Nein, kam die Antwort, und sie warf einen trotzigen Blick auf Markus. Glücklich war sie nicht. Aber das sei ja nichts Ungewöhnliches. Etwas Besonderes wär's, wenn eine glücklich werde in ihrem Leben.

Gsell wollte wissen, ob die Erna je von ihrer Zeit in Bruggfelden erzählt habe – oh!, kam die Antwort, davon habe sie gar nichts wissen wollen. Einmal an einem Wochenende im Mai oder Juni, an dem ihr Mann unterwegs gewesen sei, habe sie – die Luise – eine Wanderung an der Aesche machen wollen, von Bruggfelden flussaufwärts, ab und zu hätten sie solche gemeinsamen Ausflüge unternommen, aber die Erna habe schroff abgelehnt, Bruggfelden keinesfalls! Markus sei dann mit ihr gegangen. Sie lächelte, ein wenig verschämt, wie mir schien, und wandte sich an ihn. Einige Kilometer oberhalb vom Städtchen gebe es doch diesen Felsen, bei dem der Fluss tief ausgeschwemmt sei, und da hätten sie gebadet, das Wasser sei kalt und frisch gewesen, heute noch spüre sie es auf der Haut ... Weißt du noch?

Morgart sah sie an, den Kopf schief gelegt. Ja, sagte er dann, doch, daran erinnere er sich.

Nicht wirklich, dachte ich und hörte Lukas fragen, ob denn

die Frau Morgart ihr – der Luise Andernach – diesen Ausflug mit dem Sohn nicht übelgenommen habe?

Ach, sagte die Luise Andernach da, und ich sah, wie sich eine zarte Röte über ihr faltiges Gesicht zog, sie hat das alles ja nicht haben wollen! Ich sei zu alt für den Buben, hat sie mir immer vorgehalten, und eine verheiratete Frau dazu! Und dass sie nicht will, dass ihr Bub eine Ehe kaputtmacht. Das bringe nur Unglück und Unfrieden ins Haus … Sie wandte sich zu Markus und legte ihm ihre kleine runzlige Hand mit den knallroten Fingernägeln auf den Arm. Entschuldige bitte, dass ich davon angefangen hab! Du hast ja keine Schuld, du warst ja noch nicht mal achtzehn!

Markus ließ seinen Arm liegen, aber mit der freien Hand fuhr er sich über die Stirn.

Dabei, fuhr die Luise Andernach fort, hätte sich die Erna nicht so haben müssen. Eine Kusine von ihr – der Luise – sei in Bruggfelden verheiratet gewesen und hätte gewusst, was damals angeblich alle gewusst hätten, nämlich den wahren Grund, warum die Kirchenpflegerin Morgart hatte gehen müssen.

Weil Markus sich mit den Augen an seiner Kaffeetasse festhielt, sah die Luise Andernach mir ins Gesicht. Es war wegen dem Pfarrer, sagte sie, damit Sie's nur wissen. Und der war auch verheiratet.

Gsell: Verlöschen

Ein Leben verlöscht. Kann man, darf man es so sagen? Nein. Menschen sind keine Kerzen. Trotzdem drängt sich mir diese Floskel aufs Papier. Um 1980 hat der junge Markus Morgart das Zimmer mit der Sonnenblumentapete verlassen, nachdem noch rasch abgestaubt war, was das kleinbürgerliche Mietshaus im Ostend von Herrenmünster für ihn, den jungen Mann, noch zu bieten hatte, und das ganz kostenlos!

Wer blieb zurück? Eine nette zutunliche junge Frau, die ihr Leben mit den Buchführungsarbeiten für den auswärts tätigen Ehemann verbringt. Und die Mutter, die von der Kasse ins Büro der Filialleiterin aufsteigt. Die Mutter, die ihre Abende müde und allein vor dem Radio oder dem Fernsehen verbringt. Auf einen Anruf wartend? Darauf, dass der Sohn sich meldet, der so unheimlich behänd mit dem Geld jonglierende Sohn? Dass er vielleicht mal für ein Wochenende wieder nach Hause kommt? Vielleicht hofft sie gar auf einen Anruf von ihm, dem Unerreichbaren, dessen Ehe, dessen Reputation, dessen berufliche Ambitionen unendlich wichtiger sind als ihr eigenes Leben? Auch der Kontakt zu der jungen Frau aus dem dritten Stock ist abgebrochen, man grüßt sich im Treppenhaus, mehr ist nicht, mehr kann nicht sein.

»Ich bin ihr dann auch aus dem Weg gegangen«, so hat es Luise Andernach berichtet, »wer mag das schon, diese vorwurfsvollen Blicke!« Während sie es sagte, starrte Morgart in seinen Kaffee, die ganze Zeit tat er das schon, als ginge ihn all das nichts an, als sei er nicht beteiligt, nie beteiligt gewesen.

Irgendwann war die Filialleiterin Erna Morgart dann krank, Operation, Chemotherapie, Bestrahlungen, Rehabilitation, dann das Rezidiv, die Frauen im Mietshaus Julius-Leber-Straße 27 sprachen beiläufig darüber, hinter vorgehaltener Hand, die Luise Andernach hätte gerne nach ihr gesehen, wäre gerne behilflich gewesen, aber es ging ja nicht, und dann musste die Erna Morgart wieder ins Spital und kam von da nicht mehr zurück.

Natürlich war sie bei der Beerdigung, natürlich hat sie dort den Markus gesehen – »weißt du es nicht mehr?« Nein, Markus Morgart hat keine Erinnerung mehr an die Beerdigung, weiß auch nicht, dass er dann noch einmal in der Wohnung im Dachgeschoß war und sie, die Luise, im Treppenhaus getroffen hat, als er mit einem Aktenkoffer in der Hand herunterkam und nicht einmal Zeit hatte, mit ihr noch eine Tasse Kaffee zu trinken … Wenn sich einer die Erinnerung weggeschossen hat, was für ein stumpfer gefühlloser Mensch er einmal war – ist er es dann heute nicht mehr, stumpf und gefühllos?

»Sie haben vorhin«, fragte ich irgendwann, »von dem Pfarrer in Bruggfelden gesprochen, wegen dem die Frau Morgart angeblich von dort hatte wegziehen müssen … Das war ein Irenäus Träutlein, später hier in Herrenmünster Dekan … Wissen Sie, ob der sie einmal besucht hat?«

»Woher hätte ich das wissen sollen?«, fragte sie und hielt den weißhaarigen Kopf ein wenig schief, in einer nahezu koketten Bewegung. »Die Erna würde es mir kaum erzählt haben. Jedenfalls glaub ich nicht, dass da was war. Es hätte sich im Haus herumgesprochen. Aber ich hab nie von so etwas gehört.«

Dann wird es Zeit zum Mittagessen, die Bewohner, die das Essen nicht im Zimmer bekommen, beginnen die Cafeteria zu füllen, auch weiß Luise Andernach nicht, was sie uns noch sagen könnte, und zum Abschied schafft es Markus Morgart wenigstens, sie in die Arme zu nehmen.

Ulrike: Vom Schweinsgeschnetzelten

Im Louvre (oder sonst in einem der Pariser Museen) hängt ein Bild, da sieht man nur die Muschi einer Frau, also hauptsächlich die Schamhaare dazu, die einen richtig schönen schwarzen Busch machen, denn das Bild ist aus dem 19. Jahrhundert, da haben sich die Frauen noch nicht rasiert – aber egal, ich schreib das nur auf, weil ich mich heute Morgen ziemlich genau so hab hinlegen müssen wie die Nackte im Louvre, denn die Abendstern will einen Zyklus mit mir machen, Zyklus ist gut! Und wie ich da so lieg, die Arme unterm Kopf und die Titten ein bisschen hochgestreckt (sonst würden sie nicht viel hergeben), fängt die Abendstern wieder an, nicht von dem Neger oder den Friedhofsgärtnern zu reden, sondern von der – Verantwortung!

Ich denk, ich hör nicht recht, was ist das überhaupt für ein blödes Wort? Verantwortung heißt doch, dass eine antworten soll, also muss es da eine andere geben, die das Recht hat, Auskunft zu verlangen, was die eine getan hat und warum? Also sitzt da die andere über die eine zu Gericht und verhört sie – mit welchem Recht, bitte?

Das mag die Abendstern aber nicht hören, sie säuselt etwas von werdendem Leben und einem Geschöpf, das auf mich angewiesen sei, das von mir Antwort haben will über sein Recht auf Leben und eine Zukunft… Hat sie das so gesagt? Jedenfalls so ungefähr, und ich hab ihr zurückgegeben, dass sich das alles für mich erst recht nach Justiz und Strafgericht und Knast anhört und dass ich das nun gar nicht ab kann, und ob sie wissen will, warum nicht? Sie will es wissen, und so erzähl ich ihr, dass ich Knast deshalb nicht ab kann, weil ich in einem Knast zur Welt gekommen bin, in dem Knast, in den meine arme Mami gesteckt wurde, als sie im vierten Monat war, und nur wegen dem Schweinsgeschnetzelten!

Da lässt die Abendstern den Kohlestift sinken und guckt von der Staffelei zu mir her und echot dumm: Schweinsgeschnetzeltes?

Ja, sag ich, meine arme Eltern hatten eine gutgehende Metzgerei in einer netten kleinen Stadt, am kopfsteingepflasterten

Marktplatz, gleich gegenüber der Buchhandlung, und der Laden ging so gut, dass sie noch eine weitere Verkäuferin einstellen konnten, als meine arme Mami mit mir schwanger wurde, aber dann musste die Verkäuferin auf Schulung oder so, und so war meine arme Mami allein im Laden, als die Lebensmittelpolizei – oder wie die heißt – kam und behauptete, es hätte eine Beschwerde wegen des Schweinsgeschnetzelten gegeben, und das sei sicher ein Missverständnis und hätte gewiss nichts zu bedeuten, es sei ja amtsbekannt, wie gut und sauber die Metzgerei geführt werde, aber zur Aufklärung solle meine Mami ihnen die Arbeitsräume und auch die Kühlanlage zeigen. Ja, und so ist es passiert.

Was ist passiert?, will die Abendstern wissen und hat gar nicht weiter skizziert.

Ja, im Kühlschrank lag mein armer Papi, und auch die Verkäuferin, oder was von den beiden noch übrig war, nachdem meine Mami sie drei Tage davor im Bett erwischt und beide mit dem Tranchiermesser abgestochen hatte, und es war schon noch was da, so schnell lässt sich das Schweinsgeschnetzelte ja nicht verkaufen…

Du lügst, sagt die Abendstern, du nimmst mich auf den Arm, aber bitte! Zornig wendet sie sich wieder dem Skizzenblock zu und fuchtelt mit der Kohle herum, ist nicht zufrieden, reißt das Blatt herunter und fängt von vorne an und will, dass ich die Beine noch etwas breiter mache, und ich tu alles, was sie sagt, und als sie schließlich wissen will, ob ich denn dann im Knast aufgewachsen sei und wie man da so als Kind lebt – also da hab ich ihr dann die weitere Geschichte erzählt, dass mich nämlich meine arme Mami, nachdem sie wegen zweifachen Mordes zu lebenslanger Freiheitsstrafe verurteilt wurde – wegen dem Schweinsgeschnetzelten mit besonderer Schwere der Schuld! –, wie also meine Mami mich nach der Geburt zur Adoption freigegeben hat, so dass ich in die Universitätsstadt T. gekommen bin, wo meine Adoptivmutter Lehrbeauftragte für geschlechtergerechte Sprache war und von mir nicht Mutter genannt werden wollte, sondern ich hab sie mit ihrem Vornamen Alice anreden müssen. Nur hab ich sie später für mich die Dopma genannt, im Unterschied zum Dopv, meinem Adoptivvater, der war kein weißes Kaninchen, sondern auch Lehrbeauftragter oder so was, aber für Altgriechisch, das heißt, er hat da Unterricht gehalten und war an den Prüfungen fürs Graecum beteiligt, und wenn die Dopma es bei Womens Lib oder dem Feministischen Forum wichtig hatte, gab der Dopv den Studentinnen Nachhilfestunden auf seiner Couch.

Du hast das mitgekriegt?, will da die Abendstern wissen.

Nicht zu knapp, sag ich da, er gab mir jedesmal einen Zehner, dass ich mir in der Stadt einen Comic oder ein Eis oder egal was kaufen sollte, und als ich dreizehn war und die Dopma auf einem Wochenendseminar über Strategien gegen den sexuellen Missbrauch, da kam auch ich auf die Couch und verlor meine Unschuld, dafür hat der Dopv mir erzählen müssen, wie das mit meiner armen Mami war, und danach taten sie mich auf ein Internat, das war sogar eins von den besseren, nur nicht für mich, weil da lauter Tussen von Neureichs und Großkotzens hockten und jemand mit Lehrbeauftragten als Erziehungsberechtigten … also da hätte ich ja gleich ein kurdisches Flüchtlingskind sein können! Außerdem waren die meisten solche Brummer, dass sie mich mit meinen kleinen Titten schon gar nicht ab konnten, also mobbten sie mich, bis die Philosophiedozentin, eine Ordensschwester, dahinter kam und mich unter ihren Schutz nahm und mir dann auch so Sachen zu lesen gab wie die Justine von de Sade.

Die Justine, wirklich?, fragt die Abendstern. Hast du so was lesen mögen?

Ach Gott!, sagte ich, mögen! Dass diese Brummer mich in Ruhe lassen mussten, das mochte ich, und die Justine zu lesen, das zieht sich hin. Aber dass dann eine kleine Blonde auftauchte, so eine ganz zarte mit leichtem Silberblick, die unverzüglich auch unter Schutz gestellt werden musste, das mochte ich überhaupt nicht.

Claudia: Ballheimer & Desarts

Diesmal mussten wir auf das Taxi eine Weile warten, und die Männer sahen sich derweil im Fernsehzimmer des Altenstifts die Nachrichten an; offenbar waren die Pegelstände wieder gestiegen oder würden es bald tun, und die europäischen Börsen blieben weiter geschlossen. Diese letzte Nachricht schien Markus am meisten beeindruckt zu haben, mehr jedenfalls als die Begegnung mit der alt gewordenen jungen Frau aus dem dritten Stock – offenbar ergriff die Person, die er einmal gewesen war, wieder Besitz von der kurzfristig verlassenen Hülle.

Er habe hier in Herrenmünster noch ein Bankdepot, erklärte er uns, ein Depot bei der Privatbank Ballheimer & Desarts, und so, wie die Situation jetzt sei …

Ich fiel ihm ins Wort. So, wie die Situation jetzt sei, könne er sein Depot bitte ohne uns oder jedenfalls ohne mich visitieren. Ich würde nur gerne irgendwie nach Bruggfelden oder noch besser nach Schwarzhalden zurückkommen, und zwar noch heute Nachmittag. Er zuckte mit den Achseln und wies auf Gsell – der habe die Autoschlüssel für seinen, Markus' Wagen, und richtig zeigte Gsell den Schlüsselbund vor. Damit schien klar, dass das Taxi Gsell und mich zum Hauptbahnhof bringen sollte, von wo aus wir mit dem Zug nach Jauchenburg fahren würden und Markus zu seiner Bank.

Das Taxi kam, nur weigerte sich der Fahrer, uns zum Hauptbahnhof zu bringen. Ob wir keine Nachrichten gehört hätten? Wegen der gestiegenen Pegelstände seien die Brücken gesperrt, und der Zugverkehr in den Norden überhaupt eingestellt, nur die Hardtwaldbahn verkehre noch, vom Südbahnhof aus … Also zum Hotel?

Welches Hotel, fragte der Taxi-Fahrer zurück. Der *Erbprinz*? Der sei heute Vormittag geräumt worden. Wassereinbruch im Keller, Stromversorgung kaputt. Lukas und ich sahen uns an, beide ratlos, und Markus schlug vor, dass wir ihn nun doch zu Ballheimer & Desarts begleiten sollten, vielleicht könne man von dort aus einen Wagen organisieren.

Unter einer Bedingung, sagte ich. Markus habe dann bitte auch nachzusehen, ob er in der Bank ein Schließfach habe und ob sich da vielleicht der Aktenkoffer mit den Papieren finde, die er aus der Wohnung seiner Mutter mitgenommen habe. Nun war er es, der ein wenig ratlos schaute, und ich musste ihn daran erinnern, was die Luise Andernach von seinem letzten Besuch in der Julius-Leber-Straße 27 berichtet hatte.

Wieso soll er für diesen Kram ein Schließfach gemietet haben, wollte er wissen, und Lukas fragte zurück, wieso er für bloßen Kram einen Aktenkoffer bemüht habe. Falls er das Zeug nicht anschauen und nicht durchlesen wolle, fügte ich hinzu, könne er es ja uns geben. Es handle sich zwar um seine Mutter, aber wenn es ihm egal sei, welches Leben sie geführt habe – wir würden da schon gerne etwas mehr darüber wissen.

Ihr!, sagte er darauf, dass ihr irgendwie zusammensteckt, das sei ihm auch schon aufgefallen.

In diesem Augenblick meldete sich der Taxifahrer und sagte, es sei ihm ja egal, aber der Taxameter laufe schon die ganze Zeit, und schließlich saßen wir alle in dem Taxi und fuhren Richtung Innenstadt Herrenmünster, das ging zuerst recht reibungslos, nur war auffällig, wie dicht der Verkehr stadtauswärts war. Außerdem waren die Ampeln ausgefallen – sie waren also nicht einfach bloß auf Gelb gestellt, sondern blinkten auch nicht mehr, und an den größeren Kreuzungen standen sichtlich aufgebrachte Polizisten und scheuchten die Autofahrer hinaus, als ob die Stadt so schnell wie möglich geräumt werden müsste. Wahrscheinlich werde am Abend die Nordstadt bereits unter Wasser stehen, meinte der Taxifahrer, jedenfalls habe man nicht nur das Technische Hilfswerk angefordert, sondern auch Bundeswehrpioniere.

Ob man mit dem Wagen noch nach Jauchenburg komme, wollte Gsell wissen, aber der Taxifahrer hob nur kurz die Hände vom Lenkrad. Er würde den Auftrag nicht annehmen, da riskiere er, in der Pampa hängen zu bleiben, und als ich fragte, ob wenigstens die Straße nach Bruggfelden frei sei, meinte er, wir könnten es ja über die Dörfer versuchen.

Inzwischen befanden wir uns auf dem vierspurigen, durch eine Doppelreihe von Alleebäumen geteilten Ring, der die Innenstadt umschließt. Auch hier hatten wir fast freie Fahrt, während in der Gegenrichtung nahezu gar nichts mehr ging. Der Taxi-Fahrer steuerte auf den Mittelstreifen und hielt auf Höhe eines mehrstöckigen Gebäudes, das in einem seltsamen Stil-Mischmasch eine blauschimmernde Glasfassade mit einem von Säulen gestützten Portikus verband. Leuchtröhren blinkten grün und lila den Firmennamen Ballheimer & Desarts in den grauen Nachmittagshimmel. Der Fahrer meinte, es habe keinen Sinn, zu wenden und das Bankgebäude direkt anzufahren, wir sollten einfach über die Straße gehen, an den wartenden Autos vorbei. Morgart bezahlte, wir überquerten die Straße, was gar nicht so einfach war, denn viele Fahrzeuge standen Stoßstange an Stoßstange.

In der Bankhalle wimmelte es von Menschen, auch vor dem Empfangsschalter, aber Morgart steuerte ohne zu zögern die Aufzüge an, sein Adressbuch in der Hand, und gab an der Steuerungstafel einen Anmeldecode ein, auf den hin sich eine der Aufzugstüren auch sofort öffnete. Der Lift brachte uns in ein von Kristallleuchtern erhelltes Foyer, das mit schweren Polstermöbeln und den im Bankgewerbe üblichen Gemälden ausgestattet war – abstrakt, aber teuer aussehend. Auf einem ausladenden Glastisch war ein bereits ziemlich gerupftes Kaltes Büfett angerichtet, ein junges, in knappsitzendes Schwarz gestopftes Mädchen schleppte eine Flasche in einem Sektkühler mit sich und blieb ratlos vor uns stehen. Aus unsichtbaren Lautsprechern perlte etwas, was sich für mich nach einem der Brandenburgischen Konzerte anhörte.

Ich wünschte dem Mädchen einen guten Abend, und ob sie uns freundlicherweise etwas zu trinken bringen könne? Mir gerne ein Mineralwasser, den Herren vielleicht ein Bier? Offenbar überforderte ich sie damit, denn sie blieb stehen, den Sektkühler unterm Arm, und starrte uns hilflos an.

Wir seien *underdressed*, bemerkte Lukas.

Zwischen den Lederfauteuils tauchte eine zweite Frau auf, auch in knappem Schwarz, das heißt, der Rock schwarz, aber seitlich aufgerissen, darüber trug sie eine offene weiße Bluse, unter der sich kein Büstenhalter befand, oder keiner mehr. Ein Namensschild wies sie als Lindsay aus, offenbar wurde bei Ballheimer & Desarts der Kult der Vornamen gepflegt. Sie erblickte Morgart und gab einen unterdrückten Schreckenslaut von sich, legte zittrige Hände über die klaffende Bluse und brachte eine Begrüßung heraus und was sie für Herrn Morgart tun könne? Dann blickte sie um sich und sah das Mädchen mit dem Sektkühler und fauchte sie an, bitte! Hast du nicht gehört, die Herrschaften hätten gerne etwas zu trinken!

Markus hob ablehnend die Hand und erklärte, er würde gerne mit Tom sprechen; es fehlte nicht viel und Lindsay hätte einen Knicks versucht, dann nickte sie, aber selbstverständlich! Allerdings sei er gerade in einer Besprechung, aber sie werde versuchen, ihm eine Nachricht zukommen zu lassen. Dann hastete sie davon, unterm Laufen nach den Knöpfen ihrer Bluse tastend.

Das andere Mädchen stand noch immer vor uns und hielt sich an ihrem Sektkühler fest. Ich nickte ihr zu und wiederholte die Bestellung. Das endlich löste die Erstarrung, und sie rannte davon.

Wir hatten das Mittagessen ausfallen lassen, und ich fühlte mich flau im Magen. Also ging ich zu dem Glastisch mit den Resten des kalten Büfetts und erwischte ein Lachsbrötchen. Morgart hatte sich in ein Lederfauteuil gefläzt, den Kopf zurückgelehnt, als habe ihn der Vormittag oder die Begegnung mit der armen alten Luise doch sehr angestrengt; ich überlegte, ob ich mich zu ihm setzen solle, und dachte dann, es sei besser, ihn in Ruhe zu lassen.

Lukas hatte sich, mit einem Teller Canapés versehen, auf eine Couch gesetzt, mit Blick auf einen Wandbildschirm, und guckte kauend Nachrichten. Ich setzte mich zu ihm, im Fernsehen übertrug einer der Business- und Nachrichtenkanäle die Vereidigung eines neuen US-Präsidenten, denn der vorige war Stunden zuvor vom Kongress wegen Umweltverbrechen abgesetzt und unter Anklage gestellt worden. Das sei aber schnell gegangen, fand ich, und Lukas meinte, es komme trotzdem zu spät. Das Mädchen im kleinen Schwarzen brachte Bier und Mineralwasser und zeigte, als es Flaschen und Gläser auf dem Couchtisch abstellte, Lukas ihren Ausschnitt mit dem, was sie darin hatte.

Plötzlich spürte ich, dass ich nicht nur hungrig war, sondern auch müde. Jedenfalls wurde mir klar, dass wir in der allgemeinen Panik, die von dieser Stadt Besitz ergriffen hatte, vermutlich kein anderes Hotel finden würden, und vermutlich auch niemanden, der uns ein Auto vermietete. Und selbst wenn wir ein Fahrzeug bekämen, so wären die Straßen nach Süden wohl allesamt verstopft, also auch die nach Bruggfelden, und nirgendwo wären drei Betten frei.

Ich stellte meinen Teller ab und griff nach meinem Handy. Aber als ich es einschaltete, zeigte das Display an, dass nur Notrufe möglich seien. Also stand ich auf und sah mich um, am Rand des Foyers entdeckte ich so etwas wie einen Empfangstisch, an dem zwei weitere der Damen im kleinen Schwarzen saßen, sie sahen noch ganz frisch und kaum derangiert aus. Ich ging zu ihnen, ob ich wohl telefonieren könne? Offenbar waren sie von ihrer Kollegin Lindsay instruiert worden – ohne zu zögern baten sie um die Telefonnummer und stellten die Verbindung her. Es klingelte längere Zeit, dann hörte ich, wie der Anruf automatisch auf einen zweiten Anschluss umgeleitet wurde, wieder klingelte es mehrere Male, dann hatte ich – scheinbar ganz nah – die ein wenig verzerrte, aber unverkennbare Stimme von Pascal Helffenstein am Ohr.

Nein, sagte er, ich störe nicht, er wühle gerade in altem Krust, sonst gebe es nichts mehr, wobei ich stören könne. Das klang so nach Großer Tragischer Oper, dass mir einen Augenblick lang Ulrike in den Sinn kam, aber das war es nicht. Ich hatte ihn in Bischofsbergen erreicht, wo er seinen Weinberg hatte und wohl auch sein Landhaus, aber der Weinberg war unter einer Schlammlawine begraben, die sich vor zwei oder drei Tage auf den seit Wochen nassgeregneten Anhöhen gelöst hatte.

Er wollte wissen, warum ich angerufen hatte, und ich schilderte ihm unsere Situation, und er lachte und sagte, die seine sehe nicht viel besser aus. Sein altes Winzerhäuschen sei für die Unterbringung von Flüchtlingen beschlagnahmt, immerhin habe er heute Nacht noch Zeit, seine Papiere und seinen privaten Krimskrams aufzuräumen – ob wir nicht mit der Hardtwaldbahn bis Bischofsbergen fahren und ihm dann Gesellschaft leisten wollten? Er könne uns am Bahnhof mit seinem Landrover abholen und morgen dann nach Schwarzhalden bringen, irgendwelche Land- und Waldstraßen müssten ja noch frei sein. Wir verblieben so, dass wir ihn anrufen würden, sobald wir die Ankunftszeit wüssten. Wer sich wohl sonst noch in Schwarzhalden aufhielt, hatte ich ihm nicht mitgeteilt. Es schien mir nicht wichtig.

Ich wollte zurück zu Gsell, als ein großer, schlanker, dunkelhäutiger Mann in perfekt sitzendem Nadelgestreiften erschien und meinen Weg kreuzte. Er eilte auf Morgart zu, den er Marc nannte, *du bist es wirklich!* Es klang nahezu akzentfrei. Und nach fast ehrlicher Freude. Markus stellte uns vor, Tom hieß mit vollem Namen Thomas Martin Lincoln und ist oder war CEO von Ballheimer & Desarts, falls es diese Bank heute überhaupt noch gibt.

Gsell: Peitsche und Penunzen

Als Claudia telefonieren war, gesellte sich ein schwitzender dicker Mensch zu mir, dunkler Anzug, die grün-lila-gestreifte Krawatte schwer gelockert, spitze Bankerschuhe, einen Kognakschwenker in der Hand. »Das hat keinen Sinn, was du da guckst«, erklärte er und deutete auf den Bildschirm. »Die senden in Endlos-Schleife das Programm von heute Nacht.«

Tatsächlich sah man schon wieder, wie der neue Präsident – die linke Hand auf die Bibel gelegt – sich vereidigen ließ.

346

»Die sind schon weiter als wir. Dabei is' Weltuntergang 'n deutsches Wort!« Er setzte sich mir gegenüber, stellte den Kognakschwenker ab und klatschte in die Hände. »Na, da is' mir ja direkt ein Bonmot gelungen!« Er wiederholte den Spruch gleich noch einmal, dann wurde sein Gesicht ernst, und er meinte, ich müsse gewiss ein VIP-Kunde sein, »auch wenn dein Outfit … entschuldige, das spielt ja nun alles keine Rolle mehr! Aber duzen darf ich dich?« Er machte eine ausholende Bewegung. »Zum Siezen ist das jetzt nicht so das richtige Ambiente, wenn du verstehst … Auf einer Berghütte täten wir's ja auch nicht, ich meine – Sie zueinander sagen! Und mächtig abgehoben sind wir hier ja sowieso. Noch sind wir das!« Er griff nach dem Kognakschwenker und trank mir zu. Ich gab ihm mit der Bierflasche Bescheid. Dann fragte ich ihn, was zum Teufel eigentlich gefeiert werde.

»Gefeiert?«, fragte er zurück. »Du bist gut! Kehraus feiern wir, *the party is over*, Klappe zu, Affe tot, aus die Maus! Die Börsen sind ausgesetzt, aller Zahlungsverkehr blockiert, morgen soll ein Zwangsverwalter eingeflogen werden, falls überhaupt noch ein Flieger aus Berlin rauskommt … Moment!« Er starrte mich an. »Das bist doch nicht … das sind doch nicht Sie!« Dann fasste er sich an den Kopf. »Entschuldigung … Sie gehören ja zu Morgart! Dem Händler des verlorenen Landes …«

»Das habe ich nun gerade nicht ganz verstanden«, sagte ich.

Der Dicke fasste mich über seine Halbbrille hinweg ins Auge. »Ich sollte meine Zunge besser hüten, mein Herr, immerhin weiß ich ja, mit wem Sie gekommen sind … So etwas kommt eben davon, wenn es auf nichts mehr ankommt! Also nehmen Sie es mir nicht übel – aber die äußerst schätzenswerte Geschäftsverbindung, die unser seriös-provinzielles Haus mit dem fast schon legendären Investor Markus Morgart eingegangen ist, hat doch ihren Ausdruck in einem Immobilienladen mit dem schönen Namen Real Estate Ararat gefunden. Das wissen Sie doch gewiss?«

»Nein«, meinte ich, das wisse ich durchaus nicht, und der Dicke erklärte mir, dass es Zweck dieser Geschäftsverbindung gewesen sei, Bauland in Höhenlagen aufzukaufen. »In jedem gottverlassenen Dorf, egal wo, im Taunus oben, in der Eifel, auf der Schwäbischen Alb, und im Schwarzwald, ja doch, obwohl man da sogar noch richtig Geld hinlegen muss... Und alte Hotels, einmal sogar ein versifftes Kasernengelände... Tja, werden Sie jetzt fragen, wie kann man damit Geld machen?« Er schwieg, griff nach seinem Kognakschwenker und schnüffelte daran, bevor er sich entschloss, einen behutsamen Schluck zu nehmen.

»Und?«, fragte ich, »hat er Geld damit gemacht?«

»Wie das so geht«, antwortete der Dicke. »Irgendwann fragten sich die Leute, warum tut der Morgart das, was ist der Witz dabei? Warum sind wir da nicht eingestiegen? Ein russisches Konsortium war richtig scharf darauf, das waren irgendwelche Staatsfunktionäre oder Söhne und Kebsen und Neffen davon, denen kam es aufs Geld nicht an, weil sie eh' alles dem russischen Staat gestohlen hatten.«

»Die haben den Laden gekauft?«

»Ja, die haben den Laden gekauft. Die gesamte Real Estate Ararat samt abbruchreifen leeren Hotels und versifftem Kasernengelände.«

In diesem Augenblick erschien Claudia, der Dicke stand hastig auf und verbeugte sich, erst vor ihr, dann vor mir, dann entfernte er sich rücklings und wäre dabei beinahe über einen Lederfauteuil gestolpert. Schließlich drehte er sich um und floh, den Kognakschwenker noch immer in der Hand, offenbar von der Einsicht gejagt, zu viel geredet zu haben.

348

Claudia sah ihm nach, dann erklärte sie mir, dass wir versuchen sollten, mit dem Zug nach Bischofsbergen zu gelangen, dort könnten wir bei Helffenstein übernachten und am nächsten Morgen mit ihm nach Schwarzhalden fahren. Falls in dieser feinen Bank niemand mehr in der Lage sei, uns zum Südbahnhof zu bringen, meinte sie, könnten wir auch zu Fuß gehen, es sei nicht weit. Mir war es recht, aber was war mit Morgart?

»Wir warten auf ihn«, entschied Claudia, »vielleicht will er ja mit.«

Auf dem Bildschirm umarmte der neue US-Präsident seine Gattin, die zu hoch toupierten kunstblondem Haar ein knapp sitzendes Kostümchen trug, und ich ärgerte mich, dass selbst in solchen Zeiten die Wirklichkeit von Klischees zugestellt wird.

»Du solltest mehr auf die kleinen, auf die verräterischen Dinge achten«, meinte Claudia. »Diese Frau da zum Beispiel tut nur so, als würde sie ihren Mann in die Arme nehmen, mit den Hüften bleibt sie auf Distanz.«

Eine Tür öffnete sich, Morgart kam heraus, begleitet von seinem Kumpel Tom und einem weiteren Bankmenschen, einem recht jünglingshaften Anzugträger, der aber achtungsvoll Abstand zu den beiden Männern hielt, die sich zum Abschied nun ebenfalls umarmten. Dabei klopften sie sich in diesem besonderen Ritual, das zwei Alpha-Affen vorbehalten ist, gegenseitig auf die Schultern. Claudia und ich sahen uns an, und sie zuckte mit den Schultern.

Morgart wandte sich dann zu uns und sagte, er habe tatsächlich ein Schließfach und müsse sich ansehen, was zum Teufel darin aufbewahrt sei. Danach würde uns Toms Assistent – er deutete auf den Jüngling – ins Gästehaus der Bank bringen, etwa zwanzig Kilometer außerhalb, am Beginn der

Hardtwaldhöhen. Wieder sahen Claudia und ich uns an, und sie schüttelte den Kopf und meinte, das sei zwar sehr freundlich, aber wir wollten nach Bischofsberg und seien dort bei Helffenstein eingeladen.

»Ah ja?«, machte Morgart. »Wenn ich da mitkann …«

Somit war auch das geklärt, und wir blieben vorerst auf der Alpha-Etage, bis uns der Jüngling holen würde. Claudia schien müde zu sein, sie schlüpfte aus ihren Schuhen und legte sich auf die Couch, und ich zog mein Sakko aus und legte ihn ihr unter den Kopf. Dann stand ich auf, und weil ich mir ein wenig die Beine vertreten wollte, tat ich so, als betrachte ich die abstrakten Gemälde an der Wand. Sie sahen aus, als seien sie vom Innenarchitekten passend zum Teppichboden, den Sitzgarnituren und den Glasschalen mit dem Immergrün ausgewählt worden. Als ich mir eines der Bilder näher anschauen wollte – ein weißer Riss in wolkigem Schwarz, mindestens sechs Quadratmeter groß und als Titanic III betitelt –, flog die Türe daneben auf, und eine Frau stürmte heraus. Sie hatte blauschwarzes Haar, steckte in einem Lederkorsett und in Stiefeln bis knapp unterm Schritt und hielt eine Peitsche in der einen, ein Bordcase in der anderen Hand. Ein fetter Kerl in Unterhemd und Socken lief erst hinter, dann neben ihr her und fuchtelte mit einem Packen Geldscheine. Doch die Furie in Blauschwarz steuerte unbeirrt die Toilette an, doch bevor sie sie erreichte, warf er sich vor ihr auf die Knie und hielt ihr flehend das Geld hoch …

»Verschon mich mit dem Schrott«, schrie da die Lederfrau, »wenn du nicht in anständiger Valuta zahlen kannst, lass deinen Arsch von der Putzfrau klopfen!« Auf den Knien rutschte der Abgewiesene vor die Toilettentür und versperrte den Zugang, die Hände noch immer erhoben, so dass die Frau kurz stehen blieb und ihre Peitsche packte. Einen Augenblick wartete sie noch, dann schlug sie blitzschnell und zielgenau zu, so dass der Knauf der Peitsche die Hand traf, die den Packen Geld hielt, und zwar mit solcher Wucht, dass die Hundert-Euro-Scheine durch die Luft wirbelten und der Kerl mit einem Schmerzensschrei zur Seite kippte, die getroffene Hand haltend. Die Frau beugte sich über ihn und betrachtete ihn mit sachlich-prüfendem Blick, dann verschwand sie in der Toilette.

Inzwischen war der Dicke auf der Szene erschienen, den Kognakschwenker wieder aufgefüllt, und sah sich den weißlichen, von schwarzem Haargekräusel eingerahmten Hintern seines unglücklichen Kollegen an. »Ich würde es begrüßen«, bemerkte Claudia, die aufgestanden und zu dem Dicken getreten war, »wenn man diesem Herrn wieder zu Beinkleidern verhelfen könnte!«

Der Dicke schrak hoch, dann drückte er Claudia den Kognakschwenker in die Hand und mühte sich, dem Mann im Unterhemd vom Boden aufzuhelfen. Der schien schwerer zu sein als erwartet, so trat ich dazu. Zu zweit und mit Mühe stellten wir den Mann wieder auf die Beine und führten ihn in sein Büro zurück, wo wir ihn in eines der vornehmen Lederfauteuils plumpsen ließen. Das beeindruckend weitläufige Büro, in dem allerhand Kleidungsstücke herumlagen, war übrigens das eines Executive Directors. Sich anzukleiden überließen wir ihm selbst und gingen ins Foyer zurück, wo ich meinen Sakko wieder anzog. Vor der Toilette lagen noch immer die Hundert-Euro-Scheine verstreut herum wie bei einer aus den Fugen geratenen Schnitzeljagd; die Dame mit der Peitsche, die soeben – inzwischen in ein strenges Kostüm gewandet – die Toilette verließ, nahm keine Notiz davon. Sollte das Geld da so liegen bleiben?

»Bedienen Sie sich«, meinte der Dicke, »greifen Sie nur

zu!« Ich sagte ihm, dass ich nicht daran dächte, und er zuckte mit den Achseln. Weil gerade eines der Mädchen in Schwarz vorbeikam, wies er es an, sie solle »das da« entfernen. Zögernd machte sich die junge Frau an die Arbeit, ich sah ihr zu, aber fast im selben Augenblick entdeckte ich Morgart, der mit dem Lift gekommen war und uns zuwinkte. Wir könnten gleich fahren, meinte er, und Claudia war das ebenso recht wie mir. Der Direktionsassistent, der ihn begleitete, hatte sich an die Fahrstuhltüre gestellt, um sie für uns offen zu halten, ich grüßte den Dicken mit einem Handzeichen, und er hob den Kognakschwenker, dann waren wir im Lift und fuhren hinab in die Tiefgarage. Mit Verspätung fiel mir auf, dass Morgart zwei Aktenkoffer an Trageriemen umgehängt hatte.

»Ihr habt Recht gehabt«, sagte er nur und setzte wieder sein schiefes Grinsen auf.

Wenig später verließen wir in einem schwarzen Mercedes-Benz die Tiefgarage des Bankhauses, und zwar auf dessen Rückseite, so dass der Assistent den Wagen nicht auf den Ring einfädeln musste, sondern in eine Seitenstraße einbiegen konnte. Wir fuhren durch ein dicht bebautes Viertel, viele Wohnungen waren hell beleuchtet, und auf den Seitenstreifen sahen wir immer wieder Autos, die gerade hastig und im Schutz von Regenschirmen beladen wurden, die Gepäckträger auf dem Dach teilweise grotesk überfrachtet. Schließlich erreichten wir den Platz vor dem Südbahnhof, der voll von Fahrzeugen war, die sich in beiden Fahrtrichtungen stauten. Blaulichter blinkten schmierig durch Regen, offenbar war der Verkehr zusammengebrochen.

Der Südbahnhof Herrenmünster muss zu Beginn des zwanzigsten Jahrhunderts errichtet worden sein, in einer aus Spätgotik und Jugendstil gekreuzten Bauweise, und wurde nach der Stilllegung von zwei kleineren Bahnlinien eigentlich nur noch für die Hardtwaldbahn gebraucht, die über Bischofsbergen weiter nach Südwesten bis zum Bahnknotenpunkt Treuchtenfurt führte. Gegenüber dem Südbahnhof befindet sich ein kleiner Park, von dem aus eine Unterführung zum Bahnhof besteht. Dort hielten wir und stiegen aus.

Der kleine Platz mit regennassen kahlen Bäumen und dem Denkmal eines Mundartdichters aus dem 19. Jahrhundert war verlassen, auch in der Unterführung sahen wir kaum jemand. Die Bahnhofshalle selbst aber war dunkel von Menschen, eine lange Schlange wartete vor dem einzigen Schalter, in dem eine überforderte Kartenverkäuferin weder wusste, wann der nächste Zug nach Treuchtenfurt abfahren würde, noch ob die Reisenden dort einen Anschlusszug nach Bayern oder in die Alpen erreichen könnten. Immerhin gelang es ihr, uns drei Tickets nach Bischofsbergen auszustellen, ohne Platzreservierung, zweite Klasse, eine erste gab es nicht – klingt es komisch, dass ich das erwähne? Als ob es eine Nachricht wäre, dass selbst jemand wie Markus Morgart zweiter Klasse fahren muss, wenn die Welt am Untergehen ist?

Auf der Großbildleinwand der Bahnhofsrestauration lief das Finale der Champions League vom vergangenen Mai, der Ton war so leise gestellt, dass er in dem aus unzähligen Gesprächsfetzen gewebten Lärmteppich unterging. Die Menschen an den dicht besetzten Tischen waren übermüdet und erschöpft, Flüchtlinge aus dem Norden eben, junge Männer darunter, die sich an ihren Bierflaschen festhielten. Wir fanden für Morgart und Claudia zwei Stühle an der Wand gegenüber der Großbildleinwand, ich hockte mich neben Claudia auf den Boden. Markus saß nach vorne gebeugt, in der Haltung, in der ich ihn schon einmal gesehen hatte.

Auf der Großbildleinwand wurde die Fußball-Konserve ausgeblendet, getragene Töne schwangen sich über den Lärmteppich, ich erkannte das Deutschlandlied, auf der Leinwand erschien ein weißhaariger Herr, er saß hinter seinem Schreibtisch, und hinter ihm hing es schwarzrotgold herunter. Erste Pfiffe gellten, dann wandte sich der Weißhaarige an die Bürgerinnen und Bürger und sprach von schweren Tagen, die eine Herausforderung für uns alle seien – wieder gellten Pfiffe –, dass es aber nichts gebe, was nicht bewältigt werden könne, wenn die Bürgerinnen und Bürger nur zusammenstünden, wie dies auch die Groß- und Urgroßeltern in schwerster Stunde … In diesem Augenblick flog die erste Bierflasche gegen die Leinwand, gleich darauf folgte ein ganzer Hagel von Flaschen und Aschenbechern, irgendjemand warf einen Schuh, der von der Stirn des Weißhaarigen abzuprallen schien, eine Kakophonie aus Gelächter, Buhrufen und anhaltendem Pfeifkonzert begrub die weitere Rede unter sich.

Inzwischen hatte sich die Eingangstüre geöffnet, Rotkreuz-Helfer in weißen Kitteln betraten die Restauration und machten sich daran, Wolldecken zu verteilen. Aber sie kamen nicht dazu. Plötzlich hatte die Menge jemand Leibhaftigen vor sich, an dem sie sich austoben konnte, einem der Helfer wurde ein Bierglas ins Gesicht geschüttet, dann entdeckten ein paar junge Männer eine blonde Rotkreuz-Helferin und packten sie und rissen sie unter allgemeinem Gejohle auf einen Tisch, unvermittelt sprang Claudia neben mir hoch und drängte sich zu dem Tisch durch und schrie mit einer Stimme, die den ganzen Lärmteppich in Stücke riss, sie sollten das Mädchen in Ruhe lassen, ein vierschrötiger Schankkellner schob sich zwischen die Männer und hieb ihnen mit einem Schlagstock links und rechts auf die Köpfe. Das Mädchen entkam, mit ihr flüchteten die anderen Rotkreuz-Helfer, die Männer, die über sie hergefallen waren, hielten sich die Köpfe und verdrückten sich, böse blickend.

»Lass uns gehen«, sagte Morgart, als Claudia zurückkam, und stand etwas mühsam auf. Ich schlug ihm vor, die Aktenkoffer zu tragen, aber er schüttelte nur ablehnend den Kopf und steuerte den Ausgang zu den Bahnsteigen an. Der Südbahnhof Herrenmünster ist ein Sackbahnhof mit vier Gleisen, der Bahnsteig Nummer 1 war schwarz von Menschen, obwohl kein Zug angekündigt war. Auf dem vierten Gleis allerdings stand ein Zug mit mehreren Waggons, der Bahnsteig aber war von Bereitschaftspolizisten abgesperrt. Trotzdem ging Morgart auf die Absperrung zu, einer der Uniformierten, die MP umgehängt, wies ihn an, weiterzugehen.

»Warum?«, fragte Morgart. »Warum darf man Ihnen nicht zusehen, wie Sie diese Menschen mit einer Maschinenpistole bedrohen?«

»Gehen Sie weiter!«

Morgart sah ihn an. Dann wies er auf den Bahnsteig 1. »Diese Menschen dort haben gearbeitet«, sagte er. »Haben Steuern bezahlt, nicht zu knapp. Haben Ihr Gehalt finanziert. Finden Sie es richtig, diese Menschen zu bedrohen?«

»Wir bedrohen niemanden.«

»Der Zug da«, fuhr Morgart fort, »den bewachen Sie nicht ohne Grund. Der steht nicht bloß so da. Die Waggons sind beleuchtet. Und er kann nur in eine Richtung fahren. In dieselbe Richtung, in die auch die Menschen da drüben wollen …«

»Dieser Bahnhofsbereich ist für hoheitliche Aufgaben reserviert. Bitte gehen Sie weiter!«

Ich zupfte Morgart am Ärmel. Der Polizist hatte den Kopf erhoben, so dass er über uns hinwegsehen konnte. Seine behandschuhten Hände umklammerten die MP.

Sie umklammerten sie, als wäre sie sein letzter Halt.

Claudia: Sonderzug nach Bischofsberg

Schließlich hatte Markus ein Einsehen und ließ sich von dem Polizisten weglocken. Wir gingen zurück in die Bahnhofsgaststätte und stellten uns dort an die Theke, wo Markus bei dem Schankkellner vier Kognak bestellte oder drei und das, was dem Schankkellner genehm sei, und der ließ sich zu einem alkoholfreien Weizen einladen, der Abend werde für ihn noch lang! Dann brachte er die drei Kognaks, schenkte sich sein Weizen ein und wollte dabei wissen, wie er zu der freundlichen Einladung komme.

Er habe sie seinem Schlagstock zu verdanken, antwortete Lukas, der habe einen richtig guten Job gemacht, vorhin, auch wenn man ihm – dem Schlagstock – dafür leider keinen Schnaps und auch kein Weizen spendieren könne. Markus holte dazu seine Brieftasche hervor und schob einen Fünfzig-Euro-Schein über den Tresen, dann tippte er sich an die Stirn und sagte Moment! Er habe das auch noch anders, klappte die Brieftasche auf und ließ ein Bündel Scheine sehen. Ich hatte zuerst keine Ahnung, was das für Geld war, auch wenn ich mir sicher war, diese Scheine schon oft gesehen zu haben.

Der Schankkellner, der gerade einen kräftigen Schluck genommen hatte, setzte das Glas ab und wischte sich mit der Hand den Schaum vom Mund. Die sind echt?, fragte er, und Markus schaute erst links und rechts, ob jemand zusah, und sagte dem Kellner, er könne sich gerne einen davon ziehen und ihn überprüfen. Der tat das, und jetzt sah ich erst, was es war – nämlich ein Hundert-Mark-Schein, alte Deutsche Mark, Jahrzehnte alt, und doch noch nicht ganz verknittert. Der Kellner drehte sich um und verschwand mit dem Schein in der Küche, kam aber bald zurück und sagte, okay, und welcher Kurs? Und

Markus schüttelte den Kopf und sagte, egal! Falls es für die drei Kognak und das Weizen reicht. Das reicht wohl, meinte der Kellner, besten Dank auch, und wenn Sie noch mehr davon wechseln wollen, wie wär's mit sechzig für hundert?

Markus stieß ein Geräusch aus, das wohl eine Art Lachen war, und meinte, er wolle das Geld nicht tauschen, sondern was dafür kaufen, drei Tickets nämlich. Als er erklärt hatte, was er damit meinte, winkte uns der Schankkellner, und wir folgten ihm in die Küche, wo an einem Holztisch drei Männer bei einem Abendessen saßen, alle in den dunkelblauen Uniformen der Bahn. Umstandslos rückte Markus damit heraus, was wir wollten, nämlich eine Express-Sendung nach Bischofsbergen bringen, vielleicht als Beipack im Dienstabteil, vielleicht mit dem Sonderzug auf Gleis 4, und – wenn man schon dabei sei – uns drei Personen dazu, die Frachtkosten könnten auf Wunsch in Euro, gerne aber auch in Deutschmark beglichen werden …

Eine Viertelstunde später wurden wir durch das dunkle Bahnhofsgebäude geleitet, über lange Korridore, bis wir schließlich am Ende von Gleis 4 auf den Bahnsteig hinaustraten, also dort, wo keine Bereitschaftspolizisten den Zug abschirmten. Die beiden Eisenbahner, die uns geführt hatten, ließen uns in den Waggon hinter der Diesellok einsteigen und wiesen uns ganz vorne das Dienstabteil zu. Dann wurde das Licht gelöscht, wir schlossen das Abteil von innen und blieben erst einmal still.

Eine gute halbe Stunde später begann sich der Zug zu füllen, vom Schaffner wussten wir, dass wir die Ehre hatten, zusammen mit der Bezirksregierung, deren engeren und weiteren Familienangehörigen, Haustieren, Nichten und Neffen in die höheren Landesteile evakuiert zu werden. Ein Halt in Bischofsbergen war ursprünglich nicht vorgesehen, wurde aber durch entsprechende Preisgestaltung unsererseits möglich gemacht.

Bei alldem hatte den Ausschlag gegeben, dass Markus in Deutschmark bezahlen konnte. Warum das plötzlich eine Rolle spielte, erklärte er mir mit gedämpfter Stimme, als sich der Zug in Bewegung gesetzt hatte. Die Deutsche Mark war auch nach Einführung des Euro ein gültiges Zahlungsmittel geblieben, und in einigen europäischen Ländern – vor allem im Balkan – sogar eines, dem man den Vorzug vor Dollar und Euro gab. Das sei auch kein Wunder, sagte Markus, seit der Finanzkrise von 2008 habe die Europäische Zentralbank den Geldmarkt jeden Monat mit Milliarden und Abermilliarden neuer Euro geflutet, um die europäische Wirtschaft in ihrer Scheinblüte zu halten; im gleichen Maß habe man im Balkan eben darum an der Deutschmark festgehalten, weil sie nicht nachgedruckt wurde. Und da jetzt hierzulande der Euro womöglich nur noch zum Heizen gut sei oder dazu, in die Löcher der brüchigen schwammigen Deiche gestopft zu werden, sei die Deutschmark vermutlich bald nicht nur am Tresen einer Bahnhofsgaststätte nachgefragt.

Kurz nach 22 Uhr hielt der Sonderzug der Bezirksregierung in Bischofsbergen, wir stiegen aus und verschwanden in der Dunkelheit des ländlich-stillen Bahnhofs. Auf dem Vorplatz lehnte ein großgewachsener schlanker Mann in Arbeitskleidung und Gummistiefeln wartend an einem Landrover; als ich näherkam, sah ich, dass sein Gesicht eingefallen war und so schmutzig wie seine Kleidung und seine Stiefel. Ich schloss ihn in die Arme, zum ersten Mal seit ich weiß nicht wie vielen Jahren.

XX. GSELL

Das Lachen des Innenministers
Donnerstag, 11. April

Am Abend des nächsten Tages gab es Pasta mit Rehragout, dazu einen Spätburgunder aus dem Prälatenwinkel – mal wieder Rehragout, muss ich hinzufügen, denn Wild hat Claudia in der Kühltruhe noch mehr als genug. Die Spaghetti aber würden knapp, teilte sie mit. Ich hingegen behielt für mich, dass sich die Bestände im Weinregal ebenfalls sehr gelichtet hatten (irgendwie hatte es sich ergeben, dass ich geschickt wurde, wenn aus dem Keller etwas zu holen war).

Pascal Helffenstein, der während des Nachmittags mit einem Spaten in der Hand auf dem Hang zwischen Claudias Haus und dem Glotterhof herumgestochert hatte, kündigte an, dass er am nächsten Tag versuchen werde, mit dem Landrover nach Graumichelbach durchzukommen; er hatte vor, bei der dortigen Raiffeisen-Niederlassung Claudias Vorräte aufzufrischen und außerdem Saatkartoffeln zu besorgen. Offenbar hatte er vor, sich nach dem Verlust seines Weinbergs nun als Kartoffelzüchter zu versuchen; bei dem Gespräch darüber, welcher Teil von Claudias Grundstück oder dem Umgriff des Glotterhofs dafür verwendet werden sollte, war ich nicht beteiligt gewesen. Aber ich bin das gewöhnt. Was die großen, die bedeutenden Männer beschließen, wird zuvor nicht mit mir diskutiert.

Die Frage sei nur, warf die Abendstern ein, ob die Leute in Graumichelbach überhaupt etwas an Auswärtige abgeben würden. »Freundlich sind die nicht.«

»Sag das nicht«, wandte Claudia ein. »Es dauert halt, bis sie einen kennen. Außerdem halten einige der Frauen im Dorf eigene Hühner. Die werden froh sein, wenn sie Eier verkaufen können. Zwei Dutzend oder so.«

»Für Euro?«, fragte die Abendstern skeptisch, und Markus warf ein, notfalls habe er auch noch andere Währung. Er will also mit, dachte ich bei mir.

»Und vielleicht Äpfel? Oder sonst ein Obst?«, fragte eine leise Stimme zwei Plätze von mir. Die Stimme gehörte Ulrike. – Ulrike? Ja doch. Irgendwie war sie auch dabei. Aber seit wir mit Helffenstein zurückgekommen waren, ließ sie sich kaum mehr sehen.

Claudia holte einen Zettel und fing an, aufzuschreiben, was unsere Gemeinschaft – wenn man uns denn so nennen durfte – in den kommenden Wochen brauchte. Toilettenpapier zum Beispiel. Kochsalz. Haferflocken. Butter und pasteurisierte Milch. Zahnpasta. Frauenkram. Wegen Letzterem würde Claudia mitfahren.

Wenn es in der Raiffeisen-Niederlassung so etwas gibt. Wenn die Leute es uns verkaufen, gegen Euro oder US-Dollar oder Schweizer Franken. Oder am Ende gar gegen alte Deutschmark.

»Das alles rührt an die Frage«, bemerkte Helffenstein, »wie sich die Menschheit organisieren wird, wenn die hundertfünfzig Tage vorbei sind. Es wäre zum Beispiel einen Versuch wert, ob das diesmal ohne Geld geht.«

»Pascal meint die Sintflut«, warf Ulrike ein. »Er muss immer so reden, dass sich die andern dumm vorkommen.«

»*Und die Wasser wuchsen gewaltig auf Erden hundertundfünfzig Tage*«, rezitierte Helffenstein und warf einen genervten Blick zur Decke, »Erster Mose sieben, Vers vierundzwanzig.«

»Geschenkt!«, bemerkte Claudia und fügte hinzu, nach

ihrem Gefühl müssten auch die hundertfünfzig Tage längst vorbei sein. »Ich weiß gar nicht, wann es in diesem Jahr nicht geregnet hat.«

»Wenn die Menschheit überlebt, kommt sie eine Weile auch mit Tauschwirtschaft zurecht«, meinte Markus. »Nach ein paar Wochen ... ach was! Nach ein paar Tagen bildet sich dann eine Ersatzwährung. Zigaretten. Silbermünzen. Deutschmark. Aber wartet erst mal ab, wie das mit dem Überleben so sein wird.«

»Wir leben«, antwortete Claudia. »Für den Augenblick ist das alles, was wir wissen müssen. Einen anderen Beitrag zur Rettung der Menschheit können wir nicht leisten.«

Als sie das sagte, hob die Abendstern ein wenig die Augenbrauen, und ich sah, wie sie einen nachdenklichen Blick auf Ulrike richtete.

»Na ja«, meinte Helffenstein. »Ich kann den Markus schon verstehen. Ich weiß es nicht genau – aber weltweit gibt es über vierhundert Atomkraftwerke. Wenn die überflutet werden, oder ein Großteil von ihnen, dann fallen als Erstes die Aggregate für die Notkühlanlagen aus ...«

»Und es passiert weltweit, was in Fukushima passiert ist. Okay«, fiel ihm Claudia ins Wort. Ob Pascal aber ganz sicher sei, dass die Runde am Tisch hier sich jetzt über eine weltweit drohende Verstrahlung unterhalten wolle?

Ich schaute auf meine Taschenuhr und warf ein, im Fernsehen müsste jetzt die Berliner Runde kommen, eine Diskussionssendung über aktuelle Fragen, also vermutlich über die Umbildung der Regierung und die Hochwasserlage.

»Berliner Runde?«, fragte Markus, »senden die vom Prenzlauer Berg?« Aber er stand auf und folgte mir ins Fernsehzimmer. Kurz darauf kam auch Helffenstein, während die Frauen unter sich in der Küche blieben; ich weiß nicht, welch merkwürdig antiquierte Rollenverteilung sich da in unserer Gruppe ergeben hatte.

Morgart schaltete den Fernseher ein, das Bild flimmerte ein wenig, das aber hatte nichts zu bedeuten, sondern hing wohl damit zusammen, dass ein Windrad den Strom für Claudias Haus lieferte. Aus dem Flimmern schälte sich das Bild eines freundlichen älteren Herrn heraus, der einen guten Abend wünschte und die Zuschauer zur Berliner Runde begrüßte, was mich aber insofern verwunderte, als ich das Gesicht des älteren Herrn mit Sendungen wie »Zwischen Bodensee und Neckar« in Verbindung brachte.

»Da rase draußen Flut bis an den Rand«, deklamierte er, *»Und wie sie nascht, gewaltsam einzuschießen, Gemeindrang eilt, die Lücke zu verschließen...* So heißt es in Faust, der Tragödie Zweiter Teil, und auch wir vom Südwestfunk eilen, die Lücke zu schließen, die heute Abend durch den Ausfall unseres ARD-Hauptstadtstudios entstanden ist.«

Die Teilnehmer der Berliner Runde könnten an diesem Abend nur jeweils einzeln zugeschaltet werden, erklärte er dann und begrüßte als Erste die Bundeskanzlerin, die an einem leeren Schreibtisch saß, mit einer Deutschlandfahne im Hintergrund. Auch sie wünschte dem Publikum einen guten Abend und teilte mit, dass sie sich jetzt am Ausweichsitz der Bundesregierung befinde und die Fortführung der Regierungsarbeit damit gewährleistet sei, und zwar in Ruhe und Gelassenheit, wie sie denn überhaupt den Bürgerinnen und Bürgern Ruhe und Gelassenheit ans Herz legen möchte.

Helffenstein blickte fragend zu Morgart und dieser zu mir. Ich nickte, und Morgart zappte zum nächsten Sender. Auf dem Bildschirm erschien der Innenminister, der im Zug der Regierungsumbildung auch das Umweltministerium übernommen hatte und sich in Gummistiefeln sowie auf eine Schaufel gestützt zwischen Sandsäcken filmen ließ. Er stehe hier auf einem Deich der Donau westlich von Ingolstadt, sprach er in die Kamera, und habe sich von dem so unermüdlichen wie tatkräftigen und erfolgreichen Einsatz des Technischen Hilfswerks, der Feuerwehren und der Bundeswehr überzeugen dürfen. Dann brach er in ein so unmotiviertes wie schmallippiges Lachen aus.

»Gummistiefel und Schaufel!«, stellte Morgart fest. »Aber das silberweiße Haar tadellos geföhnt, kein Dreckspritzer auf dem hellen Anorak, auch nicht in der Visage oder auf der Brille.« Während er es sagte, sah ich, dass das noch immer lachende Gesicht des Ministers stehen geblieben war, tonlos, nur der Mund war geöffnet und die linke Hand ausgestreckt, als ob er gerade irgendeine Bemerkung hätte unterstreichen wollen.

Wir warteten, aber es geschah nichts mehr. Morgart versuchte es auf einem der anderen Kanäle vergebens. In einem letzten Versuch schaltete er den Apparat aus, wartete kurz und startete ihn erneut. Wieder sahen wir zuerst nur dieses streifige Flimmern, dann schälte sich das Bild des Ministers heraus, noch immer mit offenem Mund, noch immer auf die Schaufel aufgestützt, noch immer stumm.

»Als die *Titanic* unterging«, sagte Helffenstein, »soll die Bordkapelle den Choral *Näher mein Gott zu dir* gespielt haben. Falls es stimmt – was ich nicht glaube – hat das immerhin Stil gehabt. Womöglich wird von uns dagegen als letztes Bild nur der aufgerissene Mund dieses Menschen bleiben.«

»Es wird auf den Sender ankommen«, warf ich ein. »CNN hat angeblich die englische Version des Chorals – *Nearer, my God, to Thee* – eigens für den Fall des Weltuntergangs aufgenommen. Vorgesehen ist, dass CNN über das finale Geschehen kompetent und vollumfänglich berichten wird, vor der

Abschaltung des Sendebetriebs aber als Letztes den Choral abspielt.«

»Auf CNN soll das kommen?«, fragte Morgart. »Okay. Ich weiß noch, dass ich vor ein paar Jahren einen Abend lang zugeguckt habe, wie sich das griechische Staatsfernsehen vom Publikum verabschiedet hat. Am Ende kam nur noch ein Standbild, das die Demonstranten vor dem Sender zeigte. Die standen dann auch mit offenem Mund da. So ungefähr sieht das also aus, wenn Europa Pleite geht, dachte ich damals. Am Ende bleibt nicht mal ein Winseln.«

»Den Weltuntergang würde ich ungern vor der Glotze verbringen«, bemerkte Helffenstein. »Vielleicht würde ich mir Montaignes Essay vornehmen, *Philosophieren heißt Sterben lernen*, oder eine der großen Partien von Aljechin oder Keres nachspielen. Vermutlich nicht jedermanns Geschmack. Trotzdem, mein Lieber, kommt mir dein Hang zu Chorälen merkwürdig vor. Wenn das Ende naht, lauscht und äugt auch ein Markus Morgart nach einem hoffentlich gnädigen Gott, oder wie?«

»Das kannst du unterstellen, wem du willst, aber nicht mir«, antwortete Morgart und fuhr sich mit der Hand über die Schläfe. »Ich bin ein Sonderfall. Aber wenn wir schon dabei sind – was weiß man eigentlich von den Leuten, die nicht damit einverstanden waren, dass sie in der Sintflut ersäuft werden sollten? Dass sie in der Vulkanasche ersticken wie in diesem Pompeji oder dass man sie ins Gas schickt wie in neueren Zeiten? Was ist in deren Köpfen vorgegangen – oder ist so was kein Thema für einen Theologen oder Antitheologen oder was immer du bist?«

Wieder einmal war in meiner Gegenwart ein Gespräch so gelaufen, als sei ich gar nicht dabei oder als gebe es mich nicht. Es ist gewiss eine Gabe, wenn man in dieser Weise entschwinden darf. Nur es ist nicht immer ganz leicht, sie zu schätzen.

Helffenstein machte ein Gesicht, als seien ihm solche Fragen ein wenig zu oft gestellt worden. »Es gibt keine Worte dafür. Sag: *schwärzeste Verzweiflung,* sag es ein zweites Mal, und es ist eine hohle Phrase. Bei den Alten allerdings gibt es Klagen, die dir heute noch ans Herz rühren, sogar in der Bibel – verzieh nicht das Gesicht! Zum Beispiel im Buch Hiob, aber noch mehr – und vielleicht Gewaltigeres! – findest du in der sumerischen Literatur, zum Beispiel in einem Klagelied an den Gott Enlil…« Er legte die Hand an die Stirn, als müsse er dort einen Text abrufen, dann nickte er und rezitierte mit erhobener Stimme:

»*Wie die Tamariske / die man pflanzt / gegen den Sturm / Wie den einzelnen Schilfhalm / beugt und beutelt er mich / biegt mich der Herr…*«

Vor dreieinhalb Jahrtausenden, fügte er mit normaler Stimme hinzu, seien diese Zeilen auf eine Tontafel geritzt worden, irgendwo zwischen Tigris und Euphrat. Übrigens sei es ein Text ohne jede Hoffnung, der Autor schreibe in dem Bewusstsein, dass das Urteil über ihn oder über die Menschen überhaupt bereits gefällt sei und ihnen deshalb nur die Bitte um einen kurzen Aufschub bleibe. Wieder hob er die Stimme ein wenig an:

Sprich es nicht aus/ Sprich es nicht aus das Wort/ Tod…

Er machte eine Pause, als sei das Pathos, in das er verfallen war, ihm selbst peinlich. Ich nutzte die Gelegenheit und holte mein Notizbuch hervor und notierte diese letzte Zeile. Helffenstein sah mir zu, die Augenbrauen ein wenig hochgezogen, und wartete, bis ich das Notizbuch wieder zusammenklappte.

Dieser Gott Enlil, fuhr er dann fort, der wie eine Sturmwolke über den Menschen komme, sei übrigens eine Erstausgabe von Noahs Gott und habe also ebenfalls eine Sintflut losgelassen, allerdings nicht wegen der angeblichen Sündhaftigkeit der Menschen, sondern einfach, weil es ihm zu viele waren und die außerdem auch noch zu laut!

»Ihr werdet zugeben, dass das endlich einmal eine einleuchtende Begründung gewesen ist, ohne alles moralisierende Gesülze, auch wenn ich nicht weiß, was der gute Enlil zu dem Lärm von heute sagen würde.«

»Bravo«, sagte Claudia, die lautlos hereingekommen war und sich an den Türstock lehnte, »aber wenn du schon von dem einen Gott redest und dem anderen – was zum Teufel hast du dann eigentlich gegen die frommen Leute und ihren Dingsbums?«

»Du hast es noch immer nicht verstanden«, rief Helffenstein aus, »Dingsbums ist mir egal, ich kann nichts zu ihm sagen und tu es auch nicht, mir geht es um etwas anderes« – plötzlich wandte er sich mir zu, so dass ich aufschrak – »eigentlich müsste man einen Thriller darüber schreiben, das könnten vielleicht Sie, lieber Herr Gsell, unsereins hat so was nicht gelernt. Sie könnten sogar eine Claudia auftreten lassen, eine, die frcilich eher legendär als historisch nachgewiesen ist!«

»Eine eher legendäre?«, fragte Claudia, und Helffenstein sagte, aber gewiss! Er habe sie nicht einmal erfunden. Ob er die Geschichte kurz skizzieren dürfe? Claudia hob die Hand, dass man einen Augenblick warten solle, machte sich an ihrem Plattenschrank zu schaffen und brachte einen Recorder samt Mikrophon zu Tage. So kam es, dass ich hier einen Tonbandmitschnitt wiedergeben kann.

Pascal Helffenstein: Die Große Fälschung

Liebe Claudia, verehrtes Publikum, drehen wir die Zeit ein paar Jahre zurück und begeben uns in einen Landstrich, der ein wenig sonniger ist als dieser hier, und dort in einen Palast.

Als man den Gefangenen wieder abgeführt hatte, stand der Gouverneur auf und ging ans Fenster und sah hinunter auf die Stadt, auf das Gewirr der Häuserzeilen und die Wäsche, die auf den Hausdächern zum Trocknen aufgehängt war und im Frühlingswind flatterte. In Wahrheit, dachte der Gouverneur, in Wahrheit ist es ein einziges Schlangennest, und wenn man sie ließe, diese Geschöpfe da unten, so würden sie uns heute noch massakrieren und in Stücke reißen, jeden von uns. Er klingelte nach dem Kleinen, der schien gewartet zu haben, denn fast augenblicklich hörte der Gouverneur leichte Schritte hinter sich. Mit einer Handbewegung winkte er den Ankömmling zu sich ans Fenster heran. Der Kleine war so klein gar nicht, man nannte ihn nun einmal so, das ist das Schicksal von klugen Kerlchen. Er war ein Eingeborener, den das Reich hatte studieren lassen, die ganze Palette der klassischen Wissenschaften, in der Hauptstadt hätte er eine glanzvolle Karriere hinlegen können, aber die Graue Eminenz dort mochte keine Leute seiner Herkunft.

Noch immer standen sie am Fenster. Er wisse nicht, sagte der Gouverneur, was er mit diesem Gefangenen anstellen solle. Lasse ich ihn aufhängen, schüre ich den Hass seiner Leute, lasse ich ihn laufen, habe ich es endgültig bei den Ganzfrommen und ihrem Konsistorium verschissen. Was tun? Der Kleine sah ihn aufmerksam an. Hat Ihnen die Hauptstadt *carte blanche* gegeben?, fragte er.

Nein, antwortete der Gouverneur. Man will dort nur eins:

Von diesen Leuten hier – er deutete auf die Stadt – nichts hören müssen. Daraufhin wollte der Kleine wissen, wen der Gouverneur als seinen gefährlicheren Feind ansehe, das Konsistorium oder den Wanderprediger und seine barfüßigen Gefolgsleute? Das Konsistorium sei sein Feind, aber ja doch, sagte der Gouverneur. Und der Wanderprediger? Er könne sich nicht helfen, antwortete der Gouverneur, aber der sieht mich für nichts an …

Also ist er der Gefährlichere?

Der Gouverneur wurde einer Antwort enthoben, denn die Vorhänge an der Tür wurden zur Seite geschoben, und seine Gemahlin Claudia kam herein. Mit einem Blick sah der Gouverneur, dass sie Migräne hatte. Sie warf einen missmutigen Blick auf den Kleinen, und der verbeugte sich und ging; Claudia konnte ihn nicht leiden und behauptete, er sei andersrum. Sie wartete, bis die Portieren sich hinter ihm schlossen, dann wandte sie sich klagend an den Gouverneur: Er solle diesen Gefangenen freilassen, die ganze Nacht habe sie böse Träume gehabt wegen ihm. Der Gouverneur antwortete ausweichend, dass er den Fall prüfen und nach Gesetzeslage urteilen müsse, und dass es keinesfalls heißen dürfe, er – der Gouverneur – entscheide so, wie es seiner Frau träume.

Schließlich war Claudia murrend wieder gegangen, und erneut klingelte der Gouverneur nach dem Kleinen. Der kam und blieb wartend stehen. Ob er auch mal einen Vorschlag habe, fragte der Gouverneur, oder immer nur Fragen?

Lassen Sie den Wanderprediger laufen, sagte da der Kleine. Tot ist er noch gefährlicher. Wenn das nicht geht – ihn laufen zu lassen –, weil Sie nicht genügend Soldaten haben, um einen Aufstand des Konsistoriums niederzuschlagen, dann lassen Sie ihn in Gottes Namen aufhängen. Aber dann brauchen Sie flankierende Maßnahmen.

370

Der Gouverneur blickte fragend.

Die Barfüßigen werden zunächst schockiert, gelähmt, verstört sein, fuhr der Kleine fort. Aber warten Sie ein paar Monate, und die zerrissenen Netzwerke sind wieder geknüpft, und die Bewegung wird mächtiger auferstehen als zuvor, nicht mehr von einem Lebenden angeführt, sondern von dessen Gespenst, von einem Wiedergänger, und den hängen Sie nicht so einfach auf.

Der Gouverneur winkte ungeduldig. Du hast doch was von flankierenden Maßnahmen gesagt? Ja, sagte der Kleine, es gibt ein kleines Zeitfenster, das könnten Sie nützen. Solange die Bewegung sich noch nicht richtig erholt hat, noch nach einer neuen Organisationsform und einem neuen Programm sucht, müssen Sie jemanden dort... wie soll ich sagen? Sie müssen dort jemanden einschleusen, nicht einfach einen Spion, sondern jemanden, der in diese Bewegung neue Ideen einbringt und unmerklich ihre Führung übernimmt.

Was für Ideen, fragte da der Gouverneur, und der Kleine antwortete nach einer kurzen Pause:

Frieden. Gerechtigkeit. Liebe.

Das ist doch bloß blöd, meinte der Gouverneur, und keine Idee.

Es ist das, wonach sich alle Menschen verzehren, antwortete der Kleine. Nicht nur wir Eingeborenen. Und vor allem ist es etwas, worauf das Konsistorium überhaupt keine Antwort hat. Es hat nur Vorschriften, und Vorschriften trösten niemanden. Aber vor allem... – der Kleine beugte sich nach vorn und sah dem Gouverneur in die Augen –... von Ihnen wird das niemand erwarten. Ich meine so etwas wie:

Frieden. Gerechtigkeit. Liebe.

Also werden Sie keinen Ärger haben, aber das Konsistorium umso mehr. Es ist eine *win-win*-Situation. Sie entledigen sich des Wanderpredigers, und den wirklichen Ärger bekommt das Konsistorium.

Der Gouverneur betrachtete den Kleinen, dann wandte er den Blick ab und sah hinaus, über die Stadt hinweg dorthin, wo das Meer sein mochte. Ein Verdacht keimte in ihm auf, und für einen Augenblick glaubte er in die Zukunft zu sehen, eine Zukunft, in der die Hauptstadt seltsam verändert war. Er schüttelte den Kopf und richtete den Blick wieder auf den Kleinen. Und hast du auch schon eine Idee, wen wir da einschleusen werden? Ich weiß nicht, ob unter unseren Schlapphüten dafür jemand geeignet wäre.

Das allerdings glaube ich auch nicht, meinte der Kleine und senkte demütig den Kopf.

Und damit, liebe Claudia, liebe Zuhörer, begann alles. Ich danke für eure Aufmerksamkeit.

Kurzer Beifall.

Fragen?

Längeres Stillschweigen.

Dann:

Gsell: Nur eine Anmerkung … falls mit dem *Kleinen* der Apostel Paulus gemeint sein sollte, so ist der doch zuerst als eine Art Religionspolizist aufgefallen, bevor er dann … ich meine, Damaskus und so?

Helffenstein: Im Lateinischen bedeutet *paulus* tatsächlich *klein* oder *gering,* aber dass der danach benannte Religionsstifter wirklich im Dienst des Präfekten Pontius Pilatus gestanden hat, will ich jetzt nicht als unumstößliche Wahrheit ausgeben. Aber wenn er es getan hat, wird er keinesfalls sofort aus einem römischen Büro zu den Nazarenern gewechselt sein. Er hat sich zuerst eine korrekte jüdische Legende zulegen müssen.

Morgart: Frieden. Gerechtigkeit. Liebe. – Nett. Was ist daraus geworden?

Helffenstein: Sie kamen an die Macht, und die Macht richtete Ministerien für sie ein. Zum Beispiel ein besonders wichtiges für die Gerechtigkeit und die Liebe.

Gsell: Unter einem Dach?

Helffenstein: Warum nicht? Sie können es unter *Glaubenskongregation* googeln.

Claudia: Ich verstehe. Welche Hoffnung bleibt? Oder gibt es einen Sinn, von dem wir wissen können?

Helffenstein: Es bleibt die Hoffnung, die du aufbringst. Dagegen werden wir über den Sinn unserer Existenz bis zum Ende aller Tage ebenso viel wissen wie über Gott: nichts.

Hier bricht das Band ab.

XXI. CLAUDIA

Hiob und die Kühlfächer
Freitag, 12. April

Am Morgen hatte der Regen ein wenig nachgelassen, und während Pascal seinen Landrover vorsichtig über den holprigen, von Pfützen übersäten Waldweg steuerte, wagte ich es sogar, vom Rücksitz aus nach dem ersten Grün am Wegrand Ausschau zu halten. Märzenbecher? Vielleicht sogar Bärlauch? Oder Buschwindröschen? Das eine oder andere sah mir verdächtig nach so etwas aus, aber Pascal hätte anhalten und mich aussteigen lassen müssen, das wollte ich nicht. Auf dem Beifahrersitz saß Markus, wieder einmal waren wir zusammen unterwegs, wie damals in der Zeit, als wir die Abkürzung über die Girendsburg genommen hatten.

An der Einmündung in die Passstraße bogen wir nicht links in Richtung Jauchenburg ab, sondern fuhren rechts. Die Straße, vor zwei oder drei Jahren neu geteert, umfährt den Taleinschnitt, der Schwarzhalden von Graumichelbach auf der anderen Anhöhe trennt – letzteres ist eines dieser Dörfer, in denen es vielleicht noch zwei oder drei richtige Bauern gibt, die anderen haben Arbeit in Bruggfelden oder noch weiter entfernt und betreiben nur noch nebenher Landwirtschaft. Nähert man sich dem Dorf, sticht neben dem Kirchturm sofort das mit Solarpaneelen bedeckte Walmdach des Raiffeisen-Lagerhauses ins Auge.

Vor der Laderampe standen bereits zwei Autos, Pascal parkte daneben. Die Tür von der Laderampe zum Verkaufsraum stand offen, wir traten ein, an einem kleinen Besprechungstisch saßen zwei Männer und eine Frau, ich erkannte den Geschäftsführer, und es fiel mir ein, dass er Jaumann hieß, Anton Jaumann, und selbst aus dem Dorf stammte. Das Gespräch der drei brach ab, als wir eintraten, Jaumann – ein schwerer bedächtiger Mann, das schwarzgelockte Haar über den Geheimratsecken nach hinten gekämmt – erhob sich und kam auf uns zu. Ich bemerkte, dass er mich erkannte, aber nicht wusste, ob er das zeigen sollte. Also begrüßte ich ihn bei seinem Namen und sagte, dass ich das Ferienhaus in Schwarzhalden habe, oberhalb vom Glotterhof, und dann geruhte er, mich zu erkennen, und wusste plötzlich auch, wie ich hieß.

Aber Saatkartoffeln? Für Schwarzhalden? Was für eine Sorte denn? Frühe? Späte? Jaumann sah prüfend von mir zu Markus und dann zu Pascal. Sie verstehen sich auf so etwas?

Er habe mal einen Weinberg bewirtschaftet, antwortete Pascal.

Und?, wollte Jaumann wissen.

Der Herr hat's gegeben, der Herr hat's genommen.

Aus den Augenwinkeln sah ich, dass der Mann an dem Besprechungstisch aufmerkte, eigentlich war er eher ein Männchen, mit kummervollem Gesicht und einer dicken Frau neben sich.

Für die Kartoffeln müssen Sie den Acker aber selber umgraben, meinte Jaumann. Möglich sei der Anbau wohl, auch wenn Schwarzhalden noch ein bisschen höher liege als das Dorf hier. Nur das Wetter! Er würde deshalb eine frühe Sorte empfehlen, hätte auch noch ein paar Säcke, sonst sei er ja praktisch ausverkauft, seit Tagen schon. Seine Hand zeigte anklagend in den Verkaufsraum, dessen Regale fast alle leer waren.

Wieder sah er sich erst Pascal, dann Markus an. Er wolle den Herren ja nicht zu nahe treten, fuhr er fort, aber es gäbe im Dorf den einen oder anderen, der für den einen oder anderen Hunderter mit dem Traktor den Hang umpflügen und dann auch die Kartoffeln einsetzen könnte. Seit die Straße nach Bruggfelden gesperrt sei, kämen die Leute aus dem Dorf ohnehin nicht mehr zur Arbeit, falls die Fabriken dort überhaupt noch laufen! Er hob die Hand, halb zornig, halb resigniert, was weiß unsereins denn noch! Radio, Fernsehen, alles weg!

Strom habt ihr aber noch?, fragte ich und deutete auf die Neonröhren, die über den leeren Verkaufsständen flimmerten.

Ja, kam die Antwort, man habe einen eigenen Dieselgenerator, eigentlich nur zur Sicherheit, weil in den Höhenlagen die Stromversorgung immer wieder mal ausfalle, bei Sturm zum Beispiel, das werden Sie ja kennen! Und bei dem Wetter jetzt können Sie die Solarpaneele sowieso vergessen! Aber was glauben Sie, was das für eine Sauerei gibt, wenn das Fleisch in der Kühlanlage verdirbt! Diesmal warf er beide Hände hoch, als habe er dem Himmel zu klagen.

Der Mann mit dem kummervollen Gesicht war vom Besprechungstisch aufgestanden und an Pascal herangetreten, ich glaube, er zupfte ihn sogar am Ärmel, aber das kann eigentlich nicht sein. Dieser Spruch, sagte er, vom Herrn, der es gegeben und der es genommen hat, der sei doch aus der Bibel?

Gewiss doch, antwortete Pascal höflich, Hiob eins, Vers zwanzig bis einundzwanzig, und rezitierte mit leicht erhobener Stimme:

Da stand Hiob auf und zerriss sein Kleid und schor sein Haupt und fiel auf die Erde und neigte sich tief / und sprach: Ich bin nackt von meiner Mutter Leibe gekommen, nackt werde ich wieder dahinfahren! Der Herr hat's gegeben, der Herr hat's genommen; der Name des Herrn sei gelobt!

Das Buch Hiob sei ein schöner Text, fügte er hinzu, gewiss

doch, aber er könne einen auf schwierige Gedanken bringen! Dann wandte er sich dem Geschäftsführer Jaumann zu, mit dem Bemerken, dass wir das Angebot eines Helfers samt Traktor gerne annehmen würden, aber vielleicht sollte man vorher über den Preis reden, er habe eine Fläche von fünf Ar mehr geschätzt als abgemessen, und ob es sinnvoll wäre, einen Zaun gegen die Wildschweine zu erstellen?

Ich hatte mich bei den Verkaufsregalen umgesehen, aber es war tatsächlich so gut wie gar nichts mehr vorhanden. So halb aus den Augenwinkeln sah ich, dass Markus den Mann ansprach, der von Pascal stehen gelassen worden war. Ein Verdacht überkam mich, und ich stellte mich dazu. Worum ging es?

Es ist wegen des Schwiegervaters, sagte der Mann und deutete auf die Frau, die noch immer auf ihrem Sesselchen hockte, die Hände vor dem Bauch gefaltet. Ihrem Vater! Eine Persönlichkeit, das könne uns jedermann im Dorf bestätigen. Und Kirchenvorsteher dazu. Fragen Sie nur nach dem Manz Eugen! Hat fünfunddreißig Jahre in der Papierfabrik geschafft. Und dann! Von einem Tag zum andern! Und danach das mit seinem Sohn Karlheinz! Ein ganz ein wohlgeratener Mensch, und die Mädchen alle hinter ihm her wegen seiner schönen blonden Locken! Nur bei den Waldarbeiten nach dem Sturm Lothar, da hat eine umgebrochene Fichte unter Spannung gestanden, und einer der Kollegen wollte mit der Motorsäge dran, aber der Karlheinz – also der Sohn vom alten Manz – hat das gesehen und ist hingerannt und hat den Kollegen noch weggerissen, aber die Fichte ist in dem Moment hoch und hat den Karlheinz erschlagen. Und der Karlheinz, der war ihrem Vater – er deutete auf die Frau, die in diesem Augenblick ein Taschentuch hervorholte und sich damit übers Gesicht wischte – der war ihrem Vater sein ganzer Stolz!

Ich blickte fragend zu Markus, aber der hob nur kurz und beruhigend die Hand.

Ja, fuhr der Mann fort, und dann ist dem Manz Eugen die liebe gute Frau gestorben, Hirntumor, das war ziemlich zur selben Zeit, wie er das Geld verloren hat, das Geld für die Wasseraufbereitung in der Sahelzone, wissen Sie, aber das haben ja alles Betrüger eingesteckt! Und der Eugen ist immer grauer und eingefallener im Gesicht geworden und dabei doch der freundliche hilfsbereite Mensch geblieben, aber jetzt...

Er brach ab, suchte in seinen Taschen herum und nahm schließlich das Taschentuch seiner Frau, um sich die Nase zu putzen.

Aber jetzt, fuhr er schließlich fort, jetzt ist er gestorben, und ein ordentliches Begräbnis ist alles, was wir für ihn noch tun können, nur kann der Pfarrer Rübsam aus Bruggfelden leider nicht ins Dorf kommen, weil die Straße gesperrt ist. Zur Not könnte ja der Kirchenvorsteher die Aussegnung machen, aber das geht ja nun auch nicht, denn das war er ja selbst!

Ich fragte, wann der Schwiegervater denn gestorben sei?

Das ist jetzt schon eine Woche her, warf Jaumann ein, der zu uns hergekommen war, und wenn man den Dieselgenerator nicht hätte, ginge das alles ja nun überhaupt nicht! Ewig freilich könne der ja nicht da drin bleiben – mit dem Daumen zeigte er ins Innere des Lagerhauses –, man brauche die Kühlfächer fürs Vieh, einer der Bauern habe schlachtreife Charolais-Rinder, da könne man doch nicht sagen, man nehme nichts, weil das Kühlfach für den Kirchenvorsteher gebraucht werde.

Ich denke, sagte Markus langsam, zu dem Mann gewandt, Sie haben da vorhin genau den Richtigen angesprochen. Pascal, kommst du mal her?

Ulrike: Ein Mädchenportrait

Ich sitze in Veras Atelier, in einen der zu weiten Pullover einge-
mummelt, und werde portraitiert, während ich eins von Veras
Skizzenbüchern betrachte, eines, in dem sich lauter Mädchen-
portraits finden – ein bisschen viel weiblicher Blick auf einmal, aber es bringt mich darauf, wie eigentlich ich selbst andere Mädchen sehe? Säuerlich, wenn sie gar zu hübsch und
niedlich sind? Genervt oder mitleidsvoll, wenn sie schon mit
siebzehn die aufgeblasenen Lippen haben? Neidvoll, wenn eins
ein richtiger Brummer ist? Es ist die Wahrheit, dass ich mir da
nie Gedanken gemacht habe. Dass ich bei Gelegenheit schon
auch gedacht habe, wow, das ist mal eine richtig schöne Frau!

Was hat das dann bedeutet? Nichts. Kein Neid. Kein Gefühl
von Zurücksetzung, dass ich nicht so ... Erotisches Interesse?
Das müsste sich an anderem entzünden. Am Aufblitzen eines
Blickes, eines Lächelns, eines Einverständnisses. An irgendetwas, das an ein Verborgenes rührt.

Vor mir liegt die aquarellierte Skizze eines Geschöpfes, den
Kopf zurückgeworfen, die Augen beobachtend und fragend
zugleich, der Mund weich, leicht geöffnet ...

Gefällt sie dir?, höre ich die Abendstern fragen, und wieder merke ich, dass sie mich aushorchen will und wissen, wie
ich ticke und wer ich bin, zu keinem anderen Zweck muss sie
mich ja auch porträtieren, warum so viel Aufwand? Es gibt
nichts von mir zu wissen und zweimal nichts zu verstehen.

Natürlich gefällt mir so ein Schatz, sage ich, gerade darum,
weil er alles andere als harmlos ist. Übrigens erinnert er mich
an ein Mädchen, das ich mal kannte, dabei war sie fast noch
ein Kind, und ich eigentlich auch ...

Kommt jetzt wieder so eine Geschichte wie die vom

Schweinsgeschnetzelten?, fragt die Abendstern, und ich sage, entschuldige bitte! Das war wirklich eine Unverschämtheit, was ich dir da vorgelogen habe, mach ich nicht noch mal, versprochen! Darauf sagt die Vera, sie habe verstanden und lasse sich überraschen, und ich erzähle die Geschichte, wie Lara und ich… Also unsere Eltern waren befreundet und haben sich jeden Freitag getroffen, zum Kartenspielen, Canasta und all so was, und Lara war bei mir im Körbchen oder ich bei ihr, wir haben gelesen oder gequatscht oder Musik gehört und manchmal auch gekuschelt. Nun wohnten Laras Eltern in einem eigenen Reihenhaus, ganz niedlich, mit einer Sauna unten im Keller, und nach der Sauna sind unsere Alten pudelnackig im Gärtchen hinter ihrem Reihenhaus rumgehüpft, aber Lara und ich mochten das nicht so, vielleicht kannst du das verstehen, mit zwölf oder dreizehn da zwischen dem Männergebambel!

Ja, sagt da die Vera, das kann sie verstehen.

Und so kam dieser eine Abend, wir liegen oben in Laras Zimmer, sie war schon im Nachthemd und in ihrem Bett, ich hatte meinen Pyjama an und war auf der Liege, die man für mich hergerichtet hatte, und eigentlich hatten wir alles bequatscht, was wir irgend bequatschen konnten, als sie plötzlich durch die Dunkelheit sagt – weißt du, was die da unten treiben? Und ich sagte, die gehen jetzt alle Vier noch schwitzen, drum hat dein Pa doch die Sauna eingeschaltet, und sie sagt, ja doch, aber was machen die danach?

Die werden dann irgendwann auch ins Bett wollen, antworte ich, und sie sagt wieder, ja doch, aber so, dass alle vier fremdgehen. Ich versteh' nur Bahnhof, und so erklärt sie es mir, dabei war ich die Ältere! Und wenn es ganz lustig kommt, fährt sie fort, dann macht dein Alter meiner Mum ein Kind, und mein Alter der deinen auch eins, und dann haben wie beide gleich zwei Geschwister, und beide die gleichen! Wie ich das fände? Gar nicht lustig, antworte ich, meinst du, ich will so ein schreiendes Balg mit vollen Windeln in der Wohnung haben? Und dann sagt sie, da hätte ich wohl Recht, lustig sei das Kinderkriegen wohl überhaupt nicht, und wie sie das sagt, schaltet sie die Nachttischlampe ein, und ich sehe, dass sie die Bettdecke zurückgeschlagen hat und die Beine auf die Decke gelegt, und weil das Nachthemd zurückgerutscht ist, sehe ich diese hellen schimmernden Beine, die ein ganz klein wenig gespreizt sind, und sie fragt mich, ob ich mich was traue…

Und Schluss, sagt da die Vera, vor allem erzähl mir nicht, dass ihr dann runtergegangen seid in die Sauna und die Tür von der Sauna verrammelt habt, damit eure Alten keine weiteren Kinder zeugen, das Strickmuster von deinen Geschichten ist zu leicht durchschaubar, da musst du noch dran arbeiten!

Ist ja gut, sage ich und blättere weiter. Es ist auch besser so, denke ich, die Geschichte ist nämlich ganz anders weitergegangen. Die Lara wollte, dass ich ihre Musch anschaue und ihr erkläre, wie da mal ein Kind rauskommen soll, das verstehe sie ums Verrecken nicht. Und da haben wir das alles untersucht, wie das bei ihr ist und bei mir, und kamen schließlich darauf, am besten sei es, dass wir einander heiraten, dann kann nichts passieren. Und eine Zeitlang waren wir ein richtiges Paar und haben uns fast jeden Tag geschrieben, und eine hat die andere *Geliebte* genannt, bis ich sie im Eiscafé mit einem Schnafti gesehen hab, der war zwei Klassen über uns. – Ich glaube, damals hab ich sogar ein bisschen heulen müssen.

Gsell: Exkurs über das Tiefe

Als die Einkaufstouristen am Abend zurückkamen, brachten sie nicht nur Saatkartoffeln und Klopapier, sondern auch Mehl und Eier und Nudeln und Salz und alles Mögliche andere mit, sogar Äpfel und Konserven mit Pfirsich und Ananas, der ganze Laderaum von Pascals Landrover war vollgeladen! Hochzufrieden und aufgekratzt war vor allem Claudia und inszenierte zur Feier des Tages einen High Tea, mit angezündeten Teelichtern und Kerzen auf dem Tisch, die sie eigentlich aufheben wollte für den Fall, dass das Windrad seinen Geist aufgibt: »Du glaubst es nicht, was alles hinter leeren Verkaufsregalen zum Vorschein kommt, wenn man nur den richtigen Knopf erwischt!«

Pascal Helffenstein dagegen war nicht zufrieden. Er sei katholischer Herkunft, erklärte er, jedermann wisse das, wie komme er also dazu, eine protestantische Abdankung zu halten?

»Wenn das jedermann weiß«, fuhr ihm Ulrike dazwischen, »warum erzählst du uns das?« Außerdem hätten die Leute andere Sorgen, als daran zu denken, was der Herr Helffenstein glaube oder nicht.

Morgart warf ein, dass er schuld sei, denn er habe Pascal diesen Job aufs Auge gedrückt. Aber heiße es nicht irgendwo, *eine Messe für ein Königreich?*

»Nein«, sagte Helffenstein, »falscher Tarif. Paris ist eine Messe wert, und das Königreich wird für ein Pferd angeboten.«

»Passt ja alles«, meinte Morgart vergnügt. »Eine Messe für einen Kartoffelacker, das lohnt doch! Von den Charolais-Rindern ganz abgesehen.«

Was es mit denen auf sich habe, wollte Ulrike wissen, aber dann schaltete sich Claudia ein und meinte, dieser Eugen Manz sei eigentlich ein rechter Hiob gewesen. Es müsse für Pascal doch eine reizvolle Aufgabe sein, auf so jemanden eine Totenrede zu halten.

Mir kam es vor, als sei in dieser Bemerkung ein boshafter Widerhaken verborgen, aber Pascal schien ihn nicht bemerkt zu haben.

»Hiob?«, fragte er nach. »Hiob ist das Urbild des an Gottes Gerechtigkeit, Güte und Allmacht verzweifelnden Menschen. Aber dieser arme Tote hat zu seinen Lebzeiten wohl nie gezweifelt.«

»Sondern er hat brav die Kirche in Ordnung gehalten«, fällt ihm Claudia ins Wort, »hat die Turmuhr aufgezogen, sich um kaputte Dachziegel und um die Heizung gekümmert, auch um die Sitzkissen für die Alten … All so was, hat mir der Schwiegersohn erzählt, lauter alltägliche kleine unbeachtete Arbeit, ohne die der Pfarrer keine Predigt hätte halten können, wenn er aus Bruggfelden kam! Und wenn in diesen Zeiten so etwas wie Zivilisation überhaupt Fortbestand haben soll …«

»Dann besteht sie zunächst und vor allem darin, dass jeder seine alltägliche kleine unbeachtete Arbeit tut«, setzte Helffenstein ihren Satz fort, »wenn ich morgen Abend das *Wort zum Sonntag* sprechen müsste, würde ich den Gedanken gerne reinpacken! Aber …«

»Entschuldigung«, sagte da Vera Abendstern und hob die Hand, dass man warten solle, bis sie einen Bissen von der Omelette mit Schinken hinuntergeschluckt hatte. Schließlich fuhr sie fort. »Redet ihr gerade von einem gewissen Eugen Manz? Ist das der, mit dem die Konfirmanden nicht allein in die Sakristei gehen sollten? Um dort nicht was … was *Unbeachtetes* tun zu müssen?«

Helffenstein blickte auf. »Ach? Das könnte das Hiob-Motiv sogar interessant machen!«

Also *interessant* habe sie das nicht so sehr gefunden, meinte die Abendstern, sondern ziemlich daneben ... Nein, nicht bloß daneben, sondern schlimm!

»Tja«, machte Helffenstein, »was wissen wir denn von Hiobs Nächten im Zusammenhang mit seinem zahlreichen Gesinde, von seinen drei Töchtern und sieben Söhnen ganz abgesehen? Ändert sich aber an der Menschheitsfigur Hiob irgendetwas, sind die Schicksalsschläge, die diesem Hiob zugefügt werden, weniger empörend oder erschütternd, wenn das Sexualverhalten des Patriarchen zufällig nicht ganz astrein gewesen sein sollte? Da würde ich doch sehr darum bitten, dass nur derjenige einen Stein aufhebt, der ...«

»Stopp!« Morgart grätschte ihm in die Rede. »Nichts von diesem Zeug wirst du den Leuten von Graumichelbach erzählen! Das sind arme Teufel, auch wenn sie bisher vom Schlimmsten verschont worden sind. Wie soll es denn weitergehen für sie, weißt du das? Ihre Arbeitsplätze sind im Eimer, wie es aussieht, ihr bisschen Geld ist futsch, neue Arbeit wird es keine geben, bevor das Wasser nicht wieder abläuft, und dann wird es eine beschissene Arbeit sein, glaub mir das! Und jetzt ist einer von ihnen tot, und der soll unter die Erde gebracht werden, wie es sich gehört, und da kommst du nicht daher und erzählst ihnen, dass Hiob seine Töchter gemaust hat!«

Nichts liege ihm ferner, setzte Helffenstein an, aber Ulrike, die neben mir auf der Bank saß, stupfte mich und wollte herausgelassen werden. Ich stand auf, die junge Frau bat die Runde, sie zu entschuldigen, und verschwand. Ich setzte mich wieder, und Helffenstein hob von Neuem an, es liege ihm also nichts ferner, als Hiob einen Kindesmissbrauch oder dergleichen nachzusagen, wie er überhaupt keineswegs die Absicht habe, Hiob ernsthaft ins Trauerspiel zu bringen oder den Toten in der Tiefkühle zu einem solchen zu verklären.

»Das wäre nämlich schon deshalb unangebracht, weil es gerade Tausende, wenn nicht Hunderttausende gibt, denen ein dem Hiob vergleichbares Schicksal widerfährt, denken wir nur an die Großbauern in Norddeutschland.«

»Du kriegst gleich eine in die Fresse«, unterbrach ihn Morgart, »wenn du nicht aufhörst, die Leute zu verarschen!«

»Du vergisst«, antwortete Helffenstein freundlich, »dass ich mal in einem Box-Club trainiert hab ... Aber bitte! Selbstverständlich können wir auch einen anderen Ton anschlagen und darauf hinweisen, der Herr habe in letzter Zeit offenbar den Eindruck gewonnen ...« – er hob die Stimme etwas an, als müsse sie ein gewaltiges Kirchenschiff ausfüllen – »*dass der Menschen Bosheit groß sei auf Erden und alles Dichten und Trachten ihrer Herzen nur böse war auf immerdar* ... und dass er also deshalb die Städte mit den himmelhoch ragenden Türmen und die Dörfer mit den Walmdächern und den griechischen Säulen darunter und den Gartenzwergen davor ebenso unter Wasser gesetzt hat wie die vom Satan bereiteten Straßen, auf denen die blechernen Behemoths und Leviathane vor Zorn im Stau zittern ...« Er schwieg und sah um sich.

»Auch nicht gut!«, fasste er seinen Eindruck zusammen. »Aber keine Sorge! Den Leuten in Graumichelbach werde ich auch das nicht erzählen, selbst wenn sie etwas in der Richtung erwarten mögen, ich könnte es nämlich gar nicht, denn ob es Gott nun gibt oder nicht, so muss ich ihm jedenfalls zugestehen, dass er lernfähig ist. Er hat es einmal mit der Sintflut versucht, es hat nichts geholfen, bereits mit Noah geht der Schweinkram schon wieder los ... Also wird der Herr, der vermutlich noch anderes zu tun hat, sich nicht noch einmal damit

plagen, die von seinen Menschen verdreckte Erde nass aufzu-
wischen, er wird das die Menschen selbst besorgen lassen.«

So ging das weiter, Morgart hatte seinen Kopf gesenkt, als
wolle er mit ihm zustoßen wie Zinédine Zidane beim WM-Fi-
nale 2006, und Claudia unterdrückte ein Gähnen. Dann warf
sie mir einen entschuldigenden Blick zu und sagte – als Helffenstein einen Augenblick schwieg – scheinbar völlig zusam-
menhanglos:

»Es gibt keine Hilfe.«

Helffenstein stutzte kurz, dann ließ er ein lässiges *Ach so* fallen! Was solle einem Toten auch noch geholfen werden, ganz
richtig! Es gebe nicht nur keine Hilfe, auch keinen Trost, Gott
werde zwar angerufen, aber er antworte nicht.

»Aufhören!«, sagte Morgart. Er hatte sich aufgerichtet, beide
Hände warnend oder drohend erhoben. »Wenn du den Leuten nichts anderes erzählen kannst, dann lass es bleiben! Oder
blättere das dicke Buch durch, da werden doch hoffentlich ein
paar Sprüche drinstehen, damit die Menschen das Leben ertragen können, das eigene Elend und das Elend in der Welt,
den Dreck, in dem sie stecken, den ganzen Scheiß, den sie womöglich auch noch selbst angerichtet haben ... Ein paar Sprüche nur, dass diese elenden Krüppel nicht aufgeben, den Mut
nicht verlieren, dass die Verzweiflung ihnen nicht den Atem
abdrückt – sag doch, wozu gibt es so ein Buch, wenn sich da
kein Text und nichts findet, das dem Menschen ein wenig
Hoffnung macht ... Aber warte!« Er wandte sich an Claudia.
»Wie hieß das noch mal, Claudia, was du gerade eben vorgeschlagen hat?«

»Es gibt keine Hilfe«, antwortete Claudia. »Ein Zitat. Aber
nicht aus der Bibel. Und kein Vorschlag.« Dabei blickte sie
Morgart an, als sähe sie ihn zum ersten Mal.

»Sondern?«

Claudia zuckte mit den Achseln. »Denk dir was dazu aus.«

»Wenn es keine Hilfe gibt«, sagte Morgart, »dann muss man nicht auf sie warten. Und braucht sich nicht zu beklagen, wenn sie nicht kommt. Das ist schon mal ein Ansatz.«

»Das zum Beispiel wäre also was, meinst du, das ich den Leuten erzählen darf?«, fragte Helffenstein mit sanfter Süffisanz. »Oder, anders ausgedrückt, sie müssten sich selbst helfen. Bist du ganz sicher, dass die das nicht schon wissen?«

»Natürlich wissen die das schon«, sagte Morgart. »Es ist auch nur ein Ansatz. Nur wirst gerade du ihn nicht verstehen. Du weißt nämlich nichts davon, wie es ganz tief unten ist.«

»Aber du weißt es?«

»Ja«, sagte Morgart, »ich weiß es. Oder einen Teil davon. Zumindest von der Anfangszeit, vom Beginn der ... Inkubation, kann man das so sagen? Egal. In dieser ersten Zeit bleibst du nicht ständig unten, nach einer Weile kommst du wieder nach oben, kannst Luft schnappen. Es scheint vorbei, aber das ist es nicht, von wegen! Denn es kommt zurück, immer wieder, und immer wieder bist du unten, ganz tief, immer wieder musst du warten, bis dich irgendetwas zurück ans Licht bringt. Daran gewöhnen kannst du dich nicht, niemand kann das, du weißt auch nicht, wann du wieder dran bist. In welchen Abständen du ins Tiefe gehst. Und irgendwann begreifst du – wenn du unten bist, musst du das zulassen. Es ist so etwas wie ein ... momentanes Aufgeben. *Es gibt keine Hilfe* – das ist ein Spruch, der das trifft. Der sogar helfen könnte. Gib die Hoffnung auf, vielleicht rettet dich das, und der Tiefe wird es langweilig, und sie überlässt dich aus lauter Langeweile dem Auftrieb.«

»Das hast du dir so zurecht gelegt?«, fragte Claudia. »Und bist damit durchgekommen?«

Morgart tippte an seine Schläfe und lächelte. Es war dieses besondere Lächeln. Diesmal kam es mir sogar besonders schief vor.

Und Helffenstein meinte, okay, jedenfalls wisse er jetzt einiges, was er nicht in seine Predigt hineinschreiben werde, hob grüßend die Hand und ging ins Studierzimmer.

Claudia: Vom ärztlichen Angebot

Pascal hatte sich an seine Trauerpredigt gesetzt, und die beiden anderen Männer waren nach dem Geschirrspülen ins Wohnzimmer gegangen; angeblich wollten sie die Einstellung der Fernseh-Antenne überprüfen oder ändern, um doch noch einen Sender hereinzubekommen. So war ich mit Vera in der Küche allein, und ich schenkte uns zwei Gläser Wein ein.

Was Morgart denn jetzt mache, fragte Vera, wenn es ihn wieder hinunterzieht?

Ich sagte, dass ich es nicht wüsste.

Nimmt er Medikamente?

Ich hob beide Hände, weil ich auch das nicht wusste. – Übrigens glaube ich es nicht. Dass Markus irgendwelche Pillen einwirft, damit er die Dinge rosafarben sieht statt schwarz – das halte ich für ausgeschlossen.

Schade, fuhr Vera fort, wenn es mir gelungen wäre, ein Bild zu malen, das gegen die Depression hilft...! Sie sprach den Satz nicht zu Ende. Wenn es eine fertigbringe, fuhr sie fort, trotz der Depressionen zu malen, mit ihnen, gegen sie – wie auch immer, wenn eine das schafft, dann mag das Malen wohl helfen. Aber nur ihr selbst. Ein einzelnes Bild tut es sowieso nicht. Aber was mache man jetzt mit Morgart? Warten, bis er's wieder versucht?

Erstens, gab ich zurück, seien wir beide keine Therapeutinnen, und zweitens sei Markus meiner Meinung nach ziemlich therapieresistent.

Na ja, meinte sie und nippte am Wein, auf ärztliche Hilfe könnten wir hier oben ja ohnehin nicht zählen, jedenfalls derzeit nicht. Da sei die momentane Unmöglichkeit einer Psychotherapie sogar noch das geringste Problem.

Auch ich hatte gerade einen Schluck trinken wollen, setzte das Glas aber wieder ab. Ob sie etwas deutlicher werden könne?

Wir bräuchten eine Gynäkologin, erklärte sie. Jemand, der einen Schwangerschaftsabbruch vornehmen kann. Und das auch tun würde.

Ulrike also. Ich fragte vorsichtig nach, ob Vera sicher sei, und sie sagte etwas von auffälligen Rückenschmerzen. Und von einer Veränderung der Brust, die ihr aufgefallen sei, als Ulrike ihr fürs Aktzeichnen Modell gesessen habe.

So sicher könne das doch noch nicht sein?

Gewiss nicht, antwortete sie. Aber im Raiffeisen-Lagerhaus bekämen wir vermutlich leider keinen Schwangerschaftstest.

Ich überlegte. Dass das, was Markus mit Ulrike angestellt hatte oder hatte anstellen lassen, Folgen haben könnte, war ja nicht aus der Welt. Und dass jemand mit dem Authentizitäts-Fimmel der Ulrike keine Pille nahm, war ja nicht anders zu erwarten gewesen. Und Gummis? Wenn es nach Recht und Gerechtigkeit ginge, gehört Markus eingesperrt, nicht zu knapp, und dafür, dass er seine Scheißkerle ohne Gummis über das Mädchen hatte herfallen lassen – dafür würde ich ihn gut und gerne noch ein Jahr länger einsitzen lassen. Aber funktioniert in diesem Land – oder was davon übrig ist – noch irgendwo so etwas wie Justiz?

Ja, gibt es denn überhaupt noch eine Polizei, bei der frau Vergewaltigung und Missbrauch anzeigen könnte? Vielleicht in Herrenmünster, wo die gesamte Bezirksregierung davongelaufen ist? Wenn es dort noch Polizisten gibt, dann haben sie alle Hände voll zu tun, einen Rest von Ordnung aufrechtzuerhalten.

Sie wollen Anzeige erstatten? Wegen was? Wegen einer Geschichte, die wo stattgefunden hat? In Frankreich? Gute Frau, schauen Sie sich mal um, was hier los ist, oder tun Sie es besser nicht, sondern gehen nach Hause, wenn Sie eines haben, das Sie zu Fuß erreichen können! Seien Sie froh, wenn Sie heil ankommen, und schließen Sie die Tür gut hinter sich ab!

Das alles führt zu nichts. Ich sah Vera an. Hatte sie Ulrike auf die mögliche Schwangerschaft angesprochen?

Es sei etwas schwierig, antwortete sie, mit dieser jungen Frau bestimmte Themen zu besprechen. Ernsthaft zu besprechen. Und von einem Schwangerschaftsabbruch wolle Ulrike im Augenblick gar nichts wissen, es ist, wie es ist, und soll dann auch so sein!

Ich hob die Schultern und ließ sie wieder fallen. Im Augenblick könnten wir ohnehin nur zuwarten, sagte ich dann, und wenn die Ulrike tatsächlich schwanger sei und keine Abtreibung wolle oder wir in zwölf Wochen noch immer hier oben festhingen, müsse sie das Kind eben austragen und notfalls hier auf die Welt bringen, irgendwie kämen wir auch damit klar! Es ist doch seltsam mit uns bestellt, fügte ich in Gedanken hinzu. Im unpassendsten Moment müssen wir uns noch fortpflanzen.

XXII.   GSELL

Gott und der Eisberg
Noch Freitag, 12. April

Morgart hatte gemeint, man müsste die Senderauswahl neu oder anders programmieren – vielleicht hatte er sich auch etwas fachmännischer ausgedrückt, jedenfalls kam das Verb *programmieren* in seinem Gemurmel vor. Ich ließ ihn gewähren, zog mich in einen Sessel am Fenster zurück und holte mein Notizbuch hervor, um ein paar Stichworte zu dem Gespräch aufzuschreiben, das wir nach dem Abendessen geführt hatten, also über den Falschspielertrick, mit dem Helffenstein der biblischen Figur Hiob ich weiß nicht welche Übergriffe unterstellt hatte, und über Morgarts Ausbruch. Zu Helffenstein sind weiter keine Worte zu verlieren, und über das, was Morgart von sich preisgegeben hatte, habe ich nicht zu urteilen und auch keine Diagnose zu erstellen. Dennoch…

Eine polternd-joviale Stimme brach in das Zimmer ein und ließ mich spontan an einen besonders unangenehmen Menschen denken, an einen Conférencier vielleicht? Richtig: an den Conférencier eines Bunten Abends auf einem Donaukreuzfahrtschiff. Erschrocken blickte ich hoch und entdeckte auf dem Bildschirm einen Menschen, den ich als Ingenieur Holubek identifizieren konnte, den angeblich starken Mann der bereits vor Tagen installierten österreichischen Notstandsregierung.

»Nicht einmal besser als nichts«, meinte Morgart und machte Anstalten, nach dem nächsten erreichbaren Sender zu zappen, aber ich hob die Hand und wollte nun doch wissen, was der Ingenieur Holubek zu sagen hatte, denn die Rede war tatsächlich von Donaukreuzfahrtschiffen – man habe doch eine ganze Flotte davon, meinte der starke Mann, da passen genug drauf von diesen Flüchtlingen, und zurück nach 'Schland mit ihnen! Wenn ganz Wien und Graz und Linz und Salzburg unter Wasser stehen, dann braucht man die Hotels und Ferienwohnungen und Bergunterkünfte für die eigenen Leit, die Piefkes hätten lang genug ganz Europa tyrannisiert mit ihrem Gutmenschentum, nun sollten sie bittschön ihre Obdachlosen selber unterbringen und nicht exportieren! Zwar wollte der Interviewer wissen, dass all die schönen Kreuzfahrtschiffe erst einmal wieder eingesammelt werden müssten, weil es sie alle hinuntergeschwemmt habe nach Bratislava oder Budapest, womöglich gar bis ans Eiserne Tor, und dass – selbst wenn man sie da wieder heraufholen könne – das Navigieren gar nicht so einfach sei, nicht bei den jetzigen Wasserständen, und gewiss nicht an Dürnstein vorbei, doch der Ingenieur winkte nur ab, das können die Piefkes selber machen, wie sie wollen, sagte er, die haben doch genug Schlepper für ihre Hochseeschiffe, sollen sie halt die schicken, die bringen die Schiffe auch an Dürnstein vorbei, und in Bayern gibt's ja noch genug trockene Flecken …

Ich gab Morgart einen Wink, und er zappte weiter, erwischte zuerst einen – vermutlich – thailändischen Sender, dann einen Mode-Kanal, auf dem gebräunte Models mit Schmollmündchen ihre Bikinis über einen besonnten Sandstrand spazieren trugen, der in Wahrheit wohl längst vom Meer verschlungen war. Morgart warf die linke Hand in einer anzüglichen Geste hoch und erwischte anschließend tatsächlich den Nachrichtenkanal CNN, der aber keineswegs den Choral *Nearer, my God, to Thee* spielte, sondern eine Reportage aus einer offenbar eilig umgerüsteten Sporthalle übertrug.

»Hey!«, rief Morgart, »die haben die New Yorker Börse wieder in Gang gebracht, irgendwo in den Adirondacks, das sieht den Amis ähnlich. Bei uns dagegen!«

Nun würde es mich zwar nicht wundern, wenn unsere Banker und Börsenzocker schlafmütziger sein sollten als die amerikanischen. Aber der Sachverhalt geht mir am Arsch vorbei, und so beugte ich mich wieder über meine Notizen. Zu dem, was Morgart gesagt hatte, habe ich mein Maul zu halten. Punkt. Überhaupt richtet der Mensch nicht das wenigste Unheil mit den Worten an, die er zu viel redet. Oder schreibt, unterschlag das nicht! War in dem sumerischen Klagelied, von dem Helffenstein am Vorabend gesprochen hatte, nicht von den Worten die Rede gewesen, die den Göttern gehören und also ihnen vorbehalten sind? Ich blätterte in meinem Notizblock zurück und fand die Zeile:

Sprich es nicht aus / sprich es nicht aus das Wort / Tod.

Ja, dachte ich schwerfällig. Das Urteil ist bereits beschlossen, es gehört nicht viel Phantasie dazu, sich den Wortlaut vorzustellen. Es muss nicht verkündet werden, Ihr Gewaltigen! Noch dreht sich der Kreisel, ein paar Umdrehungen lang könntet Ihr uns daran glauben lassen, es werde alles gut, oder alles habe seinen Sinn. Bis der Kreisel allmählich langsamer wird und unsicherer in seiner Kreisbahn und schließlich umkippt. Dann ist alles ausgestanden und der Mensch ebenso unterm Flugsand der Zeit begraben wie der Gott Enlil und sein ganzes Kollegium, deren Tempel und Riten.

Was bleibt danach? Nichts …

Ich schrak hoch. Morgart hatte mich etwas gefragt. »Ob du nochmal den Ötzi hören willst?«, wiederholte er. Der Bildschirm zeigte noch immer die Sporthalle mit der provisorischen Anzeigetafel des wiederbelebten NYSE. Ich lehnte dankend ab, und Morgart schaltete zu den Bikini-Mädchen und legte den Drücker zur Seite. Was ich da eigentlich in mein Heft hineinschreibe?

»Stichworte für mein Tagebuch«, sagte ich. »Nichts von Bedeutung.«

»Komm ich da drin vor? Oder das, was wir vorhin so geredet haben?«

»Warum fragst du?«, gab ich zurück. »Soll ich irgendwas davon weglassen?«

»Ich hab nichts zu verbergen. Wegen mir musst du nicht so geheimniskrämerisch tun.«

»Womit ich mich gerade beschäftige, ist dieses sumerische Klagelied, von dem Helffenstein gestern erzählt hat.« Ich reichte ihm das aufgeschlagene Notizbuch. »Falls du meine Schrift entziffern kannst – bitte sehr!«

Er schüttelte den Kopf. »Warum fährst du auf so etwas ab? Von diesem Kram hat Pascal jede Menge auf Lager.«

Dieser Text habe mich auf den Gedanken gebracht, sagte ich, dass es Worte gebe, die einer nicht gebrauchen soll. Nicht unbedacht. »Worte, die Unheil lostreten. Mit denen wir uns eine Rolle anmaßen, die uns nicht zusteht. Oder weil es Worte sind, die einem anderen gehören.«

»Sorry«, sagte er, »ich kann dir grad nicht folgen.«

»Tiefe ist so ein Wort«, antwortete ich. »Das gehört dir, und jetzt hab ich's doch benutzt.«

Er runzelte die Stirn. »Ich bin grad nicht unten. Da macht es nix.« Er deutete auf den Bildschirm. »Guck mal!« Eines der Bikini-Models spielte damit, sein Oberteil abzulegen. Niedlich, ja doch.

»Was ist denn daran so komisch?«, fragte er, noch immer das inzwischen barbusige Geschöpf im Blick. »Ich meine, wenn einer davon anfängt, wie es unten ist, tief unten … dann kann doch auch wer anderes darüber reden? Oder ist das nur eine von deinen krummen Touren?« Er richtete seinen Blick auf mich. »Du willst wissen, ob ich demnächst so was noch mal mache? Ja? Und dann vielleicht richtig?« Er hob die Hand zu der Geste, die ich schon kannte, und tippte sich mit dem Mittelfinger an die Schläfe. »Warum kannst du das nicht geradeheraus fragen?«

»Weil ich's nicht wissen will«, antwortete ich. »Wir leben zufällig in einer Zeit, in der ein paar andere Fragen – nimm es mir nicht übel – wichtiger sind.«

Er stieß ein Geräusch aus, das wohl eine Art Lachen war. »Wo du Recht hast ... Sag mal, wir haben doch gestern über die *Titanic* gesprochen, und den Untergang überhaupt? Danach ist mir durch den Kopf gegangen, wie es wäre, wenn sich einer an Bord hätt umbringen wollen, und zwar genau in dem Moment, als das Schiff auf den Eisberg aufgelaufen ist. Ich weiß nicht – ob der sich dann blöd vorgekommen wäre?«

»Ertrinken ist nicht so angenehm«, gab ich zu bedenken. »Wenn er was Komfortableres zur Hand gehabt hat, eine Pistole zum Beispiel ... da hätte er ja sagen können, das trifft sich aber gut! Anders sieht es aus, wenn er es mit Schlaftabletten hätte machen wollen ...«

»Ich hab mir eher gedacht«, meinte Morgart, »der Typ steht an der Reling und will springen, und dann macht es Rumms! Und er fliegt erst einmal gegen die Deckaufbauten, rappelt sich mühsam auf ... ja, und was tut er dann? Noch immer kann er springen, oder er kann abwarten, bis der Eisberg das alles für ihn erledigt ...«

»Und am Ende«, fiel ich ihm ins Wort, »wird er aus Versehen in eins der Rettungsboote gestoßen und überlebt und wird fromm und ein Erweckungsprediger, der Gottes Güte und Allmacht preist, denn der Herr hat eigens den Eisberg geschickt, um ihn, den Joseph Timothy Greenback, so hieß der

nämlich, von seiner gotteslästerlichen Selbstmörderei wegzu-
rummsen ...«

Morgart meinte aber nur, ich solle das Leute-Verarschen
dem Helffenstein überlassen, und fand dann tatsächlich einen
britischen Kanal, auf dem ein Snooker-Turnier übertragen
wurde.

Ulrike: Der Gott der Maikäfer

Einmal, ich war acht oder neun, und es war Frühling, gab es
Maikäfer, in dem Wald hinter der Reihenhaussiedlung konnten wir sie von den Blättern absammeln oder einfach herun-
terschütteln. Wir, das waren der Heinz, ein rothaariger Junge
aus dem Haus schräg gegenüber, und eben ich, und am Anfang
hab ich gedacht, das ist aber toll, wie schnell wir eine ganze
Schachtel voll haben und dass ich jetzt für die Viecher Blätter
sammeln muss, dann kann ich sie bei mir im Zimmer halten.
Aber dann war es ganz schnell langweilig, und die krakeligen
Beine der Käfer kratzten einem auf der Haut, und manchmal kackten sie einem auch auf die Hand, und Heinz scharrte
mit den Händen ein Loch in den Waldboden und schmiss die
Maikäfer rein und begrub sie mit Erde, mal gucken, wie lange
es dauert, bis einer rauskommt, den ersten, der's schafft, lassen
wir zur Belohnung fliegen!

Warum erzähl ich das? Weil mich das Küchengespräch über
den alten Hiob genervt hat, bin ich ins Studierzimmer, wo
noch immer eine Bibel auf dem Stehpult liegt, aber aufs Stehen hab ich grad keine Lust und so bin ich damit zum Schreibtisch, hab die Lampe eingeschaltet und in dem alten Schmöker
schließlich das Buch Hiob gefunden, das fängt schon ganz nett
an, weil sich da nämlich beim lieben Gott unter seinen Söhnen

(jawohl! steht so da) auch der Satan einfindet, und was tun der liebe Gott und der Satan? Sie spielen mit dem alten frommen gottesfürchtigen Hiob *Maikäfer komm raus!*

Wer das hier liest, sollte ja bei Gott dem Hiob seine Geschichte kennen, natürlich haben der liebe Gott und der Satan den frommen Hiob nicht lebendig begraben, sondern haben ihm seine sieben Söhne und seine drei Töchter totgemacht, ferner seine siebentausend Schafe, seine dreitausend Kamele, seine fünfhundert Joch Rinder – also vermutlich tausend – und seine fünfhundert Eselinnen, vom Gesinde ganz zu schweigen, das zählt nicht so, tut nichts, totgemacht werden die auch, und am Schluss haben sie dem Hiob noch die Krätze oder eine Schuppenflechte angehängt, und wozu das alles? Um zu gucken, ob er danach noch immer so arg fromm und gottesfürchtig ist. Wenn er es nämlich nicht mehr ist, dann war er es davor auch nur deshalb, weil er dick und fett an der Quelle saß, da kann einer leicht fromm sein und rechtschaffen und gottesfürchtig!

Eigentlich ist es ja wurscht, wie es mit dem Maikäfer Hiob ausgeht. Gewinnt der lb. Gott und der Hiob bleibt fromm und gottesfürchtig, dann hat der Herr das ganze Vieh für nichts und wieder nichts umbringen lassen, von den sieben Söhnen und drei Töchtern und dem Gesinde ganz zu schweigen, und schaut die nächsten drei Ewigkeiten besser nicht in den Spiegel. Gewinnt der Satan und der Hiob will von dem Kindermörder nichts mehr wissen, dann kann sich der Herr mit der ganzen Frömmigkeit und Gottesfurcht der Menschenkinder den Arsch abwischen, ist ja wahr.

Nur kommt es für den Herrn noch blöder: Hiob spielt nicht mit. Er macht weder das eine noch das andere: Er verflucht den da oben nicht, aber findet sich auch nicht damit ab, was der ihm zugedacht hat. Er stellt sich hin oder vielmehr: dieser Maikäfer zappelt mit seinen krätzigen Beinchen im Staub und will wissen, warum ihm das alles passiert. Muss er bestraft werden? Wenn ja, wofür? Oder gibt es einen anderen Grund? Eine Erklärung, mehr will er gar nicht, und am Schluss stellt er nur fest, dass er offenbar nicht derjenige ist, der solche Fragen stellen darf. Er, Hiob, hat in seiner Armseligkeit nicht auf gleicher Augenhöhe mit dem Allmächtigen zu verhandeln. Und wenn es keine Erklärung gibt, gibt es keine Erklärung.

So, und da schwebt nun die Frage im Raum und wird nicht beantwortet, und weil sie nicht zu beantworten ist, zieht sie eine andere Frage nach sich: Was unterscheidet den lb. Gott von einem Gewaltherrscher? Mehr noch: was unterscheidet ihn von Satan, mit dem gemeinsam er ja die ganze Geschichte angezettelt hat? Sollte er sich vom Richtertisch des Allmächtigen herabbeugen und sagen, sorry, wir hatten grad eine Verhandlungspause und mir war's langweilig, da hab ich halt ein bisschen mit dem Satan gezockt, und weil im Augenblick keine Zeit für Maikäfer ist, haben wir dich genommen, mach dir nichts draus ... Nein, das geht dann doch nicht, also sagt der Herr, okay, wir stellen das Verfahren Hiob ein, Kosten und Auslagen der Verteidigung werden von der Gotteskasse übernommen, ich schreib gleich 'ne Anweisung, dass du das Vieh zurückkriegst, mit 'nem Aufschlag als Schmerzensgeld – Moment, das waren siebentausend Schafe? Du kriegst vierzehntausend zurück, ist das gut so? Und wie viel Kamele noch mal ...? Neue Frauen brauchst du ja auch, drei, vier?

Kein weiterer Kommentar. Außerdem: Was geht mich das alles an? Hab ich vielleicht fünfhundert Eselinnen zu hüten? Aber darüber kann ich gar nicht weiter nachdenken, denn die Tür öffnet sich, und der Helffenstein kommt herein und schaut indigniert, dass ich es bin, die da am Schreibtisch sitzt, der Helffenstein ist einer, da muss der Schreibtisch sofort freigemacht werden, wenn er kommt mit seinen tiefen Gedanken …

Entschuldige, sagt er, ich will dich nicht stören – ich sehe, du liest die Bibel, schon wieder? Ein neues Stück, lass mal sehen …

Er tritt neben mich, und ich rieche ihn und erkenne seinen Geruch, und was immer *erkennen* bedeuten mag: diesen Geruch kann ich nicht mehr ab.

Ah!, sagt er, und es ist genau dieser herablassende Ton, den ich als allererstes nicht mehr abkonnte, ah! sagt er noch mal, das Buch Hiob, eine gewaltige Sprache, ja doch, vielleicht zu gewaltig für unser Theater in Deutschland, falls es noch welches gibt, wenn sich das Wasser verlaufen hat.

Kein Theater, sage ich und stehe auf und gehe um den Schreibtisch herum, damit ich von diesem Geruch wegkomme, es gibt kein Theater mehr für mich, sage ich, es ist das hier! Und ich deute auf Hiob 13,15, denn das steht auf der Seite, die aufgeschlagen ist, zufällig oder nicht, und weil ich Spiegelschrift lesen kann, lese ich es vor:

»*Siehe, er wird mich doch umbringen, und ich habe nichts zu hoffen …*«

Er – das ist also der Gott, sage ich, oder einfach der Herr, und ich erlaube mir jetzt, für diesmal nicht Hiob als den zu nehmen, der nichts zu hoffen hat, sondern ihn in ein leichtfertiges Mädchen zu verwandeln, in eine kleine Nutte, nennen wir sie U, und die U erwartet von ihrem Herrn nichts weiter, als dass sie von ihm *unterworfen* wird, dass er sie in seine Hand nimmt wie ein Vögelchen, und sie wird selbst dann einverstanden sein, wenn es ihm gefällt, mit der Hand kurz mal zuzudrücken und das Vögelchen zu zerquetschen. Das Geschöpf, das nichts zu hoffen hat, das hat auch nichts zu verlieren, es ist frei, es lässt sich in sein Ende fallen, in seinen Untergang.

Eh!, macht da der Helffenstein, das sei ihm jetzt tatsächlich neu, und zugleich erinnere es ihn an etwas, nein, an jemanden, Pauline Réage habe sich die Dame genannt, und wie hieß das noch, was die für ihren Liebhaber schrieb? Auch so was mit einem Kürzel, aber egal – warum hast du nie was in der Richtung verlauten lassen? Peitschen und Fesseln wären rasch besorgt gewesen, auf Wunsch auch das Gerät für elektrische Stimulation, dazu ein Andreaskreuz…

Wie du es nur fertig bringst, sage ich, dich als ein immer noch größeres *Asshole* herauszustellen, gibt es eigentlich einen Begriff dafür, vielleicht das sich selbst aufblasende Arschloch?

Ist gut, sagt er, aber erklär mir, was die U will und warum.

Nichts, antworte ich, sie will nichts, und das aus keinem Grund. Sie hat keine Biographie, keine Vergangenheit, keine Zukunft. Es gibt sie auch nicht, von einem einzigen Augenblick ausgenommen. Es gibt sie in dem Augenblick, in dem ein anderer sich bückt und sie aus dem Nichts herausfischt und sie aufhebt. Dieser andere ist ihr Herr. Oder, wenn es so kommen mag, ihre Frau. Oder noch einfacher: der Mensch, der ihr anderer ist.

Ich vermute, sagt der Helffenstein, dass ich das nicht war.

Manchmal, sage ich, manchmal hast sogar du Recht.

XXIII. CLAUDIA

Eine Predigt für die Kleingläubigen
Samstag, 13. April

In Großvaters noch immer nicht ganz leergeräumtem Kleiderschrank hatten wir für Pascal einen dunklen Anzug samt schwarzem Rollkragenpullover gefunden, die ihm sogar halbwegs passten. Dennoch hatte ich große Bedenken, als wir zu der auf elf Uhr angesetzten Beerdigung des Kirchenpflegers Manz nach Graumichelbach fuhren. Einen Gottesdienst vor Leuten halten, von deren Glauben und rituellen Gewohnheiten man keine Ahnung hat, das musste fast noch komischer sein als der Auftritt des von Scotland Yard zu den *39 Stufen* gejagten Richard Hannay auf einer Wahlkampfveranstaltung in den schottischen Highlands.

Pascal dagegen war recht gelassen. Im Anschluss an das Gespräch in der Raiffeisen-Niederlassung hatte er sich vom Schwiegersohn des Verstorbenen die Ortskirche zeigen lassen und dabei in der Sakristei ein schwarzes Buch entdeckt, eine Agende für Trauergottesdienste, so dass er – wie er behauptete – ungefähr wusste, was erwartet würde. Mit uns fuhren Lukas und auch Markus, der mit den Männern verhandeln wollte, die für uns einen Kartoffelacker und vielleicht auch einen Gemüsegarten anlegen und dann doch auch einzäunen würden. Bei der Niederschrift mutet mich der eine Sachverhalt so seltsam an wie die Wortwahl, die ich ganz selbstverständlich verwende – *für uns* sollen Gemüsegarten und Kartoffelacker angelegt werden, als wären wir wirklich eine späte Kommune... Na und?

Gegen halb zehn Uhr trafen wir an der Dorfkirche ein, wo wir vom Schwiegersohn des Verblichenen und dem Dirigenten des örtlichen Blasmusikvereins bereits erwartet wurden. Der Dirigent – ein ältlicher Mann mit lockigem, wenn auch schütterem weißen Haar – musterte uns aus flinken aufmerksamen Augen, dann wandte er sich an Pascal und begann ihn auszufragen. Er sei Theologe, ja? Und habe in Herrenmünster studiert?

Pascal lächelte ihn freundlich an. Ja, freilich habe er Theologie studiert, leider! Aber nicht nur in Herrenmünster, sondern auch in Tübingen und München, und noch mehr leid tue es ihm, dass es dummerweise katholische Theologie gewesen sei, wenn die Herren deshalb auf seine Dienste verzichten wollten, habe er volles Verständnis. Doch der Dirigent hob beschwichtigend beide Hände, nein! so sei das nicht gemeint gewesen, um Gottes willen! Katholisch, evangelisch, da mache man längst keinen besonderen Unterschied mehr!

Wir – also Markus, Lukas und ich – überließen Pascal seinem Schicksal und betraten die Kirche, die so nüchtern ist, wie die Böden um Graumichelbach karg und steinig sind. Das Kirchenschiff war bereits nahezu gefüllt, also gingen wir auf die Empore, wo wir noch Plätze fanden, von den bereits Anwesenden teils mit argwöhnisch-zurückhaltendem Kopfnicken, teils überhaupt nicht begrüßt. Sollte meine Jeans Anstoß erregt haben?

Vor dem Altar war eine mit schwarzem Tuch behängte Kiste aufgestellt, ich nahm an, es war das der Sarg, der wohl noch in der Nacht eilig zusammengenagelt worden war; das Raiffeisen-Lagerhaus wird einen Sarg so wenig im Sortiment haben, wie mein Kleiderschrank in Schwarzhalden auf einen Trauergottesdienst eingerichtet ist.

Die Kirchenglocke hatte zu läuten begonnen, noch immer

kamen weitere Besucher, zum Geruch nach altem Stein und abgegriffenem Holz gesellte sich die Ausdünstung feuchtgesogener Regenmäntel, und irgendwann begann die graugrün uniformierte Blasmusikapelle – die Revers violett eingefasst –, irgendetwas in getragenem Moll zu intonieren. Und auf einmal stand Pascal vor dem Altar, ganz selbstverständlich, mit seiner weißen Mähne und der verwegenen Nase eine so eindrucksvolle Erscheinung, dass nicht einmal Großvaters Anzug ihr etwas anhaben konnte, der – wie ich erst aus der Entfernung und von oben wahrnahm – für ihn doch wohl etwas zu klein und zu eng war. Er teilte uns mit, dass wir zusammengekommen seien, um von Eugen Manz Abschied zu nehmen, und er brachte es so heraus, dass nicht einmal mir die Frage einfiel, ja, wozu denn sonst. Danach jaulte eine asthmatische Orgel auf, und die Gemeinde sang ein Lied, wobei mir aber vor allem der Mann Eindruck machte, der das – sagt man das so? – Gebläse der Orgel trat und bei dem ich mich gleich wieder dafür entschuldigen will, dass ich die Orgel asthmatisch genannt habe.

Dann las Pascal etwas aus der Bibel vor, Matthäus 8, 23-26, es handelt von einem der Wunder Jesu, wenn es denn eines war. Ich tipp es mal ab:

Und er stieg in das Boot, und seine Jünger folgten ihm. / Und siehe, da erhob sich ein gewaltiger Sturm auf dem See, so dass auch das Boot von Wellen zugedeckt wurde. Er aber schlief. / Und sie traten zu ihm, weckten ihn auf und sprachen: Herr, hilf, wir kommen um! / Da sagt er zu ihnen: Ihr Kleingläubigen, warum seid Ihr so furchtsam? Und stand auf und bedrohte den Wind und das Meer. Da wurde es ganz stille.

Ich will jetzt nicht an dem Sturm und angeblichen Meerestoben herumnörgeln, während dessen einer in einem Boot gleichwohl ein Nickerchen machen kann, auch nicht daran, dass einer nur ein bisschen das Wetter und die Gegend kennen muss, um zu wissen, wann das Stürmen und Meerestoben wieder aufhört, denn Pascal hatte inzwischen den Bogen vom schlafenden Herrn Jesus zu dem Kirchenvorsteher Manz geschlagen, dessen Lebensschifflein ja auch nicht wenig hin und her geworfen worden sei vom Wellenschlag und Sturmgebraus der Zeit...

Pascal machte das nicht schlecht, ich gebe es zu. Trotzdem mochte ich es nicht hören. Es gab eine Zeit, in der ich mir eingebildet hatte, wir seien ein Paar. Eines, das sich gemeinsam den Fragen unserer Zeit stellt. Das gemeinsam neue Antworten findet. Und die dumme Kuh, die ich damals war, hatte sich eingebildet, sie könne dem aufleuchtenden Star Pascal Helffenstein Gefährtin, Muse und Korrektorin zugleich sein. Könne seinen Texten das Bling-Bling austreiben. Könne ihn zwingen, tiefer zu pflügen... Entschuldigung, das ist jetzt vielleicht das falsche Bild.

Freilich habe sich der Eugen Manz, hörte ich Pascal fortfahren, nicht einfach hinlegen und eine Mütze Schlaf nehmen können, so etwas sei dem Herrn vorbehalten, der die Zeit kenne, die Zeit zu handeln und die Zeit abzuwarten und zu ruhen. Denn solches zu wissen habe sich der Eugen Manz nicht herausgenommen, sondern er habe tun und werkeln müssen und Wasser schöpfen, hier und da und dort, und auch, wenn es mal eine ruhige Stunde gab, selten genug war das, da habe er sich nicht aufs Ohr gelegt, habe sich nicht die Wohltat einer Viertelstunde Augenpflege gegönnt und sich ebenso das kleine Glück versagt, einfach kurz mal in Morpheus Armen wegzuruseln. Dies alles, behauptete Pascal, habe der Eugen Manz sich nicht erlaubt, sondern er sei zur Kirche geeilt und habe nach dem Rechten gesehen und sie so in dem vorbildlichen Zustand gehalten, in der wir sie jetzt vorfinden.

Irgendwann warf ich einen Blick zu den beiden Männern neben mir – Lukas schien aufmerksam zuzuhören, die Augenbrauen kaum merklich hochgezogen, während Markus meinen Blick mit einem anerkennenden Kopfnicken und hochgerecktem Daumen beantwortete. Ich dagegen fand das Gerede nur peinlich, und ehe ich mich es versah, war ich wieder auf jenem Eröffnungsabend der Tutzinger Gespräche und sah die schnuckelige Serviererin vor mir, wie sie mit ihrem frechen Blick die Sektgläser herumreichte und Pascal seinen Blick nicht von ihrem Hintern lösen konnte... Ich schüttelte den Kopf und war wieder auf der Empore der Kirche von Graumichelbach.

Niemand wisse, sagte Pascal gerade, wie Eugen Manz die bitteren Stunden in seinem Leben überstanden habe, die fremder Habgier geschuldete Schließung der Papierfabrik, in der er Jahrzehnte verantwortungsvoll und pflichtbewusst gearbeitet habe! Der schreckliche Verlust von Frau und Sohn! Die bittere Enttäuschung, ausgenützt worden zu sein! Mag sein, fuhr Pascal fort und gab seiner Stimme einen nachdenklichen Klang, mag sein, dass Eugen Manz da von bitteren Zweifeln und Anfechtungen heimgesucht worden sei – aber auch diese gehörten zu einem Menschenleben, ebenso wie die Träume und Wünsche, die uns verborgen bleiben müssten...

Das reichte, und ich beschloss, mir Pascals Stimme von nun an zum einen Ohr hinein- und zum anderen hinausgehen zu lassen. Das zog sich hin, dann trat der Orgeltreter wieder in Aktion, bis endlich vier stämmige Einheimische das Tragegestell mit der schwarzverhängten Holzkiste hochwuchteten und es hinaus beförderten. Pascal und hinter ihm die Gemeinde folgten, also auch wir. Am offenen Grab musste Pascal noch einmal das Wort ergreifen und sagte etwas vom Ewigen Schlaf, der ein Trost sei für alle Menschen, die in dieser Zeit *die Ge-*

schoss' und *Pfeile eines wütenden Geschicks* zu erdulden und ihr Lebensschifflein durch eine *See voll Plagen* zu steuern hätten.

Ha, dachte ich, da hat mal wirklich ein *Komödiant einen Pfarrer gelehrt*, aber der weitere Verlauf war dann so einigermaßen, wie es sich gehört, *Erde zur Erde, Asche zu Asche, Staub zum Staube*, jeder warf sein Schäufelchen lehmige Erde auf den Holzkasten, ich dachte schon, es sei überstanden, aber dann sprach Pascal noch so etwas wie ein Gebet – dass die Erinnerung an Eugen Manz warmherzig und freundlich sein möge, ferner, dass wir an die Menschen in Not denken sollten, also auch an die Flüchtlinge und Vertriebenen, und schließlich an all diejenigen, die als Nächste den letzten Weg antreten müssten, und ihnen einen nicht zu schweren Abschied wünschen.

Die ganze Zeit empfand ich eine leichte Übelkeit, es war mir klar, dass Pascals Trauerrede ein *Fake* war, aber ich hatte nicht begriffen, wo der Hund begraben war. Plötzlich fiel mir es wie Schuppen von den Augen: Pascal hatte sich zwar so ungefähr an das kirchliche Ritual gehalten, aber bis auf die Schriftlesung aus Matthäus jeden Bezug auf Gott oder JC sorgfältig vermieden. Gott war von ihm ebenso aus der Liturgie entfernt worden, wie die Stalinisten den Trotzki aus der Geschichte der Russischen Revolution wegretuschiert hatten.

Hat er doch fein gemacht, meinte Markus halblaut neben mir, als wir nebeneinander zum Gasthaus *Löwen* gingen, wo der Leichenschmaus oder einfach nur ein Umtrunk stattfinden sollte. – *No comment*, gab ich zurück.

Ulrike: Neue Klamotten

Claudias Sachen sind dir zu groß, hatte Vera gemeint, und so bin ich heute Nachmittag nicht das Püppchen, das Modell steht, sondern eines, an dem das große Mädchen Klamotten anprobieren spielt. Die Abendstern ist nämlich kein solcher Brummer wie die Wronski, sondern hat ungefähr so meine Figur, ihre Sachen passen mir ziemlich genau, fast wie angegossen, nur sind sie – ach, ich weiß gar nicht, wann so was Mode gewesen sein kann, und damenhaft ist der Fummel auch noch, oder es findet sich ein Blumenkleid, dunkelrote Rosen auf blau-schattigem Grund, ich würde es sofort anziehen, wenn ich wo putzen gehen müsste. Ein anderes ist blaugrau mit weißen Streifen und einem Schalkragen, das Kleid ist aus Kaschmirwolle, gerade richtig für die Jahreszeit jetzt, die Abendstern gibt keine Ruhe, bis ich's angezogen habe, und klatscht Beifall, als ich darin posiere und mich vor ihr drehe wie sonst ein dummes Huhn. Ganz ausgezeichnet stehe mir das, und ich sage, freilich! Zu der Sträflingsfrisur und den abstehenden Ohren passt das Damenhafte wie bestellt.

Schließlich muss ich mich in einen Schaukelstuhl setzen und warten, bis die Abendstern irgendwo lange schwarze Damenhandschuhe rausgekrustelt hat, von denen ich einen anziehen muss. Sie zupft eine Weile an mir herum und will, dass ich erst das eine Bein übers andere schlage, dann muss ich mich doch breitbeinig hinsetzen, dass man sieht, ich bin eben doch keine Dame.

Woher hat sie eigentlich diesen Fummel? Ach, kommt die Antwort, als sie bereits dabei ist, mich zu skizzieren, sie habe früher manchmal auch solches Zeug getragen. Wenn du immer im verschmierten Overall herumläufst, hast du schon mal Lust auf was anderes! War das die Zeit, frage ich, in der das Gruselkabinett des Dr. Tulp um dich herumgewuselt ist? Und sie sagt, ja, so ungefähr.

Und du, will sie wissen, hast du nie einen Rock oder ein Kleid getragen? Du hast doch die Figur dafür! Wenn eine dünne Beine hat, sieht das doch scheiße aus, antworte ich, aber sofort kommt Widerspruch von ihr, das sei jetzt weit gefehlt, ich hätte hübsche Beine, nicht bloß dünne ... Und so weiter, bis ich zugebe, dass ich früher gelegentlich Röcke getragen habe, ja sogar – als Gipfel der Peinlichkeit – bei meiner Hochzeit mich ganz in Weiß habe vorführen lassen ...

Was?, fragt da die Abendstern, und es liegt geradezu Entsetzen in ihrer Stimme, du bist eine verheiratete Frau?

Ich war mal eine, antworte ich, ein paar Wochen lang, mit achtzehn. Das sei wohl ein bisschen früh gewesen, meint Vera, und ich sage, ach! Er war ein netter Junge, hatte sein Architekturstudium abgeschlossen und sollte in die Baufirma seines Vaters als Juniorchef eintreten, aber deswegen hab ich ihn nicht geheiratet, sondern weil ich gerade das Gymnasium geschmissen und er mir außerdem eine Hochzeitsreise nach Java versprochen hatte.

Und? War's schön?

Ich weiß nicht, sage ich, am ersten Abend im Hotel in Surabayo saßen wir im Speisesaal neben einer Gruppe von Japanern, das seien Yakuza, also Gangster, behauptete Charlie – mein Angetrauter –, und einer von den Yakuza, ein Kerl, an dem eigentlich nichts Besonderes war, fängt an, zu mir herüberzuschauen, und ich sehe, es ist wirklich nichts Besonderes an ihm außer seinem direkten unverschämten Blick, und auf einmal war eine Serviette zu viel bei mir auf dem Tisch, mit einer Zimmernummer darauf ...

Okay, sagt da die Abendstern, und dann bist du noch in

der selben Nacht aus dem Ehebett geschlichen und zu dem Kerl und hast deinen Charlie betrogen, aber klar doch! Wann hörst du eigentlich damit auf, mir deine Lügengeschichten zu erzählen?

Das war jetzt nicht gelogen, sage ich, aber wenn ich dir nichts mehr erzählen soll … Kein Problem!

Dann will die Abendstern, dass ich den Kopf anders halte, ein wenig in den Nacken gelegt, damit mein Gesicht noch ein bisschen hochmütiger ausschaut als ohnehin, und fängt plötzlich von dem Bild an, das ich von mir selbst hätte. Deine Lügengeschichten verraten etwas von dir, sagt sie. Du willst so tun, als ob du ein Luder wärst. Oder eine kleine Hure. Und das ist das sicherste Zeichen, dass du weder das eine bist noch das andere.

Ich bemühe mich, kokett mit den Schultern zu zucken. Du kannst mir in die Seele gucken, ja?

Nein, sagt da die Abendstern, so einfach ist das nicht. Dir kann keiner und keine so einfach in die Seele gucken. Es geht nur, wenn du es zulässt.

Mag sein, sage ich da.

Aber du gehst ein Risiko dabei ein, kommt es von ihr, während sie – den Stift quer haltend – irgendetwas an mir abmisst. Vor allem bei den Männern. Die sind damit überfordert. Die können nicht unterscheiden, was Spiel ist und was der Ernst im Spiel.

Was mit keinem Risiko verbunden ist, antworte ich, das hat keinen Wert.

Gsell: Währungsreform in Graumichelbach

Claudia will keinen Kommentar zur Helffensteinschen Trauerpredigt abgeben, und ich darf mich ihr anschließen. In der »Sonne« wurden Helffenstein und die ihm zugerechnete Claudia vom Schwiegersohn des Verstorbenen an den Tisch der näheren Angehörigen gebeten. Morgart und ich sahen uns um, die meisten Tische waren bereits besetzt, schließlich entdeckten wir einen, der noch frei war, am Tisch neben uns hockten drei oder vier junge Männer und sahen aus, als hätten sie lieber Bier als den Kaffee, der von jungen schwarzgekleideten Frauen ausgeschenkt wurde. Wir blieben aber nicht lange für uns, denn ein in eine Art Trachtenanzug gekleideter Einheimischer gesellte sich zu uns und wurde mir von Morgart als ein Anton Jaumann vorgestellt, Leiter der örtlichen Raiffeisen-Niederlassung. Jaumann hat dieses gelockte schwarze Haar, das in bestimmten Gegenden Süddeutschlands nicht so selten ist und vermutlich zum genetischen Erbe jener aus Syrien stammenden römischen Legionäre gehört, die man vor zweitausend Jahren im unwirtlichen Germanien stationiert hatte.

Das sei eine würdige, eine angemessene Trauerfeier gewesen, bemerkte er einleitend und ließ sich auf dem freien Stuhl an unserem Tisch nieder. Und dass die Herrschaften aus Schwarzhalden gestern ins Dorf gekommen seien, müsse er als wirklich glückliche Fügung ansehen! Ich rang mir ein geheucheltes Nicken ab, während Morgart nur aufmerksam, fast fragend blickte. Ja doch, eine glückliche Fügung, wiederholte Jaumann und wandte sich an Morgart mit der Bemerkung, was sich leider nicht ganz so einfach füge, sei die Sache mit dem Kartoffelacker. Er unterbrach sich, denn eine der jungen Frauen erschien und schenkte auch uns Kaffee ein, eine zweite brachte aufgeschnittenen Hefekranz, den wir unbedingt probieren sollten, wie Jaumann meinte, es sei nämlich ein ganz frischer Hefekranz, im Holzofen gebacken. Das Dorf habe noch immer sein eigenes Backhaus, vor zwei Jahren sollte es abgerissen werden, aber die Bäuerinnen duldeten es nicht und hätten mal wieder Recht gehabt!

Dann sah er sich kurz um, musterte kurz mit gerunzelten Augenbrauen die jungen Männer am Nebentisch und wandte sich wieder uns zu. »Es gibt genug junge Leute, die Ihnen den Kartoffelacker umgraben würden und den Garten anlegen«, fuhr er mit gedämpfter Stimme fort. »Aber das Geld! Euro nehmen die nicht mehr. Ums Verrecken nicht. Eher Schweizer Franken, vielleicht auch US-Dollar, und eben alte Deutschmark…« – er machte eine Handbewegung zu Morgart – »…ich hab die von Ihnen gestern ja auch gerne genommen, wenn mehr davon im Umlauf wäre, könnte ich mir durchaus eine eigene Kassenführung damit vorstellen…«

Er zuckte mit den Schultern und beugte sich nach vorne, um fast flüsternd weiterzusprechen. »Aber hier oben hat kaum jemand Dollar oder Schweizer Franken unterm Kopfkissen, auch keine Deutschmark. Und ohne irgendeine Art von Geld kommen wir hier im Dorf nicht weiter, dabei wäre ein Austausch oder so etwas wie ein lokaler Markt durchaus möglich, jeder hat oder kann etwas, was der andere brauchen könnte, nur weiß keiner, wie er es bezahlen oder entgelten soll.«

»Das Problem liegt doch bei Ihnen«, sagte Morgart. »Solange die Raiffeisen-Niederlassung Euro akzeptiert, tut es jeder andere auch.«

»Freilich.« Jaumann verzog das Gesicht. »Der Laden läuft dann sogar so gut, dass er morgen ausverkauft ist bis aufs letzte Rattengift. Und ich sitze auf einem Berg von bedrucktem Papier, mit dem ich den Kanonenofen einheizen kann!«

Er senkte seine Stimme. »Nehmen Sie es mir nicht übel, aber als Sie gestern in D-Mark bezahlt haben, da habe ich gesehen, dass ein ganzes Bündel davon…« Er sprach den Satz nicht zu Ende, sondern tippte auf seine Brust, also dorthin, wo sich eine Brieftasche befinden musste, und hob den Blick. »Entschuldigen Sie, das geht mich alles nichts an. Aber so was spricht sich im Dorf rum. Die jungen Männer hier, das sind keine schlechten Kerle, aber wenn einer keine Arbeit hat…«

Ich warf einen Blick auf den Nebentisch und sah plötzlich einem der jungen Männer dort in die Augen. Es war ein eher schmächtiger Kerl mit einem verächtlichen Zug um den Mund und flinken Augen, die Haare auf dem Kopf zu einer Art Dutt gebunden, zu einem *man bun*, wie man das wohl nennt, wenn einer nicht aus Graumichelbach ist, sondern aus der Bronx oder aus Cardiff. Mir ging es durch den Kopf, dass in diesen abgelegenen Dörfern früher gerne auch alternative Erwerbszweige gepflegt wurden. Schmuggel gehörte dazu, Wilddieberei sowieso.

»Sie gefallen mir«, sagte Morgart. »Man nennt das, glaube ich, einen Wink mit dem Zaunpfahl!« Jaumann hob abwehrend beide Hände und wollte protestieren, aber Morgart ließ sich nicht bremsen. »Schon recht. Wie viel brauchen Sie denn, damit wir die lokale Volkswirtschaft wieder zum Laufen bringen? Und damit wir gleich zur Sache kommen – welche Sicherheit hätten Sie denn zu bieten?«

»Also«, setzte Jaumann an, »es ist nicht so, dass wir uns da nicht schon vorher Gedanken gemacht hätten, ich meine, bevor Sie gekommen sind.« Er hob die Hand und winkte einem eher unauffällig-sandfarbenen Mann, der zwei Tische weiter saß und der uns – wie mir schien – bereits die ganze Zeit im Auge gehabt hatte. Der Mann, mittelgroß, irgendwas zwischen nicht mehr dreißig und noch nicht vierzig, kam an unseren

Tisch und wurde uns als Wilhelm Fingerle vorgestellt, Bürgermeister der Gemeinde Graumichelbach. Er setzte sich und kam ohne weitere Umschweife zur Sache. Gewiss habe der Toni Jaumann uns das Problem des Dorfes bereits geschildert, sagte er, tatsächlich sei die Situation so bedrängend, dass man im Gemeinderat bereits über die Einführung einer Art Notgeld gesprochen habe, etwa in Form von kommunalen Schuldverschreibungen. Er selbst habe vorgeschlagen, einfach eine Stunde Arbeit als Währungseinheit festzulegen, »aber da haben die Männer im Gemeinderat nicht mitgemacht.«

Morgart hakte nach, wie viel Geld – egal, ob in Schweizer Franken oder eben Deutschmark – denn in Umlauf gebracht werden müsse, »damit es auch wirklich läuft?« Der Bürgermeister erklärte, die Gemeinde zähle knapp zweihundertfünfzig Haushalte, von denen viele einen Teil des Grundbedarfs – so wie früher – selber decken könnten. Aber eben nur einen Teil, fügte er hinzu, und wie viel man für den Rest veranschlagen solle, darüber müsste freilich noch gesprochen werden.

»Zweihundert Deutschmark pro Haushalt«, schlug Morgart vor, »dazu jeweils fünftausend für die Gemeinde und für die Raiffeisenkasse, damit Sie kleinere Gemeindearbeiten bezahlen können und der Herr Jaumann ein Startkapital für Einkäufe und kleine Darlehen hat. Also Sechzigtausend, Schuldner ist die Gemeinde, drei Prozent Zins jährlich, Rückzahlung in Deutschmark oder Schweizer Franken in gleicher Höhe, der Zins kann mit den landschaftspflegerischen und gärtnerischen Arbeiten verrechnet werden, welche die Gemeinde nach Anweisung in Schwarzhalden vornehmen lässt… Ist das gut so?«

Und der Herr könne das vorstrecken?

»In der Brieftasche habe ich das jetzt nicht«, kam die Antwort. »Ohnehin sehen Sie das Geld erst, wenn wir einen Vertrag geschlossen haben, der dann aber auch von Ihrem Gemeinderat abgesegnet sein muss. Noch was!« Er senkte den Kopf und betrachtete mit gerunzelter Stirn seine Hände, dann blickte er wieder auf. »Falls Sie wissen wollen, woher ein solcher Bestand an alter D-Mark rührt – dann muss ich Ihnen gestehen, dass ich das selbst nicht weiß. Das Geld gehört einem Mann, der sein Gedächtnis verloren hat, Amnesie nennt man so etwas, und ich muss mich jetzt um seine Vermögenswerte kümmern… Meine einzige Erklärung ist, der gute Mann hat – bevor ihm sein Malheur zugestoßen ist – auf dem Balkan ein unternehmerisches Projekt einfädeln wollen. Deutschmark nimmt man dort noch immer gern, besonders, wenn man sie nicht verbuchen will.«

»Ja so!«, meinte Fingerle mit etwas säuerlichem Gesicht, das sei jetzt doch gut und wichtig zu wissen, aber…

»Im Gemeinderat, Schultes, musst du das nicht breittreten«, fiel ihm Jaumann ins Wort, da genüge es, wenn der Herr Morgart erkläre, er habe da eine Vormundschaft angetreten und in den Vermögensbeständen des Mündels auch diese D-Mark-Bestände vorgefunden. »Das begreift doch jeder, dass so ein Mündel auch in Geldsachen ein bisschen komisch ist, sonst wär's ja nicht unter Vormundschaft gestellt worden.«

»Das gefällt mir gut«, sagte Morgart. »Eine Vormundschaft angetreten – so kann man es wirklich nennen!« Auch der Bürgermeister schien zufrieden, wandte aber ein, das Geschäft könne trotzdem nicht von jetzt auf gleich abgeschlossen werden, er brauche ja – wie der Herr Morgart zutreffend bemerkt habe – die Zustimmung des Gemeinderats, und der müsse erst fristgerecht geladen werden.

Erneut fiel ihm Jaumann ins Wort und meinte, das Hochwasser sei ja auch nicht fristgerecht gekommen! Die beiden Männer sahen sich an, dann meinte der Bürgermeister zögernd, man könne es ja versuchen, wenn die Gemeinderäte einverstanden seien. Er stand auf, sah sich um und gab ein Zeichen, offenbar war es erwartet worden, denn es erhoben sich fast sofort zwei Frauen und drei oder vier Männer und verabschiedeten sich von ihren Nachbarn.

Vor vielen Jahren hatte ich als junger Mann über Gemeinderatssitzungen zu berichten, wozu ich nur sagen will, dass es lustigere Termine gibt. Diesmal fand ich mich im Rathaus von Graumichelbach ein, um für Morgart eine eigene Niederschrift zu erstellen; im Ratssaal – der im ausgebauten Dachgeschoss untergebracht war – setzte ich mich ganz selbstverständlich neben die Gemeindesekretärin, einem unauffälligen Geschöpf, das aber sofort begriff, dass wir an diesem Abend den gleichen Job hatten. Wir tauschten einen kollegialen Handschlag, und später sagte sie mir auch, wer gerade das Wort ergriff und wie sich dessen Name schrieb. Morgart wurde auf den Platz neben dem Bürgermeister gebeten.

Interessiert es jemanden, wie Gemeinderatssitzungen ablaufen? Vermutlich nicht. Dabei ist es relativ einfach, die Struktur eines solchen Gremiums zu erkennen. Ihm gehören mindestens zwei oder drei Alpha-Tiere an, wobei das Ober-Alpha der Bürgermeister sein kann, aber nicht sein muss. Oft ist das Ober-Alpha erst zu erkennen, wenn es unerwartet das Wort ergreift und auf einmal alle zuhören. Ferner gibt es nachgeordnete Bedenkenträger, und mindestens einer der Gemeinderäte hört sich gerne reden, in Ausnahmefällen kann das auch eine Frau sein.

Selten ist vorhersehbar, wann und aus welchem Grunde eine Sitzung aus dem Ruder laufen wird. In diesem Fall hätte man zwar erwarten können, dass sich eine Debatte am ehesten an den von Morgart geforderten Konditionen entzünden würde oder an der etwas unklaren Herkunft eines D-Mark-Bestandes dieser Größenordnung. Tatsächlich aber war es das Kleingeld, welches das ganze Projekt des »Notstandkredit Graumichelbach/Fremdwährung« (so lautete der einzige Tagesordnungspunkt der Sondersitzung) zum Scheitern zu bringen drohte.

Eine der beiden Gemeinderätinnen, eine Anita Lechner – stämmig, mit kurzen Haaren und offenbar des Bürgermeisters Gegen-Alpha – hatte die einfache Frage gestellt, ob der Herr Morgart die 60.000 D-Mark in Banknoten oder auch in Münzen auszahlen würde?

In Scheinen, antwortete Morgart, »glauben Sie, ich kann in diesen Zeiten sechs Millionen Pfennig mit mir schleppen?«

Wenn sie bei ihrer Nachbarin fünf Eier hole, hakte die Lechner nach, was soll das kosten? Fünf mal 25 Pfennig? Und solle sie das dann vielleicht mit einem Zehn-Mark-Schein bezahlen? Woher kommt das Rückgeld? Morgart gab zurück, das sei doch Verhandlungssache – »bieten Sie ihr den Zehner für fünfzig Stück, und dann haben sie fünfundvierzig Eier gut, wo ist das Problem?«

Das Problem sei, dass sie fünf Eier kaufen wolle, nicht fünfzig, kam die Antwort, und dass man daran sehe, dass dieses ganze Projekt von Männern ausgedacht worden sei, die von den lebensnotwendigen kleinen Dingen keine Ahnung hätten. Das ging so eine Weile weiter, bis der Gemeinderat Rudi Zainer – ein kleiner unscheinbarer Mann mit gekrümmtem Rücken und argwöhnischen Augen – vorschlug, das Münzgeld der beiden Währungen zu kombinieren. Der Vertrag müsse nur dahingehend ergänzt werden, dass Euro-Münzen in Deutschmark umgerechnet werden könnten, wobei man sich natürlich vorab auf einen Umrechnungssatz einigen sollte.

Morgart senkte kurz den Kopf, dann blickte er auf. »Kein

Einwand von meiner Seite, solange klar ist, dass das Darlehen in Banknoten zurückgezahlt wird, und zwar ausschließlich in Deutschmark oder im Kurs von eins zu eins in Schweizer Franken.«

Daraufhin entbrannte eine Debatte, mit welchem Kurs Euro-Münzen umzurechnen wären. Die Mehrheitsfraktion um den Bürgermeister Fingerle schlug einen Kurs von zwei zu eins vor, dass also 200 Euro-Cent einer Deutschmark entsprechen sollten, während die Opposition um Anita Lechner einen Kurs von eins zu eins forderte. Das aber stieß sofort auf Zainers Widerspruch. Es gebe welche im Dorf, sagte er, die das Münzgeld geradezu gehortet hätten, und solche Geldhamster müssten sich jetzt nicht auch noch die Hände reiben dürfen.

»Ja«, warf daraufhin die Lechner ein, »das weiß ich schon, dass ihr so was wisst!«

Die Bemerkung war offenbar anzüglich oder beleidigend, denn Zainer bezeichnete die Anita Lechner daraufhin in einer sowohl ihre Herkunft wie ihre Partnerwahl und ihre Wahrheitsliebe herabsetzenden Weise, so dass Fingerle zur Glocke griff. Nachdem mit einiger Mühe wieder Ruhe hergestellt war, erteilte er Morgart das Wort.

»Überlassen Sie es doch den Leuten«, schlug dieser vor, »zu welchem Kurs sie Euro-Münzen akzeptieren. Dann pendelt sich das ganz von selbst ein.«

Schließlich einigte man sich auf eine Beratungspause, die beiden Fraktionen zogen sich zurück, und auch ich verließ den Ratssaal, um in die »Sonne« zu gehen und Pascal und Claudia Bescheid zu sagen, dass es wohl noch dauern werde.

Draußen war es noch hell, aber bald würde die Dämmerung einsetzen. Etwas abseits vom Rathaus war einer dieser Renommierpanzer mit verchromtem Bullfänger geparkt, die Seitenfenster schwarz getönt, aber durch die Frontscheibe erwischte ich einen Blick auf einen jungen Menschen am Steuer, der so tat, als sehe er nicht, dass ich ihn sehe. Dieser flinke Blick, vor allem flink beim Wegsehen, war mir schon einmal aufgefallen.

In der »Sonne« waren die meisten Gäste bereits gegangen, aber Claudia und Pascal saßen noch immer mit Tochter und Schwiegersohn des Verstorbenen bei einem Glas Rotwein. Sie schienen erleichtert, als sie mich sahen. Umso größer war ihre Enttäuschung, als sie hörten, die Verhandlungen zögen sich hin. Handle es sich denn um eine öffentliche Sitzung? Jedenfalls beschlossen sie, mich auf dem Rückweg zu begleiten, und verabschiedeten sich von den Hinterbliebenen.

Im Ratssaal war die Sitzung fortgesetzt worden, aber mit dem Beschluss, sie für vierundzwanzig Stunden zu vertagen, innerhalb derer eine Meinungsbildung im Dorf eingeholt werden solle. Morgart war einverstanden und erklärte sich bereit, auch am nächsten Tag für Fragen zur Verfügung zu stehen – dann allerdings in Schwarzhalden. Erst als er aufstand, sich mit beiden Armen aufstützend, sah ich, dass er erschöpft war und möglicherweise wieder vor einem seiner Schwächeanfälle stand. In letzter Zeit allerdings waren sie seltener geworden.

Jaumann begleitete uns zur Kirche, wo Pascals Landrover geparkt war. Wir gingen schweigend, nur beim Abschied meinte Jaumann, er bitte die vorgebrachten Bedenken zu entschuldigen, »manchen fehlt was, wenn sie keine vorgebracht haben!« Es sei schon gut, meinte Morgart, der Hinweis auf das Problem mit dem Kleingeld sei ja durchaus angebracht gewesen. Damit war eigentlich alles gesagt, nur ich musste meinen Senf dazu geben: Mir seien nicht die Bedenkenträger das Problem, brachte ich vor, sondern gewisse Autofahrer mit Bullfängern vor dem Kühler und flinken Augen. Ob so einer von unserem Gespräch in der »Sonne« womöglich zu viel mitbekommen habe?

Jaumann stutzte und schien zu überlegen. »Ach, der!«, kam schließlich die Antwort, »das ist einer, der sich gern mit seinem Auto wichtig macht, aber sonst ganz harmlos!«

Trotzdem hätte ich ihn gern weder hinter uns noch vor uns, wollte ich noch bemerken, aber die anderen waren bereits eingestiegen und Claudia rief, wo ich denn bleibe. So hob ich grüßend die Hand und kletterte neben Claudia auf den Rücksitz. Helffenstein hatte den Motor bereits gestartet, der Landrover stieß zurück, und wir verließen Graumichelbach.

Claudia: Von Steinen und Scheinen

Die Landstraße, die von Graumichelbach zur Passstraße führt, zieht sich zunächst an Äckern und Wiesen entlang, ehe sie in den Wald eintaucht. Der Himmel war bedeckt, aber es regnete nicht. Wir alle waren müde, und Markus schien in sich gekehrt, als ärgere er sich, überhaupt in ein Gespräch mit dem Gemeinderat eingetreten zu sein. Pascal aber fuhr zügig und selbstbewusst wie jemand, der überzeugt ist, einen guten Job gemacht zu haben. Einzig Lukas war unruhig, immer wieder spähte er zum Seitenfenster hinaus oder blickte nach hinten. Plötzlich kam er mir wie ein alter Mann vor, der nicht damit umgehen kann, dass jetzt die Jüngeren das Sagen haben, und der deshalb irgendetwas suchen muss, um auch ein wenig wichtig zu sein.

Wir hatten den Wald erreicht, links und rechts ragte dunkles Fichtengrün auf, und Pascal schaltete die Scheinwerfer ein. Ich fragte Lukas, was er denn habe? Nichts, sagte er, warum fragst du? Und äugte weiter. Die Straße stieg leicht an, irgendwann wichen rechts die Fichten zur Seite und machten Platz für die Einmündung eines Holz- oder Wanderwegs, wieder beugte sich Lukas zum Seitenfenster, dann waren wir auch schon vorbei. Und Lukas wandte sich zum Rückfenster. Unwillkürlich drehte auch ich den Kopf. Hinter uns leuchteten plötzlich Scheinwerfer auf, ein Wagen bog auf die Landstraße ein, und es war unsere Richtung, in die er Fahrt aufnahm.

Wir haben da ein Problem, sagte Lukas.

Ja?, fragte Pascal.

Er nehme an, erklärte Lukas, dass das da hinten der Kerl sei, der uns schon den ganzen Nachmittag belauere. Falls es tatsächlich der sei, dann habe seine Karre so einen Bullfänger, wenn wir wüssten, was er meine.

Hätte Lukas das nicht früher mitteilen können?

Der Raiffeisen-Jaumann hat behauptet, er sei harmlos, antwortete Lukas und lehnte sich im Fond zurück. Und als ich nachhaken wollte, hattet ihr es eilig. Ich verstand. Das Karnickel war ich.

Vor uns kam eine Rechtskurve, Pascal schaltete herunter und beschleunigte aus der Kurve heraus. Ungefähr so, wie der Leichenwagen in der Eingangsszene von »Some like it hot«.

War das gerade eine unpassende Assoziation?

Die Straße, bergauf führend, blieb kurvig. Pascal jagte den Landrover aus der einen Kurve in die nächste, beschleunigend, bremsend, beschleunigend.

Die Lichter des Wagens hinter uns kamen nicht näher. Aber sie fielen auch nicht zurück.

Pascal wollte wissen, was als Nächstes komme. Vielleicht irgendwo eine Kreuzung?

Eine Abzweigung links, sagte ich. Eine Abzweigung, die ins Tal führt. Bis unterhalb der Girendsburg.

Und was kommt, wenn wir die Abzweigung nicht nehmen?

Da kommt der letzte steile Anstieg, der letzte vor der Einmündung in die Passstraße.

Dort werden sie versuchen, uns von der Straße zu rammen, sagte Lukas. Darum hat er ja den Bullfänger.

Kurzes Schweigen, dann drehte sich Markus zu mir um und fragte, ob ich gerade *Girendsburg* gesagt hätte. Ja, antwortete ich, und Markus sagte, die kennen wir doch! Also nehmen wir die Abzweigung!

Aber unten sitzen wir in der Falle, wandte ich ein.

Eben nicht, kam es von Morgart. Wir waren bereits kurz vor der Abzweigung, und ich sagte es Pascal, der daraufhin die Scheinwerfer ausschaltete. Trotzdem konnte ich im fahlen Licht der einsetzenden Dämmerung deutlich das helle Band der Straße sehen, die sich nach rechts wandte. Links war die Einmündung eines Weges zu erahnen, Pascal riss das Steuer herum, der Landrover brach zwischen Heckengebüsch hindurch und folgte hoppelnd einem grasbewachsenen Fahrweg hinab ins Tal.

Das sehen die doch, dass wir abgebogen sind, dachte ich – gleich, in ein paar Minuten werden sie uns eingeholt haben, noch Dümmeres hat uns nicht einfallen können!

Lukas hing wieder am Rückfenster. Noch sei nichts zu sehen. Vermutlich hätten die da oben angehalten und sich die Fahrspuren angeschaut. *Die da oben!*

Eine Minute Gewinn, sagte Pascal. Mindestens.

Das muss reichen, kam es von Markus. Vor uns erhob sich eine abweisend aufragende Felswand, der Fahrweg schlängelte sich daran vorbei, ein Rastplatz kam in Sicht. Abrupt stoppte Pascal den Wagen, so dass er noch auf dem schmalen Weg stehen blieb, und sprang aus dem Wagen. Mit Mühe öffnete ich die Seitentür, zwängte mich zwischen Gebüsch und Wagen hindurch und rannte zu dem Pfad, der an der Felswand entlang nach oben führt, hinauf zu der kleinen Aussichtsplattform unterhalb der Girendsburg.

Habe ich bereits erzählt, dass ich als Kind diesen Pfad einmal mehr hinuntergerutscht als gegangen bin? Tatsächlich war er noch steiler, als ich ihn in Erinnerung hatte. Ich zog mir die Halbschuhe aus, deren glatte Ledersohlen auf dem schmierigen Boden keinen Halt boten, und stieg barfuß über Lehm und bemoosten Stein hinter Pascal her, die Schuhe in der Hand. Hinter mir folgte Lukas, vorsichtig seine Schritte setzend – wo aber war Markus geblieben? Ich wandte den Kopf und entdeckte ihn unten, unterhalb des Felsens, wo er seine Brieftasche auszuleeren schien. Danach lief auch er zur Felswand und kam überraschend gewandt hinter uns her. Gleich darauf sah ich über mir Pascal, der mir seine Hand reichte und mich zu sich auf den kleinen Ausguck hochzog, der an dieser Stelle aus der Felswand hervorsprang.

Eingefasst war dieser Ausguck von einer steinernen Balustrade. Ich lehnte mich darüber und sah hinunter. Ich kann Höhen schlecht schätzen, aber zwanzig oder dreißig Meter unter mir hielt ein zweites Auto unmittelbar hinter Pascals Landrover, und jetzt verstand ich auch, was Lukas mit einem Bullfänger gemeint hatte – Frontschutzbügel heißt das wohl korrekt, und sie sind gewiss gut zu gebrauchen, wenn man wen anderes rammen oder totmachen will. Außerdem liefen da unter mir zwei der drei Männer herum, jüngere Burschen, wie ich in der fortgeschrittenen Dämmerung zu erkennen glaubte, und es waren solche, denen frau im Wald lieber nicht begegnet. Offenbar wussten sie zunächst nicht, was da auf dem Boden lag und warum.

Schließlich bückte sich einer und hob einen der Papierfetzen auf, besah ihn sich und stellte offenbar fest, dass es sich um einen Geldschein handelte. Denn er steckte ihn ein, kniete sich nieder und begann hastig einzusammeln, was um ihn verstreut war. Nach kurzem Zögern tat es ihm einer seiner Kumpane gleich. Na also, sagte Markus, der neben mir auftauchte und zwei Handvoll Steine vor sich auf die Balustrade legte.

Der dritte der Männer schien an den Geldscheinen weniger interessiert, er wandte sich dem Wagen zu, was aber Pascal nicht leiden mochte. Lass die Finger davon!, schrie er nach unten und warf einen Stein, der aber das Deck seines eigenen Wagens traf, von wo er klirrend abprallte und den Kerl wenigstens erschreckte. Er zuckte zurück, und Markus warf zielgerichtet, fast spielerisch einen Kiesel oder kleineren Stein, von dem ich nicht geglaubt hätte, dass man damit größeren Schaden anrichten könne – aber der Kiesel traf den Kerl mitten auf dem Schädel und ließ ihn zusammensacken wie ein Stück Vieh, das mit dem Bolzenschussapparat umgebracht wird.

Offenbar gibt es bei Männern atavistische Instinkte, die in einem Rudelverhalten ausgelebt werden, jedenfalls löste Markus' Kieselwurf so etwas aus – ohne Vorwarnung deckte ein Steinhagel die beiden Burschen ein, die noch mit dem Einsammeln von Markus' Geldscheinen beschäftigt waren. Eilends flüchteten sie in den Schutz hinter Pascals Landrover, wo sie sich wohl auch um ihren offenbar schwerer verletzten Kumpel kümmern konnten. Die Atempause nützte ich, um meine Füße vom Lehm zu befreien und wieder in meine Schuhe zu schlüpfen. Dabei sah ich, dass hinter dem Landrover zwei erhobene Hände auftauchten und danach der Kopf eines der jungen Männer.

Nicht mehr werfen, schrie er, einem von ihnen gehe es nicht gut, ob ein Arzt bei uns sei? Pascal formte die Hände zu einem Sprachrohr und gab so die Anweisung durch, sie sollten den Verletzten herbringen, dass er ihn sich anschauen könne. Tatsächlich kamen sie hinter dem Wagen zum Vorschein, ihren Kumpel an den Armen führend. Pascal holte eine Stablampe hervor, die er sich in den Hosenbund gesteckt haben musste, schaltete sie ein und leuchtete hinunter zu dem Mann, dessen Kopf blutüberströmt war. Ob der auch allein stehen und gehen könne? Seine Begleiter ließen den Verletzten los, und er schwankte durch den Lichtkegel der Stablampe, hielt sich aber auf den Beinen.

Platzwunde!, rief Pascal, das könnten sie selber verbinden, und vor allem sollten sie sich jetzt bitte verpissen.

Und das Geld könnt Ihr beim Fingerle abgeben oder beim Jaumann, schrie Markus hinterher, als Anzahlung von uns und mit einem schönen Gruß!

Gsell: Heimweg und neue Bedenken

Der Vogel, den Morgart mit seinem Steinwurf abgeschossen hatte, war der Kerl mit dem *man bun* gewesen, der mir bereits in der »Sonne« aufgefallen war. Sie würden ihn scheren müssen, bevor sie die Platzwunde verbinden können, dachte ich, für einen Dutt bleibt da nicht viel. Wir warteten, bis die Burschen sich wieder in ihr Bullfänger-Auto zurückgezogen und die beschwerliche Fahrt im Rückwärtsgang angetreten hatten – wenden konnten sie auf dem schmalen Weg nicht. Eine Weile sahen wir noch das sich entfernende Scheinwerferlicht des Wagens, dann nur noch einen hin und her zuckenden Lichtschein, und plötzlich war auch der verschwunden. Pascal und Morgart wandten sich einander zu und klatschten erst sich ab, und dann – nach kurzem Zögern – auch mit Claudia. Die Schülergang hatte mal wieder zugeschlagen!

Ich allerdings hielt mich abseits, ich gehörte nicht dazu, wirklich nicht. Anders als Claudia behauptet, hatte ich mich auch an der Steineschmeißerei nicht beteiligt, ich kann nicht gut werfen, hab's noch nie gekonnt.

»Den Wagen lassen wir da unten stehen«, meinte Pascal, »nur für den Fall, dass die doch noch nicht genug haben und uns oben an der Einmündung abfangen wollen.« Es war sein Auto, niemand erhob Einspruch, nur Morgart bat plötzlich, noch einen Augenblick zu warten: »Fünf Minuten oder so…« Er ließ sich an der Balustrade zu Boden gleiten und blieb so sitzen, die Beine ausgestreckt, den Kopf ans Mauerwerk gelehnt.

»Kein Problem«, sagte Claudia und setzte sich neben ihn, »aber leg dich richtig hin!« Dann zog sie seinen Kopf auf ihren Schoß. Pascal sah den beiden zu, die Augenbrauen leicht angehoben, dann warf er mir einen prüfenden – oder mitleidigen? – Blick zu. Ich ging zur Balustrade und tat, als suche ich den Berghang ab, ob irgendwo das Scheinwerferlicht des anderen Autos zu sehen sei.

»Es geht gleich wieder«, hörte ich Morgart sagen. Ich schlug vor, in Schwarzhalden Claudias Wagen zu holen und ihn zur Girendsburg zu bringen, und obwohl Morgart meinte, dass das nicht nötig sei, kramte Claudia einen Schlüsselbund aus ihrer Manteltasche und reichte ihn mir. Ich dankte, hob grüßend die Hand und machte mich an den Aufstieg hinauf zur Girendsburg.

Der Weg war gekiest, an einzelnen Abschnitten waren niedrige Stufen eingelassen, ich kam zügig voran, schritt über eine Stufe – und sah plötzlich über mir eine in den Abendhimmel ragende Mauer, unerwartet hoch. Der Pfad führte einige Meter am Sockel der Mauer entlang, dann stand ich vor einem kaum mannshohen nachtschwarzen Durchlass. Mit eingezogenem Kopf trat ich ein und tastete mich an den feuchten Wänden entlang, wie immer in solchen Situationen von der Vorstellung verfolgt, plötzlich gegen eine Wand zu laufen und eingeklemmt zu sein und mich nicht umdrehen zu können. Dann sah ich Helligkeit vor mir und gelangte nach ein paar weiteren Schritten auf den Innenhof der Burg. Hoch über mir und den Burgzinnen sah ich das seltsam gläserne und lockende Blaugrün eines wolkenlosen Abendhimmels.

Am Torturm vorbei verließ ich den Burghof und schlug den Weg nach Schwarzhalden ein, den ich vor Tagen mit Claudia gegangen war – vor wie vielen Tagen eigentlich? Irgendwie war mir die Zeit oder das Gefühl für sie abhandengekommen. Der Weg war gekiest und verlief oberhalb eines Nordhangs. Links von mir war Wald, aber nach rechts hatte ich freie Sicht und sah die Linie eines Bergrückens, zwischen dessen Hängen sich wohl auch das Dorf Graumichelbach verbergen musste.

Freie Sicht habe ich gerade eben geschrieben und mir nichts dabei gedacht, als wäre es nichts Besonderes, einmal anderes zu sehen als Regengischt und Nebelschwaden. Ich schritt... – ha! – *fürbass,* so heißt das schöne alte Wort, unter mir war der tiefe Einschnitt des Tals, wobei der Schattenwurf der Nacht den Flusslauf verbarg, wie hoch er sich inzwischen auch aufgestaut haben mochte. Der Wald erreichte nun auch von der Talseite her den Weg, eine Weile ging ich im Halbdunkel, zufrieden damit, auch einmal etwas Sinnvolles zu tun. Schließlich war es nur vernünftig, Markus diesen Fußmarsch zu ersparen. Nach einer Weile wurde es wieder ein wenig heller, die Fichten traten zurück, ich kam auf die Lichtung mit den beiden Häusern, im Glotterhof war ein einzelnes Fenster erleuchtet, Claudias Datsche lag dunkel und schweigsam im Schatten. Ich steuerte den Schuppen an, in dem Claudias Auto abgestellt war.

»Lukas?«, fragte eine Stimme, »warum kommen Sie allein?« Es war Ulrike, sie saß auf der Bank vor dem Haus und war in eine Wolldecke gehüllt, wie ich beim Näherkommen sah.

Ich blieb stehen und erklärte, dass ich die anderen von der Girendsburg abholen wolle. Warum das so sein sollte, musste jetzt nicht dargelegt werden. »Und Sie?«, fügte ich hinzu. »Haben Sie Kummer?«

»Warum denn?«, kam die Antwort. »Das ist ein schöner Abend, haben Sie es nicht bemerkt? Den will ich mir angucken.«

Ich gab ihr Recht und ging weiter zum Schuppen. Gleich darauf holperte ich in Claudias Auto an der Datsche vorbei und bog auf den Weg zur Girendsburg ein; keine drei oder vier Minuten später sah ich im Scheinwerferlicht Claudia und die beiden Männer, wie sie mir entgegenkamen. Morgart ging, als sei nichts gewesen, und wollte auch gar nicht einsteigen. Er sei wieder okay, behauptete er, völlig okay, und der kleine Weg werde ihm guttun. Aber Claudia bestand darauf, und so fügte er sich schließlich und kletterte auf einen der Rücksitze.

Als wir an der Datsche ankamen, war Ulrike verschwunden. Sie wollte auch nicht mitkommen, als ich in Claudias Auftrag im Glotterhof vorsprach und die beiden Frauen zu einem Glas Wein einlud. So waren wir nur zu fünft, als wir uns um den Esstisch in Claudias Küche versammelten und die erste Flasche Wein geöffnet wurde. Der Bericht zum Tage fiel kürzer aus, als es auf diesen Seiten dargestellt ist – Helffenstein verbat sich jede Berichterstattung über seine Grabrede, und Morgart hatte keine Lust, sich über die Währungsreform in Graumichelbach auszulassen. Außerdem wollte die Abendstern vor allem wissen, warum wir denn ohne Pascals Landrover und über die Girendsburg zurückgekommen waren. Als Claudia ihr das erklärt hatte, schien sie besorgt.

»Das sieht nach richtigem Ärger aus«, fasste sie Claudias Bericht zusammen. »Ich kann mir denken, wer der junge Mann ist, dem dieses Auto gehört … nach der Beschreibung muss es einer von den Zainers sein, sein Großvater oder einer von dessen Brüdern war der Sparkassen-Zainer, in den Sechziger Jahren berühmt oder berüchtigt für mehrere Banküberfälle.«

Zainer? Einer der Gemeinderäte hieß so, aber das hat in diesen Dörfern nichts zu sagen. Außerdem erinnerte ich mich an etwas, das mir der Syndikus erzählt hatte, es war eine weitere dieser Geschichten, von denen er meinte, ausgerechnet ich könnte etwas daraus machen. Irgendwann nämlich war der Obererbsenzähler der Volks- und Handelsbank Bruggfelden nach Hause gekommen und hatte seine nette kleine Frau als Geisel des Sparkassen-Zainers vorgefunden und in der Folge alles tun müssen, was der ihn hieß. Lustige Zeiten eben! Irgendwann wurde der Zainer aber dann doch geschnappt und kam vor Gericht, nur die nette kleine Frau hatte ihn nicht vergessen können und versäumte keinen Verhandlungstag und keine Minute davon, sondern saß hinten im Gerichtssaal, mit traurigen sehnsuchtsvollen Augen, und als das Gericht an die zwölf oder fünfzehn Jahre auch noch Sicherungsverwahrung dranhängte, brach sie zusammen und wollte nicht mehr essen und nicht mehr trinken und vor allem nicht mehr leben. So ungefähr.

»Ja gut«, meinte Claudia, »das nächste Mal sind wir aber nicht gerührt, schmeißen auch keine Steine, sondern ich greif mir das Gewehr meines Großvaters.«

»Claudia!«, sagte die Abendstern, und ihre Stimme klang sehr streng, »ich habe dieses Mädchen im Haus, und die befindet sich in einem Zustand, dass wir auf Schießereien und andere Heldentaten bitte verzichten sollten!«

Kurzes, leicht betretenes Schweigen folgte. Helffenstein blickte fragend auf, aber Claudia machte mit beiden Händen eine abwehrende Bewegung, als solle ein bestimmtes Thema jetzt bitte nicht weiter vertieft werden. Was für ein Thema? Nun gut, wenn vom Zustand einer jungen Frau die Rede ist …

Morgart hielt den Kopf gesenkt, dann räusperte er sich plötzlich und erklärte, die Sache sei nicht so dramatisch, wie Vera Abendstern das zu befürchten scheine. Dieser eine Kerl habe es vermutlich auf sein – Morgarts – lumpiges Geld abgesehen, aber dreizehn oder vierzehn Hundert-Mark-Scheine habe er ihm ja schon vor die Füße geworfen. Den Rest werde er morgen dem Bürgermeister beziehungsweise dem Raiffeisen-Jaumann aushändigen, so dass die braven Leute von Graumichelbach sich gegenseitig überfallen könnten, wenn sie anders nicht zu Geld kämen.

»Jedenfalls wird es keinen Grund geben, es hier zu versuchen.«

Die Abendstern schüttelte den Kopf. »Ihr habt diesen jungen Zainer vorgeführt. Vor seinen Kumpels hat der erst einmal das Gesicht verloren. Das lässt der nicht auf sich sitzen.«

Ich sah, wie Claudia zuerst zu Morgart, dann zu Helffenstein blickte. »Dann haben wir keine andere Wahl«, kam es von ihm. »Ich hoffe nur, dass Claudias Schießgerät funktioniert. Dass sie Munition dafür hat. Dass sie uns in die Bedienung einweisen kann.«

Claudia: Nachtwache

Die Nacht war sternklar, und wenn ich durch den Spalt spähte, den der nicht ganz heruntergelassene Rollladen ausgespart hatte, schimmerte der Kiesweg zum Haus gespenstisch weiß. Das Fenster selbst war offen, ich saß in einem Lehnstuhl, etwas vom Fenster abgerückt, das doppelläufige Jagdgewehr über den Knien, das Nachtfernglas umgehängt. Auf dem Bett neben mir lag Markus und schlief oder versuchte zu schlafen, Großvaters Smith & Wesson in Griffweite auf dem Nachttisch, neben einem altmodischen Wecker mit Leuchtziffern und einem Becher Kaffee.

So komisch es klingt, aber außer mir ist Markus der Einzige von uns, der mit einer Schusswaffe so halbwegs umgehen kann. Halbwegs? Ja doch, das trifft es sogar, denn für die Pistole, von der er auf der Parkbank Gebrauch gemacht hatte, besaß er angeblich einen Waffenschein und musste also in den Umgang mit diesem Gerät eingewiesen worden sein.

Vera war es eingefallen, dass man im Dorf der Familie Zainer nachsagte, es sei besser, mit ihr keinen Streit anzufangen, weil man sonst eines Nachts aufwacht und die Scheune oder der Schopf steht in Flammen. Wir hatten den Fall diskutiert und waren zum Schluss gekommen, dass der junge Zainer sich ja wohl erst einmal die Platzwunde verbinden lassen musste, ehe er sonst etwas unternehmen konnte.

Was aber würde das dann sein? Um ein Häuschen wie das meines Großvaters anzuzünden, brauchte es nicht viel. Man musste nur einen Kanister Benzin mitbringen und ihn am besten da ausleeren, wo die Flammen schnell zum Holz züngeln.

Ja, und was zum Anzünden braucht man auch. – Danach muss man halt wegrennen. Und das Auto, mit dem man hergekommen ist, sollte nicht zu weit entfernt abgestellt sein.

Lukas hatte noch gemeint, heutzutage würden gerne Mollies geworfen. Wenn es ganz perfekt sein soll, schleudere man den Molotow-Cocktail durchs Fenster, dass es plötzlich ganz hell wird zwischen Tisch und Bett. Wir hatten deshalb die Rollläden heruntergelassen. Für den Fall, dass die potentiellen Besucher den mondbeschienenen Weg scheuen und stattdessen durch den Wald kommen sollten, hatte Pascal in der oberen Toilette Stellung bezogen, von deren Fenster aus er den

Waldrand überblicken konnte. Dieser Ausguck hatte den Vorzug, dass man schon sehr geübt sein musste, um das Klo-Fensterchen mit einem Molotow-Cocktail zu treffen.

Die Leuchtzeiger des Weckers standen kurz von 23 Uhr. Um Mitternacht sollte Lukas oben die Wache übernehmen und bis dahin zu schlafen versuchen, aber er saß in der Küche und redete bei einem Glas Wein oder zweien mit der Abendstern, ich weiß nicht, worüber. Einzig Ulrike hatte sich auf das Feldbett zurückgezogen, das wir im Arbeitszimmer für sie aufgeschlagen hatten, denn sie sollte während dieser Nacht nicht allein im Glotterhof bleiben. Übrigens war sie ohne Widerrede mitgekommen, als Vera und ich sie holten, und schien von unseren Vorkehrungen keineswegs beunruhigt zu sein, eher belustigt, wie jemand, der in die Gesellschaft von lauter Verrückten geraten ist und nun beschlossen hat, zum absurden Spiel einfach freundliche Miene zu machen.

Schlief Markus? Ich wusste es nicht. Es ist lange her, da habe ich einen Text gelesen, der die Stunden vor einem nächtlichen Einsatz während des Spanischen Bürgerkriegs schildert – Männer trinken die vermutlich letzte Flasche Wein ihres Lebens oder sie rauchen die eine Zigarette und dann noch einmal eine, spielen eine Partie Schach, diskutieren über einzelne Spielzüge, einem jungen Unteroffizier wird noch eine Stunde Schlaf gegönnt, in Stiefeln, die Munitionsgürtel umgeschnallt. Ich stelle mir vor, dass der Autor die Nacht vor der Schlacht um Brunete im Juli 1937 beschrieb, als ganze Einheiten der Internationalen Brigade verheizt wurden, und ich weiß noch, wie anschaulich mir diese Szene beim Lesen erschien.

Und jetzt? Nachdem wir die zweite Flasche Wein ausgetrunken hatten, kochte ich Kaffee und goss Tee auf und füllte zwei Thermoskannen damit. Das alles waren Vorkehrungen wie im Schullandheim vor einer Nachtwanderung, von dem

Feuerlöscher abgesehen, den Lukas aus dem Keller holte und von dem wir nur hoffen können, dass er im Notfall auch funktioniert. Trotzdem rührte mich der Mann, der da auf meinem Bett lag, den Revolver in Griffweite.

Gsell: Vergangenheit und Zukunft, alles im Kerzenlicht

Die erste Schicht des Wachdiensts hatte ihre Posten bezogen, in der Küche war außer mir nur Vera Abendstern zurückgeblieben. Wir saßen uns gegenüber, im Licht der einen Kerze, die uns im Zug der allgemeinen Verteidigungs- und Verdunkelungsmaßnahmen bewilligt worden war, und tranken Tee. Nun löst Kerzenlicht gerne so etwas wie einen Pawlow'schen Reflex aus – nicht, dass Menschen zu sabbern begännen, aber sie entwickeln eine Bereitschaft zum Händchenhalten und anderer Vertraulichkeit, die jedenfalls zwischen mir und der Malerin Abendstern unangebracht war. Wenn zwei Menschen sich in einer solchen Situation aber nur anschweigen, wird es noch schwieriger, und so kam ich darauf, von einer meiner ganz frühen Erinnerungen zu erzählen, nämlich von der Verdunkelung zu Ende des letzten Krieges.

»Ich sehe noch die Rolle mit dem knittrigen schwarzen Papier, die abends am Fenster heruntergezogen werden musste, und die Glühbirnen, die an den Seiten einen blauen Schutzanstrich hatten.«

»Warum das?«

»Damit das Licht nur nach unten fällt und nicht zur Seite streut.«

»Fragt man da als Kind nach, warum das so sein muss?«

Es gab damals noch anderes, dachte ich, wo man als Kind

hätte nachfragen können. »Ich weiß nur noch, dass ich einmal morgens aufwachte, die Mutter war nicht da, und als ich die Verdunkelung am Fenster zur Seite schob, war es taghell, und unten auf der Straße stand eine Kolonne von Jeeps und Schützenpanzern.«

»Und Ihre Mutter war nicht da, weil sie sich mit den anderen Frauen irgendwo versteckt hatte?«

Ich zuckte mit den Achseln. »Das mag so gewesen sein.«

»Und? Hat das Verstecken was genützt?«

»Falls es nichts geholfen hat – glauben Sie, das wäre dem Kind erzählt worden?«

»Wohl nicht«, meinte sie. »Haben Sie schon einmal versucht, Ihre Erinnerungen an jene Zeit aufzuschreiben oder irgendwie sonst zu verarbeiten?«

»Versucht?«, fragte ich zurück. »Ja doch. Aber Erinnerungen... entschuldigen Sie den Vergleich, aber das, was wir für Erinnerung halten, das ist nichts weiter als ein Stück abgestreifte Haut der großen Schlange, die man Zeit nennt.«

Sie lachte, aber es hörte sich etwas bemüht an. »Sie meinen, Sie könnten die Zeit so wenig beschreiben, wie ich die Eherne Schlange darstellen kann? Mit dem zweiten Teil haben Sie wohl Recht... Aber sagen Sie – wenn Ihnen die Erinnerung nicht hilft oder Sie sogar täuscht, warum nehmen Sie nicht ein Thema, bei dem Sie Ihre Phantasie von der Leine lassen können? Ohne jede Rücksicht aufs Schulwissen, auf den guten Geschmack oder irgendeine Erwartung einer wohlerzogenen Leserschaft?«

Ich senkte meinen Kopf ein wenig. Die Uräusschlange ringelte sich durch meine Gedanken. Eine Kobra darstellen, dachte ich, eine Ägyptische Kobra, die von einem Kreuz hängt, den Nackenschild ausgebreitet, also nicht tot und krepiert, sondern den Kopf aufgerichtet, zum Zustoßen bereit – das wäre es doch gewesen, gute Frau! Da hätten die Gottesdienstbesucher was zum Gruseln gehabt und zum Nachdenken darüber, was die Schöpfung so alles auch ist … Ich blickte wieder auf, um ihr ins Gesicht zu sehen. Aber bei Kerzenlicht kann man da wenig erkennen. Ob sie ihre Frage etwas konkreter stellen könne?

»Ich weiß selbst, dass ich mit diesem Kirchenfester gescheitert bin«, sagte sie. Sie sei sogar dankbar dafür, was wüssten wir denn, wie dieses Bruggfelden heute aussehe, und wozu man diese Kirche jetzt braucht, falls sie noch steht? Ganz gewiss nicht dazu, dass man da ein Buntglasfenster mit dem Motiv einer Schlange einbaut!

»Trotzdem lässt mich diese Sache nicht los«, fuhr sie fort, »und so habe ich mir noch einmal den Bibeltext vorgenommen, in dem es wörtlich heißt: *Da machte Moses eine eherne Schlange und richtete sie hoch auf …* Wie, bitte sehr, hat er das gemacht? War er gelernter Kupferschmied? Und hatte irgendwie seine Gießerei-Werkstatt dabei, auf vier Rädern vielleicht?«

Worauf sollte das hinaus? Schließlich rückte sie damit heraus. Sie wollte eine Geschichte darüber geschrieben haben, wer diese Eherne Schlange geschmiedet oder in Bronze gegossen hat, und weil sie niemand anderen dafür zur Hand hatte, sollte ich ihr das verfertigen, nur so, als Gedankenspiel, weil gelernte Lokalredakteure bekanntlich über alles schreiben und also kurz mal mit links auch was übers Alte Testament … Wollte sie mich auf den Arm nehmen?

Zur Ablenkung widersprach ich ihrer Behauptung, sie sei mit dem Projekt gescheitert, und in Bruggfelden würde man jetzt ohnehin andere Sorgen haben. »Ganz im Gegenteil! Vielleicht beginnt jetzt eine Zeit, in der die Menschen außer Brot und einem Dach überm Kopf auch noch etwas brauchen, das ihnen die Angst nimmt …«

»Heuchler!«, fiel sie über mich her, »natürlich wissen Sie, dass meine Entwürfe genau das nicht leisten. Es war ja das, was Morgart haben wollte… Aber könnte es Sie nicht reizen, sich in die Person jenes Menschen zu versetzen, der diese Schlange entwerfen soll? Dass Sie sich fragen, was in dessen Kopf vorgegangen sein könnte?«

Dann wollte sie wissen, ob ich denn gerade mit einem anderen Schreibprojekt beschäftigt sei, und ich sagte ihr, dass mein einziges Projekt es sei, bei Gelegenheit nach dem kleinen Haus zu schauen, das mir in Bruggfelden gehöre oder gehört habe, und dass ich gerne – wenn möglich – dort wieder einziehen und meines Nachbarn Hund ausführen würde.

»Sie wollen nicht hier bleiben?« Sie machte eine Bewegung mit der Hand, die Claudias Häuschen oder den ganzen Weiler Schwarzhalden beschreiben mochte.

»Hierbleiben?«, fragte ich zurück. »Nein – ich glaube, das werde ich nicht tun. Ich gehöre nicht hierher.«

»Ach!«, sagte sie. »Wenn das so ist… Aber in Bruggfelden können sie doch nicht bloß den Hund ausführen wollen? Jemand wie Sie – der muss doch einen Text haben, ein Thema, irgendetwas, an dem er arbeiten kann?«

»Wissen Sie«, sagte ich, »Schlangen… also Schlangen mag ich nicht so besonders.«

Claudia: Nächtlicher Besuch

Worüber hattest du gerade sinniert? Über die letzte Stunde vor der Schlacht und über Männer, die bereit sind, ihr Leben hinzugeben? Geht es dir noch gut? Auf was für eine Macho-Scheiße lässt du dich da ein!

Offenbar hatte ich laut gedacht, denn plötzlich fragte eine

Stimme, von welchem Scheiß ich denn rede? Die Stimme gehörte Markus, er stützte sich auf und griff nach dem Becher und trank einen Schluck kalten Kaffee. Pfui Teufel, sagte er dann und wiederholte seine Frage, und ich erzählte ihm von dem Buch mit dem Kapitel über den Spanischen Bürgerkrieg und die Schlacht um Brunete – das Zeugs halt, das eine Person noch weiß, die als junge Studentin ... schweigen wir davon!

Die Brigadisten, fragte Markus, das waren doch die Kommunisten?

Ach, du Erzkapitalist und Börsenzocker!, gab ich zurück, was nicht so will wie Wallstreet, das sind Kommunisten, ich weiß schon!

Nein, sagte er da, du hängst mir das falsche Etikett an, ein grundfalsches sogar! In Wahrheit finde er Wallstreet, die Börse überhaupt samt dem ganzen Kapitalismus zum Kotzen, ja das Geld insgesamt, die ganze Zeit erzähle er das jedem, der es hören wolle!

Wäre es im Zimmer nicht dunkel gewesen, ich hätte ihn mit großen Augen angeschaut. Na fein, sagte ich, aber ob er schon immer so gedacht habe?

Schon immer?, fragte er da zurück. Was bei ihm *schon immer* so gewesen sei, das wisse er nicht, das könne er sich nicht einmal ausrechnen, das sei alles einfach weg. Er lachte oder stieß auch nur Luft durch die Nase. Ob ich wisse, was der Raiffeisen-Fuzzi dem Gemeinderat über die Herkunft der Deutschmark-Bestände erzählt habe? Dass er – Morgart – Vormund geworden sei von jemandem, der das Zeug gehortet habe ... Er hob die Hände und breitete sie aus. Besser kann man das gar nicht sagen, der Vormund hat ein Mündel, und was in dem Kopf vom Mündel vorgeht und wie das die Welt sieht, das weiß man nicht, sonst hätt man ja für das Mündel keinen Vormund einsetzen müssen!

Da sei er also der Vormund von dem, der er einmal gewesen ist, stellte ich fest. Nett! Dann könne er ja die eine oder andere Sache doch noch in Ordnung bringen. Das sei ja nichts Ungewöhnliches, wir alle hätten einiges aufzuräumen, wenn wir uns nur darüber Rechenschaft ablegen wollten.

Ich ahnte, dass ihm meine Bemerkung missfiel. Also gab ich ihm noch eins drauf und sagte, falls ihm gar nichts zum Aufräumen einfallen sollte, dürfe er mich ruhig fragen.

Er hob den Kopf und wollte etwas antworten, irgendetwas Abweisendes, aber dann schrillte die Trillerpfeife durchs Haus, die ich Pascal gegeben hatte. Ich nahm das Jagdgewehr und stand auf und wollte nach oben, auf dem Flur stieß ich fast mit Lukas zusammen, der zur Haustür wollte, wo der Feuerlöscher bereit stand, dann kamen wir doch noch aneinander vorbei, und ich war oben und zwängte mich zu Pascal hinein.

Irgendetwas sei da draußen, sagte er und wies zum Wald, aber er wisse nicht, was es sei. Und die Trillerpfeife sei ja wohl doch keine so gute Idee gewesen, denn mit einem Schlag sei es ruhig geworden.

Na ja, meinte Markus, der hinter uns in der Tür stand, die Smith & Wesson in der Hand, wenn der mit einer Trillerpfeife zu vertreiben ist!

Es kann nicht bloß einer sein, bemerkte Pascal warnend. Ich schob ihn zur Seite und nahm das Fernglas hoch und sah erst einmal nur Wald, noch immer kahles Buchengesträuch, davor Weißdornhecken, ich korrigierte die Einstellung, und dann sah ich sie.

Dunkel der eine Rücken, etwas heller der andere. Flinkes, funkelndes Beobachten, die Augen misstrauisch zum Haus hin gerichtet. Zögern, schließlich die Entscheidung, der Trillerpfeife keine weitere Bedeutung beizumessen.

Am Weißdorn vorbei schob sich die Leitbache ins Freie. Die

anderen Wildschweine folgten, magisch angezogen vom Komposthaufen.

Ulrike: Das Wispern aus dem Schließfach

Sportlehrer: Trillerpfeifen auf zwei Beinen. Pfühtrrrlll. Können nicht anders. Pfühtrrrlll. Ich dachte, die Wronski unterrichtet Deutsch. Vielleicht trillert auch wer anders. Helffenstein? Wenn ich nur früher gewusst hätte, dass er ein Trillerer ist.

Die Jalousie lässt Licht durch. Parallele Linien in die Dunkelheit geritzt. Der abgeschrägte Klotz rechts ist das Stehpult. Der Klotz links, niedriger, der Schreibtisch. An den Kanten kann man sich die Hüfte stoßen. Zwischen dem einen und dem anderen das Feldbett. Darauf: ich. Das klingt blöd. Aber muss ich mich deshalb duzen? Machen wir's wie Dingsbums. Der hinterm Ring her ist. Mit mehr Recht als der nennen wir uns wir. Auch wenn wir nicht hinter einem Ring her sind.

Wir liegen auf dem Bett, sind aber angezogen. Ein Kleid, blaugrau mit weiß. Aus Wolle, kaschmirweich! Wir wollen das nicht vergessen. Sie sind nett zu uns, diese Frauen. Fürsorglich. Eine fürsorgerlicher als die andere. Sie wetteifern darin.

Schlaf fehlt uns. Erst das Pfühtrrrlll, dann Getrappel. Hin und her. Treppauf treppab. Wenn es Pfühtrrrlll! macht, sollen wir die Schuhe anziehen. Und den Anorak. Damit wir hinaus laufen können. Weil dann die Männer aus dem Dorf das Haus angezündet haben.

Was tun die Männer aus dem Dorf mit uns, wenn wir aus dem Haus gelaufen kommen? Das wurde nicht besprochen. Oder wir haben nicht zugehört. Außerdem müssen wir aufs Klo. Und die Schuhe haben wir noch immer nicht angezogen.

Aber wir müssen ja gar keine Schuhe anziehen und auch keinen Anorak. Da waren keine Männer aus dem Dorf, sondern Wildschweine. Und sie haben auch nicht das Haus angezündet, sondern den Komposthaufen durchwühlt, und weil wegen der Wildschweine die Verdunkelung nicht mehr so arg dringend ist, brennt nicht bloß eine Kerze, sondern man hat auch die Tischlampe eingeschaltet. Am Tisch sitzt die Abendstern, die Wangen vom Rotwein leicht gerötet, und guckt immer wieder mal und seltsam nachdenklich auf den Gsell ihr am Tisch gegenüber. Die beiden? Das kann nicht sein.

Auch dabei … dieser Andere. Genauer: Der, der für mich der Andere hätte sein sollen. M also. Auch einer, den das Erkennen überfordert. Die Wronski und der Trillerer schieben weiter Wache. Wir wollen einen Kamillentee, aber die Abendstern lässt nicht zu, dass wir ihn selber aufgießen, sondern springt auf und muss es für uns tun. Und ob wir noch was zu essen wollen? Ein Brot mit Schinkenwurst vielleicht?

Bitte nicht.

Wir setzen uns auf die Eckbank, die um den Tisch führt. M schaut uns an, als hätten wir ihn beim Reden unterbrochen. Rede weiter, sagen wir, wir sind froh, wenn du mal was anderes tust, als mit Geldscheinen zu wedeln.

Ich rede aber grad vom Geld, sagt er. Worüber sonst?, fragen wir, aber er hält trotzdem nicht den Mund, sondern bemerkt, es laufe alles aufs Gleiche hinaus. Gib den Leuten Geld, sagt er, dann gibt es Mord und Totschlag; gibst du ihnen keines, gibt es Totschlag und Mord. Wir wollen einwerfen, dass man bis vor ein paar Tagen mit Fünfzig-Euro-Scheinen noch ganz andere Sachen anrichten konnte, aber die Abendstern bringt uns einen Becher mit Kamillentee, der Becher ist schön warm, wir können uns die Hände daran wärmen und danken mit einem wohlerzogenen Lächeln. Aber dann muss sie ein Tellerchen mit Schokoladenkeksen dazu stellen, und wir müssen nur die Schokoladenkekse anschauen und das Wort *Schokoladenkeks* in Gedanken zwei- oder dreimal wiederholen, dann wird uns schon übel.

Die Wronski kommt herein, weil es Mitternacht ist und sie von der Abendstern abgelöst werden will, und Gsell geht zum oberen Klo und löst den Trillerer ab, und wir müssen plötzlich ein Lachen unterdrücken, weil uns ein steinalt-blöder Film einfällt, den ich als Kind hab angucken müssen, da gab's auch Waldeinsamkeit mit Räubern und nächtlicher Wache. Vor allem aber trat eine Gräfin oder Comtesse auf, die ziemlich unglaubwürdig als junger Mann verkleidet wird und so den Räubern entkommt, bis sie sich dann doch dem Räuberhauptmann anheimfallen lässt … Eine junge Frau spielen, die einen jungen Mann spielt, der eine Frau ist – das wär ja eine Rolle, die hätte uns gefallen können, aber bald kann unsereins genau für solche Rollen nicht mehr gecastet werden.

Die Wronski fragt den Trillerer, ob er nicht eine Mütze Schlaf nehmen will, aber dem Trillerer ist nicht danach, es gebe Nächte, die seien zur Nachtwache bestimmt, behauptet er und schenkt sich eine Tasse Tee ein und guckt zu M, ob der nicht doch Lust hätte, mal wieder eine Partie Schach mit ihm zu spielen. Aber der schüttelt nur den Kopf, und die Wronski mischt sich ein und meint, von irgendwoher glaube sie zu wissen, dass man eine Nachtwache am besten mit dem Erzählen von Geschichten verbringt, und weil uns inzwischen der Filmtitel eingefallen ist, lächeln wir sie an und sagen ihr, woher sie das weiß, nämlich aus dem *Wirtshaus im Spessart,* und die Wronski ist ganz hin und weg, dass das Vögelchen so was in seinem kleinen dummen Köpfchen hat.

Doch der Trillerer sagt, es gebe keine Geschichten mehr, sie seien alle erzählt, und die Wronski widerspricht, das sei bloß die

Ausrede von Leuten, denen nichts einfällt. Dabei müsse man sich Geschichten nicht einmal ausdenken, man könne sie auch finden, zum Beispiel in dem Schließfach, in das man sie weggesperrt habe. Und die ganze Zeit schaut sie dabei auf den M, der mürrisch am Tisch hockt und so tut, als ob er nicht gemeint sei.

Aber die Wronski gibt weiter keine Ruhe. Es gebe nämlich keine bessere Gelegenheit als eine Nachtwache, fährt sie fort, um endlich einmal die Stimmen und das Wispern derjenigen anzuhören, die sonst vom Tageslärm stumm gemacht und überbrüllt werden. Hat sie das wirklich so gesagt? Arg viel geschwollener kann es gar nicht gewesen sein, und dem Anderen ... nein, dem M hat es gereicht. Jedenfalls hat er klein beigegeben und ist aufgestanden und hat aus dem Arbeitszimmer einen Aktenkoffer geholt und auf den Küchentisch gestellt, ha!, denke ich, jetzt kommt ein weiterer von Bankers geheimen Schätzen zum Vorschein, aber erst einmal betrachtet er den Trillerer und schüttelt den Kopf, vor dir will ich das nicht ausbreiten! Und dem Trillerer ist das recht, und er verzieht sich ins Fernsehzimmer auf die Couch.

Aber die Wronski darf bleiben, so ist das nun mal zwischen den beiden. Und ich? Ich zähle für M nicht, ich bin keine Un-, sondern eine Nichtperson, und so sehe ich zu, wie er ihn öffnet, den Koffer, und durchaus keine gebündelten Banknoten drin sind, sondern zwei oder drei Briefumschläge, ein abgegriffener Ausweis und ein paar Schnellhefter mit Schriftstücken. Hatte die Wronski nicht von einem Wispern gesprochen? Mir ist eher, als hörte ich den Nachhall von Schreibmaschinengeklapper aus ich weiß nicht welchen Zeiten.

M öffnet einen Briefumschlag, ein paar verblichene Farbfotos fallen heraus, eines davon zeigt eine junge dunkelhaarige, ein bisschen dralle Frau und einen rundköpfigen Mann mit einem Zug im Gesicht, der mich irgendwie an irgendje-

mand erinnert, es ist diese herunterhängende volle Unterlippe.
Und plötzlich weiß ich, dass ich von all dem nichts wissen will.

Claudia: Eine Bild-Erzählung

Markus hielt das Foto eine Weile in der Hand, und die Hand
blieb ganz ruhig. Sein Gesicht war im Halbdunkel, außerhalb
des Lichtzelts der niedrig hängenden Tischlampe, so konnte
ich nicht erkennen, ob er blass geworden war. Aus den Augenwinkeln sah ich, dass Ulrike sich lautlos erhob und aus der
Küche verschwand, dann wartete ich noch etwas, schließlich
ließ er es zu, dass ich ihm das Foto aus der Hand nahm. Das
Bild der jungen Frau sagte mir zunächst nichts, sie hatte aufmerksame helle Augen und schien eine hübsche, adrette Person zu sein, mit schlankem Hals und nicht ganz so schlan-
ken Hüften. In einem luftigen sommerbunten Kleid stand sie
an einer Brüstung, war aber nicht der blauen Hügelkette zugewandt, die man im Hintergrund erkennen konnte, sondern
dem Mann neben ihr, und beide blickten zur Kamera, als seien
sie von Fotograf oder Fotografin überrascht worden.

Wobei überrascht? Begnügen wir uns mit der Feststellung,
dass sie sehr nahe beieinander standen.

Übrigens – den Mann kannte ich. Wir hatten ihn besucht.
Erst vor vier oder fünf Tagen, ich muss es noch einmal nach-
zählen, warum kann man sich so etwas nicht merken? Egal.
Das Haar, einst dunkel, ist jetzt weiß und schütter, aber noch
immer akkurat gescheitelt, das Gesicht vom Alter nicht ausge-
mergelt, sondern eher fleischiger geworden. Und die Unterlippe hängt noch mehr herunter. Das Foto zeigte den heutigen Dekan i. R. Irenäus Träutlein, als er dies – nämlich Dekan
i. R. – noch nicht war, zusammen mit…

Ja, mit wem wohl? Die Dokumente aus dem Schließfach belegten die amtlichen Stationen des Lebenswegs einer Frau, die Ende der Dreißiger Jahre als Erna Künzlin geboren wurde, die Volksschule Bruggfelden und danach eine Lehre als Einzelhandelskauffrau absolvierte, mit zwanzig Jahren den Facharbeiter Ludwig Morgart heiratete, mit sechsundzwanzig Jahren ein Kind bekam und mit siebenundzwanzig Jahren von ihrem inzwischen in Kanada lebenden Mann nach Ablauf einer dreijährigen Trennungsfrist geschieden wurde.

Was ergibt sich daraus? Ernas Sohn – Markus Manuel Morgart – konnte kein eheliches Kind gewesen sein. In seiner Geburtsurkunde, die sich in den Unterlagen aus dem Schließfach findet, steht der Vermerk: »Vater unbekannt.« – Wenn der Vater nicht bekannt ist, wer zahlt Unterhalt? Das Jugendamt? Stellt das dann nicht Fragen? Unangenehme Fragen? Indiskrete Fragen? Und wenn eine junge Frau sie nicht beantworten kann, durfte sie das Kind damals – in der Zeit um 1960, als Sitte und Moral mit letzter Anstrengung hochgehalten wurden – überhaupt bei sich behalten? Und wenn ja, musste sie womöglich allein für das Kleine aufkommen? Und war es da andererseits nicht ein edler und schöner Zug der Kirchengemeinde, dass sie der jungen alleinerziehenden Mutter eine verantwortliche Stellung anvertraute?

Persönliche Briefe fanden sich nicht, und von dem Paar Morgart/Träutlein – wenn ich es denn ein Paar nennen kann – gab es nur noch zwei oder drei weitere Fotos. Eines dieser Fotos zeigte die junge Frau in einem Omnibus, in der Sitzreihe rechts, wieder in dem bunten Hemdblusenkleid, dem Mann zugewandt, der in der Sitzreihe links Platz genommen hatte. Also? Frauentreff der Johannes-Gemeinde, Ausflug mit dem Herrn Pfarrer, man kommt sich näher, und wie das so ist, wenn man sich näher kommt, fällt das auch einem

Dritten auf, in diesem Fall jemandem mit einem Fotoapparat... alles klar?

Was soll klar sein?, fragte mich da Markus und blätterte weiter in einem dünnen Stapel Gehaltsabrechnungen, nichts sei ihm klar, vor allem nicht, wie eine alleinerziehende Mutter mit einem Gehalt von zweihundertvierzig Mark über die Runde hätte kommen sollen, auch wenn in den Sechziger Jahren das Preisniveau... Na ja, fügt er dann hinzu, sie ist ja wohl wirklich nicht klar gekommen. Darum also der Griff in das... Schlangengeld! Er spuckte das Wort geradezu aus.

Ich schüttelte den Kopf. Dann nahm ich mir das Foto mit dem Paar, das an der Brüstung steht, vor dem weiten blauen Sommerhimmel, und hielt es ihm vor die Augen. Was er da sehe?

Das sei seine Mutter als junge Frau und eben dieser Träutlein, vermutlich als er noch Pfarrer in Bruggfelden war und sie bei der Kirchengemeinde angestellt, und da hätten sie eben so etwas wie einen Betriebsausflug auf die Girendsburg gemacht.

Ach, sagte ich da, das ist ja tatsächlich die Girendsburg! Ich hab's nicht erkannt. Aber du – warum sprichst du von *diesem Träutlein*? Das ist doch dein Vater, siehst du das nicht?

Er blickte mich nur an, mit hochgezogenen Augenbrauen, und so erzählte ich ihm die Geschichte der jungen netten verheirateten Erna Morgart, die auch noch fromm ist und gerne in der Kirche dabei, und wie sie mit der Zeit mit dem Pfarrer Träutlein vertraut wird, der hat zwar eine Frau, aber die Frau hat es arg mit der Sittlichkeit, während der Pfarrer Träutlein noch andere Bedürfnisse hat und über schöne Worte verfügt, in die er die Bedürfnisse einwickeln kann, und weiter erzählte ich, wie der Mann der netten Frau Morgart unter diesen Umständen dann doch lieber das Weite sucht, nämlich in Kanada, und wie die Erna Morgart auf einmal ein Kind hat und vorlügen muss, der Vater sei unbekannt, weil – wenn sie die Wahrheit sagt – des Pfarrers Träutlein sittenstrenge Frau sich scheiden lässt und er die längste Zeit Pfarrer gewesen sein wird, wie das damals so war.

Davon sei nichts bewiesen, sagt Markus, das hätte ich mir alles aus den Fingern gesogen, und ich antworte ihm, dass er das Foto nehmen soll und sich vor einen Spiegel setzen und einfach genau hingucken, auf das Foto und auf das Spiegelbild! Und dann kann Markus nicht länger verleugnen, woran ein Mensch wie er eben doch als erstes denkt, denn er fragt mich, wie das dann mit dem verdammten Schlangengeld gewesen sei, und ich erkläre ihm, dass wir das nicht wüssten und nicht zu wissen brauchen. Vermutlich habe der Pfarrer Träutlein am Anfang wenigstens ein bisschen was für das Kind Markus zuschießen müssen, weil er regulären Unterhalt ja nicht geleistet habe, und sei so mit der Zeit in eine finanzielle Schieflage geraten, die er seinem Haus- und Kirchendrachen keinesfalls habe erklären können. Deshalb der Griff in die Spendenkasse, für den am Ende dann doch die Erna Morgart den Buckel habe hinhalten müssen, wie das ja allgemein üblich sei – immer seien es die Frauen, an denen die Folgen männlicher Heldentaten hängenbleiben!

Eine Weile sagte Markus nichts. Wenn der mein Vater ist, sagte er schließlich – glaubst du, dass ich das gewusst oder geahnt hab, bevor ich …?

Warum ist das wichtig?, fragte ich zurück. Wäre es ihm denn peinlich, wenn er es *deswegen* getan hätte?

Er legte den Kopf zurück und hielt ihn ein wenig schief, als müsse er ein besonders merkwürdiges, besonders absurdes Exemplar von einem Ding betrachten. Nein, sagte er dann, das könne er sich dann doch nicht vorstellen. Wo kämen wir hin, wenn man sich umbringen würde, nur weil der eigene Vater ein Arschloch ist!

Gsell: Gespräch mit einem alten Bekannten

Es wird hoffentlich angenehmere Standorte für eine Nachtwache geben als am Fenster einer engen Toilette. Dort muss man sich entweder rechts der Kloschüssel hinstellen oder links, und dann mit gekrümmtem Rücken hinausspähen. Außerdem ist das Fenstersims nicht breit genug, um sich mit den Armen abzustützen. Unbequem ist das, und lächerlich dazu, wieder einmal kam ich mir vor wie der Hampelmann, als der ich dem mit der Dienstpistole fuchtelnden Polizisten im Weg gestanden war.

Und? Helffenstein hatte ebenfalls hier oben Wache geschoben, ohne ein Wort darüber zu verlieren, wie lächerlich er sich vorgekommen sei. Aber vielleicht ist das der Unterschied zwischen mir und solchen Alpha-Männern wie Morgart und Helffenstein, dass jene sich lächerlich gar nicht vorkommen können. – Ich mir schon.

Von den Wildschweinen war nichts mehr zu hören, sie hatten sich getrollt. Aber der nächtliche Wald! Man muss ihm Zeit lassen, still, geduldig, als ob man gar nichts von ihm wissen wolle, und ganz allmählich nehmen die Ohren das Rascheln und Wispern wahr, das Atmen des Waldes, seine tiefen, endlos langen Atemzüge. Ich beugte mich zum Fenster und sah über der Gipfellinie des Waldes einen Ausschnitt des wolkenlosen Nachthimmels, der aber nicht einfach nachtschwarz oder auch nur dunkel war, wie es in der Nacht doch sein sollte, sondern der mir fast gläsern vorkam und so, als habe er einen fernen Lichtschein eingefangen.

Keine Wolken. Einzelne Sterne, scharf konturiert. Der Mond? Vollmond musste kurz vor Ostern gewesen sein, obwohl man nichts davon gesehen hatte. Aber weil sich in dieser

Lunarphase manche Menschen doch recht seltsam verhalten sollen, passte das ganz gut zu unseren Reisedaten. Aber was heißt: *manche Menschen*? Wie ruhmreich war denn zum Beispiel mein Auftritt in Sète? Oder meine ganze Rolle in dieser Geschichte, dieses Sich-Nützlich-Machen, sei es als Hampelmann, sei es als Chauffeur? Um diese Erinnerungen wegzuwischen, flüchtete ich mich zu dem Vorschlag oder Ansinnen der Abendstern, ihr eine Geschichte über die Herstellung der Ehernen Schlange zu schreiben. Hätte ich geschmeichelt sein müssen, weil sie mich und nicht den Großen Theologen gefragt hat? Vermutlich hatte sie von dem bereits eine Absage bekommen.

Obwohl, dachte ich, die Uräusschlange! Wenn es sie war, die Ägyptische Kobra, die Uaret, von der er ein Abbild hat aufhängen lassen – was hat der Mann Moses damit bezweckt? Dass seine Leute sehen – aha, so sieht die aus, da müssen wir aufpassen, da dürfen wir nicht erschrecken, sondern müssen ganz ruhig bleiben? So etwas wäre ja gewiss hilfreich gewesen, ähnlich den Warntafeln *Beware of Snakes* in den Rocky Mountains – aber warum muss eine solche Nachbildung an einen Pfahl gehängt werden? So sieht man die Schlange in der Natur nicht, und gefährlich ist sie am Boden. Sollte also Moses' Leuten womöglich etwas ganz anderes vor Augen geführt werden? Zum Beispiel, was es mit der Uaret, der angeblich heiligen Schlange der Ägypter, wirklich auf sich hat? Es gibt ja durchaus Gründe, die Israeliten daran zu erinnern, dass die so verlockenden *Fleischtöpfe Ägyptens* nur zu haben sind, wenn man sich reumütig den Priestern eines Pharao unterwirft, von dessen Stirn die Kobra züngelt.

Ich wechselte meine Position und stellte mich an die rechte Seite des kleinen Fensters. Man könnte diese Vorstellung – dass die Eherne Schlange ein Abbild des ägyptischen Herrschaftssymbols sei – noch etwas weiter drehen, ging es mir durch den Kopf. Wenn man einen Menschen oder ein Tier an einem Pfahl aufhängt, dann will man dieses Geschöpf qualvoll töten und in seiner Qual zur Schau stellen. Hängt man nur ein Abbild dieses Geschöpfes auf, dann will man es der Schande preisgeben. Will es *in effigie* zu Tode quälen. Erniedrigen. Verhöhnen.

Warum aber tut der Mann Moses dies ausgerechnet mit einem Abbild der Heiligen Schlange, der Uaret, die angeblich so mächtig ist, dass sie für ihre Herrin Wadjet alle anderen Götter in die Schranken weisen kann? Eben darum…

Auf dem Bergkamm mir gegenüber schimmerte Licht zwischen den Bäumen, zunächst wie das Aufblinken einer Laterne, dann – als ich genauer hinsah – stetig leuchtend. Der Bergkamm war gut fünf- oder sechshundert Meter vom Haus entfernt, und das ferne Licht war weder das einer Laterne oder einer Taschenlampe noch das von Autoscheinwerfern, also musste es der Mond sein, und ich wandte mich wieder meinen Spekulationen zu. Was passierte eigentlich, als Moses das Abbild der Uaret in dieser Weise aufgehängt hatte? Hat die Erde gebebt, fiel der Himmel den Israeliten auf den Kopf, versengte sie der Feueratem der zornigen Göttin Wadjet?

Nichts dergleichen. Und genau das wollte Moses seinen Leuten zeigen. Und damit auch, dass es keine anderen Götter gebe als den des Moses. Es war ein Exempel, ähnlich dem, das einige Zeit später und in einer anderen Gegend der Missionar Bonifatius als seine besondere Wohltat statuierte. Vor den Augen einer bis dahin heidnischen Dorfbevölkerung ließ er im hessischen Geismar die Donar-Eiche fällen, ein weithin berühmtes germanisches Heiligtum. Auch damals folgte kein Blitzschlag und kein Donnern, ja nicht einmal das geringste Gerumpel. Und auch kein Murren, denn ein Aufgebot christlich-fränkischer Bewaffneter hatte den holzfällenden Missionar von der Dorfbevölkerung abgeschirmt. In welcher Weise und an wem die Soldateska danach die Missionierung der Einheimischen fortsetzte, ist von den Chronisten nicht mitgeteilt worden.

Über dem Bergkamm war der Mond aufgegangen und leuchtete durch das Geäst einer alleinstehenden Buche. Es war der abnehmende Mond, *nur halb zu sehen*, wie es bei Claudius heißt. Aber als er schließlich die Höhe über den Baumwipfeln erreicht hatte, strahlte er mich mit seiner einen noch sichtbaren Backe so sanft und freundlich an, dass ich unwillkürlich lächeln musste, wie man eben lächelt, wenn man einen guten alten Bekannten unverhofft trifft.

Wahrscheinlich siehst du mich gar nicht, versteckt wie ich bin, sagte ich und genierte mich nicht einmal dabei. Als Junge bin ich oft bei Dunkelheit vom Nachbardorf nach Hause gegangen und habe mir dabei eine gewisse Vertraulichkeit mit dem Mond angewöhnt. Ich duze ihn ganz selbstverständlich und unterstelle ihm sogar, dass er mich kennt und ganz genau weiß, wer ich bin und woher ich komme…

Übrigens, denke ich mal, duzen alle Leute den Mond, wenn sie ihm allein begegnen, und so redete auch ich weiter und sagte, nein, ich war nicht bei meinem Freund, es gab keine Hausaufgaben heute, eigentlich gibt es überhaupt keine mehr, auch den Freund gibt es nicht mehr, vor einiger Zeit kam die Todesanzeige, weißt du?

Wollte er etwas von mir wissen? Wie es mir ging, und was ich vorhätte? Es ist die Zeit gekommen, in der man nichts mehr vorhat, sagte ich. Manchmal spinne ich noch so mein Garn, ganz wie früher, aber es hat nichts zu bedeuten. Er hörte es, und es war gut.

XXIV. ULRIKE

Begegnung im Mondschein
Sonntag, 14. April

Wir haben uns dann noch mal aufs Feldbett gelegt und das Licht ausgemacht, aber durch die Ritzen des Rollladens dringt auf einmal Mondlicht. Der Kamillentee hilft gegen die Übelkeit, aber nicht gegen die Bilder, die in unserem Kopf runterrattern und doch keinen Film ergeben, und so stehen wir wieder auf und ziehen Schuhe an und den Anorak. Aber an der Tür stoßen wir auf die Wronski, und schon wieder tut sie besorgt, warum wir nicht schlafen könnten? Wir bräuchten uns keine Sorgen zu machen, draußen sei es ruhig, und eigentlich glaube sie nicht, dass es heute Nacht noch einmal zu einer Störung kommen werde.

Na fein, sagen wir, da können wir ja ein Näschen frische Luft schnappen! Oh, sagt da die Wronski und meint, dass sie das gar nicht gern sehe und dass wir uns nicht erkälten dürften, und wir fragen zurück, ob denn die Wildschweine noch ums Haus seien und einen fressen würden. Nein, muss sie da zugeben, die Rotte sei wohl weg, es sei trotzdem nicht die Stunde für eine junge Frau, nachts allein in den Wald zu gehen.

Aber wir heben nur die Hand und winken schulmädchenhaft Adieu und gehen hinaus ins Mondlicht und in die frische kalte Luft, es ist, als sähen wir unten den Hof und hinter uns das Häuschen und die Findlingssteine auf der Wiese dazwischen zum ersten Mal, wie sie wirklich sind und uns Menschen eigentlich nicht leiden können, mit der einen Ausnahme, dass die Häuser uns als eine Art von Bakterien ansehen, die man als Haus nun einmal braucht, damit zum Beispiel eingeheizt wird. Der Mond ist nur noch halb und hängt ziemlich tief über einer Anhöhe, so dass es so aussieht, als würden ihm die Baumwipfel gleich den Hintern stupfen. Also setzen wir uns auf einen der Findlingssteine und wollen zusehen, ob der Mond weiter überm Wald aufsteigt, aber auf einmal ist dieser Andere neben uns, also M, die Wronski wird ihn uns auf den Hals geschickt haben.

So ist das also, wenn einer einem im Mondschein begegnet, sagen wir ihm. Nämlich komisch! Und wie er fragt, warum gerade das, erklären wir ihm, dass er leider der Letzte sei, den wir uns eben jetzt zur Gesellschaft wünschten. Vor ein paar Tagen sei das noch irgendwie umgekehrt gewesen, aber das sei nun einmal der Lauf der Dinge, ein ewiges Kreisen, was oben ist, bleibt nicht oben, und das Unten nicht unten.

Dann sei es ja gut, sagt er und wendet sich zur Seite, und wir sehen ihm nach und müssen kichern, denn er hat doch tatsächlich den Revolver der Wronski im Hosenbund stecken. Weil das pfeilgrad so aussieht wie *Mickey Goes West,* können wir nicht anders und müssen ein wenig Katze sein und lassen ihn noch zwei Schritte gehen, dann holen wir ihn mit sanfter Stimme ein und sagen, warum er denn gleich davonlaufen müsse? Wenn er sich schon mal herbemüht habe, könne er ja auch bleiben, übrigens hätten wir da gerade einen Scheiß erzählt, er sei gar nicht der Letzte, den wir hätten sehen wollen, das sei wer anderes, da solle er sich nur nichts einbilden!

Wir sehen, dass er stehen bleibt und den Kopf schüttelt, als seien ihm zu viele Worte in den Gehörgang geraten, und freundlich schieben wir die Frage nach, warum er sich nicht zu uns umdrehen könne, wenn wir mit ihm reden? Wir hätten ja bereits begriffen, dass er uns nicht gerne vor Augen habe, kein Wunder bei einer Person, für die man Leuten fünfzig Euro zahlen muss, damit sie... ja, wie nennen wir denn das? Damit sie vergewaltigt wird? Oder hättest du gern einen gefälligeren Ausdruck?

Inzwischen hat er sich umgedreht und sagt, bitte sehr! Und dass er alles anhören werde, was wir ihm sagen wollen, und wenn wir eine Entschuldigung annehmen würden, dann... Das heißt, er sagt das alles nicht so, sondern er sagt *du* zu uns, aber daran halten wir uns nicht fest, weil wir gerade hellauf lachen müssen. Eine Entschuldigung, eine niedliche kleine Entschuldigung, wie süß! Du kannst dich nicht entschuldigen, sagen wir, nachdem wir wieder zu Atem gekommen sind, es gibt nichts zu entschuldigen, ich hab mich dir angeboten, und du hast über mich verfügt – nein, nicht nur verfügt, du hast Geld ausgegeben, damit man mich her- und zurichtet zu dem, was wir jetzt sind! Das ist gewiss die höchste Aufmerksamkeit, die äußerste Zuwendung, die eine wie ich von einem Menschen wie dir erwarten kann.

Ist gut, hören wir ihn nach einer Weile antworten, es soll alles so sein, wie wir es sagen, und wenn es hundert Arten gebe, ihn einen Dreckskerl zu nennen, dann hätten wir jetzt noch neunundneunzig frei!

Das wären nutzlose Worte, meinen wir da, Worte, die nichts helfen und nichts beantworten. Worte zwischen Menschen, von denen der eine nicht des anderen Anderer ist.

Eines anderen Anderer?, echot er. Wer oder was damit gemeint sei? Und wir drehen uns um und heben die Hände zum Himmel, natürlich verstehst du es nicht, rufen wir, sonst müssten wir dieses Gespräch nicht führen. Wir lassen die Hände wieder sinken und fügen hinzu, vermutlich fänden die meisten Gespräche nur deshalb statt, weil die Leute nicht verstünden, was das Gegenüber sagt. Weil sie reden müssen, damit sie um keinen Preis auf das zu sprechen kommen, was wirklich wichtig ist. Oder wonach sie fragen sollten.

Und wonach…?, kommt es da von ihm.

Es gibt eine einzige Frage, auf die es ankommt, antworten wir. Sie ist ganz einfach, und doch ist sie schier gar nicht zu beantworten. Am wenigsten mit Worten. Die Frage heißt: Und wer bist du?

Aber während wir das sagen, sehen wir weiter rechts Lichtschein über Bäume streifen. Weiter rechts: das ist auf einem Teil des Wegs, der zum Haus führt, aber vom Haus aus nicht eingesehen werden kann, falls das polizeiberichtsmäßig korrekt ausgedrückt ist, und der Lichtschein sieht aus wie von einem Auto. Wir machen M darauf aufmerksam, und der will uns ins Haus zurückschicken. Wir erklären ihm, dass es auf dieser Welt niemanden gibt, der uns so überhaupt nichts anzuweisen hat wie eben er – wirklich niemanden! Aber er hört uns gar nicht zu, sondern geht zum Weg vor und zieht aus dem Hosenbund diesen Revolver.

Noch immer kommt das Scheinwerferlicht näher, erlöscht aber, kurz bevor der Weg den Wald verlässt. M bleibt stehen und duckt sich hinter einen Findling. Der halbe Mond schwebt über den Baumwipfeln. Wir sitzen auf unserem Stein und gucken zu.

Zwei Männer erscheinen auf dem Weg, der aus dem Wald herausführt. Einer trägt einen Kanister, außerdem hat er – so viel wir sehen – den Kopf verbunden. Der Verband schimmert weiß im Mondlicht. Der zweite Mann, breiter und einen halben Kopf kleiner als sein Kumpel, bleibt stehen und deutet auf uns. Der Kerl mit dem Verband setzt den Kanister ab, verharrt kurz – und macht plötzlich einen Satz und rennt auf uns zu.

Wir fragen uns, was das werden soll, aber es erhebt sich M hinter seinem Findlingsstein und stellt sich dem Kerl in den

Weg, den Revolver auf ihn gerichtet, die linke Hand auf die rechte gelegt, die den Revolver hält, als wolle er den schönen weißen Verband ganz schnell und auf der Stelle rot färben. Da stoppt der Kerl dann doch ab und bleibt stehen und hebt richtig die Hände, und sein bulliger Begleiter tut das auch, nachdem M einen Warnschuss abgegeben hat, der durch die Nacht knallt, dass wir uns im Nachhinein noch die Ohren zuhalten vor Schreck …

Das war's dann.

Claudia: Himmels Blau

Die Nacht war kurz gewesen, und kaum war ich eingeschlafen, weckte mich Licht, das mir ins Gesicht fiel. Was war das? Ich hatte den Fehler gemacht, noch in der Nacht die Rollläden hoch zu ziehen, und was mich weckte, war die Sonne. Nun haben wir uns so lang nicht gesehen, dachte ich, da wäre es ja auf eine oder zwei Morgenstunden nicht angekommen!

Ich stand auf, ging ans Fenster und blickte auf ein weißes Nebelmeer und blaue Hügelketten, die sich daraus erhoben, und auf einen wolkenlosen Himmel in Azur. Für eine Weile schloss ich die Augen und blieb so stehen und spürte die Wärme auf meinem Gesicht. Dann machte ich Frühstück, wieder einmal für sieben Personen, denn als zusätzlicher Gast war der junge Zainer zu füttern, der den Rest der Nacht in unserem Keller verbracht hatte.

Er hatte wohl nicht allzu gut geschlafen, denn ihm war eingeschärft worden, auf die Vipern zu achten. Zainers Vater war in das Bullfänger-Auto gesetzt und zurück nach Graumichelbach geschickt worden, mit einem Brief und dem Rat, je früher er seinen Sohn wiedersehen wolle, desto zügiger möge er eben diesen Brief dem Bürgermeister überbringen. Beim Frühstück gab es einen kurzen Disput wegen unseres Gefangenen – Ulrike gefiel es nicht, dass dem jungen Mann ein Tablett mit Kaffee und Imbiss auf die Kellertreppe gestellt worden war. Sie fand, er solle mit an den Tisch gebeten werden, aber die Mehrheit fand es sicherer so, angenehmer, spannungsfreier, während Ulrike etwas von ekelhaft bourgeoisen Allüren murmelte.

Noch vor dem Frühstück hatten die Männer Nachrichten gesehen, und zwar im Schweizer Fernsehen, das einen Rückgang der Pegelstände am Bodensee und in Basel meldete sowie die Ankunft eines Hochdruckgebiets. Es würde also die nächsten Tage trocken bleiben, mit frühlingshaften Temperaturen, möglicherweise würden bald die ersten Flüchtlinge zurückkehren können. Außerdem sei man in Deutschland dabei, Rundfunk, Fernsehen und die elektronischen Kommunikationsnetze wieder in Betrieb zu nehmen, ach!, sagte Pascal da, *die schönen Tage von Aranjuez sind vorbei.* Das Leben fällt zurück in den alten Trott, dachte ich, das gilt auch für mich, bald ist die Straße nach Bruggfelden wieder frei, und die Studiendirektorin Wronski muss zurück ins gymnasiale Hamsterrad. Aber waren das denn vielleicht schöne Tage gewesen, hier oben im Regen? Ich suchte Lukas' Blick und fand ihn, aber dieser Blick war seltsam verschlossen – auch für ihn sei es Zeit, murmelte er, mal wieder nach seinem Häuschen in Bruggfelden zu schauen.

Wenn das sein muss, dachte ich, dann muss es eben sein.

Markus sah blass aus. Kein Wunder, die letzten Tage konnten ihm nicht gut getan haben, überhaupt war es Unfug gewesen, ihn mit Großvaters Smith & Wesson herumturnen zu lassen. Ich fragte, ob ich etwas für ihn tun könne, und er sagte, ja, das kannst du – wenn dieser Dorfschulze komme, solle ich ihn entschuldigen. Er habe keine Lust, über diese albernen Deutschmark zu verhandeln, und ich solle dem Schulzen die gut 58.000 D-Mark geben, die er noch habe, den Rest sollten sie von der Zainer-Sippe einkassieren, bestehen müsse ich nur auf der Rückzahlung in D-Mark oder Schweizer Franken, und zwar nicht an ihn, sondern an mich, an die Claudia W.! Beim Zins könne ich auf anderthalb Prozent runter gehen, keinesfalls tiefer, was nichts kostet, wird nicht geschätzt!

Mir gefiel das nicht. Wenn du schon nicht mit denen reden willst, fragte ich, warum lässt du das nicht Pascal machen oder die Vera? Als hiesige Grundbesitzerin, kam die Antwort, bist du für die Leute von Graumichelbach am ehesten so etwas wie eine Respektsperson.

Hörst du das, Pascal?, ließ sich da Ulrike vernehmen. Doch der hob nur in einer milden, fast priesterlichen Geste beide Hände und ließ sie wieder fallen.

Nach Frühstück und Abwasch bauten wir das Feldbett im Arbeitszimmer ab und stellten dafür vier Stühle im Halbrund um den Schreibtisch auf. Wir waren kaum damit fertig, als zwei schon etwas ältere Benz vorfuhren und ihnen der Dorfbürgermeister, die eine Gemeinderätin und zwei ihrer Kollegen sowie der Raiffeisen-Jaumann entstiegen. Wir mussten also einen fünften Stuhl holen, und Lukas – der bereits am Tag davor protokolliert hatte – stellte sich ans Stehpult.

Gsell: Blick auf eine Frühlingswiese

Der Unterredung, die im Arbeitszimmer von Claudias Großvater stattfand, wohnte zu Beginn eine gewisse Gereiztheit inne, so muss man wohl sagen. Er sei äußerst beunruhigt, eröffnete der Bürgermeister Fingerle das Gespräch, weil ihm zu Ohren gekommen sei, dass ein Einwohner der Gemeinde Graumichelbach hier in Schwarzhalden festgehalten werde.

»Das ist Ihnen nicht zu Ohren gekommen«, erklärte daraufhin Claudia und lehnte sich in ihrem Schreibtischsessel zurück, »sondern das habe ich Ihnen geschrieben, mit der Bitte, diesen zu den schönsten Hoffnungen berechtigenden Jungbürger bei mir abzuholen und in dorfeigenen Arrest zu nehmen.«

Mit welchem Recht Frau Wronski den jungen Kerl festhalte, wollte da der Gemeinderat Rudi Zainer wissen, den Kopf mit einer schlängelnden Bewegung des krummen Rückens vorgeschoben. Ob die Frau Wronski die neue Zwingherrin hier sei und wann man ihr Frondienst leisten müsse?

»Zweitausend Deutschmark«, antwortete Claudia kühl. »Ungefähr zweitausend. Soviel haben der junge Herr und seine Kumpane rechtswidrig an sich genommen und werden es zurückgeben. Außerdem wird sich unser Gast solange hier aufhalten dürfen, wie er oder seine Gehilfen die Absicht haben, dieses Haus anzuzünden.« Unvermittelt setzte sie ein bestrickendes Lächeln auf und wandte sich an Fingerle. »Es liegt also ganz bei Ihnen. Halten Sie Ihre Bürger davon ab, außerhalb der Gemeinde Graumichelbach, also zum Beispiel bei uns, Feuer legen zu wollen, und wir müssen niemanden zu unserer Sicherheit hier beherbergen.«

Fingerle wollte etwas sagen, aber Zainer kam ihm zuvor. »Mein Neffe«, sagte er und legte sein Gesicht in kummervolle Falten, »meine Neffe Jannik ist ein anständiger hilfsbereiter junger Mann, und er hat nichts weiter gewollt, als Ihnen das Geld zurückzubringen, das Sie oder der Herr Morgart verloren haben, gestern, unterhalb der Girendsburg, wo Sie sich verfahren haben.«

»Ach ja?«, kam es von Claudia. »Und um das zu tun, ist er zu nachtschlafender Zeit bei uns mit einem Benzinkanister erschienen?«

Zainer hob beide Hände. »Das hat ja jedermann gesehen, dass der Herr Morgart dieses Geld abzugeben hat, und da haben mein Bruder und mein Neffe gedacht, sie bieten …«

»Das wissen wir alle, Rudi«, fiel ihm die Anita Lechner ins Wort, »was es zu bedeuten hat, wenn ein Zainer nachts mit einem Benzinkanister unterwegs ist …«

So ging es noch eine Weile weiter, nach einer Viertelstunde oder zwanzig Minuten hatte sich die Unterredung etwas beruhigt und drehte sich – wenn ich es richtig mitgeschrieben habe – darum, ob die Sechzigtausend denn noch zur Verfügung stünden, und Claudia antwortete, freilich täten sie das, vorausgesetzt, die Familie Zainer reiche die aufgesammelten Hundert-Euro-Scheine wieder zurück, aber bitte ohne Benzinkanister. Schweigend zog daraufhin der Gemeinderat Zainer einen Briefumschlag aus seiner Jacke und reichte ihn Claudia, es seien vierzehn Scheine, sagte er dazu, und Claudia zählte nach und nickte.

Aber, zog Zainer nach, drei Prozent Zinsen sei doch arg hoch in diesen Zeiten, worauf Claudia meinte, arg hoch erscheine ihr im Augenblick das Risiko, dass sein Neffe Jannik vom Zündeln nicht lassen könne …

So zog sich das Gespräch schon wieder in die Länge, zwischendurch warf ich einen Blick nach draußen auf die von der Sonne beschienene Wiese – sollte ich da wirklich Schlüsselblumen gesehen haben?

Inzwischen hatte die Anita Lechner das Wort ergriffen und bot an, den jungen Zainer in ihrer Baumschule in die Lehre zu nehmen, aber so, dass der abends nirgendwo mehr einen Benzinkanister ausschütte!

»Und für den Fall, dass der Jannik nicht gut tut, Rudi – für diesen Fall garantierst du uns und der Frau Wronski, dass du und die anderen Zainers ihn eigenhändig in die Arrestzelle im Rathaus bringt!«

So ungefähr lief das ab, ich begriff, dass die Rückkehr zu einer Art Geldwirtschaft nicht möglich sein wird ohne vorhergehende Installierung eines irgendwie eingerichteten Strafvollzugs, und schrieb gehorsam mit. Warum auch soll die Welt besser oder freundlicher werden? Man muss zufrieden sein, wenn es nur weitergeht.

Irgendwann notierte ich, dass man sich auf einen Zinssatz von zwei Prozent einigte, und durch das Fenster sah ich draußen die Ulrike in einem geradezu sommerlichen, weiß und lindgrün gemusterten Kleid, wie sie tatsächlich Schlüsselblumen pflückte.

Claudia holte die alte Olympia-Schreibmaschine ihres Großvaters heraus, stellte sie vor sich auf den Schreibtisch und legte ganz so, wie ich das von früher kenne, Schreibpapier mit zwei Durchschlägen ein. Dann wechselten wir die Plätze, und ich tippte den Vertrag zwischen Frau Claudia Wronski und der Gemeinde Graumichelbach, Paragraph für Paragraph, wie sie mir diktiert wurden, und wenn die Herren und Damen Vertragspartner über eine Formulierung uneins waren, blickte ich hinaus und schaute der Ulrike zu, der sich Morgart zugesellt hatte, und Morgart schien ihr etwas zu sagen, die Hände ausgebreitet, als wolle er zeigen, dass sie leer sind.

»… weitere 5000 D-Mark (in Worten: fünftausend) werden der Raiffeisenkasse Graumichelbach als Einlage der Gemeinde zur Verfügung …«

Ich wunderte mich, dass Ulrike den Morgart nicht anfauchte oder wegscheuchte, sie blickte zu ihm hoch, halb neugierig, halb lachend, vielleicht sah das auch nur so aus, weil die

Sonne sie blendete, schließlich hob sie die Schultern und ließ sie wieder sinken, dann zeigte sie ebenfalls die leeren Hände vor, als ginge es ihr in irgendeiner Weise ähnlich wie ihm.

»...Tilgung hat in D-Mark zu erfolgen, ersatzweise in Schweizer Franken...«

Ich überlegte, in welcher Weise es Ulrike ähnlich gehen könne wie Morgart, aber es fiel mir nichts ein. Offenbar konnten die beiden einander ins Gesicht sehen, konnten sogar miteinander reden, wer sagt denn, dass es keine Wunder mehr gibt? Aber was immer daraus werden mag – es ging mich nichts an, und ich wandte mich wieder dem Protokollieren zu.

»...beträgt zwei Prozent p.a. (in Worten: zwei Prozent) und kann erstmals nach zweijähriger Laufzeit...«

Ulrike hatte sich in der Wiese niedergekniet, vor einem Kissen gelbblühender Blumen, aber die ausgestreckte Hand war erstarrt, wie in einem Film, der plötzlich stehen bleibt. Neben ihr stand – gebückt – Morgart, beide Hände beruhigend-beschwörend ausgestreckt, ich glaube, er sagte irgendetwas, dann ging er langsam in die Knie und streckte eine plumpe kurzfingrige Hand aus und griff nach etwas, das bei Ulrikes Knien war...

»...im Übrigen gelten die Bestimmungen des Bürgerlichen Gesetzbuches...«

Ganz behutsam streckte Morgart die Hand aus – und riss sie plötzlich zurück, schüttelte sie, als wolle er etwas wegschleudern, und sprang auf, ging ein oder zwei Schritte, die Hand hochhaltend, ich sah sein Gesicht und die Augen, die auf die Hand starrten, dann drehte er sich um, als wollte er auf den Pfad, der zum Haus führte, und stolperte, kopfüber auf den Boden stürzend, und schlug mit dem Kopf auf einen Findling auf...

»...Lukas, hörst du nicht!... im Übrigen gelten die...«

Entschuldigung, schrie ich, rannte aus dem Arbeitszimmer und aus dem Haus und zu Morgart, aber der lag noch immer da, die Augen geweitet, blicklos, die Hand mit der kleinen Rötung nicht mehr erhoben, sondern ausgestreckt, aus der Nase war etwas Blut gelaufen. Aber die Blutung hatte bereits aufgehört.

»Sag nicht, dass der tot ist«, sagte eine Stimme über mir. »Sag das bloß nicht. Bitte nicht.«

Quellenangaben

Für die Bibelzitate, die sich in diesem Buch finden, wurde der Wortlaut der Lutherbibel in der revidierten Fassung von 1984 verwendet. – Der Comic-Band »Obélix et Compagnie« ist 1976 auf Deutsch unter dem Titel »Asterix GmbH & Co. KG« im Ehapa-Verlag, München erschienen. – Der Fall des Lamarck-Anhängers und KZ-Arztes Johann Paul Kremer, von dem Lukas Gsell berichtet, ist in dem vom Staatlichen Museum Auschwitz-Birkenau herausgegebenen Sammelband »Auschwitz in den Augen der SS« dokumentiert (ISBN 83-88526-54-5); Auszüge aus Kremers Tagebuch finden sich darin ab S. 142. – Die Beschreibung der Aussicht, die der Mont Saint-Clair in Sète bietet oder bieten kann, zitiert Lukas Gsell aus einem Reiseführer, dem das »Tagebuch einer Reise durch Languedoc und Provence« von Moritz Hartmann zugrunde liegt, Societäts-Verlag 1972, ab S. 398. – Die Valéry-Zitate hat Claudia Wronski in dem Paperback »Ich grase meine Gehirnwiese ab / Paul Valéry und seine verborgenen Cahiers« gefunden, erschienen bei der Anderen Bibliothek, Berlin 2011. – Das Gedicht »Le Serpent qui danse« (»Die tanzende Schlange«) findet Ulrike Wittkowski in der 1986 vom Steidl Verlag Göttingen herausgebrachten zweisprachigen Ausgabe von Baudelaires »Blumen des Bösen«, deutsche Übersetzung von Wilhelm Richard Berger. – Das Gemälde »Der Ursprung der Welt«, 1866 von Gustave Courbet gemalt, hängt zwar in Paris, aber nicht im Louvre, wie Ulrike Wittkowski meint, sondern im Musée d'Orsay. – Das Klagelied »Enlils Urteil«, aus dem Pascal Helffenstein einige Zeilen vorträgt, findet sich in der von Raoul Schrott herausgegebenen Anthologie »Die Erfindung der Poesie«, Eichborn Verlag, Frankfurt a.M. 1998. Allerdings unterläuft H., der aus dem Gedächtnis zitiert, ein Fehler: In Schrotts Übersetzung lautet auf S. 61 eine Zeile: *Sprich es nicht aus das Wort / Zerstörung*, und nicht, wie H. es wiedergibt: ... *das Wort / Tod*. – Mit »Dingsbums« meint Ulrike Wittkowski die Figur Gollum aus der Trilogie »Der Herr der Ringe« von I.R.R. Tolkien. – Die Beschreibung eines Abends vor der Schlacht hat Claudia Wronski in »Wind, Sand und Sterne« von Antoine de Saint-Exupéry gelesen. Die Szene findet sich im neunten und letzten Kapitel.

Die Tagebuchnotizen, E-Mails und sonstigen Aufzeichnungen, die diesem Buch zugrunde liegen, wurden verfasst von:

LUKAS GSELL, alleinstehend
CLAUDIA WRONSKI, Studiendirektorin
ULRIKE WITTKOWSKI, Mitwirkende einer Laienspielschar

Zwei weitere, zunächst auf Tonband aufgezeichnete Beiträge stammen von:

MANFRED CZYBILLA, genannt BILCH, Experte für
   krumme Geschäfte
PASCAL HELFFENSTEIN, freischaffend

Außerdem sind einige Zeitungsberichte wiedergegeben. Die Namen ihrer Verfasser müssten bei den jeweiligen Redaktionen nachgefragt werden.

Ferner treten auf:

MARKUS MORGART, dem selten etwas misslingt,
   manchmal aber doch
HAEBERLIN, Rektor i. R., Hundebesitzer, fußleidend
AXEL STUTZ, Herausgeber
WELSHEIM, Syndikus

VERA ABENDSTERN, Malerin
ELKE und FRIEDHELM PFURTH, Letzterer ein Motor-
sportjounalist
DR. MED. GUDRUN SCHAUFFELHOEVE, Neurologin,
Rehabilitationsklinik Niederzell
KARLHEINZ KUSTERER, Archivar
JAKOB TROMMETER, Fachmann für Pferde, Staudämme
sowie den Weltuntergang
JONATHAN LEMAÎTRE, Anwalt
HEIKO HÜLFLICH, Ministerialrat, wird seiner Freiheit
beraubt
MATHILDE und IRENÄUS TRÄUTLEIN, Letzterer Dekan
i. R., war auch mal jünger
PAWEL KATTELBACH, wohnt im Dachgeschoß
LUISE ANDERNACH, war und ist meist allein
THOMAS MARTIN LINCOLN, CEO der Privatbank
Ballheimer & Desarts
ANTON JAUMANN, Kollege von Lincoln, aber bei der
Raiffeisenfiliale Graumichelbach
EUGEN MANZ, muss gekühlt werden
WILLI FINGERLE, Bürgermeister
ANITA LECHNER, Gemeinderätin
JANNIK ZAINER, kriegt was auf den Kopf
RUDI ZAINER, kombiniert Währungen

 Dieses Buch ist auch als E-Book erhältlich.

MIX
Papier aus verantwor-
tungsvollen Quellen
FSC
www.fsc.org   **FSC® C014496**

Verlagsgruppe Random House FSC® N001967

1. Auflage
Copyright © 2019 by btb Verlag
in der Verlagsgruppe Random House GmbH
Neumarkter Str. 28, 81673 München
Umschlaggestaltung: semper smile, München
Covermotiv: © Arcangel Images/Mark Owen
Satz: Uhl + Massopust, Aalen
Druck und Einband: GGP Media GmbH, Pößneck
Alle Rechte vorbehalten.
Printed in Germany
ISBN 978-3-442-75817-3

www.btb-verlag.de
www.facebook.com/btbverlag